Danielle McLaughlin

Die Kunst des Fallens

Roman

Aus dem Englischen
von Silvia Morawetz

Luchterhand

1

Mehr sein als scheinen. Das war als Schulmotto in den Bogen über dem Eingang in den Stein gemeißelt. Beim Hineingehen sah man es auf Englisch, beim Hinausgehen auf Lateinisch – *Esse Quam Videre* –, offenbar sollte es widerspiegeln, dachte Nessa, dass die Mädchen, die durch diese Pforte schritten, nach Bildung strebten. Jennifer, ihre Tochter, plagte sich derweil mit Französisch für Anfänger herum.

Nessa hatte mehrere Abkürzungen genommen, der Gott der Verkehrsampeln war ihr gewogen gewesen, und so kam sie zu ihrer Besprechung nur siebzehn Minuten zu spät. Auf dem Besucherparkplatz fand sie eine Lücke zwischen einem Audi und einem BMW-Kombi. Es war April, und die Schulsportplätze waren frisch und grün. Hinter den Sportplätzen lag Cork, die grauen Schieferdächer der Stadt versilbert vom eben gefallenen Regen. Nessa ging an dem zweigeschossigen Betonklotz aus den Siebzigern vorbei zu dem neuen Anbau aus Stahl und Glas, in dem sie Ms Johnson, Jennifers Jahrgangsleiterin, treffen sollte. Sie war sich nicht sicher, warum sie in die Schule bestellt worden war. Jennifers Noten hatten sich seit dem vorigen Trimester verbessert. Und sie war ein höfliches Mädchen, die Wortwechsel mit ihren Eltern nicht mitgezählt.

Ms Johnson wartete in einem leeren Klassenraum und korrigierte Arbeiten. Dabei fiel ihr blondes Haar nach vorn. »Sie müssen Jennifers Mutter sein«, sagte sie beim Aufblicken und wies auf einen Stuhl. »Nessa, nicht wahr?«

»Richtig.« Nessa setzte sich, schob sich das dunkle Haar hinters Ohr. Sie fand Ms Johnson sympathisch, die kaum mehr als ein junges Mädchen und zu Jennifer immer nett gewesen war. Wenn Nessa ihr außerhalb der Schule begegnete, im Coffee-Shop oder beim Friseur, sprach die Lehrerin mit ihr immer wie mit einer Freundin. »Entschuldigen Sie die Verspätung«, sagte Nessa.

»Keine Ursache«, sagte Ms Johnson und wies auf den Stapel Schüleraufsätze. »Ich habe jede Menge Lesestoff, mit dem ich mich beschäftigen kann.« Sie griff nach einem Lineal und klopfte einen Rhythmus auf den Tisch, ein leises, nerviges Geräusch, *tock, tock, tock*. Mit so was konnte man bei Jennifer auch rechnen, und Nessa musste sich ermahnen, nicht zu sagen, sie solle damit aufhören.

»Finden Sie auch, dass Jennifer in letzter Zeit etwas in sich gekehrt wirkt«, sagte Ms Johnson, »dass sie verschlossener ist als sonst?«

Als sonst? Jennifer war still, das ja, aber in sich gekehrt war etwas anderes, oder? »Sie ist ein Teenager«, sagte Nessa, »in sich gekehrt ist die Werkseinstellung.«

Ms Johnson runzelte die Stirn. »Ich habe den Eindruck, dass Jennifers Freundeskreis kleiner geworden ist. Das muss natürlich nichts besagen, wir achten aber auf solche Veränderungen. Sie ist nicht mehr in derselben Clique. Wissen Sie vielleicht, ob irgendetwas vorgefallen sein könnte?«

Nessa schüttelte den Kopf. »Nicht, dass ich wüsste.«

»Ihnen fällt also nichts ein, was sie belasten könnte?« Der Blick der Lehrerin grenzte ans Trotzige.

Sie waren keine Freundinnen, ging Nessa auf, und würden es auch nie werden. »Nein«, sagte sie.

Ms Johnson seufzte. »Wie soll ich das ausdrücken ... Meines Wissens gibt es wohl Probleme zu Hause?«

Oh, Jennifer, dachte Nessa, *als ob ich nicht schon genug um die Ohren hätte.* »Es gibt keine Probleme«, presste sie mit enger gewordener Kehle heraus.

Ms Johnson legte das Lineal hin und lehnte sich zurück. »Verstehe«, sagte sie. Sie blickte zum Fenster, hinaus auf das Grün der sorgsam gepflegten Sportplätze. »Außerdem ist da noch das Problem, das zwischen Ihrer Tochter und Mandy Wilson entstanden ist.«

Das Blut stieg Nessa in die Wangen. »Von einem Problem mit Mandy habe ich nichts gehört.« *Bitte tu mir das nicht an, Jennifer,* dachte sie. *Bitte.*

»Sie waren richtig gute Freundinnen, nicht?«, sagte Ms Johnson. »Beste Freundinnen, hätte ich gesagt, aber das ist bei Mädchen dieses Alters ja nicht in Stein gemeißelt.« Ms Johnson lächelte, als wolle sie die Gereiztheit von eben wettmachen, Nessa konnte das Lächeln aber nicht mehr erwidern. Ihre Hände hatten sich ohne ihr Zutun um den Rand des Plastikstuhls geklammert, und sie zog sie zurück auf den Schoß.

»Es ist seit einiger Zeit«, fuhr Ms Johnson fort, »nicht zu übersehen, dass sie keine Freundinnen mehr sind ...« Sie hielt inne. »Ich muss es leider so unschön sagen, aber Jennifer mobbt Mandy.«

»Nein«, sagte Nessa. Ausgeschlossen. Ihr Kind war keine Mobberin.

»Leider doch«, sagte Ms Johnson.

»Was genau …« Nessa verstummte, musste mehrmals schlucken. Es *war* das Wilson-Mädchen, was sonst. In den vergangenen Monaten hatte Nessa schon ein paarmal gedacht, das Maß des Erträglichen sei jetzt erreicht, nur um eine neue Demütigung erleben zu müssen. Schlimm genug, dass Cora Wilson sich aufführte, als wäre nichts vorgefallen, zum zweiten Mal für den Elternbeirat kandidierte und sogar gewählt wurde. Erst vorige Woche hatte Coras rundes, joviales Gesicht sie angestrahlt, als Nessa nach dem Newsletter der Schule griff. Sie blickte zu Ms Johnson, versuchte ihr am Gesicht abzulesen, wie viel sie wusste, doch die Miene der jungen Frau war unergründlich. Nessa räusperte sich. »Was ist passiert?«

»Früher waren sie unzertrennlich«, sagte die Lehrerin. »Man sah die eine nie ohne die andere. In der Cafeteria saßen sie jeden Tag zusammen am Tisch. Jetzt isst Jennifer mit anderen, mit denen sie sich vor kurzem angefreundet hat, zu Mittag – vor allem mit einem Mädchen aus der Klassenstufe darüber, einer von den Sullivans, Sie kennen sie vielleicht.«

Nessa nickte. »Der Name ist mir geläufig. Ich glaube, sie kommt heute zu uns nach Hause.«

»Mandy isst jetzt allein«, fuhr Ms Johnson fort. »Sie ist jetzt, mehr noch als Jennifer, in der Klasse isoliert. Sie ist verschlossener, kommt offenbar nicht zurecht mit der ganzen …« Ms Johnson sah sich kurz im Klassenzimmer um, als wolle sie, dass ein passendes Wort sich dort einstellte, »… Situation.«

Es gab Nessa einen Stich, ihr schlechtes Gewissen meldete sich. Aber insgeheim war sie auch froh zu hören, dass die Freundschaft ihrer Tochter mit dem Wilson-Mädchen sich abgekühlt hatte. Es war schwer, beim Anblick Mandys jedes Mal unweigerlich an deren Mutter denken zu müssen. Und wenn Jennifer und Mandy nicht befreundet gewesen wären, hätte Cora Wilson Philip vielleicht nie kennengelernt und ihre Zuneigung auf ihren eigenen Ehemann beschränkt.

»Das gehört zu den Dingen, bei denen Eltern nichts ausrichten können, nicht wahr?«, sagte Nessa. »Sie sind sechzehn. Wir können sie nicht dazu anhalten, Zeit miteinander zu verbringen, wenn sie es nicht wollen. Und mit neuen Freunden zu Mittag essen ist ja wohl kein Mobben. Vielleicht könnten Sie mit Mandys Eltern sprechen?«

Ms Johnsons Blick war ruhig. »Ich glaube, Jennifer macht es genauso zu schaffen wie Mandy«, sagte sie. »Diese Freundschaft fehlt ihr, das weiß ich. Es ist ein klassischer Fall von fehlgeleitetem Zorn, so als schlüge sie um sich. Und es geht leider um mehr als bloß neue Freunde, mit denen Jennifer zu Mittag isst.« Sie hielt inne. »Einige Schreibhefte, die Mandy gehören, sind verschwunden.«

Nessa streckte den Rücken durch. »Jetzt ist meine Tochter also eine Diebin?«

»Das habe ich nicht gesagt.« Ms Johnsons Ton blieb neutral. »Bitte achten Sie genau auf das, was ich sage.« Sie stand auf, ging zum Wasserspender und kam mit einem Glas zurück, das sie Nessa anbot.

Nessa schüttelte den Kopf. »Nein, danke.«

Ms Johnson stellte das Glas auf den Tisch. »Ich lasse es hier, falls Sie es sich anders überlegen.« Sie griff wieder nach dem Lineal, klopfte sich damit dieses Mal aber aufs Knie. »Jennifer hat auch beim Feldhockey aufgehört. Sie sagt, sie will nicht in einer Mannschaft mit Mandy spielen. Ich habe mehr als einmal gehört, wie sie Mandys äußere Erscheinung kommentiert hat – ihr Gewicht, ihre Haare zum Beispiel. Und mir ist aufgefallen, dass Mandy nach Schulschluss allein nach Hause geht.«

Es stimmte, es war lange her, dass Mandy Wilson nach der Schule auf ihrer Couch oder, in der Mehrzahl der Fälle, auf einem Sitzsack im Wohnzimmer herumgelümmelt und YouTube-Videos angesehen hatte. »Wann hat das angefangen?«, fragte Nessa, obwohl sie es sich denken konnte.

»Vor ein paar Monaten. Aber es hat sich in den letzten Wochen verschlechtert. Ich befürchte, die anderen Mädchen aus dem Jahrgang ergreifen mittlerweile Partei für die eine oder andere Seite.«

Nessa schluckte. »Wieso erfahren wir erst jetzt davon?«

Der Blick der Lehrerin flackerte wieder zu dem einladenden Grün draußen. »Ich habe doch beim Elternabend mit Jennifers Vater darüber gesprochen. Er hat es Ihnen gegenüber wohl nicht erwähnt?«

Als Nessa schwieg, sagte Ms Johnson: »Damit wären wir auf Umwegen wieder dort angelangt, wovon ich schon anfangs sprach –, ob es vielleicht Probleme bei Ihnen zu Hause gibt …«

Nessa stand unvermittelt auf und stieß gegen den Tisch, wodurch das Glas Wasser umkippte.

»Bitte setzen Sie sich«, sagte Ms Johnson. Sie hob den Stapel Aufsätze aus dem Weg des herankriechenden Wassers und tunkte das Verschüttete mit einem Papiertaschentuch auf. »Ich sehe ein, dass Ihnen das bestimmt unangenehm ist. Unter den Umständen. Aber wir müssen an Jennifer denken. Und an Mandy. Ich versichere Ihnen, dass ich in keiner Weise über Sie urteile …«

»Gut«, sagte Nessa. Sie straffte die Schultern, holte tief Luft. »Weil wir dieser Schule nämlich Gebühren dafür bezahlen, dass unsere Tochter Bildung vermittelt bekommt. Aber nicht dafür, dass über sie geurteilt wird. Nicht dafür, dass unser Privatleben seziert wird.«

»Ich habe genau null Interesse an Ihrem Privatleben.« Ms Johnson warf das nasse Taschentuch durchaus energisch in den Papierkorb. »Mich interessiert nur das Wohlergehen der mir anvertrauten Schüler, in dem Fall speziell das Wohlergehen Ihrer Tochter und das Mandy Wilsons.«

Nessa blieb stehen. Sie umklammerte die Stuhllehne, um das Zittern ihrer Hände zu unterbinden. Die Lehrerin stand ebenfalls auf und strich sich den Rock glatt, bevor sie weitersprach. »In einem ersten Schritt laden wir in solchen Fällen meist die Eltern beider Mädchen zu einem zwanglosen Gespräch ein. Alle zusammen an einem Tisch. Und meist erweist sich das als sehr nützlich.«

Nessa schüttelte den Kopf. »Nein«, sagte sie. Sie und Philip an einem Tisch Cora und Mr Wilson gegenüber? Undenkbar.

Ms Johnson legte die Hand auf Nessas Arm. »Wie gesagt, ich weiß, dass das bestimmt unangenehm ist …«

»Wie alt sind Sie?«, sagte Nessa und schüttelte die Hand ab. »Dreiundzwanzig? Vierundzwanzig? Sie wissen gar nichts.« Verräterische dicke Tränen liefen ihr über die Wangen. Sie wandte sich ab und ging aus dem Klassenzimmer hinaus und durch den Korridor, ohne Ms Johnson zu beachten, die in der Tür stand und ihr nachsah.

Nessa blieb noch zwanzig Minuten auf dem Schulparkplatz im Auto sitzen, bevor sie nach Hause fuhr. Sie gehörte zu den

Frauen, die das Weinen nicht beherrschten. Ihr Weinen war von der unansehnlichen Sorte, der mit den geschwollenen Augen. Ms Johnson, sah sie, kam aus dem Gebäude und fuhr in einem 95er Toyota davon, dessen eine Tür in einem anderen Blau war als der Rest des Autos. Nessa zog einen Concealer-Stift aus der Handtasche, betupfte die schlimmsten roten Flecken in ihrem Gesicht und trat den Heimweg an.

Das Haus hatten sie oder vielmehr Philip von seiner Mutter geerbt, die ein Jahr vor ihrem Tod noch den Restbetrag der Hypothek bezahlt hatte. Philip hatte es geschafft, eine neue Hypothek von fast einer Million dafür aufzunehmen, und sie in Immobilienanlagen gesteckt, die alle gescheitert waren. Das Haus stand in Sunday's Well, Mitte neunzehntes Jahrhundert und mit großen Schiebefenstern, von denen die rückwärtigen auf einen Garten hinausgingen, der sacht bis zum Fluss abfiel.

In der Diele fand sie das übliche Durcheinander von Schuhen, Mänteln und Taschen vor. Beim Gang in die Küche drang von der Seite neben dem Tisch Schlurfen an ihr Ohr. Bailey, ein nahezu blinder Labrador, ebenfalls ein Erbstück von Philips Mutter, hatte einen Teller mit den Resten eines Sandwichs umgestürzt und leckte Mayonnaise vom Boden. »Aus!«, sagte sie und hob den Teller auf, doch er stupste so lange mit der Schnauze an ihre Beine, bis sie ihn am Halsband fasste und zu seiner Decke an der Hintertür zerrte. Im Wohnzimmer waren die Vorhänge zugezogen, und der Raum lag bis auf den in der Ecke flackernden Fernseher im Dunkeln. Jennifer lümmelte auf der Couch, Kopfhörer in den Ohren. Nessa schaltete das Licht ein. »Hey, Jen. Was machst du?« Das Mädchen war groß, wie ihr Vater, die Beine baumelten über das Ende der Couch. Sie hatte ihre Mutter angebettelt, den Rock der Schuluniform etliche Zentimeter kürzen zu dürfen, und der umgenähte Saum, sah Nessa, hing stellenweise schon herab.

Jennifer blinzelte, rieb sich die Augen. Sie hatte dieselben dichten Augenbrauen und nussbraunen Augen wie ihre Mutter. »Gar nichts«, sagte sie und gähnte. Nahm die Ohrstöpsel heraus.

Nessa hatte erwartet, auch das Sullivan-Mädchen vorzufinden. Sie sah sich im Zimmer um – vielleicht schmiegte sich ja rank und schlank etwas in den Sitzsack, doch nein, nur ihre Tochter war da. »Ich dachte, eine Freundin wollte heute rüberkommen?«

Jennifer zuckte mit den Achseln. »Sie musste absagen.«

Vor heute, vor dem Gespräch mit Ms Johnson, hätte Nessa sich nichts dabei gedacht. Nun aber sagte sie: »Warum? Ist sie krank?«

»Ja, ich glaube.« Jennifers Augen ruhten auf dem Fernseher, auf dem Cartoons zu sehen waren. Der Ton war aus.

»Du *glaubst*? Was hat sie gesagt?«

»Sie hat gesagt, ihre Mom findet es besser, wenn sie wartet, bis ihre Halsschmerzen vorbei sind.«

»In der Schule war sie aber? Mit den Halsschmerzen?«

»Ja.« Jennifer griff nach der Fernbedienung und zappte die Kanäle durch.

»War es die Sullivan?«

»Wie?«

»Wie heißt sie? Das Mädchen, das zu dir rüberkommen wollte.«

Jennifer zog die Augenbrauen zusammen. »Deirdre Sullivan.«

Die Sullivans, fiel Nessa jetzt ein, wohnten in derselben

Straße wie die Wilsons. Schlugen sich die Eltern auf eine Seite? Sie kannte Mrs Sullivan flüchtig und traute ihr durchaus zu, dass sie sich als Sympathiebekundung für Cora Wilson in die Freundschaften ihrer Tochter einmischte.

Nessa postierte sich zwischen Tochter und Fernseher. »Weißt du, an wen ich heute Abend auf der Heimfahrt denken musste? An diese Serena, die mit dir im Klavierunterricht war. Die war schon eine ganze Weile nicht mehr bei uns. Wir sollten sie mal einladen.«

Jennifer setzte sich auf, schwang die Füße auf den Teppich. »Warum?«, sagte sie misstrauisch. Sie wollte sich die Ohrstöpsel schon wieder in die Ohren stecken, hielt aber inne.

»Ihr habt euch doch ganz gut verstanden.«

Jennifer zuckte mit den Achseln. »Sie ist in Ordnung.«

»Dann vielleicht jemand anders. Eins der anderen Mädchen.«

»Deirdre Sullivan kommt nächste Woche mal rüber, wenn es ihrem Hals wieder besser geht. Zählt sie nicht?«

»Natürlich zählt sie, ich dachte nur, es wäre vielleicht schön für dich, wenn mal jemand anders käme.«

Jennifer schüttelte den Kopf. »Was ist eigentlich los mit dir?«

Nessa seufzte. »Ist in der Schule irgendwas nicht in Ordnung, Schatz? Gibt es etwas, wovon du mir erzählen möchtest? Denn ich habe heute Nachmittag mit Ms Johnson gesprochen.«

Jennifer zog ein finsteres Gesicht. »Warum hast du das getan? Ms Johnson ist so hohl. Was hat sie gesagt?«

Nessa ließ sich auf der Armlehne der Couch nieder. »Du konntest sie doch gut leiden, wenn ich mich recht entsinne.«

»Ja, früher mal. Was hat sie gesagt?«

»Sie hat gesagt, dass du und Mandy Wilson euch jetzt aus dem Weg geht und …« Nessa brachte ihre Tochter, die aufgesprungen war und protestieren wollte und deren Augen blitzten, mit erhobener Hand zum Schweigen. »Ich weiß, es gibt Gründe dafür, und es tut mir auch sehr leid, glaub mir, du kannst dir nicht vorstellen, wie sehr. Dein Vater denkt genauso. Aber wenn zwischen uns Erwachsenen etwas schiefgegangen ist, ist das noch lange kein Grund dafür, dass du unglücklich bist.«

»Ich bin nicht unglücklich. Mandy Wilson ist dämlich, Mom. Keine Ahnung, warum ich überhaupt mal mit ihr befreundet war. Sie ist dämlich, und ihre Mutter ist ein Flittchen.«

»Jennifer!«

»Wieso, stimmt doch. Oder willst du mir weismachen, Mrs Wilson wäre ein rundherum netter Mensch?«

Die Bitterkeit ihrer Tochter erschreckte sie. Sie bemühte sich, selbst in ruhigem Ton weiterzusprechen. »Ms Johnson hat gesagt, du hättest angefangen, Mandy zu mobben.«

»Tja, hab ich nicht, Mandy hat ihr einen Haufen Lügen aufgetischt.«

»Sie hat gesagt, ihr sitzt beim Mittagessen nicht mehr zusammen am Tisch, du und Mandy. Und sie hat gesagt, du hättest mit dem Feldhockey aufgehört, weil du nicht mit Mandy in einer Mannschaft sein willst.«

Jennifer verdrehte die Augen. »Ich hab beim Feldhockey aufgehört, weil ich da nicht gut bin, okay? Ich hab aufgehört, weil ich lieber im Chor mitsinge und die Zeiten sich überschnitten haben. Und als ich das letzte Mal nachgesehen hab, war ich nicht verpflichtet, mit irgendwem befreundet zu sein, wenn ich es nicht will.« Nach einer kurzen Pause sagte sie noch: »Ich wüsste nicht, dass du mit Mrs Wilson befreundet bist.«

Nessa starrte ihre Tochter an. Tränen stiegen ihr in die Augen, die sie mit Blinzeln abwehrte. Damit musste sie sich später noch einmal befassen; jetzt fehlte ihr die Kraft dafür. »Ist dein Vater zu Hause?«

»Er ist in seinem Bau.«

Auf dem Weg in die Diele blieb Nessa an der Tür stehen. »Zwischen deinem Vater und mir ist alles in Ordnung, Jennifer, das weißt du, oder?«

Jennifer schaute zu ihrer Mutter herüber, eine leichte Röte erschien auf ihren Wangen. »Ja,«, sagte sie, bevor sie den Blick abwandte.

Ein von der Diele abgehender Raum war als Arbeitszimmer für Philip hergerichtet worden. An den Wänden hingen gerahmte Zeichnungen verschiedener Gebäude, an denen er gerade arbeitete, und eine Pinnwand aus Kork, an die er die Korrespondenz mit lokalen Behörden, Kostenrechnern und Baufirmen geheftet hatte. Als Architekt hielt er manchmal Besprechungen in diesem Zimmer ab, traf sich mit seinen Kunden meist aber lieber in Hotels. Das Arbeitszimmer, sein Bau, wie Jennifer dazu sagte, war einmal das »gute Zimmer« seiner Mutter gewesen, vollgestellt mit überladenen Möbeln und nur selten benutzt. Nessa hatte es ausgeräumt und weiß gestrichen. An einer Wand stand Philips Arbeitstisch, ein altertümlicher mechanischer Zeichentisch von Fritz und Göldel, den sie vor Jahren einmal auf einer Reise nach London gefunden hatte, als sie noch Geld für solche

Dinge hatten. An diesem Tisch stand er jetzt, eine Reihe von Plänen vor sich.

»Neuer Auftrag?«, sagte sie, als er aufblickte.

»Ein Küchenanbau.« Er sagte es, wie man »Hundehaufen« sagen mochte. »Für die Frau von der Blumenhandlung an der Ecke. Ich konnte nicht ablehnen.« Philips Haut war teigig blass, er war groß und kräftig und hatte dunkelblondes Haar, das am Ansatz zurückging und im Nacken und an den Seiten kurz geschnitten war.

»Wirst du bezahlt, was meinst du?«

»Keine Ahnung. Aber sie kommt offenbar ganz gut zurecht, man darf also hoffen.«

Nessa setzte sich aufs Sofa, holte tief Luft. »Ich war heute Nachmittag bei Ms Johnson in der Schule.«

Seine Miene verfinsterte sich. Er überlegte sichtlich, wer Ms Johnson sein könnte; vielleicht dachte er, ihm würde gleich vorgeworfen, etwas mit ihr zu haben.

»Jennifers Jahrgangsleiterin«, sagte sie.

»Ah, ja. Jetzt weiß ich wieder.«

Ms Johnson gehörte zu den Frauen, an die Männer sich erinnerten, dachte Nessa. Sie spürte einen Anflug von Eifersucht und schob ihn beiseite. »Jennifer hat anscheinend Probleme in der Schule. Ihr Freundeskreis hat sich verändert, ist geschrumpft. Hat Miss Johnson beim Elternabend irgendwas davon gesagt?«

Er schüttelte den Kopf. »Nein. Das hätte ich mir gemerkt.«

»Bist du sicher?« Sie schluckte. »Sie wollte nämlich von mir wissen, ob es Spannungen zu Hause gibt.«

»Absolut.« Er hatte die Gabe, sich so zu äußern, dass seine Zuhörer ihm alles abnahmen. Es gab einmal eine Zeit, in der das sogar bei ihr verfangen hatte. Das war auch ein Grund dafür, dass sie so hoch verschuldet waren.

»Anscheinend mobbt Jennifer jetzt Mandy Wilson. Ms Johnson hat gesagt, sie hätte dir davon berichtet.«

Seine Miene wurde reservierter. »Sie hat irgendwas über Mandy gesagt. Es klang ehrlich gesagt nicht so, als ob es wichtig wäre.«

»Und du hieltest es nicht für nötig, mir das zu sagen?«

Er sah zur Seite. »Ich wollte dich nicht verärgern. Es ging ja um das Wilson-Mädchen. Ich dachte, das gehört zu den Dingen, die Kinder am besten allein regeln. Das denke ich immer noch. Wenn wir uns einmischen, wird es nur noch schlimmer, vor allem, weil es … du weißt schon, um die Wilsons geht.«

»Ms Johnson möchte, dass beide Elternpaare sich zusammensetzen«, sagte Nessa leise.

»Was?«

»Sie möchte, dass du und ich uns mit den Wilsons an einen Tisch setzen und über unsere Töchter sprechen.«

Er richtete sich auf seinem Stuhl auf. »Tja, dazu wird es nicht kommen.«

»Dasselbe wollte ich ihr auch klarmachen. Aber …« Ihre Stimme begann unwillkürlich zu zittern. »Sie *weiß es*, Philip. Ms Johnson weiß es. Sie weiß alles.«

Er stand auf und setzte sich neben sie. Wischte eine Träne weg, die an ihrer Wange hinabglitt. »Sie müsste schon sehr naiv sein, wenn es nicht so wäre«, sagte er. »Du hast doch nicht etwa geglaubt, wir könnten das unter der Decke halten?«

Es gab eine Zeit, in der du dachtest, du *könntest es unter der Decke halten,* dachte Nessa, sagte es aber nicht. Er legte den Arm um ihre Schulter, aber sie schüttelte ihn ab. Zog sich ein Taschentuch aus der Box, die auf dem Tisch stand, und putzte sich die Nase.

»Wie seid ihr verblieben?«, sagte er.

Nessa stieg die Hitze in die Wangen. »Es ist verpufft.« Er brauchte nicht zu wissen, dass sie geweint hatte und hinausgestürmt war. »Sie hat gesagt, wir sprechen noch einmal darüber.«

»Vielleicht können wir die Mädchen dazu animieren, es … ich weiß nicht … unter sich auszumachen.«

Als ob es so einfach wäre, dachte sie. Als ob sich das Chaos, zu dem ihr Leben geworden war, in Luft auflösen würde, einfach so. Nessa stand auf. »Ich weiß«, sagte sie. »Laden wir Mandy Wilson doch mal über Nacht zu uns ein. Das haben wir früher auch getan, erinnerst du dich? Bevor du angefangen hast, Sex mit ihrer Mutter zu haben.«

»Bitte, Nessa«, sagte er. »Das ist jetzt nicht fair. Hier geht es um Jennifer.«

»Vielleicht könnte Cora Wilson sogar mitkommen. Wir könnten, du, ich und sie, wir könnten, ich weiß nicht, zusammen Scrabble spielen oder so was, während die Mädchen sich die Zeit vertreiben.« Sie wischte eine Träne achtlos mit dem Handrücken weg. »Weißt du, warum Jennifer es an Mandy Wilson auslässt? Aus demselben Grund, weswegen sie es an mir auslässt. Das erspart ihr, es dir übel zu nehmen.« Sie schlug beim Hinausgehen die Tür hinter sich zu. In der Küche holte sie eine Flasche Wein aus dem Kühlschrank. Das Problem war, dass Jennifer und Mandy Wilson wirklich eng befreundet gewesen waren, bevor Philip sich mit Cora einließ. Soll er ruhig mal eine Weile darüber nachdenken.

Als sie mit dem Korkenzieher kämpfte, drang ein vertrautes leises Brummen über den Fluss an ihr Ohr. Am gegenüberliegenden Ufer befand sich ein öffentlicher Park, und der Parkwärter mähte oft um die Zeit den Rasen. Er hatte einen Aufsitzmäher, der tagsüber im Geräteschuppen stand und abends erwachte wie ein im Schlaf gestörtes Tier, beim Anlassen des Motors winselte und dann mit unablässigem Knurren zwischen den Bäumen hindurch seine Schleifen zog. Der Hund kannte das Geräusch ebenfalls und reagierte nun darauf, nicht mit Verärgerung, sondern wie auf einen Ruf zu den Vespern; er erhob sich von seiner Decke und scharrte mit der Pfote an der Tür, bis sie ihn in den Garten hinausließ. Dort stand er und schnappte nach Insekten, während seine Augen der Maschine auf der anderen Seite des Flusses folgten, als könnte er sie wirklich sehen. Nessa goss sich ein Glas Wein ein, setzte sich an den Küchentisch und horchte, ob ein Geräusch von Philip aus dem Arbeitszimmer zu ihr drang.

Sie packte ihren Laptop aus, öffnete den Zwischenbericht, den sie einmal pro Monat in der Galerie, in der sie arbeitete, abliefern musste. Die Galerie wiederum reichte den Bericht bei der Kulturbehörde der EU ein, die die von Nessa zurzeit kuratierte Anschaffung finanzierte. Sämtliche Kästchen mussten ausgefüllt werden. Wenn sie eines ausließ, konnte sie nicht zur nächsten Rubrik des Antrags weitergehen, und sie starrte eine Weile auf den Bildschirm, trank ihren Wein und klappte den Laptop dann wieder zu. Wenn Philip, dachte sie, ihr auf halbem Wege entgegenkäme, wenn er jetzt aus seinem Arbeitszimmer käme, wenigstens bis zu Küchentür, wäre sie diejenige, die um Entschuldigung bitten würde. Nach Cora Wilson hatte es keine andere Frau gegeben, da war sie sich einigermaßen sicher.

Möglicherweise hatte es auch vor ihr keine andere Frau gegeben, vielleicht ab und zu eine verschwiegene Verirrung, spürbar an einer Distanziertheit, wenn er von einer Geschäftsreise nach Hause kam, an einer Hemmung, wenn er sie berührte, was sich aber wieder gab. Nicht jedoch vergleichbar den Monaten, in denen sie dachte, sie hätte ihn verloren. Damals war sie, sogar wenn er zu Hause war und neben ihr schlief, nach Mitternacht aufgestanden und durchs Haus gewandert, hatte Gegenstände angefasst, mit den Fingern über Wände und Stuhllehnen gestrichen, als wollte sie alles festhalten, was ihr entglitt.

Es gab Nächte, in denen sie Sachen in den Garten hinter dem Haus geschafft hatte, Gegenstände, die sie am Abend ausgesucht hatte: Dekorationsstücke, Servierteller, eine Muschel, die sie aus dem Urlaub mitgebracht hatten. Sie war bis ans Ende ihres Grundstücks gegangen, wo Philip sie nicht hören konnte, und hatte sie gegen den rostigen Zaun seiner Mutter geschmettert. Eines Nachts hatte sie, Glasscherben waren um ihre Füße herum verstreut, über die Schulter zurück den Hügel hinaufgeschaut und gesehen, dass im Nachbarhaus Licht anging, dass die Jalousie hochgezogen wurde und Mrs Moriarty, ihre Nachbarin, am Fenster erschien. Sie war eine alte, enge Freundin von Philips Mutter gewesen, und für den Bruchteil einer Sekunde hatte Nessa befürchtet, die Frau würde gleich zu Nessas Schwiegermutter laufen und es ausplaudern, dann aber fiel ihr wieder ein, dass die ja tot war. Da begann sie zu lachen, dort am Zaun mitten in der Nacht in ihrem Schlafanzug mit dem Pinguinmuster; sie stand da und lachte über sich selbst, und die alte Frau beobachtete sie.

Als sie seine Affäre mit Cora Wilson entdeckte, bot Philip ihr an auszuziehen. »Glaub ja nicht, dass du derjenige bist, der geht«, sagte sie. »Wenn jemand geht, bin ich das.« Es war im Zorn gesprochen, im Nachhinein betrachtet aber das Beste, was sie sagen konnte. Er war damals noch in Kontakt mit Cora, und sie hatte gleich gemerkt, wie verunsichert er bei der Aussicht darauf war, sich um das Haus und um Jennifer kümmern zu müssen. Dass Cora, die außer Mandy noch zwei jüngere Kinder hatte, alles aufgab und zu ihm zog, war wenig wahrscheinlich. Und falls doch, brachte sie ihre gesamte Brut mit. Wenn seine Mutter mehr von einer Feministin gehabt hätte, dachte Nessa seitdem oft, wenn sie ihrem Sohn das Kochen und Putzen beigebracht und Interesse an Kindererziehung vermittelt hätte, wäre es womöglich zur Scheidung gekommen.

Damit konfrontiert, einen Haushalt führen zu müssen, hatte er die Beziehung zu Cora Wilson schließlich beendet. Als Nessa an die Reihe kam, die monatliche Spendenparty für das Schulorchester auszurichten, war sie am Schultor zu Cora gegangen und hatte ihr die Einladung überreicht. An jenem Freitagnachmittag war Cora aufgetaucht, Mandy schüchtern neben ihr. Sie hatte ein Glas Holunderblütensirup angenommen und ihr ein Kompliment zum Schliff des Kristalls gemacht. Und dann hatten sie und Nessa und die anderen Mütter schrille, fröhliche Unterhaltungen geführt, hatten sogar gelacht, wenngleich etwas hysterisch, während ihre Töchter im Wohnzimmer herumsaßen und in ihre Handys tippten. Nach diesem Tag war Mandy nie wieder in ihr Haus gekommen.

2

Am Tag nach Nessas Gespräch in der Schule hatten sie und Philip einen Termin beim Eheberater. Sie hatten sich einen Therapeuten in einer Kleinstadt zwanzig Meilen weiter östlich gesucht, wo man sie nicht kannte, oder vielmehr, sie hatte den Therapeuten gesucht, und Philip hatte widerwillig zugestimmt, sie zu begleiten. »Ich verstehe nicht, warum wir einen Fremden dafür bezahlen, dass wir miteinander reden«, sagte er.

»Weil wir nicht miteinander reden«, sagte Nessa.

»Tun wir doch.«

»Nein, nicht richtig. Jetzt nicht.«

Mehrere Monate lang hatten sie in diesem Raum ihr Leben ausgebreitet. Es war, dachte Nessa, als zöge man sich vor einem Fremden aus. An diesem Vormittag wollte sie ansprechen, wie unfair es war, dass Jennifer ihren Vater nach wie vor vergötterte und sich gleichzeitig immer weiter von ihrer Mutter entfernte.

»Es ist, als gäbe sie mir die Schuld an der Affäre«, sagte sie. Sie saßen an einem runden Tisch in einem spießigen kleinen Zimmer über einer Reinigung.

»Das ist lächerlich«, sagte Philip.

»Ach ja? Kinder geben ständig dem falschen Elternteil die Schuld. Als meine Schwester und ich noch klein waren, haben wir eine Voodoo-Puppe meiner Vaters gemacht und jedes Mal, wenn er das Essen anbrennen ließ oder wir im Van warten mussten, während er noch etwas zu erledigen hatte, Nadeln reingesteckt. Heute macht es mich traurig, daran zu denken, weil unser Vater getan hat, was er konnte. Schuld war unsere Mutter, weil sie sich aus dem Staub gemacht hat und zu ihren Verwandten gefahren ist, wenn ihr danach war.«

»Wie alt waren Sie«, sagte der Therapeut, »als Sie dieses Spiel gespielt haben?«

Sie überlegte kurz. »Zehn. Vielleicht elf. Es war kein Spiel. Ich habe die Puppe aufgehoben. Später habe ich nichts mehr mit ihr gemacht, aber ich habe sie aufgehoben, und als ich fünfzehn war, habe ich sie eine Zeitlang in die Schule mitgenommen.«

Philip sah, eine demonstrative Geste, auf seine Uhr. »Ich glaube, wir kommen vom Thema ab.«

»Ich würde gern noch einen Moment dabei bleiben, wenn das möglich ist«, sagte der Therapeut. »Sprechen Sie weiter, Nessa.«

Er sah sie erwartungsvoll an. Was konnte sie über die Puppe noch sagen? »Ich weiß noch, dass ich überlegt habe, warum es bei uns nie funktioniert hat, wenn es bei den Leuten im Fernsehen doch immer so gut wirkte.«

Der Therapeut legte die gespreizten Finger aneinander. »Tja …«, sagte er.

»Halt mal«, sagte Philip. »Ist das die Stoffpuppe mit den Beinen aus Bambus? Die ich in deiner Sockenschublade gefunden hatte?«

»Ja«, sagte Nessa.

»Mir hast du gesagt, die Puppe habe deiner Großmutter gehört. Ein Familienerbstück.«

»Mich interessiert mehr, dass Sie sie behalten haben«, sagte der Therapeut. »Was war der Grund dafür, was meinen Sie, Nessa?«

Philip brachte ihn mit erhobener Hand zum Schweigen. »Du hast mich angelogen«, sagte er in Nessas Richtung.

Sie errötete. »Was sollte ich dir denn sagen? Es war Jahre her. Damals kannten wir uns noch nicht so gut.«

»Wir waren verheiratet.«

Wut stieg in Nessa auf. »Nach all dem Schaden, den du angerichtet hast«, sagte sie. »Nach allem, was du getan hast, hast du den Nerv, hier zu sitzen und *mir* vorzuwerfen, ich hätte dich belogen. Dass ich nicht über eine Puppe sprechen wollte, Philip, ist nicht das Gleiche wie deine Affäre mit Cora Wilson.«

Philip sah den Therapeuten an, als wolle er sagen: *Nehmen Sie sie an die Kandare*, doch der Mann griff nicht ein. »Wir fahren den langen Weg«, sagte Philip, »um über uns zu sprechen, und du bringst immer nur wieder Cora zur Sprache. Cora, Cora, Cora.«

»Das ist nicht fair«, sagte sie.

»Vielleicht sollten wir das vorläufig zurückstellen«, sagte der Therapeut, »und uns wieder der Beziehung zu Ihrer Tochter zuwenden.« In der noch verbliebenen halben Stunde war Philip jedoch kurz angebunden bis zur Grobheit, und es war eine Erleichterung, als die Zeit schließlich herum war und sie getrennt davonfuhren, Nessa nach Tragumna in West Cork, wo sie im Auftrag der Galerie einen Termin mit der Familie des ehemals gefeierten Künstlers Robert Locke wahrnahm.

»Ich fürchte, wir sind ein bisschen spät dran«, hatte Loretta Locke auf der Türschwelle gesagt, »meine Mutter ist nicht ganz auf dem Damm.« Als sie diese Äußerung zum ersten Mal aus Lorettas Mund vernahm, war Nessa der Schreck in die Glieder gefahren, es stellte sich aber heraus, dass von leichtem Gehirnschlag bis zu einem Anfall von schlechter Laune alles damit gemeint sein konnte.

»Geht es ihr gut?« Nessa stieg über die Blätter einer ausladenden Pflanze und auf die Eingangsterrasse. Hier gedieh alles in vulgärer Üppigkeit. Vielleicht lag es an der Seeluft, den winzigen Algenpartikeln, den unglückseligen Mikroorganismen, die landeinwärts geweht wurden und die schilfreichen Wiesen düngten.

»Oh, Mutter geht es ausgezeichnet.« Loretta neigte den Kopf in Richtung des kleinen Raums am Ende des Flurs, in dem Nessa normalerweise mit Mrs Locke sprach. »Ich habe Ihnen die Zeitung dagelassen.«

Sie standen vor dem Atelier, in dem Robert Locke an einigen seiner bekannteren Werke gearbeitet hatte. Bevor die Lockes in den Sechzigern in dieses Haus kamen, war der Raum wohl ein Wohnzimmer gewesen. Er war geräumig und hell, hatte zwei große Fenster mit Meerblick und ein kleineres an der Seitenwand, eine Decke mit dezenten Stuckleisten und einer nackten Glühbirne in der Mitte. *Gravity*, 1985 für den Turner-Preis nominiert und heute in der Nationalgalerie, war in diesem Raum entworfen und gestaltet worden. *Venus im Hotel Negresco*, lokal als »die Gipsskulptur« bekannt, stand noch hier. Mit ihrer Größe von über zwei Metern beherrschte sie, halb weibliche, halb abstrakte Gestalt, den Raum. Bei dem »Gips« handelte es sich genau genommen nicht um gewöhnlichen Gips, sondern um weichen Alabastergips, mit dem Locke in seiner mittleren Phase für kurze Zeit experimentiert hatte. Im September sollte die Plastik in einen angemesseneren Raum in die Galerie in der Stadt umziehen und das Atelier – Tür, Fußboden, Decke – mit ihr. Sogar der Staub sollte dorthin gebracht werden. »Ich bin hier drin«, sagte Nessa und wies auf Lockes Arbeitsraum. »Ich muss noch ein, zwei Sachen überprüfen.«

»Natürlich«, sagte Loretta. »Wir brauchen nicht lange.« Lockes Tochter war eine Endvierzigerin, groß, schlank, mit kurz geschnittenem kastanienbraunem Haar. Sie trug die Art von Kleidung, bei der Verkäuferinnen ins Höfliche wechselten. An diesem Tag war es eine gut sitzende dunkelblaue Hose und eine blau-weiß gestreifte Bluse unter einem kamelfarbenen Pullover.

Die Luft war feucht und trüb, nur meilenweit draußen auf dem Meer lag grelles Licht, und Nessa hatte keine Strumpfhose angezogen. Ihre Beine, bleich und an mehreren Stellen mit alten blauen Flecken gesprenkelt, passten zu den Dielenbrettern. In Vorbereitung auf den Erwerb dieses Ateliers durch die Galerie hatte sie bereits jeden Zentimeter des Bodens auf Händen und Knien ausgemessen, ihn fotografiert, über mehrere Nachmittage auf Millimeterpapier nachgezeichnet, hatte mit Bleistift die genauen Standorte von Robert Lockes Stuhl und Werkbank samt der noch darauf liegenden Raspeln und Meißel markiert, den der gusseisernen Statue, halb Wiesel, halb Mensch, die so lange an einer Stelle gestanden hatte, dass Nessa, als sie sie bewegte, zwei perfekte Abdrücke der Eisenfüße mit den Krallen auf dem Boden darunter entdeckte. Sie hatte Verbindung mit dem Restaurator aufgenommen und das Gutachten und die Aufrisszeichnungen in Auftrag gegeben, hatte etikettiert und ein computergestütztes Archiv eingerichtet. Ein paar Objekte waren bereits in Kisten verpackt, an denen maschinengeschriebene Etiketten klebten, eine Katalognummer rechts oben in der Ecke.

Die Gipsskulptur stand in der Mitte des Raums. Sie hatte vor Jahren Berühmtheit erlangt, als man in ihr die Verkörperung fruchtbarkeitsspendender Kräfte erkennen wollte. Das Publikum war zu Hunderten herbeigeströmt, kam in einem Geiste der Demut und des Flehens, weniger, um zu bestaunen, was Kritiker als die »mutige Transzendenz« des Werks, seine fremdartige, verstörende Schönheit bezeichnet hatten, als um ihre persönlichen Anliegen vorzutragen.

Nessa ging zu der Skulptur und legte die Hand auf die Wölbung ihres Bauchs. Sie hatte einmal für längere Zeit in einem ausgedienten Kuhstall in Clonakilty gestanden, bevor der Bauer, ihrer angeblich überdrüssig geworden, sie mit einem Traktor mit Anhänger zu den Locke-Frauen zurückbrachte; Robert Locke lebte da schon nicht mehr. Nessa legte den Zeigefinger auf die Vertiefung in der Mitte des kalkweißen Bauchs. Eine Kuhle hatte sich an der Stelle gebildet, an der der bereits von Wasser in Mitleidenschaft gezogene Gips unter den Händen der Pilger noch weiter erodiert war. Nessa staunte über diese Menschen, die nicht gekommen waren, um Robert Lockes Geist auf sich wirken zu lassen, sondern um Kindersegen zu erflehen. Sie hatte die Skulptur vor solchen Zumutungen gerettet. Doch als die Galerie beschloss, das Werk zu erwerben, haftete Teilen davon nach den Jahren im Kuhstall immer noch ein Geruch nach Dung an. Der Restaurator hatte Tage auf die schwierige Aufgabe verwendet, die Skulptur mit einer kleinen Bürste zu reinigen, ohne etwas von ihrem Material abzutragen.

In jüngeren Jahren hatte Nessa Kunstgeschichte studiert und ihre Abschlussarbeit über Locke geschrieben. Es gab viele Theorien dazu, warum die Skulptur kein Gesicht hatte, und sie hatte sie alle kritisch unter die Lupe genommen. Als sie die Gestalt jetzt betrachtete, verstand sie immer noch nicht, warum Locke den Kopf als Block unbearbeiteten Steins belassen, einen Fuß aber so wunderbar detailreich ausgearbeitet hatte, dass man noch heute, so viele Jahre später, nach all den Erosionen durch Luft und Kuhatem, all den Zumutungen von Lorettas Reinigungsmitteln, bevor sie es besser wusste, den Anflug eines Haars auf dem großen Zeh und die schwimmhautähnliche Verbindung der beiden kleinsten ausmachen konnte.

Hinter der Schotterfläche vor dem Haus, auf der ihr Auto geparkt war, fiel eine ungepflegte Wiese bis zum Meeresufer ab, durch deren Mitte einmal ein Weg verlief, noch erkennbar an der marginal abweichenden Neigung und Färbung des Schilfs. Nessa stellte sich vor, wie Robert Locke diesen schmalen Pfad hinunterging, nachdem er einen Vormittag lang mit dem Meißel gearbeitet hatte.

Nessa hatte Locke vor Jahrzehnten am College kennengelernt, als sie Studentin war und tief beeindruckt von dem Star. Noch heute kam es ihr, wenn sie hier in seinem Atelier war, in seinem Haus, manchmal vor, als nehme sie sich Freiheiten heraus, als werde sie Mitwisser von Dingen, die sie nichts angingen. Was für ein Mensch war er gewesen? Was für ein Vater? Oder Ehemann? Einer, der kein Aufhebens um eine blöde Puppe gemacht hätte, dachte sie; einer, der verstand, dass wir unsere Emotionen auf äußere Formen und Gestalten richten müssen, damit unsere Gefühle sich nicht aufbäumen und uns zerstören.

»Alles in Ordnung?« Nessa hatte Loretta nicht kommen gehört, doch da war sie, stand in der Tür, den Kopf fragend zur Seite geneigt. »Ich bringe Sie jetzt zu ihr. Meine Mutter ist so weit.«

In einem kleineren Zimmer im hinteren Teil des Hauses saß Mrs Locke an einem runden Tisch. Sie war vierundachtzig, klein und zart, das weiße Haar mit einem Kamm am Hinterkopf eingeschlagen. Ihr Gesicht war durchzogen von geplatzten Äderchen, die sie mit losem Puder kaschierte, stets ein bisschen zu großzügig, so dass feine Krümel auf Wangen und Nasenspitze klebten. Sie trug einen schwarzen Anzug, geschneidert aus einem Stoff, den Nessas Mutter zwischen den Fingern gerieben hätte, bevor sie ihn für gut befand. Vielleicht auch für altmodisch. Der Nachmittag war bewölkt, und Nessa streckte die Hand zum Lichtschalter aus.

»Ich brauche tagsüber nie Licht«, sagte Eleanor, »im Sommer nicht. Künstliches Licht an so einem Ort ist Blasphemie. Wir sind wegen des Lichts hierhergezogen. Habe ich Ihnen das nie gesagt?«

»Doch, haben Sie.« Nessa ging zu einer Stehlampe in der Ecke, schaltete auch die an.

»Wissen Sie, was Robert sagen würde, wenn er uns jetzt sehen könnte? Mit den vielen eingeschalteten Lampen? Er würde sagen, was für ein Jammer. Was für ein Jammer, das schöne sanfte Licht zu verschenken.«

Nessa dachte, dass Robert Locke, hätte man ihn gefragt, das Licht nicht »sanft« genannt hätte. Das Licht hier war herrlich, aber es war messerscharf, unerbittlich. Es gab Tage, da dachte sie, wenn sie die Küstenstraße entlangfuhr, die vom Wasser hereingeworfenen Silberpfeile würden sie zweiteilen. Nessa warf Loretta einen Blick zu, doch die hatte sich schon mit einem Buch in eine Nische an der Seite des Raums zurückgezogen. Dort versteckte sie sich an den Nachmittagen, an denen Nessa ihre Mutter interviewte.

»Ist das Ding an«, sagte Eleanor und zeigte auf das Diktiergerät.

»Noch nicht.«

»Dann machen Sie mal. Mir ist etwas eingefallen, was ich Ihnen von Robert erzählen muss.«

3

Robert Ethan Locke war 1932 in einem kleinen Dorf im Südwesten von Schottland geboren worden. Es heißt, sein Vater sei Bergarbeiter gewesen, seine Mutter Näherin. Diese Details hatte er in Schilderungen seiner Jugend, wenn es ihm nützlich erschien, oft stark betont, wie viel Gruben- oder Näharbeit geleistet wurde, hing jedoch davon ab, mit wem man sprach.

Roberts Vater hatte in seiner Jugend einen Sommer lang in der Grube bei Muirkirk gearbeitet, die Familie besaß aber eine Schaffarm bei Priesthill, auf der Robert den Großteil seiner Kindheit verbrachte. Seine Mutter nähte auch tatsächlich Unterröcke und Petticoats, vorwiegend aber ehrenamtlich für den lokalen Frauenhilfsverein. Robert hatte einen älteren Bruder, der als Teenager bei einem Unfall ertrank, ein Vorfall, zu dem Robert sich im Gespräch nie ausführlicher äußern wollte. In Interviews hatte er von dem einen Jahr berichtet, als er mit Anfang zwanzig an der Slade School Kunst studiert hatte, gefolgt von Reisen durch Indien und Südamerika, bevor er sich in Cambridgeshire niederließ, wo er Eleanor heiratete. 1968 zogen sie nach West Cork.

All das war Nessa seit Beginn ihres Studiums bekannt, und nichts davon gehörte zu dem, worüber Eleanor jetzt mit ihr sprechen wollte. Sie wollte vielmehr loswerden, wie schlecht Robert sie behandelt hatte, als er 1972 für mehrere Wochen verschwand. Auch das war allgemein bekannt; Nessa hatte schon mehrmals aus Eleanors Mund davon gehört.

Eleanor beugte das Gesicht tief über das Diktiergerät. »Er sah aus wie ein Bettler, als er danach wiederkam«, sagte sie. »Ein Bettler, wie sie unter Pappkartons auf der Straße schlafen. Völlig verdreckt! Die Haare standen ihm vom Kopf ab, als hätte er sie mit einem Messer abgehackt. Das Hemd zerfetzt.« Sie seufzte. »Wenn er schon weggehen musste, hätte es ihn da umgebracht, sich Sachen zum Wechseln mitzunehmen? Wenn Sie ihn gesehen hätten, dann hätten Sie ihm Geld für einen Tee gegeben.« Sie sah zur Nische hinüber. »Nicht wahr, Loretta?«

Loretta ließ ihr Buch sinken. »Mein Vater hat sich nie groß für seine äußere Erscheinung interessiert«, sagte sie. »Das war für ihn nicht wichtig.«

»Und dem Kind hat er nichts mitgebracht, als er heimkam!«, sagte Eleanor. »Stand in denselben Sachen, die er anhatte, als er fortging, auf meiner Türschwelle, und weiter nichts. Nicht mal das kleinste Kinkerlitzchen für das Kind. Weißt du noch, Loretta?«, sagte sie.

»Das macht doch nichts«, sagte Loretta. »Darauf kommt es nicht an.«

Es klang, dachte Nessa, als unterhielten sie sich über etwas, was erst eine Woche her war.

»Es kann doch nicht schwer gewesen sein, irgendeine Kleinigkeit aufzutreiben«, sagte Eleanor. »Ein kleines Mitbringsel für sein eigenes Kind. Eine Kleinigkeit aus einer Marktbude, einen Esel aus Plastik. Sie kennen das doch. Alles wäre besser gewesen als gar nichts.« Sie überlegte kurz. »Er wollte uns noch nicht mal sagen, wo er war.«

Loretta hatte sich wieder über ihr Buch gebeugt, doch ihre Miene war angespannt, und sie blätterte nicht um.

»Sich in Luft auflösen konnte er offenbar gut«, sagte Nessa. Sie brachte ein höfliches Lächeln zustande.

»In Luft auflösen!«, sagte Eleanor. »Aus Ihrem Munde klingt es wie ein amüsantes Zauberkunststück. Er ist fortgerannt, weiter nichts. Ist wie ein kleiner Junge fortgerannt und hat sich versteckt. Aber junge Frauen wie Sie, Sie wollen ihm immer Orden um den Hals hängen.«

»So war es nicht gemeint. Es muss schrecklich für Sie gewesen sein, nicht zu wissen, wo er ist.«

Eleanor sah sie wütend an. »Sie haben keine Ahnung«, sagte sie. Und als wären das Diktiergerät und Nessa zwei separate Zuhörer, beugte sie den Kopf wieder tief hinab und sagte zu dem Gerät: *»Sie haben keine Ahnung.«*

Eleanors Gedanken in vernünftige Bahnen zu lenken war nie leicht, und an dem Nachmittag tat Nessa, angeschlagen von dem Streit mit Philip, sich damit noch schwerer als sonst. Sie hatte eine Idee für einen Aufsatz gehabt, vielleicht einen Zeitungsartikel, der publiziert werden könnte, wenn die Galerie das Atelier der Öffentlichkeit vorstellte: Robert Locke aus der Sicht der Frauen, die mit ihm gelebt haben. Loretta hatte rundweg abgelehnt. Eleanor konnte sich zunächst dafür erwärmen, als Nessa ihr erklärte, es würde darin zum Teil um sie gehen, bei der Frage, was genau dieser Teil sein würde, kühlte sie allerdings ab. Nessa war schon fast so weit, das Diktiergerät wieder einzupacken, als Eleanor sagte: »Bei Ihnen fehlt ein Knopf.«

Nessa sah an ihrer Bluse herab. »Ja, stimmt.« Sie zuckte mit den Achseln.

»Lassen Sie mich das in Ordnung bringen.«

»Schon gut, ich muss gehen. Ich muss später in der Galerie noch einen Vortrag über Roberts Werk halten.«

»Meine Mutter wird zu dem Vortrag nicht kommen können«, warf Loretta gleich ein. »Ich würde es vorziehen, wenn sie sich ausruhen kann.«

»Ich verstehe«, sagte Nessa. »Es ist nur so, dass ich mich auf den Weg machen muss. Der Knopf ist unwichtig.«

»Nein«, sagte Eleanor, »ziehen Sie die Bluse aus. Loretta wird Ihnen etwas zum Anziehen bringen, solange ich den Knopf annähe. Das geht ganz schnell.«

Nessa hoffte, Loretta würde Einwände erheben, doch sie legte ihr Buch auf den Boden und kam zum Tisch. »Folgen Sie mir«, sagte sie in einem Ton, der bedeuten sollte: *Bringen wir es schnell hinter uns.* Sie winkte Nessa zur Treppe.

Nessa war schon ein halbes Dutzend Mal in dem Haus gewesen, aber nie weiter vorgedrungen als bis ins Atelier, das hintere Zimmer und die Toilette im Erdgeschoss. Wäre sie nicht so spät dran, wurde ihr klar, wäre sie dankbar für den fehlenden Knopf. Das Wenige, das sie beim Kuratieren des Lebens von Robert Locke über das persönliche Leben dieser Frauen erfahren hatte, beschränkte sich auf ihre Rollen als Ehefrau und Tochter. Über ihr alltägliches Privatleben wusste sie nur wenig. Und es war ja auch keine Kleinigkeit, zu wissen, dass Locke persönlich in einem dieser Zimmer geschlafen hatte, wenngleich vor fast zwanzig Jahren. Als Studentin wäre sie errötet bei dem Gedanken; heute dachte sie, sie würde sich selbst gern einmal auf seinem Bett ausstrecken, und sei es nur kurz. In mancher Hinsicht unterschied sie sich gar nicht so sehr von den Leuten, die die Gipsskulptur betatschten.

Der Flur im ersten Stock war breit und an einer Wand voller bis zur Decke reichender Regale, angefüllt mit Krimskrams aller Art. Bei genauerer Betrachtung fiel ihr auf, dass sich an vielen Stücken Geschenkanhänger oder handgeschriebene Zettelchen befanden. Es erinnerte sie an Jennifers Zimmer, nur waren es hier lackierte Muscheln und Seifenkartons statt Lidschatten und von Promis beworbene Parfums. Loretta ertappte sie beim Starren. »Die meisten bringen ihr hässliches, kitschiges Zeug«, sagte sie, »Zeug, das mein Vater verachtet hätte.« Sie nahm ein Kästchen aus einem Regalfach, verzog das Gesicht, legte es wieder hin. »Welche Verwendung soll eine Skulptur für bestickte Taschentücher haben? Keine Ahnung, was die sich denken.«

»Kommen immer noch Leute her und sehen sich die Gipsskulptur an?« Das Haus sollte für Besucher gar nicht mehr geöffnet sein. Über diesen Punkt hatten die Galerie und die Lockes lange verhandelt. Der Pressesprecher gab sich viel Mühe, die Spannung über die geplante Enthüllung der Skulptur in ihrem neuen Zuhause in der Galerie anzuheizen. Hausbesuche schwächten die Marke.

Loretta errötete. »Die sind noch von früher. Ich hab immer alles weggeworfen, kaum dass die Leute zur Tür hinaus waren, hab dann aber mit einer Frau, die weiter oben an der Küste einen Souvenirladen betreibt, eine Abmachung getroffen. Wenn sie während der Regattas mehr Ware braucht, gebe ich ihr einen Karton von Sachen zum Verkaufen.«

Loretta schloss die Tür zu einem Raum auf, der früher einmal einem Untermieter oder Dienstboten gehört haben mochte: Bett, Kleiderschrank, Schreibtisch und Stuhl. »Ziehen Sie Ihre Bluse aus. Ich gebe Ihnen etwas, das Sie so lange anziehen können.« Sie ging hinaus, und Nessa hörte, wie eine andere Tür aufging und die Haken von Kleiderbügeln über eine Stange glitten. Sie kam mit einer Bluse wieder, die sehr wahrscheinlich Eleanor gehörte: ein Etwas aus Chiffon mit einem Geringel von Spitze am Hals und Perlmuttknöpfen an den Manschetten. »Kommen Sie runter, wenn Sie fertig sind«, sagte sie in dem freundlich-munteren Ton, den auch die Schwester in der Arztpraxis anschlug, wenn sie Nessa zum Ausziehen vor der Untersuchung allein ließ. Nessa sah sich um. Endlich war sie im Schlafbereich des Hauses, in dem Robert Locke einmal gelebt hatte. Dieses Zimmer war jedoch so kahl, dass man sich ein Leben darin kaum vorstellen konnte.

Da die Bluse Eleanor gehörte, war sie viel zu klein. Nessa konnte nur drei Knöpfe schließen und musste sie vorn mit der Hand zusammenhalten. Sie setzte sich auf die Bettkante, mochte nicht hinuntergehen. Sie würde zu spät kommen, um zu Hause noch Essen zu kochen, und würde keine Zeit mehr haben, ihre Stichpunkte für den Vortrag noch mal durchzugehen. Nach einer gefühlten Ewigkeit trat sie, die Bluse mit einer Hand zusammenhaltend, auf den Flur hinaus. Blieb vor den Regalen mit dem Krimskrams stehen. Loretta hatte recht: Was sollte eine Plastik mit Taschentüchern oder Spitzendeckchen, mit Briefbeschwerern oder Nadelkissen anfangen? Andererseits kamen die Pilger zu Besuch und hätten schlecht, wie ihre Mutter gesagt hätte, mit leeren Händen vor der Tür stehen können. Vielleicht wollten sie ihre Chancen nicht schmälern, indem sie geizig erschienen. Vor zehn Jahren hatte eine Frau mal behauptet, sie sei schwanger geworden, nachdem sie die Gipsskulptur berührt hatte, und für eine Weile gab das dem Aberglauben starken Auftrieb. Die Skulptur wurde zum Pilgerziel der Verzweifelten, derjenigen, die bereits ihr ganzes Geld für künstliche Befruchtungen ausgegeben und ihr letztes Gebet gesprochen hatten und deren einzige Hoffnung darin bestand, ihren letzten Zehner in die diskret an einer Seite aufgestellte Spendenbüchse zu stecken. Dann rieben sie den prachtvollen Bauch der Plastik, weinten ein bisschen und legten einen Karton Duftkerzen oder einen Rosenkranz auf den Boden vor die Skulptur. Nessa hatte die Zeitungsartikel darüber alle gelesen, damals, als sie noch nichts von Loretta und Eleanor wusste und als sogar Locke nur das Genie gewesen war, mit dem sie sich am College beschäftigt hatte. An dem Tag, an dem sie die Bestätigung von der Galerie bekam, dass der Antrag auf Finanzierung bewilligt worden war und dass man sie mit der Arbeit an Lockes Atelier beauftragte, hatte Philip im Scherz zu ihr gesagt, von der Skulptur solle sie sich lieber fernhalten, ein Kind sei genug. Sie hatten so gelacht! Das war über ein Jahr her, vor Cora Wilson. Beweis dafür, dass sie einmal glücklich gewesen waren.

Unten fand sie Eleanor vor, die sich mit Nadel und Faden an der Bluse abmühte, den Stoff dicht vors Gesicht gehalten. Loretta saß auf dem Stuhl, auf dem sonst Nessa immer saß. »Bleiben Sie sitzen«, sagte Nessa, aber Loretta war schon auf dem Weg zu ihrer Nische. Eleanor hielt inne, die Nadel in der Luft. »Ich bekam früher sogar Hemden aus London geschickt, als wir frisch hier eingezogen waren«, sagte sie. »Gut geschneiderte Kleidung zu finden war damals schwer. Heute ist die Auswahl viel besser. Für den, der Wert auf so etwas legt. Der einen Blick dafür hat.« Mit schwungvoller Geste führte sie den Faden an den Mund, biss ihn ab und reichte die Bluse herüber.

Nessa überlegte, ob sie zum Umziehen wieder hinaufgehen sollte, ob die Frauen es unpassend finden würden, wenn sie sich die geliehene Bluse vor ihnen herunterriss und ihren verschossenen BH von Marks & Spencer zeigte, aber sie war in Eile. Sie machte den Kompromiss, sich in der Diele umzuziehen.

Als sie schließlich wegkam, winkte Loretta ihr zum Abschied von der Terrasse vor der Haustür. Nessa ging zu ihrem Auto, machte einen Bogen um den wilden Rhabarber, der in den Weg hineinragte und dessen riesige Blätter schwer waren vom Regenwasser.

Sie hatte die Natur nie tröstlich gefunden. Schon als Kind hatte die Anzucht von Brunnenkresse in Watte, das Schleichende, mit dem die Samen ihre Umgebung besiedelten, während sie schlief, sie mit Schrecken erfüllt. Ein paar vereinzelte Fuchsiablüten waren über die Windschutzscheibe verteilt. Nessa runzelte die Stirn, zog den Ärmel schützend über ihre Hand und wischte sie weg.

Erst später erfuhr sie, dass Robert Locke die Wochen, in denen er verschwunden war, die Wochen, die Eleanor so viel Kummer bereiteten, in einem kleinen Fischerdorf auf der Halbinsel Inishowen als Pensionsgast bei einer Fischerfamilie, die normalerweise keine zahlenden Gäste aufnahm, verbracht hatte. Sie stellte sich vor, wie er dort plötzlich auf der Schwelle stand, sich gar nicht erst die Mühe machte, freundschaftliche Bande zu knüpfen, sondern sich einfach zwischen sie drängte, ob es ihnen gefiel oder nicht. Es gab ein Foto von ihm mit dieser Familie, die Männer mit roten Gesichtern, die Arme am Körper herabhängend, die Fäuste geballt, nicht kampfbereit, sondern so, als zögen sie Netze herein. Und Locke, der mittendrin stand und aussah wie ein Oberst, der im Dschungel auf einen indigenen Volksstamm gestoßen war. Als Nessa später herausfand, wo das Foto aufgenommen worden war, behielt sie es für sich. Das spielte inzwischen keine Rolle mehr.

4

Es war Viertel nach vier, als Nessa, etwas zu schnell, den schmalen Weg hinabfuhr, der vom Haus der Lockes zu einer Nebenstraße führte, auf der man nach einigen Meilen zu einer höherrangigen Straße kam. Sie hatte auf dem Heimweg den Wocheneinkauf diskret in einem Aldi in einer Kleinstadt erledigen wollen, wodurch sie fünfzig Euro sparen würde, hatte wegen Eleanor und ihres Knopfes jetzt aber keine Zeit mehr. Ein paar Zutaten für das Essen, das sie vor der Fahrt in die Galerie kochen musste, brauchte sie aber trotzdem – Jennifer hatte per SMS Tacos bei ihr bestellt. Nessa hielt an dem Mini-Mart in Skibbereen, der an eine Tankstelle angrenzte, und ging direkt in den Gang mit dem Obst und dem Gemüse. Der verzehrfertig abgepackte Pflücksalat war ausverkauft. Eine Angestellte lotste sie zu einer Kiste mit noch ungewaschenen ganzen Köpfen, und sie griff sich einen und legte ihn in ihren Korb. An der Fleischtheke wollte sie gerade nach Rinderhack fragen, als sie, zu spät, Katherine Ferriter erspähte.

»Hallo, Fremde«, sagte Katherine und legte die Hand auf Nessas Arm.

»Katherine! Das ist ja eine Überraschung!« Das letzte Mal begegnet waren sie sich vor über fünf Jahren auf einer Hochzeit im Hudson Bay Hotel in Athlone. Jahre zuvor hatten sie sich als Studentinnen in London eine Wohnung geteilt. Katherines Make-up war dezent, abgesehen von der Lippenfarbe, die zu grell und zu weit über die Oberlippe hinaus aufgetragen war. Ihr Haar war dunkler und glänzender, als Nessa es in Erinnerung hatte, und sie trug ein sehr hübsches Jackett. Sie fasste Nessa auch noch am anderen Arm, als könnte sie ihr entwischen. »Du hast dich kein bisschen verändert.«

»Du auch nicht.«

Katherine trat einen Schritt zurück. »Ich glaub's nicht«, sagte sie, »es ist so lange her. Was tust du hier unten?«

»Arbeiten. Und du?«

»Wir haben ein kleines Häuschen am Lough Hyne.«

Nessa war einmal an dem Meerwassersee gewesen, der mit seinem den Gezeiten unterworfenen Wasser aus dem Atlantik Wassersportbegeisterte anzog. In eine sachte Hügellandschaft eingebettet, gab es rings um den See Salzwiesen, Klippen und Strände, ein Mekka für Meeresbiologen. Sie wusste noch, wie sie, Philip und einer seiner Architektenfreunde beim Anblick der dort errichteten Strandhäuschen gelacht hatten, die nichts Strandhäuschenartiges an sich hatten und außerdem ziemlich teuer waren. »Es ist sehr schön dort«, sagte sie.

»Finden wir auch«, sagte Katherine. »Dublin ist ganz verrückt geworden, weißt du. Nicht mehr wie früher. Deshalb bin ich viel hier unten. William kann nicht so leicht weg, aber er kommt her, wenn er kann.« Während sie in einem fort plapperte, taxierte sie nebenher Nessa – das Jackett, die Schuhe, die Frisur –, registrierte ihre roten Ecco-Ballerinas, den kaffeebraunen Rock, den Nessa sich vom Boden in Jennifers Zimmer gegriffen hatte, die Bluse von Dunnes Stores, jetzt mit einem sehr teuren Knopf. »Und, was machst du jetzt so?«, sagte Katherine.

»Ich bin Projektmanagerin für einen Ankauf der Elmes Gallery. Wir sind im Begriff, das Atelier von Robert Locke zu erwerben, du hast vielleicht davon gehört.«

Katherine schaute verständnislos.

»Der Bildhauer Robert Locke?«, sagte Nessa. »Die Gipsskulptur?«

»Ah, natürlich. Im *Examiner* stand neulich ein Artikel darüber. Hast du ihn gelesen?«

»Ich hab ihn geschrieben.«

»Du? Na, so was. Oh, das ist ja fantastisch. Gut gemacht, Nessa!«

»Es tut mir sehr leid, aber ich muss mich sputen«, sagte Nessa. »Ich muss nach Hause und Abendessen kochen. Es war nett, dir so unverhofft in die Arme zu laufen. Sag William schöne Grüße. Alles Gute für ihn.«

»Weißt du, wer sich vor kurzem bei mir gemeldet hat?«, sagte Katherine. »Luke.«

Jetzt schaute Nessa verständnislos. »Luke?«

»Amys Sohn.«

»Oh, natürlich. Meine Güte, ja. Luke. Entschuldige.«

»Er ist einundzwanzig, ist das zu glauben? Er hat mir auf Facebook eine Freundschaftsanfrage geschickt. Er wohnt in Manchester bei seinem Vater und studiert digitale Medien.«

»Das ist schön«, sagte Nessa. »Ich meine, es freut mich, dass es gut für ihn läuft.« Bei der Erwähnung des Vaters war sie zusammengezuckt, und sie fragte sich, ob Katherine es bemerkt hatte.

»Er ist für ein paar Wochen hier«, sagte Katherine, »er wohnt bei Amys Tante Gretta in Tipperary. Ich hab ihn eingeladen, ein paar Tage mit uns im Häuschen zu verbringen.«

Was mochte sich ein Einundzwanzigjähriger aus Manchester bei einem Wort wie »Häuschen« vorstellen? »Du kennst ihn?«, sagte Nessa.

»Nein. Das hat William mich auch gefragt.« Ein leiser Zweifel huschte über Katherines Gesicht. »Aber Luke will unbedingt jeden kennenlernen, der seine Mutter kannte. Kann man wohl verstehen.« Sie hielt inne. »Vielleicht möchtest du mal irgendwann zum Abendessen kommen?«

»Ich wüsste nicht, wie ich da groß behilflich sein kann. Ich kann ihm doch nichts sagen, was du ihm nicht auch erzählen könntest.«

»Er hat nach dir gefragt«, sagte Katherine. »Er hatte deinen Namen.«

Es gab ein Bild von Frida Kahlo mit dem Titel *Der verletzte Hirsch*, das einen Hirschbock mit Kahlos Gesicht auf einer Waldlichtung zeigte, sein Fell von neun Pfeilen durchbohrt. So wie Nessa es sah, war sie, hier in dem Mini-Mart, nun wohl aufgespürt und in die Enge getrieben worden.

»Du kommst also?«, sagte Katherine. »Philip natürlich auch. Und deine Kleine. Jennifer, nicht?«

»So klein ist sie nicht mehr. Sie ist an ihrem letzten Geburtstag sechzehn geworden.«

Katherine schüttelte den Kopf. »Wo ist die Zeit hin?«, sagte sie. »Es kommt mir so vor, als wären wir erst gestern wie die Wilden in London herumgerannt.«

Genau genommen, dachte Nessa, war Katherine nie eine Wilde gewesen. In dem Jahr in London, in dem Nessa – und Amy Corrigan – sie widerwillig in ihre WG aufgenommen hatte, stellte Katherine sich den Wecker morgens stets auf halb sieben, damit sie als Erste ins Bad kam. Die irischen

Krankenschwestern in London hatten ausgelassener gefeiert als die Jugend an der Kunsthochschule, Katherine jedoch hatte abends immer ihre Schwesterntracht gebügelt und sich dabei *Coronation Street* angesehen.

»Er kommt in zwei Wochen an«, sagte Katherine. »Wie wär's, wenn wir sagen, an einem Freitagabend zum Essen? Hast du noch dieselbe E-Mail-Adresse?«

Nessa schaute auf den Salatkopf in ihrem Korb. Sie brauchte das Rinderhack, musste rechtzeitig nach Hause kommen und das Essen machen und ihren Vortrag halten. »Ja«, sagte sie, »okay. Ich meine, danke.«

»Wunderbar! Wenn du dabei bist, wird es noch viel schöner. Wir haben das dritte Häuschen in der Reihe, und …« Sie kam ins Stocken. »Du findest uns ohne Probleme. Es ist gerade sehr ruhig da. Meistens sind wir die Einzigen.«

Nessa sah ihr nach, bemerkte, wie elegant und sicher sie ihre Schritte setzte. Katherine war schon immer im mittleren Alter gewesen. Früher machten sie sich darüber lustig: dass sie den Müll hinaustrug, dass sie die Mitteilungen las, die per Post von der Stadtverwaltung kamen. Jetzt war sie tatsächlich so alt, wie es ihrer Art entsprach, und es stand ihr.

Während der Fleischer das Rind durch die Maschine laufen ließ, betrachtete Nessa die auf den Tabletts mit dem zerstoßenen Eis ausgelegten Steaks. Vor über zwanzig Jahren in London kam Amy eines Tages einmal auf die Idee, Teile von Tieren für die Arbeit zu verwenden, die sie bei der Jahresendausstellung am College abgeben wollte. Sie hatte Nessa überredet, mit ihr in einen Schlachthof am Stadtrand zu fahren. Von außen gesehen, hätte es eine Kleiderfabrik sein können oder ein Spielzeugwarenlager oder unzählige andere harmlose Gebäude. Im Innern bestand es aus einer riesigen Halle, in der Tierkörper an Haken aufgereiht hingen. Amy gab einem Mann in einem blutbespritzten weißen Overall Geld und zählte auf, was sie benötigte. Der Mann musterte sie beide mit seinen Fleischeraugen, und Nessa sah förmlich, wie er es in Gedanken durchging: Rippen, Bruststück, Schienbein. Sie stellte sich vor, zerteilt zu sein, ihr Inneres beschriftet wie bei der schematischen Darstellung einer Kuh in einem altmodischen Kochbuch von der Art, die ohne Scheu zeigten, wo das Fleisch herkam. »Ich muss mal an die Luft«, hatte sie gesagt, war ins Freie gegangen und hatte sich hinter einem Stapel Holzpaletten übergeben. Amy kam heraus, eine blutbefleckte Plastiktüte in der Hand. »Du darfst nicht immer so zimperlich sein«, sagte sie verächtlich. »Da drin, das ist das Leben.«

Als sie noch in London wohnten, sagten sie und Amy im Scherz immer, eine der Wahrheit entsprechende Grabinschrift für Katherine würde vielleicht lauten: »Hier ruht Katherine Ferriter. Sie hat nie Schwierigkeiten gemacht.« Außerdem könnte noch darauf stehen, dass sie eine liebende Ehefrau und Mutter war. Aus ihr wäre eine gute Mutter geworden, dachte Nessa, wenn sie die Gelegenheit dazu gehabt hätte. Als sie sich im Hudson Bay Hotel begegnet waren, hatte es aber kein Kind gegeben, und sie hätte davon erfahren, wenn seither eines gekommen wäre. Katherine war ungefährlich, aber sie war eine Erinnerung an London und an Amy, und jetzt war dieser Junge zu bedenken. Luke. Und Stuart, sein Vater.

Nessa bezahlte die Lebensmittel und hastete hinaus zu ihrem Auto. Während der Rückfahrt in die Stadt sickerte das Licht aus dem Tag, und sogar ganz gewöhnliche Felder waren wunderschön mit dem gelben Ginster, der in den dicht bewachsenen Gräben aufbrach, und mit dem Grün, das über alle Ränder quoll, mit dem Gras, das lang und schwer auf die Bankette sank. Auf der anderen Seite lag das Meer, das grau und mit Grund furchteinflößend war, nicht wie die türkisblauen Albernheiten, die anderswo als Meer durchgingen.

Robert Locke hatte eine Serie von sechs thematisch zusammenhängenden Arbeiten mit dem Titel *Seeigel* gemacht. In Handbüchern zu seinem Werk wurden sie meist seinem ersten Jahr in West Cork zugeordnet, Abbildungen davon wurden häufig in repräsentative Bildbände aufgenommen, vielleicht weil die zarten Stacheln des Seeigels so hübsch waren. Nach Nessas Ansicht waren es nicht seine besten Arbeiten. Locke hatte sich in dem Interview, das er 1991 der Kunstzeitschrift *Frieze* gegeben hatte, ausführlich dazu geäußert. Er hatte über das Shoaling von Wellen, über Lichtbrechung und über amphibische Lebensformen als Metaphern für die Existenz des Menschen gesprochen. Als Nessa den Artikel zum ersten Mal las, war sie beeindruckt, hielt ihn inzwischen aber für Geschwafel. Sie hatte gelegentlich Lehraufträge an der Uni – es gab einmal eine Zeit, in der sie keine andere Arbeit fand, und sie wollte sie auch nicht komplett an den Nagel hängen –, und ihr fiel auf, dass die Studenten immer Lockes »amphibische Lebensformen« anführten, wenn sie etwas gemacht hatten, dessen Ursprung ihnen entfallen war.

Mit West Cork hatten die niedlichen Seeigel nichts zu tun. Ihrer Ansicht nach, die Nessa öffentlich aber immer für sich behielt, hatte Locke diese Arbeiten nicht in seinem ersten Jahr in dieser Region gemacht. In seinem persönlichen Leben gab es Anhaltspunkte dafür, dass er zu der Zeit nicht ganz gesund war, möglicherweise einen Nervenzusammenbruch erlitten hatte. Für ihn war sein Werk die Maßzahl seines Lebens, und es war ihm durchaus zuzutrauen, meinte sie, dass er dieser Zeit von sich aus andere Arbeiten zugeschrieben hatte, war er doch ein Mensch, dem Lücken unbehaglich waren.

5

Der Vortrag, den Nessa an dem Abend in der Galerie halten sollte, war einer von vier, die in Vorbereitung auf die Installation von Lockes Atelier angesetzt waren. Die Galerie, gelegen im nördlichen Teil der Uferstraßen von Cork, war ein restauriertes Gebäude im venezianischen Stil, seine Fenster erinnerten an die Grand Central Station, auch wenn es nicht annähernd mit dessen Größe mithalten konnte. Es war einmal das Warenlager eines Samenhändlers gewesen, und an der rückwärtigen Seite der im Erdgeschoss befindlichen Ausstellungsräume ragte ein Teil eines alten Silos vom Boden bis zur Deckc. Hinter diesem Silo war Nessa für einen Moment in Deckung gegangen und trank ein Glas Wein, um ihre Nerven zu beruhigen. Es war ein sonniger Abend, eine Seltenheit im April, das Licht strömte durch die hohen Fenster herein und bildete honiggelbe Pfützen auf den Bodenfliesen.

Gerard P. Henchy, der Direktor der Galerie, war Anfang vierzig und untersetzt. Mit feuchtem Gesicht kam er in dem Jackett, das er bei Veranstaltungen immer trug, ein Tweedgewebe aus Senfgelb und Braun, auf sie zugewalzt. Er hielt es, fiel Nessa auf, nie für nötig, den Bauch einzuziehen, nicht einmal, wenn er fotografiert wurde, hatte nicht das geringste Bedürfnis, sich schmaler zu machen. »Sie erinnern doch an Cambridgeshire, ja?«, sagte er. »Das wäre wichtig. Und vergessen Sie nicht, den Lockes zu danken, sie müssen bei Laune gehalten werden. Vor allem die Witwe.« Er blickte sich um. »Sind sie da?«

»Nein«, sagte sie. »Eleanor war nicht ganz auf dem Damm.«

»Auf dem Damm?«

»Ja.«

»Wie soll ich das mitteilen?«, sagte er. »Es ist hoffentlich … nichts Ernstes? Denn im Idealfall müsste Mrs Locke bei der wichtigsten Veranstaltung anwesend sein.« Die offizielle Einweihung von Lockes Atelier war für den September geplant, für den Tag seines achtzigsten Geburtstags.

»Das wird schon wieder«, sagte Nessa. Henchy suchte in seiner Tasche nach seinen Autoschlüsseln.

»Cambridgeshire gibt viel her«, sagte er. »Die frühen Arbeiten, die Einflüsse. Bleiben Sie bei dem Thema, dann sind Sie großartig. Falls Sie mal steckenbleiben, lesen Sie aus der Broschüre vor.« Sie schaute offenbar missmutig, denn er zwinkerte und sagte: »Gutes Mädchen. Wird sich in Ihrem Lebenslauf prima machen.«

Als er fort war, ging sie zu einem in der Nähe stehenden Tisch und nahm sich ein Exemplar der Broschüre. Über ihren Inhalt hatte es ein kleines Gerangel zwischen ihr und dem Pressesprecher gegeben, und sie überlegte beim Durchblättern des Hefts, ob sich der Pressesprecher vielleicht durchgesetzt hatte. Die Broschüre war auf Hochglanzpapier gedruckt und wenig aussagekräftig – viele Bilder von einzelnen Teilen, obwohl das jeweilige Werk nur als Ganzes richtig zu erfassen war, viele Nahaufnahmen von Arbeiten, die am besten aus drei Metern Abstand betrachtet werden sollten. »Man findet Cambridgeshire in Lockes Frühwerk: die länglichen Figuren, primitiv, flach und auseinandergezogen, die Geometrie der

Angst, wie sie für die fünfziger Jahre typisch war, abgemildert durch das Rund unzähliger Wassermühlen.« Darauf hatte der Direktor bestanden; es war natürlich die derzeit favorisierte Deutung. Eleanor selbst brachte es immer wieder aufs Tapet: Ende der Fünfziger ging es nur um Cambridgeshire, sagte sie, Cambridgeshire und die Jungs von der Biennale in Venedig, und heuchelte in falscher Bescheidenheit Überdruss, als hätte sie persönlich jedes Wochenende mit diesen Jungs verbummelt, während sie Paolozzi in Wahrheit nur ein- oder zweimal begegnet war. Angeblich interessierte er sich nicht sonderlich für sie.

Nessa stand dort, wo sich ab kommenden Herbst Lockes Atelier befinden würde. Die in diesem Bereich der Galerie normalerweise ausgestellten Skulpturen waren bereits in einen anderen Gebäudeflügel gebracht worden, allerdings erst nach einigem Hin und Her mit einem Mann von der Gewerkschaft, der sie ständig mit »Schatz« anredete, bis sie sich die Stücke am liebsten im Dunkel der Nacht auf den Rücken geschnallt und selbst hinübergetragen hätte. Sie ging zu dem Podium in der Mitte des Raumes, nahm eine Broschüre mit. Die versammelten Gäste tranken Gratiswein und plauderten. Niemand schenkte den sechs Arbeiten, um die es an diesem Abend gehen sollte, viel Beachtung, abgesehen von einer Frau, die ganz dicht davortrat, um sie zu betrachten, de facto daran roch. »Guten Abend«, sagte Nessa. Sie hatte einmal einen Hypnotiseur aufgesucht und um Tipps für öffentliche Auftritte gebeten. Er hatte ihr geraten, sich das Mikrofon als Penis vorzustellen, was ihr überhaupt nicht half. Sie wartete darauf, dass die Zuhörer sie wahrnahmen, die aber tranken und unterhielten sich weiter. Nessa tippte ans Mikrofon, tippte ein zweites Mal. Da merkten sie wie eine Schafherde, die plötzlich etwas in ihrer Mitte wittert, einträchtig alle auf. Zuerst schauten sie zu ihr, warfen dann aber verstohlene Blicke nach links und rechts. Zwei Zuhörer schauten über die Schulter nach hinten, wohl in der Hoffnung, jemand Interessanteres zu erspähen, der zum Podium schritt.

Hinter ihr standen die sechs Skulpturen, zwei aus Granit, vier aus Marmor. Sie waren gut gelungen, aber auch Werke eines Mannes am Beginn seiner künstlerischen Laufbahn. Ein Hauch von Populismus haftete ihnen an, ganz schwach nur, aber vorhanden. *Liebe mich*, flüsterten sie, *oder wirf wenigstens ein paar Pennys in meine Mütze*. Nessa hatte viel Zeit dafür aufgewendet, die Arbeiten so aufzustellen, dass der Eindruck von Bewegung entstand und sie sich, betrachtete man sie von links nach rechts, und das sehr schnell, wie eine kurze animierte Sequenz ausnahmen. In der vergangenen Woche war sie viele Male vor ihnen hin- und hergegangen und hatte es überprüft. Als sie jetzt jedoch einen Blick darauf warf, merkte sie, dass die zweite Arbeit ein paar Zentimeter außer der Reihe stand und der Effekt leicht geschmälert war.

»Guten Abend«, sagte sie noch einmal. Wie jetzt weiter? Sie war sich immer noch nicht ganz schlüssig. Denn eigentlich war Cambridgeshire gar nicht so flach, wie der Direktor gemeint hatte; es gab dort auch Hügel, die Gog Magogs, Kreidehügel, auf denen einmal ein Riese dieses Namens lebte, der zu Tode kam, als Corineus ihn von einer Klippe warf. Außerdem vermochte sie in keinem der heute Abend gezeigten Stücke einen Einfluss von Wassermühlen zu erkennen. Die Formen hatten etwas Fließendes, das war nicht von der Hand zu weisen, von Wasser sah Nessa aber nichts. Eher war es etwas

Unruhiges, es war die Art und Weise, in der die Skulpturen regelrecht auf dem Sprung zu sein schienen. Hier drehte sich nicht friedlich ein Mühlrad, eher zeigte sich ein Bedürfnis, woanders zu sein, als könnten die Figuren jeden Augenblick davonlaufen. Nessa war mit Philip mal nach Cambridgeshire gefahren, das war erst zwei Jahre her, bevor das Hässliche mit Cora Wilson anfing. Sie hatten ein angenehmes, wenngleich unspektakuläres Wochenende verbracht. Nessa erinnerte sich an ein nettes Abendessen in einem Gasthaus, über dessen Kamin ein Hirschkopf hing. Und an ein kleines Hotel mit einer teuren Marke Bodylotion im Bad. An dem Wochenende hatten sie sich nicht gestritten, möglicherweise hatten sie sogar Sex. Zumindest hatte keiner von ihnen Sex mit jemand anders.

Die Zuhörer sahen sie erwartungsvoll an. »Es gibt Kreidehügel in Cambridgeshire«, sagte sie. »Cambridgeshire ist nicht vollkommen flach.« Sie stand so dicht vor dem Mikrofon, dass sie kurz mit den Lippen daranstieß und beim Schlucken für einen Augenblick einen metallischen Geschmack im Mund hatte. Sie trat einen Schritt zurück. Und dann berichtete sie den Zuhörern, dass ein Archäologe namens Lethbridge behauptete, antike Figuren unter der Oberfläche der Hügel gefunden zu haben, obgleich die Mehrheit seiner Fachkollegen die Funde nicht anerkannte. Es gab Hinweise darauf, dass Lethbridge und Locke befreundet waren, und das, sagte sie, sei der eigentliche Einfluss, den Cambridgeshire auf Lockes Arbeit hatte. Kreide, Riesen, die Gespräche, die zwischen Locke und Lethbridge wohl stattgefunden hatten, als Letzterer noch nicht lange vom Polarkreis zurück war, wo er Eisbären gegessen hatte.

6

Der Vortrag war vorüber, und ein Praktikant ging mit dem Besen herum und fegte ohne Elan den Abfall zusammen. Nessa war in Postmortem-Stimmung. Sie war sich ziemlich sicher, dass sie über eines der bekannteren Werke Lockes aus der Mitte der Sechziger, eine gefeierte Arbeit mit dem Titel *Stumm*, etwas Falsches gesagt hatte. Es war eine abgeschnittene Zunge, gut einen Meter lang, aus Kilkenny-Kalkstein gemeißelt und bemerkenswert detailreich: die erhabenen Wärzchen, der Zungenrücken, der Gaumenzungenbogen, der sich zu einer Mundhöhle hob, die nicht da war. Wieso sie überhaupt dieses Werk erwähnt hatte, wusste sie jetzt nicht mehr. Es hatte mit Cambridgeshire nichts zu tun, befand sich in der Corkin Gallery in Toronto, und sie hatte es in die Albright-Knox in Buffalo verpflanzt.

Die übergenaue Frau aus dem Publikum war noch da. Sie ging, die Broschüre in der Hand, mit zusammengekniffenen Augen von einer Skulptur zur nächsten. Holte sich einen Stuhl von der Seite in die Mitte des Raumes und ließ sich darauf nieder. Nessa wollte sie schon zum Gehen auffordern, als ihr einfiel, dass diese Frau an dem Abend womöglich als Einzige echtes Interesse gezeigt hatte. Soll sie noch eine Weile sitzen bleiben, dachte sie, als Sam, der Wachmann, von seinem Stuhl aufstand und sagte: »Wir schließen jetzt, Madam.«

Die Frau machte keine Anstalten, sich zu erheben. Sie hatte braunes, mit Grau durchzogenes Haar, das im Nacken zu einem Knoten zusammengenommen war. Die Nase war an der Spitze nach oben gebogen, die Nasenlöcher dadurch sehr deutlich sichtbar, und ihre Augen waren groß und standen ungewöhnlich weit auseinander. Die Frau sprach Nessa an. »Ich habe eine Zeitlang in Sevilla gelebt, da waren die Galerien einen Tag pro Woche über Nacht geöffnet. Donnerstags war das, glaub ich.« Ihr Akzent war schwer einzuordnen. Sam, der ins Foyer hinausgegangen war, kam nun mit etwas im Arm wieder. Einem Rucksack. Die Frau seufzte und stand auf. Nahm den Rucksack wortlos in Empfang und schlang ihn sich über die Schulter.

»Ich fand, Sie waren ein bisschen zu streng mit Cambridgeshire«, sagte sie, als Nessa sie zum Ausgang begleitete. »Ich hatte einen Freund, der ein paar Jahre dort gelebt hat. Er war sehr glücklich dort. Es ist nicht gerade L.A., aber keine schlechte Gegend.«

Nessa wollte nach Hause. Sie wusste jetzt schon nicht mehr genau, was sie über Cambridgeshire gesagt hatte, und das war vielleicht auch gut so. Sie zuckte mit den Achseln. »Ist nur meine Meinung.«

Die Frau nickte. »Ja«, sagte sie, »mehr ist es nicht. Mein Freund, der in Cambridgeshire gewohnt hat, sagte immer, die Luft dort sei schwerer als überall sonst. Man hatte ständig das Gefühl, etwas laste auf einem und drücke einen in die Erde wie ein Samenkorn. Sogar wenn man dort zu Fuß unterwegs war, sagte mein Freund, sei das Vorwärtskommen dort anstrengender gewesen als sonst wo. Außerdem fühle man sich da insgesamt wackliger.« Die Frau blickte Nessa an. »Das könnte daran liegen, dass es so flach ist, meinen Sie nicht?«

Auf dem Fußweg direkt vor der Galerie hatte ein Gastkünstler ein Mosaik aus alten Kanaldeckeln gestaltet, die in den Boden eingelassen waren. Jedes Mal, wenn Nessa darauf ging und das erhabene Muster unter den Füßen spürte, hätte sie sich am liebsten auf alle viere niedergelassen und es mit einem weichen Bleistift auf Backpapier nachgezeichnet. Wäre Jennifer noch jünger, könnten sie so etwas gemeinsam tun. Ein Jammer, dachte sie, dass ihr immer zehn Jahre zu spät einfiel, wie sie eine bessere Mutter sein könnte. »Also«, sagte sie freundlich, »genießen Sie den Rest des Abends.«

Die Frau hatte noch immer die Broschüre in der Hand und schlug sie jetzt auf, blätterte Seiten um. »Hier haben Sie einen Fehler gemacht, aber das wissen Sie sicher schon.«

Nessa wollte schon sagen, dass *Stumm* einmal als Leihgabe in der Albright-Knox gewesen war, auch wenn es sich aktuell nicht dort befand, als sie merkte, dass der Zeigefinger der Frau auf dem Begleittext zu einem Foto der Gipsskulptur lag.

»Hier sollte mein Name stehen«, sagte die Frau.

Nessa hörte so etwas nicht zum ersten Mal. Meist sagten es die Leute ohne jede Rücksicht auf die historische Epoche. Sie standen in einem Penneys-Regenmantel der aktuellen Saison vor ihr und wollten die Muse für ein Bild von Walter Osborne gewesen sein.

»Das Vorbild für die Gipsskulptur oder, wie sie eigentlich heißt, die *Venus im Hotel Negresco*, war die Frau des Bildhauers, Mrs Eleanor Locke«, sagte Nessa.

»Ha, Venus, ja klar«, sagte die Frau. »Was ist das überhaupt für ein Name? Aber das meinte ich nicht. Ich meinte, hier sollte mein Name neben dem von Robert stehen. Ich habe ihm geholfen, die Skulptur zu machen.«

Nessa hob eine Augenbraue. »Sie haben *geholfen?*«

»Ich hatte wesentlichen Anteil an ihrer Entstehung; das ist doch eine anerkannte Definition von ›geholfen‹. Aber Sie wissen sowieso, wovon ich spreche.« Sie lächelte schelmisch.

»Ich habe keine Ahnung«, sagte Nessa.

»Ich bin froh, dass wir Gelegenheit haben, miteinander zu sprechen«, sagte die Frau, »denn Sie müssen das korrigieren. Halten Sie von Cambridgeshire, was Sie wollen, aber hier müssen Sie meinen Namen hinzusetzen.« Sie stieß mit dem Zeigefinger auf die Broschüre, als wollte sie ein Insekt treffen, das über die Seite gehuscht war.

Sam erschien in der Tür. »Ein Anruf für Sie«, sagte er, »Leitung vier.« »Leitung vier« war die Chiffre für *Da ist kein Anruf.*

»Entschuldigung«, sagte Nessa, »aber ich muss gehen.«

»Ha«, sagte die Frau wieder. Sie zog den Reißverschluss ihres Rucksacks auf und schob die Broschüre hinein. Entfernte sich mit seltsam gemächlichem Schritt wie jemand, der sich beim Gehen eher auf Tiere und nachgiebiges weiches Gras einstellt als auf städtisches Pflaster. Nach ein paar Schritten blieb sie stehen, zog eine Karte aus der Seitentasche des Rucksacks und schüttelte sie auf. Danach sah Nessa nichts mehr von ihr, denn Sam, der nach Hause wollte, sperrte bereits die Eingangstür ab, und sie hastete hinein und holte ihre Tasche und ihren Mantel.

In Sunday's Well hatte Philip, als sie heimkam, Essen beim Chinesen bestellt. Hatte es auf einer Platte verteilt und in der Mikrowelle warm gemacht. Seit der Therapiestunde am Morgen hatten sie nicht mehr miteinander gesprochen. »Wegen der Sache mit Dr. Freud, entschuldige«, sagte er. »Manchmal denke ich, wir kämen besser zurecht, wenn der Kerl nicht dabei wäre. Wenn wir zwei einfach nur für eine Stunde in ein Zimmer gingen, in dem es still ist.«

»Dann wäre es keine Beratung«, sagte sie so gelassen, wie sie konnte.

»Stimmt«, sagte er. »Jedenfalls, entschuldige bitte.«

Jennifer sah im Wohnzimmer fern. Nessa steckte den Kopf in die Tür. »Wie war's in der Schule?«

»Gut.«

»Irgendwas Schönes im Fernsehen?«

»Nein. Es ist eine Doku. Brauch ich für die Hausaufgabe.«

Auf dem Bildschirm waren Frauen in Cheerleader-Kostümen um einen Jungen versammelt, der Gitarre spielte. Nessa wollte schon etwas sagen, schloss den Mund aber wieder, ging in die Küche zurück und nahm das Glas Wein, das Philip ihr reichte. »War eine von ihren Freundinnen da?«, fragte sie.

»Ich glaube nicht«, sagte er. »Als ich heimkam, war sonst niemand da.«

»Wenigstens hat sich Ms Johnson nicht wieder gemeldet. Wird sie aber.« Sie aß an der Kücheninsel, Philip ihr gegenüber. Sie erzählte ihm von dem Vortrag und davon, dass sie *Stumm* fälschlicherweise in die Albright-Knox einsortiert hatte.

»Das weiß doch niemand.« Er legte seine Hand auf ihre. Es war eine Geste, die sie immer beruhigt hatte, und sie ließ ihre Hand, wo sie war, obwohl sie noch Essen auf dem Teller hatte. Jennifer kam herein, um sich ein Glas Saft zu holen, und ihre Miene hellte sich auf. Sie suchte ständig nach Indizien dafür, dass ihre Eltern sich trennten, und hatte sich sehr gefreut, als am Valentinstag Rosen für ihre Mutter gebracht wurden. Dieses Jahr war der Strauß über die Maßen üppig ausgefallen, von einer Größe, die in der Floristik als »gebündeltes schlechtes Gewissen« bezeichnet wird, und Jennifer war ganz begeistert gewesen.

»Ich hätte einfach aus der Broschüre vorlesen sollen«, sagte Nessa, als ihre Tochter zum Fernsehen zurückgegangen war.

Philip drückte ihr die Hand. »Was du zu sagen hattest, war bestimmt viel interessanter.«

»Ich bin in den ganzen Kram mit Lethbridge und den Eisbären geraten.«

»Eisbären?«, fragte er mit gerunzelter Stirn.

»Lethbridge war ein Archäologe, er und Locke kannten sich aus Cambridgeshire. Deshalb kam ich auf Lethbridge zu sprechen, der sich auch mal am Polarkreis verirrt hatte und sich von Eisbären ernähren musste. Und von Robben.«

»Schadet doch nicht, das zu erwähnen.«

»Glaubst du?«

»Auf keinen Fall«, sagte er, aber sie spürte, dass er das Interesse verlor. Er würde seine Hand jetzt jeden Augenblick wegziehen, und weil sie so müde war, dass sie noch die geringste Zurückweisung nicht verkraftet hätte, zog sie selbst die Hand unter seiner hervor und griff nach ihrer Gabel. Aß zwar noch einen Bissen Curry, hatte aber keinen Appetit mehr. »Ich glaube, ich nehme ein Bad«, sagte sie.

Das Wasser half, wenn sie in dieser Verfassung war. Baden stellte etwas an mit dem Körper, etwas Urwüchsiges, es hatte mit dem Bedürfnis zu tun, sich über Wasser zu halten. Sie nahm ein Buch mit nach oben, eins aus der Kindheit, das

Flight of the Doves hieß. In der Grundschule hatte die Direktorin dieses Buch laut vorgelesen, jeden Tag ein Kapitel, und so las Nessa es jedes Mal auch, wenn sie wieder danach griff. Sie hörte die Schritte ihrer Tochter auf der Treppe, hörte, wie sie vor der Badtür stehen blieb. »Gute Nacht, Mom«, rief Jennifer.

»Schlaf gut, Liebes.« Im warmen Dunst des Badezimmers las Nessa ein Kapitel in ihrem Buch und legte es dann auf den Boden.

Sie ließ sich tiefer ins Wasser gleiten und dachte an ihren Mann. Philip sah gut aus, war gebildet und ehrgeizig. Andererseits war er wenig auf Sicherheit bedacht, seine eigene oder die seiner Familie, finanzielle oder anderweitige; seine Taktlosigkeit, die Penetranz, mit der er auf nicht abgestaubte Flächen wies, hatten sie diverse Putzfrauen gekostet, und er hatte bei verschiedenen Gelegenheiten und an verschiedenen Orten mit Cora Wilson geschlafen. Nessa berührte sich nicht, als sie an ihn dachte; in die Richtung gingen ihre Gedanken nicht. An Tagen, an denen sie so niedergeschlagen war, stellte sie sich lieber den neuen Wachmann vor, den die Zeitarbeitsfirma seit einiger Zeit schickte, einen jungen Skandinavier mit kurzem blondem Haar, gutaussehend, einen Mann, der ihres Wissens nicht mit Cora Wilson geschlafen hatte, was aber, da es um Cora ging, absolute Sicherheit ausschloss.

Sie blieb in der Wanne, bis das Wasser kalt wurde, wickelte sich dann in ein Handtuch und ging ins Schlafzimmer. Philip war bereits im Bett. Seine Augen glitten über sie hinweg, und er hob die Bettdecke, klopfte einladend auf ihre Seite des Bettes. Sie tat so, als hätte sie es nicht gesehen, und suchte sich ein Nachthemd heraus, das dicke blaue aus Flanell. Als sie neben ihm ins Bett stieg, wanderte seine Hand übers Laken, fand die Seite ihrer Brust und begann sie sacht rhythmisch zu streicheln. Sie sollte wohl guten Willen zeigen. Welchen Sinn hätte es sonst, so viel Geld für eine Eheberatung auszugeben? Sie rutschte in Philips Richtung, bis ihre Körper sich berührten. Er küsste sie auf den Hals. Sie lag still, während er ihr Nachthemd aufknöpfte, den Zeigefinger hineinschob und eine Brustwarze streichelte. Sie drehte sich zu ihm und ließ sich küssen, simulierte Begeisterung, so gut es ging, schloss die Augen und dachte mit aller Kraft an den blonden Wachmann, der in dieser Nacht aber nichts nützte. Sie lag da, kam sich von aller Welt verlassen vor, unerreichbar. Lethbridge, der Archäologe, hätte in all den Stürmen blendend weißen Schnees nicht einsamer sein können, und als Philip zu stoßen begann, dachte sie erneut an Lethbridge, denn es war alles wieder da: der Vortrag, das Versehen mit der Albright-Knox, die exzentrische Frau, alles; die wohltuende Wirkung von Bad und Buch war wie weggeblasen. Sie dachte an die überdimensionale Zunge von *Stumm*, die ihr so viel Kopfzerbrechen bereitet hatte, und dann dachte sie an Robert Locke. Was für ein Liebhaber war er gewesen? Ein zärtlicher? Das konnte sie sich nicht recht vorstellen. Er behandelte seine Frauen wohl eher wie die Dinge, die er aus dem Stein hervorbrachte, all das herrliche Merkwürdige, dem er mit rücksichtsloser Präzision zu Leibe rückte. Und während Philip sich auf ihr bewegte, fiel ihr ein oder rief sie sich mit Absicht ins Gedächtnis, was Eleanor Locke ihr einmal erzählt hatte. Es war kurz nach Beginn ihrer persönlichen Bekanntschaft, an einem Nachmittag Ende Februar, als eine Predigerin, eine Frau von den Zeugen Jehovas, an der Tür der Lockes geläutet hatte. Loretta hatte das Auto wiedererkannt – die Frau hatte offenbar schon einmal vorgesprochen – und war vors Haus gegangen. Nessa hatte damit gerechnet, dass sie die Frau abblitzen lassen würde, und vernahm verblüfft das gemurmelte Hin und Her des längeren Wortwechsels auf der Türschwelle.

Und während ihre Tochter vor dem Haus über Feinheiten der Genesis unterrichtet wurde, schilderte Eleanor Nessa, wie Robert sie bei einem Festival in München einmal hinter der Bühne geliebt hatte, nur durch einen Veloursvorhang von vierhundert Personen getrennt, wie er sie gegen einen Requisitenschrank gedrückt und ihr Kleid hochgehoben hatte. Es hatte nicht lange gedauert, sagte sie, trotzdem war aber ein Bühnenarbeiter vorbeigekommen und hatte wieder kehrtgemacht, als er begriff, was da vor sich ging.

Hatte Eleanor sie schockieren wollen? Oder vielleicht verhöhnen? Hatte sie den Geruch des Hungers wahrgenommen, gespürt, dass Nessa in ihrem eigenen Liebesleben alles andere als glücklich war? Eine Zeitlang hatte Nessa geglaubt, jeder, der in ihre Nähe kam, müsse die Fäulnis ihrer Ehe riechen. Der Schrank hatte ganz schön geklappert, sagte Eleanor, und sie war sich sicher, dass der Lärm im Zuschauerraum zu hören gewesen war. Als Robert hinterher auf die Bühne getreten war, war der Bühnenarbeiter wiedergekommen, hatte sie fälschlicherweise für eine, wie sie sich ausdrückte, gewöhnliche Nutte gehalten und gedacht, er könne auch mal ran.

Als Philip kam, stellte Nessa sich die raue Oberfläche des Requisitenschranks auf ihrer Haut vor und Robert Locke, einen entschlossenen Liebhaber, grob, egoistisch sogar, die Reibung seiner Brust mit dem Flaum dunklen Haars auf ihrer, denn zu der Zeit war er noch ein junger Mann gewesen, wie auf dem Foto von ihm in der Badehose, das in der Diele der Lockes hing, bloße Brust, Haar bis auf die Schultern, herrliche Hände, die die Gipsskulptur berührt hatten und nun sie berührten, sie erschufen, sie zu Eleanor machten, gesichtslos, Robert Locke, der sie fickte.

7

Ihr Büro war ein kleiner Raum in der zweiten Etage der Galerie. Man sah von dort auf den Lee, der grau und schlickig war, und auf das Kommen und Gehen der Passanten auf dem Lavitt's Quay gegenüber. Aus einem bestimmten Winkel konnte sie stromaufwärts die Glasfassade des Opernhauses von Cork erkennen. Auf dem Weg zur Arbeit hatte sie sich an einem Kiosk die Tageszeitungen gekauft, weil sie schauen wollte, ob über die Veranstaltung vom Abend zuvor berichtet wurde. Erleichtert stellte sie fest, dass sie nicht erwähnt wurde, auch ihr Vortrag nicht. Sogar Robert Locke wurde nicht besonders gewürdigt, abgesehen von einem Foto einer Skulptur, deren Titel allerdings falsch angegeben war. Henchy würde sich trotzdem freuen: Es gab eine Aufnahme, auf der er, die Arme vor der Brust verschränkt, neben dem Chef der Handelskammer stand und grinste.

Nessa schaltete ihren Computer ein und beantwortete ein paar Mails. Kurz nach zehn steckte eine Praktikantin, eine nervöse, dunkelhaarige junge Frau, den Kopf zur Tür herein. »Hier möchte Sie jemand sprechen.«

»Wer ist es?«

»Ich weiß es nicht.«

Ihrem Aussehen nach war die Praktikantin nicht viel älter als Jennifer. Sie war vielleicht neu oder auch nicht; bei den Praktikanten war es nicht leicht, den Überblick zu behalten. Hinter ihr im Korridor stand die seltsame Frau vom Vorabend. Heute trug sie einen langen blauen Mohairmantel. Sie lächelte Nessa über den Kopf der jungen Frau hinweg zu und nickte kurz, als werde sie erwartet, als wolle sie sagen: *Ja, ich bin's.* Nessa sah die Praktikantin böse an. »Sie hat keinen Termin. Warum haben Sie sie nicht unten warten lassen?«

»Wollte ich ja. Ich habe gesagt, das wäre das Beste.«

Die Frau trat nach vorn, legte die Hand auf die Schulter der Praktikantin, schob sie sehr sacht zur Seite, wie man ein Tier auf einem Bauernhof bugsiert, und ließ sich Nessa gegenüber auf einem Stuhl nieder. »Danke«, sagte sie zu dem Mädchen, das sich schuldbewusst verdrückte.

»Ich habe leider gleich einen Auswärtstermin«, sagte Nessa.

»Wir haben uns gestern Abend nicht richtig bekanntgemacht«, sagte die Frau. »Ich bin Melanie, aber natürlich werden Sie Roberts nachgelassene Papiere gelesen haben und das vermutlich bereits wissen.« Sie streckte den Arm über den Tisch und schüttelte Nessa die Hand.

»Eine Melanie ist mir nicht erinnerlich«, sagte Nessa zögernd. »Vielleicht können Sie mir auf die Sprünge helfen?«

»Oh, bitte!«, sagte die Frau. »Für Koketterien besteht kein Anlass.« Sie zog den Reißverschluss einer Schultertasche aus Leinen auf und entnahm ihr die Broschüre vom Vorabend. Darin war an mehreren Stellen Papier eingelegt, keine Post-its oder Lesezeichen, sondern von Supermarktreklamezetteln abgerissene Streifen. »Gut«, sagte sie, »das Wichtigste zuerst.« Legte die Broschüre zwischen ihnen auf den Tisch. »Die Anerkennung von Roberts Werk, so spät sie auch kommt, ist eine noble Tat. Die möchte ich keinesfalls schmälern, es wäre das Letzte, was ich wollte. Das ist nicht der Grund für mein

Hiersein. Und ich bin vollkommen einverstanden mit Ihrer Analyse des Werks, das er in Rotterdam geschaffen hat. Gott, ich glaube, bisher hat noch niemand Roberts Intentionen so gut erfasst.«

»Danke«, sagte Nessa. An der Unterseite des Schreibtischs befand sich ein Alarmknopf, und sie überlegte, ob sie ihn drücken sollte. Doch was sollte sie sagen? *Hier bei mir sitzt eine alte Frau, die über Kunst spricht?* Damit würde sie die Praktikantin nur in Schwierigkeiten bringen. »Was sagten Sie, wie ist Ihr Name, Melanie?«

»Ich sagte es nicht, aber er ist Doerr.« Sie beugte sich vor. »Unserem Mr Locke hätte das gefallen. Er war ganz verrückt nach Lob. Der Mann konnte nicht genug davon kriegen.«

»Meines Wissens galt er als uneitel«, sagte Nessa. »›Bescheiden‹, dieses Wort hört man häufig.« Sie wusste nicht, warum sie das Bedürfnis verspürte, ihn zu verteidigen. Aus Gewohnheit vielleicht, nachdem sie sich viele Male gegen Eleanor auf seine Seite geschlagen hatte, oder aus der alten Verehrung der Studentin, die hier wieder zum Tragen kam. Ihre Spielerei vom Abend zuvor fiel ihr ein, als sie den Mann, der seit fast zwanzig Jahren tot war, postum in ihrem Bett zwangsrekrutiert hatte, und die Röte stieg ihr ins Gesicht.

»Alles nur Theater«, sagte Doerr. »Alles vorgetäuscht. Er war der eitelste Mensch, der je auf Erden wandelte.«

»Kannten Sie ihn denn?«, sagte Nessa, obwohl sie sich ziemlich sicher war, dass die Frau Robert Locke nicht gut gekannt haben konnte, falls überhaupt. Sie hatte bereits sämtliche alte Adressbücher und Arbeitshefte durchgesehen, die Loretta ihr überlassen hatte, und kannte alle Namen auswendig. Dort wurde nirgends eine Melanie erwähnt. *Oje, Mela-*

nie, dachte sie, *oje. Bist du ihm einmal hinter einer Bühne, an einem anderen Requisitenschrank gefällig gewesen und suchst jetzt nach deiner Fußnote?* Innerlich schalt Nessa sich. So eine Häme hatte die Frau, mochte sie auch verblendet sein, nicht verdient. Nessa ordnete ihre Gesichtszüge neu und gab sich dasselbe gelassene Aussehen, mit dem sie auch jedes Mal auf der Straße an Cora Wilson vorüberging.

»Manchmal denke ich, ich bereue, dass ich ihn gekannt habe«, sagte Doerr. »Reue zu empfinden ist zwar heute unmodern, aber die meisten Menschen bereuen mehr, als sie zugeben.« Sie lehnte sich auf ihrem Stuhl zurück. Die Frau wirkte keineswegs beschämt oder nervös, fiel Nessa auf, sondern genoss die ganze Vorführung.

Das nun eingetretene Schweigen war nicht so sehr peinlich als vielmehr aggressiv, und als Nessa den starren Blick der Frau erwiderte, dachte sie wieder, wie verblüffend doch deren Augen waren. »Ich war eine Studentin Roberts«, sagte Doerr, »was Ihnen bekannt sein dürfte.«

»Es ist mir keineswegs bekannt. Wie sollte es auch?«

»Wie ich höre, hat die Galerie Roberts Archiv erworben. Sie dürften alle seine Aufzeichnungen gelesen haben.«

»Ja, aber leider erinnere ich mich an keine Erwähnung einer Melanie. Und Locke zog es vor, allein zu arbeiten. Er neigte nicht dazu, mit anderen Künstlern zusammenzuarbeiten.«

»Keiner ist blinder als die, die da Augen haben und sehen nicht«, sagte Doerr. »Das ist aus der Bibel. Oder haben Sie die auch nicht gelesen?«

»Wann haben Sie bei ihm studiert?«, sagte Nessa. Ganz ausgeschlossen war es nicht. Locke hatte in den Siebzigern und Achtzigern an vielen Universitäten Gastprofessuren wahrgenommen. 1975 hatte er ein Semester an der Königlichen Hochschule der bildenden Künste in Gent unterrichtet, und die Art und Weise, wie die Frau die Buchstaben w und v aussprach, erinnerte Nessa an einen Freund aus früheren Zeiten, dessen Familie aus Flandern stammte.

»Das war in den Siebzigern«, sagte Doerr. »Es war eine informelle Vereinbarung.«

»Verstehe.«

Gereiztheit blitzte in Doerrs Gesicht auf. Sie schlug die Broschüre auf, strich mit dem Zeigefinger über die Spalte auf der linken Seite. Die Frau trug keine Ringe, keinerlei Schmuck außer einem schlichten silbernen Armband. »Ich habe lange und gründlich darüber nachgedacht«, sagte sie, »und ich kann es nicht zulassen.« Ihr Zeigefinger war auf einem Absatz am Ende der Seite zur Ruhe gekommen. »Ich habe über die Jahre bei vielem ein Auge zugedrückt, aber das bringt das Fass zum Überlaufen. Dass sie so tief sinken und es verkaufen wollen, ohne meinen Namen zu erwähnen, kann ich nicht zulassen. Wenn Robert noch lebte, würde er das nicht dulden.«

Nessa kannte das Layout der Broschüre, sah es mit geschlossenen Augen vor sich. Sie wusste, dass der Zeigefinger der Frau, der hin- und hergegangen war wie ein Metronom, den Abschnitt über die Gipsskulptur erreicht hatte. »Es ist ganz einfach«, sagte Melanie Doerr. »Ich verlange, dass meine Mitarbeit daran anerkannt wird. Ich verdiene, dass mein Name neben dem von Robert Locke genannt wird. Stattdessen muss ich in jeder Kunstzeitschrift, die ich aufschlage, von Venus und Eleanor Tomlin lesen, und mein Name taucht nirgends auf. Ich war Roberts Inspiration und habe ihm assistiert, habe manchmal für ihn Modell gesessen;

ohne mich gäbe es die Gipsskulptur nicht.« Sie beugte sich weiter über den Tisch. »Setzen Sie meinen Namen neben seinen, mehr brauchen Sie nicht zu tun.« Sie wies auf die Broschüre. »Ich verlange nicht, dass Sie das einstampfen, obwohl ich es könnte. Doch, das könnte ich. Aber Sie werden das in allen nachfolgenden Publikationen korrigieren, und natürlich wird mein Name auch im Katalog erscheinen. Unter uns, wir werden dafür sorgen, dass Eleanor die Wahrheit sagt. Loretta ebenfalls. Wenn das berichtigt ist, die eine Kleinigkeit, sehe ich sogar über den lächerlichen Titel hinweg.«

Nessa richtete sich auf ihrem Stuhl auf. Eleanor hatte sich nach ihrer Ehe nicht ein einziges Mal als Tomlin bezeichnet und korrigierte prompt jeden, der es tat. Es war seltsam, den Namen jetzt aus dem Munde dieser Frau zu hören; sie hatte ihre Hausaufgaben gemacht. Eleanor stammte aus einer Familie von Silberschmieden aus Devon, die in den dreißiger Jahren nach London gegangen waren und in Kensington ein Geschäft eröffnet hatten. Bekannt war sonst über sie nicht viel, das Geschäft muss allerdings gut gelaufen sein, so gut, dass die junge Eleanor Tomlin mit siebzehn für ein Jahr in ein Mädchenpensionat geschickt werden konnte, ein Detail, über das sie mit Nessa nicht sprechen wollte. Vielleicht war es keine schöne Erfahrung gewesen, das Leben in einer solchen Löwengrube. Schließlich war sie nur die Tochter eines Handwerkers, der die Finger nach schmuddeligen Geschäften ausgestreckt hatte. Geld hatten die Tomlins, es war aber kein altes Geld, und es war wohl nicht genug, denn in späteren Jahren wurde das Geschäft anscheinend von einem Vetter übernommen, und Mr und Mrs Tomlin kehrten dezent nach Devon zurück, während ihre Tochter in London blieb.

»Ich weiß, was Sie denken«, sagte Doerr. »Was mag er nur in mir gesehen haben?«

»Ich denke, dass er nie einen Hehl daraus gemacht hat, woher die Inspiration zu der Gipsskulptur kam. Er hat immer gesagt, dass es Eleanor war.«

»Und deswegen ist es auch so?« Sie richtete sich auf. »Weil er es gesagt hat?«

»Die Skulptur ist einem in Nizza aufgenommenen Foto von Eleanor nachgebildet, auf dem sie mit Loretta schwanger war. Das ist bekannt.« Nessa hatte es viele Male gesehen. Loretta hatte es ihr gezeigt, es war aber auch in verschiedenen Kunstzeitschriften abgebildet gewesen. Eine hochschwangere Eleanor lehnt mit einem Ausdruck stiller Zufriedenheit im Hotel Negresco an einem Geländer, unter ihr die Seeseite von Nizza mit ihren Bäumen und der Promenade. Ein Arm ruht auf dem Geländer, der andere auf der Wölbung ihres Leibes. Es war das Porträt einer Frau, die heiter der Mutterschaft entgegensieht. Und in der Positur der Skulptur erkannte man ohne jeden Zweifel – Nessa hatte es Hunderte Male festgestellt – die Haltung Eleanors an diesem Geländer wieder, die linke Hüfte leicht nach vorn gedreht, zur Kamera hin, das eine Bein kaum merklich vor dem anderen. Abgesehen von der Größe und dem nicht ausgeformten Kopf war nur Eleanors rechte Hand anders, die auf dem Foto sicher und fest auf dem Geländer lag, während der Arm bei der Skulptur schutzlos ins Leere griff.

»Sie sprechen von dem Interview in *Flint*, nehme ich an«, sagte Melanie Doerr.

»Ja, und von anderen.«

»In Interviews hat er sich am wenigsten an die Wahrheit gehalten. Als fühlte er sich fast genötigt zu lügen.«

Sie schob die Broschüre über den Tisch. An vielen Stellen hatte sie Notizen an den Rand gekritzelt, obwohl gekritzelt vielleicht nicht das richtige Wort war, denn die Handschrift war sauber und ausreichend schlicht, um lesbar zu sein. »Ich bin nicht der Mensch, der mehr beansprucht, als ihm zusteht«, sagte Doerr. »Da können Sie jeden fragen, der mich kennt, man wird es Ihnen bestätigen. Und ich bin ein sehr aufrichtiger Mensch. Ich erhebe sonst bei keinem Werk Ansprüche, nur bei diesem.«

Vielleicht war es die Wiederholung des Worts »Anspruch«, das den Ausschlag gab. »Melanie«, sagte Nessa. »Sind Sie gekommen, weil Sie sich Geld erhoffen?«

Doerr stand auf. »Wie können Sie es wagen!«, sagte sie. »Geld ist das Letzte, worum es mir geht. Sie glauben, Sie wüssten alles, das ist aber nicht der Fall. Und das, was Sie wissen, trauen Sie sich nicht zu sagen.« Sie hielt kurz inne. »Statt der Spezialistin für Robert Locke, die Sie angeblich sind, sind Sie bloß der Fußsoldat seiner Frau.«

Nessa hob die Brauen. »Entschuldigen Sie«, sagte sie. »Ich habe keine Ahnung, was Sie meinen.«

Doerr begann, an den Säumen ihres Mohairmantels zu nesteln, und als sie weitersprach, sprudelten die Worte noch schneller und abgehackter heraus. »Sie werfen mir zu Unrecht vor, wessen Sie sich selbst schuldig machen«, sagte sie. »Sie fragen, ob ich mir Geld erhoffe. Ha! Sie sind es doch – Sie, Eleanor und Loretta –, die es auf Geld abgesehen haben. Ihnen dämmert, dass es nicht so leicht sein wird, die Gipsskulptur zu verkaufen, wenn ich mit daran beteiligt bin, und deshalb wollen Sie mich aus dem Bild haben. Und, hier bin ich. So einfach kann man mich nicht ausradieren.«

Ein Spucketröpfchen landete auf der Broschüre, und so schnell, wie ein Frosch die Zunge hinausschleudert, reckte Doerr den Zeigefinger und wischte ihn weg. »Ich kann nicht tatenlos herumstehen, während Eleanor Tomlin uns diesen Schwindel auftischt, sich zur Schau stellt und darüber jubelt.« Seltsame Wortwahl, dachte Nessa – »sich zur Schau stellt« –, und das über eine vierundachtzig Jahre alte Einsiedlerin, auch wenn man nachvollziehen konnte, dass eine junge Eleanor, die Eleanor aus dem Hotel Negresco, sich solche Vorhaltungen vielleicht gefallen lassen müsste.

»Ich sehe mir gern alle Belege an, die Sie haben«, sagte Nessa.

Im Nachhinein betrachtet, war das vielleicht der falsche Ton. »Sie sind diejenige, die alle Belege hat«, schrie Doerr. »Er hat alles aufgeschrieben. Ich habe mit eigenen Augen gesehen, wie er es aufgeschrieben hat. Wir haben Seite an Seite gearbeitet. Es steht in seinen Notizbüchern.«

Nessa schüttelte den Kopf. »In den Notizbüchern steht nichts dergleichen.« Um die Frau zu beschwichtigen, sagte sie: »Ich frage noch einmal bei Eleanor und Loretta nach für den Fall, dass sie etwas vergessen haben.«

Doerr stieß ein kurzes, hartes Lachen aus. »*Vergessen*«, sagte sie. »Oh, im Vergessen sind die beiden gut.«

Nessa zog eine Schublade ihres Schreibtischs auf und entnahm ihr eine Visitenkarte des Direktors. »Vielleicht möchten Sie Ihre Überlegungen in einer E-Mail formulieren«, sagte sie. Mitleid überkam sie, als sie der Frau die Karte hinhielt. Die Frau ihr gegenüber, so verblendet sie sein mochte, war durchaus intelligent, attraktiv und wortgewandt.

Doerr wischte die Visitenkarte zur Seite. »Es ist nicht richtig«, sagte sie, »nach all den Jahren, Eleanor Tomlin und ihre Lügen und nun diese Lüge *in aller Öffentlichkeit*. Eine Lüge, die gefeiert und gerühmt und ausgestellt werden soll. Das ist zu viel, das lasse ich nicht zu. Das kann ich nicht zulassen.« Sie steckte die Broschüre mit den flatternden Papierstreifen wieder in ihre Handtasche, blieb aber stehen, wo sie war.

»Ich muss Sie jetzt bitten zu gehen«, sagte Nessa behutsam.

»Sie war nie für die Ewigkeit gedacht.«

»Wie bitte?«

»Die Gipsskulptur. Warum hätte er sie sonst aus Alabastergips machen sollen? Sehen Sie noch andere Arbeiten von ihm, die aus Alabaster wären? Sie war dazu gedacht, sich von allein aufzulösen. Korn um Korn, Jahr um Jahr. Bis sie weg ist«, sagte sie und warf die Arme in die Luft, »nicht mehr da. Ein Vorgang permanenten Schwindens. Von den Armen oder Beinen oder dem Bauch zu sprechen ist eine Herabwürdigung, es ging immer um den *Prozess*, die Auflösung. Und jetzt wollen Sie diesen Prozess anhalten und nennen das *Bewahrung*? Ha! Begreifen Sie nicht, dass Sie sie durch Ihre Bewahrung kaputtmachen? Sie sind nicht besser als ein gewöhnlicher Vandale.«

Nessa griff zum Telefon und wählte den Empfang. »Können Sie bitte Sam heraufschicken?«

Melanie Doerr schlang sich die Tasche über die Schulter und ging einen Schritt zur Tür. »Sie enttäuschen mich«, sagte sie. »Als ich Sie gestern Abend hörte, dachte ich, Sie lassen sich vielleicht dazu bewegen, Interesse zu zeigen. Ich hielt Sie fälschlicherweise für eine Verbündete.«

Nessa folgte ihr in, wie sie fand, vernünftigem Abstand

auf den Treppenabsatz. Doerr ging drei, vier Stufen hinunter, wandte sich dann um. »Ich hatte gehofft, es würde nicht dazu kommen. Ich hatte nicht die Absicht, Besitzansprüche auf ein Werk anzumelden, das nicht auf Dauer angelegt war. Ich bin nicht blind für den Widerspruch, der darin liegt, doch ich sage Ihnen jetzt: Ich habe daran gearbeitet, er hat es mir versprochen, es ist alles schriftlich niedergelegt. Wenn Sie die Expertin sind, die Sie zu sein behaupten, wissen Sie das. Ich habe in der Zeitung gelesen, dass Sie Jahre damit verbracht haben, Roberts Leben und Werk zu erforschen. Es hätte nicht nötig sein müssen, Sie mit der Nase darauf zu stoßen. Die Skulptur gehört mir.«

»Nein«, sagte Nessa leise.

»Ich glaubte, Sie und ich hätten mehr gemeinsam«, sagte Doerr. »Doch zumindest haben Sie eine nicht ganz unwesentliche Eigenschaft der Gipsskulptur. Sie sind dazu bestimmt, sich selbst zu zerstören.« Ihre Hände zogen wieder an der Vorderseite des Mantels. »Ich hätte Sie davor bewahren können, vor Ihrem … Ihrem … *Irrtum.*« Ihre Lippen kosteten das Wort aus. »Irrtum klingt doch wesentlich netter als Lüge, nicht? Und ich halte etwas davon, nett zu sein, wo es möglich ist. Aber Sie wollen nicht hören. Geben Sie Obacht bei Eleanor Tomlin. Mehr sage ich nicht.«

»Es würde ihr nicht gefallen, dass Sie sie Tomlin nennen.«

»Ich weiß«, sagte Doerr, »deswegen sage ich es ja.« Sie wandte sich wieder um und stieg treppabwärts.

Nessa sah ihr nach, bis sie unten angekommen war. Wieder im Büro, legte sie die Visitenkarte des Direktors in die Schublade zurück. Sie war erleichtert, dass die Frau fort war, empfand aber auch ein Quäntchen Reue. Hätte sie das besser hinkriegen können? Ein bisschen anders wohl schon. Melanie Doerr war keine gewöhnliche, keine Wald-und-Wiesen-Spinnerin; über Kunst wusste sie das eine oder andere. Hoffentlich stellte sich nicht heraus, dass sie eine bekannte Größe war, jemand, der Nessa hätte geläufig sein, den sie hätte kennen müssen.

Sie ließ sich verdrossen auf ihren Stuhl plumpsen. Eine Äußerung Doerrs hing ihr noch nach. Es war nicht die – in der eigentlichen Bedeutung des Wortes – sagenhafte Behauptung, sie hätte Locke bei der Skulptur geholfen. Locke hatte immer am liebsten allein gearbeitet. Der von der Frau erhobene Besitzanspruch war zudem lächerlich: Die Gipsskulptur hatte jahrzehntelang friedlich im Haus der Lockes gestanden, die Zeit im Kuhstall nicht eingerechnet. Auch die Behauptung, Locke hätte die Skulptur auf ihre Selbstauflösung hin angelegt, brachte Nessa nicht aus der Ruhe – sie hatte während ihrer Recherchen eine ganze Latte unbegründeter Theorien über diese Skulptur gehört, viele von bezahlten Profis, angefangen damit, dass Locke sie wegen eines Schlaganfalls nicht habe vollenden können, bis hin zu Aussagen, dass er unter dem Einfluss von LSD oder dem Eindruck eines Buchs über Außerirdische gestanden habe. Doerrs Andeutung, Nessa sei ebenfalls im Begriff, sich zu zerstören, hatte sie aber schon getroffen. Am meisten ärgerte sie allerdings, dass Doerr sie als verwandte Seele vereinnahmen wollte. Hätte sie das auch getan, wenn sie mit dem Direktor gesprochen hätte? Nein, natürlich nicht. Henchy wurde nie für einen Verbündeten der Verrückten gehalten, wohingegen Nessa sich sogar ungewollt als Kandidatin für diesen Posten anzubieten schien. Zu ihren Füßen lag ein Streifen des Papiers auf dem

Boden, den Doerr als Lesezeichen benutzt hatte, der Fetzen mit der Toilettenpapierreklame. Nessa hob ihn auf und entdeckte auf der Rückseite ein anderes Bild. Sie glaubte, den Bildausschnitt zu erkennen. Es war fast sicher ein Detail aus einem impressionistischen Gemälde, einem Mohnblumenfeld bei Grez-sur-Loing.

Später, als sie Melanie besser kannte, erfuhr Nessa, dass ihr Akzent nicht aus Flandern herrührte. Sie war nicht in Belgien geboren, hatte auch nie dort gelebt, auch wenn sie das Land als junge, alleinreisende Frau einmal bereist hatte. Geboren war sie in Rijeka in Kroatien, nicht weit von Rabac entfernt, dem Hafen, zu dem sie eines Augustnachmittags mit zwanzig getrampt war, um eine Fähre nach Venedig zu erreichen. Von dort reiste sie westwärts weiter durch Europa und bis nach Nordirland. Ihr Vater war Bootsbauer. Ihr schaukelnder Gang rührte nicht vom Bergwandern her, sondern von einer Verletzung, die sie sich als Kind zugezogen hatte, als sie einmal an einem Fahnenmast hinaufgeklettert war. Das daraus resultierende Hinken wurde ihr ebenso zur Gewohnheit wie alles andere, so wie es für viele Dinge zutrifft, durch die Menschen geschädigt oder geprägt werden. Über ihre Mutter war nur wenig in Erfahrung zu bringen, es gab aber Hinweise auf ein langjähriges Alkoholproblem, das bis in die Kindheit dieser Mutter zurückreichte und vielleicht Melanies ungewöhnliche Gesichtszüge erklärte.

8

Der Eheberater hatte vorgeschlagen, dass sie Spaziergänge unternehmen sollten, nicht jeder für sich, sondern gemeinsam, und an dem Abend leinten sie Bailey an und brachen auf der Sunday's Well Road auf. Beim Fußgängerüberweg an der North Mall, wo sich der Abend übers Wasser senkte und schaukelnde Enten tauchten und herumplatschten, legten sie eine Pause ein. Bailey hockte sich hin und erleichterte sich neben dem rostigem Geländer, und Nessa zog eine Tüte aus dem wie ein Knochen geformten Spender, der an der Leine befestigt war.

»Lass mich«, sagte Philip und nahm ihr die Tüte ab.

»Von wegen die Romantik ist tot«, sagte sie, als er sich bückte und hinter dem Hund saubermachte.

Philip lachte, und sie überquerten die Brücke und gingen in Richtung der Lee Maltings weiter.

Aus alter Gewohnheit schnupperte Bailey an den Ufermauern und den Blumen, die aus ihren Rissen sprossen. Sie mäanderten zur Liberty Street und auf die Patrick Street. Vor dem Kleidergeschäft Moderne blieb Philip stehen. »Hattest du nicht auch mal so einen gelben Pullover?«, sagte er und zeigte auf eine Schaufensterpuppe. Nessa sah hin. Bis auf die Farbe und die Merkmale, Ärmel und einen Halsausschnitt zu haben, wies der Pullover keinerlei Ähnlichkeit mit dem auf, den sie einmal besessen hatte. Trotzdem stieg die vertraute

Furcht in ihr auf. »Mir hat der Pullover an dir immer gefallen«, sagte er. »Wieso trägst du den nicht mehr?«

Nessa zog an Baileys Leine. »Komm weiter, Bailey.«

An dem Tag, an dem sie von Cora Wilson und Philip erfahren hatte, trug sie einen gelben Pullover von Ted Baker mit einem rosa Streifen an den Ärmelbündchen und eine schwarze Hose. Tags darauf hatte sie den Pullover zusammengeknäult und in die Mülltonne geworfen, weil sie wusste, dass sie ihn nie wieder anziehen würde, auch wenn er ihr fehlte. Die schwarze Hose wanderte ebenfalls in den Müll, die aber war wenigstens von Penney gewesen. Sie hatte den Pullover nicht ersetzt, nicht einmal mit einem preiswerteren Modell, hatte hinterher aber jedes Mal, wenn sie den Schrank aufmachte und den leeren Bügel sah, an Cora Wilson denken müssen. Sie warf auch den Kleiderbügel in den Müll.

Dann jedoch erinnerte sie die leere Stelle an Cora, und als sie andere Sachen auf der Stange weiterschob, um die Lücke zu füllen, sang jedes Stück, das schaukelnd dort ankam, so lange *Cora, Cora, Cora,* bis Nessa begriff, sie musste die Sachen an ihren vorigen Platz zurückschieben, oder sie würden alle von Cora Wilson beschmutzt, und sie hätte nichts mehr anzuziehen.

Eines Abends hatte sie die Schranktür demoliert, hatte die Scharniere so brachial mit einer Zange herausgerissen, dass der Rahmen des Schranks einen Knacks bekam und nichts anderes übrigblieb, als das ganze Ding hinauszuwerfen. Philip trug ihn ins Freie, hackte ihn in Stücke und warf die in den Müll. Als sie jetzt in der Patrick Street vor ihm herging und Bailey an der Leine zerrte, weil er spürte, dass sie unbedingt wegwollte, fiel ihr ein, dass Philip kein Wort über den

Schrank verloren hatte. Andererseits waren zu der Zeit viele Sachen kaputtgegangen. Eine Zeitlang hatte sich Nessa gegen die Anschaffung eines neuen Schranks gesträubt, weil dafür nur an der Stelle Platz gewesen wäre, an der schon der alte stand. Noch heute benutzte sie den neuen nur selten und hielt sich dort nie länger auf, zog nur hastig ein Shirt von der Stange und machte die Tür wieder zu. Verzweiflung überkam sie. Jede Ecke und alles war befrachtet mit Erinnerungen; wie sollte ein Eheberater das in Ordnung bringen? Wie schaffte sie es, das hinter sich zu lassen?

»Nicht so schnell.« Philip hatte sie eingeholt. »Ich wusste nicht, dass das ein Wettrennen wird.«

»Es liegt an Bailey«, sagte Nessa. »Ich glaub, ihm reicht's.«

In der Küche fanden sie ein offenes Nutellaglas und verstreute Brotkrümel vor. Jennifer hatte nach Essbarem gestöbert, während sie draußen waren. Von oben drang Musik herab, zu laut. Ihre Nachbarin, Mrs Moriarty, würde vor ihrer Tür stehen. »Jennifer«, sagte Nessa und hämmerte an die Tür des Zimmers, »stell das leiser. Und hilf mir mal bei den Mülltonnen.«

Murrend folgte Jennifer ihrer Mutter nach unten. »Ich muss noch *so* viel lernen. Warum haben wir keine Putzfrau mehr? In der Schule haben alle eine.«

»Sie ist wieder in ihre Heimat gefahren.«

»Red nicht so!«

»Wie denn?«

»›In ihre Heimat.‹ Das ist rassistisch.«

»Ich hab sie nicht geheißen, zurück in ihre Heimat zu fahren, sie hat es einfach getan. Sie ist nicht mehr da, Punkt.«

»Warum besorgen wir uns nicht eine neue?«

»Weil das Geld kostet«, sagte Philip. »Und weil wir keine brauchen. Wir wohnen zu dritt in diesem Haus und können alle sehr gut selbst putzen.« Er nahm sich die Zeitung von der Arbeitsplatte und ließ sich in einem Sessel nieder.

»Wir machen zuerst die Wertstoffe«, sagte Nessa. Sie kam gut ohne die Putzfrau aus. Sie hatte sowieso nicht besonders gründlich gearbeitet. Es war eher, als hätte man einen Poltergeist unter seinem Dach: Beim Heimkommen stellte man fest, dass die Sachen woanders standen.

In der Wertstofftonne stapelte sich der Müll, Dosen lagen auf leeren Milchkartons und die wieder auf Pappkartons. Ginge glatt als moderne Skulptur durch, dachte Nessa. Sie drückte die Sachen zusammen und sammelte den um die Tonne verstreuten Rest ein. Jennifer sortierte missmutig das Glas. »Die Eltern meiner Freundinnen haben nie so viele leere Flaschen«, sagte sie und warf noch eine Weinflasche hinein. Nessa unterdrückte den Impuls, zu fragen, wer diese enthaltsamen neuen Bekannten sein mochten; Cora Wilson hätte sicher eine Antwort parat. Sie fuhr die Tonnen hinaus zum Tor. Jennifer ging hinter ihrer Mutter her und hob eine heruntergewehte Zeitungsseite auf. »Hier«, sagte sie großmütig und atmete tief aus wie jemand, der den ganzen Tag von Hand Hafer gemahlen hatte.

9

Am Montag darauf traf ein Brief für Nessa in der Galerie ein. Er steckte in einem wiederverwerteten Umschlag, nicht aus recyceltem Papier, sondern einem Umschlag, auf dem ein anderer Name ausgestrichen und Nessas Name samt Anschrift der Galerie darübergeschrieben worden war. Verschlossen war er mit drei Streifen Klebeband. Der eigentliche Brief war mit der Hand geschrieben, die Vokale unverhältnismäßig breit, wodurch die Wörter aufgebläht wirkten.

»Liebe Ms McCormack«, stand da, »ich vermute, es ist ›Ms‹, obwohl ich weiß, dass Sie verheiratet sind und eine Tochter haben. Grüße an beide!« Es folgte ein langer, weitschweifiger Absatz über das Wetter in Irland im Vergleich zur Trockenzeit in Neuguinea, dann ein kürzerer, knapperer, in dem nach Nessas Allgemeinbefinden gefragt und ihr empfohlen wurde, jeden Morgen einen Löffel Manukahonig zu sich zu nehmen. Sie habe doch, hieß es, bei dem Gespräch an jenem Vormittag etwas heiser geklungen.

Nessa las weiter. Melanie Doerr schrieb, sie habe im Geiste der Schwesterlichkeit und Kollegialität in der Galerie vorgesprochen. Mit der spanischen Inquisition habe sie nicht gerechnet. Sie habe erwartet, dass Nessa als Wissenschaftlerin mit einem besonderen Interesse an Mr Lockes Werk ihre Wortmeldung begrüßen würde. Stattdessen habe sie eine verdeckte Feindseligkeit gespürt und sei deshalb nicht in der

Lage gewesen, sich selbst im richtigen Licht darzustellen. Robert habe ihr zugesichert, dass ihre Rolle anerkannt werden würde; er selbst habe sorgfältige Aufzeichnungen über ihren Beitrag hinterlassen – *wie Sie sehr wohl wissen*, hieß es in dem Brief. Sie schreibe nun, um Nessa eine zweite Chance zu geben. Es wäre schließlich peinlich, wenn die wahre Geschichte der Gipsskulptur ans Licht käme, und das werde unweigerlich geschehen. Der letzte Satz war mehrmals unterstrichen.

Es folgten zwei wirre Absätze über die Korrelation von ökonomischen Verhältnissen in Europa in den Siebzigern und der Entstehung bestimmter Kunstrichtungen.

Als junge Frau, schrieb Doerr weiter, habe sie 1972 einen Job als Putzfrau und Köchin in einer Künstlerkolonie in Inishowen angenommen. Zusätzlich zu Kost und Logis durfte sie sich unter die Gastkünstler mischen und hatte auf die Weise Robert Locke kennengelernt. Locke, schrieb sie, hatte ihr erlaubt, ihm bei der Arbeit zuzusehen und den ihm zugeteilten Platz im Atelier für eigene künstlerische Versuche zu nutzen. Er habe sie als vielversprechend erklärt und sie eingeladen, als Schülerin nach West Cork zu kommen, wenn er heimgekehrt sei. Sie habe das Angebot nicht sofort annehmen können – habe sich um einen kranken Freund in der Provence kümmern müssen –, sie seien aber brieflich in Verbindung geblieben, und im Frühjahr 1973 sei sie wieder nach Irland gereist, dieses Mal in den Süden, und habe unter ähnlichen Bedingungen wie in Inishowen bei den Lockes gewohnt: eine Reihe täglicher Pflichten im Haushalt als Gegenleistung für Logis und Unterricht. *Neunzehnhundertdreiundsiebzig*, dachte Nessa, *in dem Jahr, in dem Locke die Gipsskulp-*

tur schuf. »Ich habe mit ihm zusammen daran gearbeitet«, schrieb Doerr. »Habe mehr daran gearbeitet als er selbst, und wenn er daran arbeitete, habe ich ihm Modell gesessen. Und als der Sommer zu Ende ging und es für mich Zeit wurde, mich zu verabschieden, sagte er, sie gehöre mir. Wenn Sie seine Arbeitshefte gelesen haben, dürfte Sie das nicht überraschen. In dem Sommer hatte er immer eines dabei; er hatte die Gewohnheit, ein Arbeitsheft zu führen, schlicht blau und liniert, die Zeilen mit breitem Abstand wie bei einem Schulheft. Weder er noch ich hatten die Möglichkeit, einen Transport der Statue zu organisieren, und so verblieb sie bis auf Weiteres auf dem Anwesen der Lockes – als Leihgabe, wenn man so will. Sie gehört mir, ich kann darüber verfügen, und ich wünsche – nein, ich bestehe darauf –, dass die veröffentlichten Informationen darüber berichtigt werden. Wenn mein Name neben dem von Robert Locke angeführt wird, genügt das. Wenn das geschieht, diese eine winzige Korrektur, hören Sie nie wieder von mir, und ich erhebe auch keine weiteren Ansprüche auf die Gipsskulptur.«

Der Brief war mit »Melanie Doerr« unterschrieben. Nessa legte ihn auf den Schreibtisch. Daran konnte doch kein Fünkchen Wahrheit sein, dachte Nessa, und trotzdem war es verstörend, ähnlich verstörend wie ein Betrunkener, der an einer Straßenecke Obszönitäten schrie. Locke hatte wirklich immer Arbeitshefte einstecken gehabt, doch es war wohl eher eine Marotte. Nessa hatte sie gelesen und nur wenig gefunden, was von Interesse war, ob kunsttheoretisch oder sonst wie. Einkaufslisten, hingeworfene Vermerke zu Telefonaten, Kritzeleien ab und zu. Die wenigen noch vorhandenen Hefte waren in schwarzes Leder gebunden, ganz und gar nicht wie Schulhefte. Nessa legte den Brief in ihren Eingangskorb, drehte die beschriebene Seite nach unten, damit sie sie nicht sehen konnte, während sie ihre übrige Post abarbeitete. Dann öffnete sie die Datei mit ihren Notizen zur Recherche und ging ihre Liste der Privatschüler und Schützlinge Robert Lockes durch. Den Namen Doerr fand sie nicht, das hatte sie aber auch nicht erwartet. Es war schließlich ihr ureigenstes Terrain, sie kannte die Liste praktisch auswendig – eine Melanie Doerr gehörte nicht dazu. Sie holte die einzige veröffentlichte Biographie Robert Lockes – eine Hagiographie, musste man sagen – aus dem Regal und ging das Namensregister durch. Auch hier Fehlanzeige bei dem Namen Melanie Doerr. Nessa zog ihr Handy heraus und rief Loretta Locke an.

»*Wie,* sagten Sie, ist der Name?«, sagte Loretta.

»Doerr.«

»Nein, ich erinnere mich nicht, dass mein Vater mal jemand dieses Namens erwähnt hat. Warum?« Es klang, als habe sie Loretta in einem ungünstigen Augenblick erwischt.

»Oh, es hat nur jemand erwähnt, sie wäre eine Schülerin Ihres Vaters gewesen.«

»Dazu habe ich Ihnen eine Liste gegeben, haben Sie da nicht nachgesehen? Sie haben uns weiß Gott oft genug darum gebeten.«

»Ja, danke, Loretta, ich kenne die Liste, sie ist sehr nützlich. Ich habe sie bereits durchgesehen, danke. Dort steht niemand mit dem Namen Doerr.«

»Na bitte«, sagte Loretta.

»Erinnern Sie sich an irgendwelche Arbeitshefte?«

»Ja, es gab drei schwarze. Die haben Sie bereits.«

»Sind Sie sich sicher, dass es nicht auch blaue gab?«

»Ich kenne die Farben«, sagte Loretta. »Es waren drei schwarze Notizbücher, ich habe sie Ihnen alle gegeben. Andere habe ich nicht.«

Es war nicht viel zu gewinnen, wenn Loretta in dieser Stimmung war. »Wenn ich vielleicht am Mittwoch vorbeikäme …«, sagte Nessa, aber Loretta hatte bereits aufgelegt.

Nessa öffnete ein neues Dokument auf ihrem Computer. »Liebe Ms Doerr«, tippte sie, »danke für Ihr Interesse an unserer aktuellen Ausstellung zum Werk von Mr Robert Locke. In Bezug auf Ihre Behauptung, Sie hätten unter Mr Locke studiert, habe ich mit der Familie Rücksprache genommen, und es gibt keine Unterlagen zu einer Schülerin Ihres Namens. Es gibt auch keine sonstigen Unterlagen, mit denen sich Ihre Ansprüche in Bezug auf die Skulptur untermauern ließen. Gestatten Sie mir zu sagen, dass ich sehr gern mit Ihnen gesprochen habe. Ich hoffe, Sie werden auch weiterhin Freude an den in unserer Galerie gezeigten Werken haben.« Sie leckte den Umschlag an und schrieb vorn die Adresse – c/o ein Bed & Breakfast in St. Luke's – darauf, bevor sie ihn in die Poststelle brachte.

Als sie am Mittwoch zum Haus der Lockes fuhr, waren die Straßengräben aufgeweicht und strotzten von Fuchsien. Gras ragte von der Straßenseite auf die Fahrbahn, und Nessa hatte den Eindruck, die riesigen Rhabarberpflanzen, die vorn am Weg blühten, seien seit ihrem letzten Besuch noch mehr gewachsen. Loretta wartete, was ungewöhnlich war, vor dem Haus. »Haben Sie noch mal von der Frau gehört, die behauptet, sie wäre Schülerin bei Daddy gewesen?«, fragte sie, als sie Nessa den Mantel abnahm.

»Nein.«

»Gut. Wenn Sie so etwas noch mal von irgendwem hören, kommen Sie damit unbedingt zu mir, nicht zu meiner Mutter.«

»Natürlich.«

Loretta führte sie hinein. »Es gab eine Zeit, als sie jünger war, da wäre sie mit so etwas so leicht fertiggeworden wie mit Atemholen, jetzt aber, na ja ... Sie wissen ja, wie Sie ist.« Sie blieb vor der Tür in das kleine hintere Zimmer stehen. »Ihre Krampfadern machen ihr zu schaffen; Sie werden feststellen, dass ihre Stimmung etwas gedämpft ist.«

Eleanor war an dem Nachmittag gereizt. Sie hatte kaum angefangen, auf Nessas erste Frage einzugehen – eine Frage zu einer frühen Arbeit aus Speckstein, die in einer Kiste mit Arbeiten aus Lockes Spätphase aufgetaucht war –, als sie plötzlich zur Toilette musste. Es kam selten vor, dass sie ein Interview zu diesem Zweck unterbrechen wollte, vielleicht hielt sie es für eine unfreiwillige Demonstration von Schwäche. »Loretta«, sagte sie, und ihre Wangen färbten sich rot. Im Nu verließ Loretta ihren Platz in der Nische und führte ihre Mutter am Ellbogen zu dem vom Flur abgehenden Badezimmer.

Nessa wartete auf die Rückkehr der beiden. Loretta, hörte sie, sagte etwas, worauf Eleanor verärgert mit »Ja, ja« antwortete. Dann ging eine Tür zu, und Loretta lief im Flur hin und her.

Nessa war in diesem Raum nur selten allein. Sie nutzte die Gelegenheit und ging ans Fenster, um sich den Garten hinter dem Haus gründlicher anzusehen. Ein Streifen sturmgebeugtes Gras, gesäumt von Nesseln; ein verwitterter Holzbehälter, vielleicht einst zur Lagerung von Torf benutzt; die rostige Karosserie eines Campingwagens. Noch weiter hinten stand Lorettas Land Rover, ein Defender in Graugrün mit Trittbrettern an den Seiten und Frontschutzbügel. So einen hatte Nessa auch mal gewollt; sie waren in Sunday's Well kurzzeitig in Mode gewesen. Lorettas Wagen war ein altes Modell.

Sie setzte sich wieder und betrachtete den Teppich – altmodisch gemustert, aber offenbar von guter Qualität, denn der Flor war nicht niedergedrückt. Noch immer ließ nichts darauf schließen, dass die Frauen zurückkehrten. Es kam Nessa falsch vor, dass sie hier allein und still am Tisch saß, wenn Loretta nur wenige Schritte entfernt und ebenfalls allein und still war.

Sie stand auf und ging in die Diele. Sie sah Lorettas Gesicht und wusste im selben Augenblick, dass sie einen Fehler gemacht hatte. Aus dem Bad drang vernehmliches Geraschel. Sie wollte fragen, ob alles in Ordnung sei, doch das kam ihr unter den Umständen ungehörig vor. Sie lächelte Loretta zu, und die verzog als Antwort das Gesicht. Was nun? Nessa konnte ja kaum auf dem Absatz kehrtmachen und zum Tisch zurückschleichen, und außerdem, würde es Loretta umbringen, ein bisschen höflich zu sein? Um Eleanor nicht zu stören, zog sie sich in einen Winkel des Flurs zurück, in dem Kleiderhaken angebracht waren. Die Stelle war ihr noch gar nicht aufgefallen, denn an den Tagen, an denen sie im Mantel kam, nahm Loretta ihn ihr ab, wenn sie das Haus betrat, und brachte ihn wieder, wenn sie ging. Noch etwas fiel ihr jetzt auf. Oberhalb der Kleiderhaken hing eine Fotografie von Robert Locke, der an einem Pier stand und den Arm um die Schultern eines Mannes gelegt hatte, den Nessa nicht erkannte. Und im Hintergrund sah sie einen ihr bekannten braun-weißen Hund.

Eine Aufnahme von Robert Locke mit so einem braun-weißen Hund war Anfang der Siebziger in einem Kalender über schottische Künstler erschienen. Auf der trug Robert den Hund auf den Armen, Mann und Tier im vertraulichen Miteinander. Es war ein Kalender, mit dem Künstler dem Publikum nähergebracht werden sollten, indem man sie mit einem Tier zeigte, und Nessa hatte den Hund für ein Requisit gehalten. Sam Black war mit einem Lamm fotografiert worden, Mark Boyle mit einem Basset Hound; George Wyllie und John Bellany hielten beide ein Kaninchen im Arm.

»Sie hatten wirklich einen Hund?«, sagte sie.

»Ja.« Lorettas Stimme war so leise, dass sie praktisch flüsterte.

»Wie war sein Name?«

»Sein *Name*?«, sagte Loretta, als hätte Nessa etwas Albernes gefragt. Und dann, zögernd: »Sein Name war Pirat. Wir hatten ihn nur für kurze Zeit. Wir bekamen ihn von einem Freund meines Vaters geschenkt, jemand, der ihn nicht sonderlich gut kannte.«

»Ist er gestorben?« Nessa kam sich sofort töricht vor, denn selbst wenn der Hund damals nicht gestorben war, wäre er das seither auf alle Fälle.

»Nein, er wurde weggegeben.« Loretta glaubte anscheinend, damit wäre die Angelegenheit erledigt.

Nessa stellte sich vor, Bailey wegzugeben und was Jennifer dazu sagen würde. »Wie alt waren Sie damals?«

Loretta winkte sie zu sich, und Nessa ging durch den Flur zu ihr.

»Ich war vierzehn«, sagte Loretta leise. »Ich war kein Kind mehr. Wir konnten kein Haustier gebrauchen, es war unpraktisch.«

»Trotzdem«, sagte Nessa, »es muss doch schwer gewesen sein. Warum wurde er weggegeben?«

»Mein Vater war so oft fort, es war nur vernünftig. Der Hund hatte wohl auch einen negativen Einfluss auf ihn, er ging ihm auf die Nerven. Kurz nachdem wir ihn bekommen hatten, das weiß ich noch, ›verschwand‹ er mal wieder. Aber eine Frau, eine Künstlerin, die zu Besuch kam, wollte den Hund haben. Sie war ganz begeistert von Pirat und er von ihr. Ich glaube, sie war einsam.«

Und Sie waren nicht einsam, Loretta?, hätte Nessa beinahe gesagt. *Sie waren kein bisschen einsam, hier in diesem Haus? Ihnen hätte die Gesellschaft von Pirat doch sicher gutgetan.* Nessa war dennoch nicht überrascht; sie hatte Robert Locke nie als jemanden gesehen, der sich mit Tieren abgab. Sie hatte sich oft gefragt, ob derjenige, der ihn gebeten hatte, sich für den Kalender zur Verfügung zu stellen, Lockes Serie über Hügel und Täler kannte, die Ende der Sechziger entstand, *Dachs 1, 2 & 3, Kröte, Kreuzotter, Zauneidechse,* kleine Marmorskulpturen, die die Eigenarten der jeweiligen Tiere überaus genau erfassten und sie zugleich grotesk entstellten – unförmige Köpfe und Torsi, die nach dem Rumpfansatz in ein ungestalt gewundenes Ende ausliefen.

»Ich finde, das war falsch von Ihrem Vater«, sagte sie. »So etwas, das sage ich als Mutter, hätte ich niemals getan, einem Kind einfach so den Hund wegnehmen.« Es war das vielleicht einzige Mal, seit sie in dieses Haus kam, dass sie Robert Locke die Gefolgschaft aufkündigte.

Dann geschah etwas Bemerkenswertes und Schockierendes: Loretta Locke zwickte sie in die weiche Haut an der Innenseite des Arms. Nessa schrie auf und sah Loretta ungläubig an, die aber wies nur mit dem Kopf in Richtung Badtür. Und Nessa verstand sofort, dass es Eleanor gewesen war, die den Hund weggegeben hatte.

Zurück in Sunday's Well, machte sie sich einen Kaffee und trank ihn im Sitzen an der Terrassentür zum Garten. Zu gern hätte sie jetzt ihre Schwester in Canberra angerufen, dachte aber an den Zeitunterschied und schaute stattdessen auf das grüne Chaos, das sich bis zum Fluss erstreckte. Nicht gerade das, was man in *Homes & Gardens* zu sehen bekommt: der rostige Zaun, ein Busch, einst in gelber Blüte, jetzt jedoch ein Mulch aus braunen Blättern. Über den Zaun schoben sich dunkelgrüne Ranken, die dem wilden Rhabarber der Lockes das Leben schwergemacht hätten. Von ihrem Sitzplatz sah sie die schlammige Stelle, an der Bailey gern Knochen in der Erde vergrub oder ohne jeden Grund herumbuddelte, als wäre er wieder ein Welpe. Als hätte er ihre Gedanken gehört, kam er über die Wiese getrottet, blieb unterwegs aber noch einmal stehen und schnupperte an etwas. Er kam zur Tür gesprungen und stand da, schlug mit dem Schwanz gegen das Glas. Nessa ließ ihn herein, und er legte sich hin, rollte sich auf den Rücken und wollte den Bauch gekrault haben. Während er zu ihren Füßen döste, schoss ab und zu eine seiner Pfoten hervor und scharrte über den Boden, als wolle er tiefer in den Schlaf gleiten, sei aber abgehalten worden. Als Nessa nach unten griff, um ihn zu beruhigen, sah sie den Abdruck von Loretta Lockes Nägeln auf ihrem Arm, eine Reihe von Mondsicheln, die sich blau verfärbten.

Sie meinte, die Haustür wäre aufgegangen, doch es war nur ein durch den Briefschlitz geworfener Reklamezettel. Als sie am Nachmittag hereingekommen war, hatte sie Jennifer gerufen, aber keine Antwort erhalten. Das Zimmer ihrer Tochter im ersten Stock sah aus, als wäre dort eingebrochen worden, Lidschattenpaletten, Sprühdosen und weggeworfene Kleider waren über den Boden verstreut. Beim Feldhockey konnte Jennifer nicht sein – sie hatte sich standhaft geweigert, in die Mannschaft zurückzukehren. Als Nessa fragte, ob es wegen Mandy Wilson wäre, hatte sie mürrisch verneint; von Feldhockey bekäme sie dicke Oberschenkel.

Nach einer Weile stand Bailey auf und schlenderte davon. Er würde neben seinem Fressnapf warten und darauf vertrauen, dass sie ihm folgte, deshalb ging sie in die Küche, schüttete Hundefutter in den Napf und füllte sein Wasser auf. Sie sah eine Nachricht auf dem Whiteboard: *heute außerplanmäßige Chorstunde*. Jennifer setzte die Querstriche bei ihren t mit so viel Verve, dass sie fast bis ans Ende der Wörter reichten und ein Dach über den niedrigeren Buchstaben bildeten.

Erleichtert wärmte sie sich etwas Suppe auf, holte dann ihren Laptop heraus und beantwortete E-Mails.

Jennifer kam erst um sieben am Abend.

»Hey, Liebes«, sagte Nessa. »Ich hab mir langsam schon Sorgen gemacht. Weißt du, wie spät es ist?«

Jennifer verzog das Gesicht. »Ich hab's dir doch geschrieben.«

»Ja, ich weiß, aber außerschulische Sachen finden sonst nicht so spät statt, oder?«

»Der Chor schon.« Jennifer ließ eine Mappe mit Notenblättern auf die Kücheninsel fallen. »Hast du Bailey zu fressen gegeben?«

»Ja, der Hund ist gefüttert. Was ist mit dir? Soll ich Nudeln kochen?«

Jennifer schüttelte den Kopf. »Ich hab mir auf dem Heimweg ein Sandwich geholt.« Sie nahm sich einen Joghurt aus dem Kühlschrank, löffelte an der Spüle stehend. »Wo ist Dad?«

»Er hatte einen Termin mit Kunden.« *Wie du Chorprobe hattest.* Der Gedanke schoss ihr ungewollt durch den Kopf, er war unfair, sie wusste es und war von sich selbst enttäuscht.

»Kommt er bald nach Hause?«, fragte Jennifer.

»Davon gehe ich aus.«

Jennifer schien nicht ganz zufrieden mit der Antwort, beschloss aber wohl, es gut sein zu lassen, denn sie ging nach oben, und kurz darauf hörte Nessa durch die Decke das Gemurmel ihrer Tochter, die am Handy mit jemandem sprach.

Nessa ging zu dem Schrank unter der Treppe und holte die alten Fotoalben heraus. Seit ihrer zufälligen Begegnung mit Katherine Ferriter wanderten ihre Gedanken immer wieder zu ihrer gemeinsamen Collegezeit und zu den Jahren in London zurück, hauptsächlich jedoch zu Amy. Sie suchte speziell nach einem Foto. Es war vor Jahren einmal mit der Post gekommen, ohne einen Brief oder auch nur ein paar Zeilen, nur mit Amys Unterschrift auf der Rückseite. Im ersten Album, das Nessa durchblätterte, war es nicht, und sie schlug das nächste auf. Sie überlegte schon, ob die Erinnerung ihr einen Streich spielte, als es plötzlich auftauchte: das Farbfoto eines kleines Kindes, das auf einem rundlichen Pony saß, Amys Sohn Luke mit ungefähr zweieinhalb. Eine merkwürdige Vorstellung, dass sie dieses Kind schon bald als jungen Mann wiedersehen sollte. Und da war auch Amy: noch schöner als in Nessas Erinnerung, stolz, leuchtend. Es war eine Aufnahme, wie man sie in der *Grazia* von Filmstars sah, die im Glanz ihrer Jugend abgebildet waren, ganz blendende Verheißung und Leidenschaft, und Amy sah aus wie eine Göttin, mit den Feldern von Tipperary, die sich hinter ihr erstreckten, so prachtvoll wie jeder Hintergrund in Hollywood. Man konnte ewig in diesem Foto forschen, dachte Nessa, und fände doch keinen Hinweis darauf, wie das künftige Leben dieser schönen Frau und ihres hübschen Sohnes verlaufen würde. Amy war wenige Tage nach Entstehung der Aufnahme nach London zurückgekehrt. *Nun fliegt davon auf eurem Pferd,* wollte Nessa sagen, *reitet bis zum entlegensten Winkel des fernsten Feldes, Kind und Mutter, geht! Lebt bei den Pflanzen und den kleinen wilden Tieren, esst Käfer und Gras, wenn nötig, und kommt nie mehr wieder.*

Philip war noch nicht zu Hause, und so zog sie *Flight of the Doves* aus dem Regal und ging hinauf ins Bett, obwohl es draußen noch hell war. Sie zog die Vorhänge zu und stieg unter die Decke. Als sie ein Kapitel gelesen hatte, schlief sie ein und träumte von einem Bataillon von Hunden, die einen Hügel erklommen, und einem kleinen Pony, das hinter ihnen hergaloppierte, und auch wenn die Hügel nicht die Klippen an der Küste rings um das Haus der Lockes waren, sondern die grünen Täler von Tipperary, war dort Loretta Locke und führte die Nachhut herauf. Philip kam später ins Bett geschlüpft, seine Bewegungen so sacht und geisterhaft wie die Hunde in ihren Träumen.

10

Katherine Ferriter hatte Wort gehalten und sich gemeldet, und am Freitag der kommenden Woche wurden sie alle zum Abendessen in dem Häuschen am Lough Hyne erwartet. Katherines Mann kam mit dem Auto aus Dublin und holte Luke unterwegs bei seiner Großtante Gretta in Tipperary ab. Amy Corrigan, Lukes Mutter, war in eine Farmersfamilie im Südosten von Tipperary in eine Gemeinde hineingeboren worden, die zwischen verschlafen und wachsam oszillierte. Die Begleitmusik ihrer Kindheit lieferten das Gesumm der Melkmaschinen und das Brüllen der Kälber ebenso wie die wesentlich bekannteren ländlichen Geräusche von singenden Vögeln und Kirchenglocken.

An dem Freitagvormittag war Nessa in einem Café, zwei Türen neben der Galerie, und holte sich einen Kaffee. »Zum Mitnehmen«, sagte sie zu dem Barista. Beim Warten erblickte sie Henchy, den Direktor, an einem Tisch in der Ecke. Er sah direkt zu ihr herüber, so dass sie nicht so tun konnte, als hätte sie ihn nicht gesehen. Sie winkte zwar, zog aber sofort ihr Portemonnaie heraus und tat so, als zählte sie ihr Kleingeld. Henchy stand auf und kam herüber. »Nur kurz, bevor Sie gehen«, sagte er und hastete an seinen Tisch zurück, an dem er, wie Nessa nun sah, mit seinem Freund saß, dem Dichter HK.

Sie bezahlte ihren Kaffee und ging hinüber. Eine kostenlose Lokalzeitung war auf dem Tisch bei einem Foto von Melanie Doerr aufgeschlagen. Die Überschrift über dem Artikel lautete: »Frau ringt mit Galerie um die Wahrheit.« Als Verfasser war ein Name angegeben, den Nessa noch nie gehört hatte. Die Bildunterschrift lautete: »Ich bitte sie nur um dieses eine.« Nessa griff nach der Zeitung, überflog den Artikel. Das »eine«, das Doerr von der Galerie forderte, war die Anerkennung ihrer Mitarbeit an der Gipsskulptur; ihr Name sollte neben den von Robert Locke gesetzt werden. Doerr hatte auch ihre Behauptung, Robert Locke habe ihr die Skulptur geschenkt, wiederholt. Dass sie angeblich auf Vergänglichkeit angelegt gewesen war, wurde nur am Rande erwähnt, die Zeitung war schließlich kein Fachblatt für Kunst.

Doerr gehörte zu den Menschen, die auf Fotos besser aussehen als im realen Leben. Jemand hatte ihr geraten, sich für die Aufnahme von ihrer Leinentasche zu trennen, und das Blau ihres Mohairmantels war nachbearbeitet worden. »Interessant«, sagte Nessa. »Das hatte ich nicht gesehen. Die Zeitung lese ich normalerweise nicht.«

»Wir hatten gestern den Elektriker im Haus«, sagte HK, »er hat sie dagelassen. Wenn Sie meine Meinung hören wollen, ich würde mir darüber nicht zu viele Sorgen machen.«

»Ich mache mir keine Sorgen«, sagte sie.

»Ich finde, wir sollten eine Strategie haben«, sagte Henchy.

»Ich schicke sie zu Ihnen, wenn sie noch mal kommt«, sagte Nessa, »was halten Sie davon? Vielleicht können Sie sie zur Vernunft bringen. Ich habe es weiß Gott versucht.«

»*Noch mal?*«, sagte Henchy. »Was soll das heißen, ›noch mal‹? Ich wusste nicht, dass sie uns mit ihrer Anwesenheit beehrt hat.«

»Sie war bei dem Vortrag über die Stücke aus der Cambridgeshire-Phase«, sagte Nessa. »Und kam hinterher zu mir ins Büro.«

»Und Sie haben nicht daran gedacht, mir das zu sagen?«

»Ich war in der Lage, das selbst zu erledigen.«

»Ich überlege«, sagte HK, »ob hier ein Fall von versuchter Aneignung vorliegt. Nach dem Motto: Migrantischer Beitrag zu einem Werk, der von einem wohlhabenden Mann des Westens vereinnahmt wird? Nur mal so in den Raum gestellt. Als Advocatus Diaboli, wenn Sie wollen.«

»Ich habe bei Loretta Locke nachgefragt«, sagte Nessa. »Sie hat eine Liste aller Schüler ihres Vaters zusammengestellt. Da wird niemand namens Doerr angeführt. Und Robert Locke hat sie in keinem seiner nachgelassenen Papiere erwähnt, trotz Doerrs Behauptung, er habe versprochen, auf sie hinzuweisen. Ich muss leider sagen, dass die Frau mir etwas wahnhaft vorkommt.«

»Welches Wort verwenden wir heute für so etwas?«, sagte Henchy. »Sagen wir, sie ist ›nicht ganz gesund‹? Was sagen wir dazu?«

»Wir äußern uns nicht dazu«, sagte Nessa. »Wir werten es nicht auf. Es ist ein Artikel in einer kostenlosen Zeitung, von jemandem, der kein Journalist ist.«

Henchy fuhr sich mehrere Male durch das dünner werdende Haar. »Sie könnten mir eine Aktennotiz schicken«, sagte er. »Ich sollte den Beirat verständigen, und Sie sind diejenige, die mit ihr verhandelt. Und mit den Lockes.«

Als sie zur Arbeit zurückging, drückte Nessa den Kaffeebecher so fest zusammen, dass ein kleiner Milchkaffeevulkan durch die Öffnung im Deckel ausbrach. Sie merkte es aber erst, als er an der Seite herablief und sie sich die Finger verbrannte.

Der Lough Hyne lag anderthalb Stunden südwestlich der Stadt, zehn Autominuten weiter als bis zum Haus der Lockes. Vor viertausend Jahren führte der See noch Süßwasser, das Meer war aber durch eine Engstelle, in der Gegend als Rapids, Stromschnellen, bekannt, weiter ins Land vorgedrungen und hatte ein, wenn man so wollte, ökologisches Wunder geschaffen: einen warmen Meerwassersee mit Wäldern, Klippen und einer Salzwiese. Er war nicht groß, nur etwa anderthalbhalb Quadratkilometer, mit einem Steinstrand; Teile der Uferbefestigungen waren während der Hungersnot als öffentlich finanzierte Hilfsmaßnahme errichtet worden. Auf den Wiesen um den See standen einige Bauernhäuser, auf einem Hügelkamm ein größeres Pfarrhaus, das sich im Besitz einer irisch-amerikanischen Familie befand, die jeden Sommer hierherkam. Und es gab die Strandhäuschen, ein Dutzend, errichtet auf Betonstelzen im wieder urbar gemachten sumpfigen Küstenvorland.

Sie fuhren kurz nach halb sechs in der Stadt los, Nessa am Steuer, Philip mit dem Laptop auf den Knien auf dem Beifahrersitz und Jennifer auf dem Rücksitz. Sie nahmen die Küstenstraße und erwischten noch die Spätnachmittagssonne auf dem Wasser. Die irische Landschaft, dachte Nessa, wurde häufig als grün bezeichnet, nur selten aber als »bedächtig«, das im Grunde passendere Wort. Es war eine gleichförmige, schwerfällige Landschaft, all die Berge, all der Nebel wie der, der gerade vom Meer hereingetragen wurde, verhinderten jedes Fahrtempo über sechzig Stundenkilometer hinaus. Hier war der Boden bis in die Tiefe fest, Generation um Generation bedächtig lebender Menschen starben und wurden begraben, Schicht auf Schicht, ihre bedächtigen Knochen verdichteten sich zu dieser Kalksteinlandschaft.

»Das waren mal Umkleidehütten«, sagte Jennifer, als sie an der Delikatessenhandlung Grainger vorbeikamen, einem Holzbau, der mit der Rückseite zum Meer und mit dem Eingang zur Hauptdurchfahrtsstraße von Skibbereen stand. Nessa wusste noch, wie sie Jennifer, damals noch im Vorschulalter, in diesen Hütten mit den Holzbänken voller Splitter und dem Betonfußboden in ihren Badeanzug gezwängt hatte. »Einmal musste ich hinter einer pinkeln gehen«, sagte Jennifer, »weil du fandst, bis zu den Toiletten wäre es zu weit zu laufen.«

»Das ist nicht wahr«, sagte Nessa, aber noch während sie sprach, regte sich in ihrem Hinterkopf eine Erinnerung.

Sie hatte sich für Luke ein paar Anekdoten ins Gedächtnis rufen wollen – lustige, aber auch ungefährliche und anrührende Erlebnisse. Denn was um alles in der Welt konnte sie dem Jungen sinnvollerweise erzählen? Dass seine Mutter als Teenager mit dem Traktor über die Nebenstraßen gebrettert war, als wäre es ein Ferrari? Dass man ihr beigebracht hatte, wie man den Arm in eine Kuh schiebt, das Kalb zu fassen bekommt und herauszieht? Wie viel Interesse würde ein Einundzwanzigjähriger aus Manchester dafür aufbringen? Sie merkte, dass ihr übel werden wollte, öffnete das Fenster und ließ ein bisschen frische Luft herein.

Sie hatte eine Weile hin und her überlegt, was sie anziehen sollte, und sich zuletzt für ein grünes Kleid mit einem Muster aus kleinen Vögeln entschieden, die auf den ersten Blick wie

Reiher aussahen, bei genauerem Hinsehen aber Dodos waren. Geschlossen wurde es mit einem grünen Samtband im Nacken, eine ironische Anspielung, meinte sie, auf den viktorianischen Stil, ein zweites Band schmeichelte als Gürtel ihrer Taille. Hoffentlich war es förmlich genug, Katherine zu vermitteln, dass sie sich bemüht hatte, und gleichzeitig nicht so förmlich, dass sie damit ihrem mittleren Alter entsprechend betulich aussah. Sie wollte als ehemalige Freundin der schönen verstorbenen Mutter dieses Jungen glaubhaft erscheinen. Wie würde er sein? Als kleines Kind hatte er seiner Mutter sehr ähnlich gesehen, und vor ihrem inneren Auge sah Nessa jetzt einen dunkelhaarigen Grufti mit schwarz umrandeten Augen, einen Jungen, der aussah wie Amy in ihrer Teenagerkluft. *Lass die Finger von ihm,* hörte sie Amy sagen, *ich weiß, wie du bist.* »Das ist nicht fair …«, protestierte Nessa in Gedanken schon, bevor sie sich zusammenriss und wieder auf die Straße mit ihren trügerischen Kurven konzentrierte.

Auf dieser Straße fuhr sie meist zu den Lockes, und jetzt lieferte ihr Hirn ihr alle paar Kilometer ungebeten eine neue Frage, die sie Eleanor stellen, oder ein Datum, das sie mit Loretta überprüfen müsste. Sie hatte vereinbart, dass sie die beiden am kommenden Mittwoch wieder aufsuchen würde. Eleanor war nur mittwochs zu einem Treffen bereit und auch das nur nachmittags. Wenn Nessa an einem bestimmten Mittwoch mal nicht mit ihr sprechen konnte, musste sie bis zur folgenden Woche warten – an einem Montag oder Dienstag zu kommen war ausgeschlossen –, auch wenn Nessa sich nicht denken konnte, welche andere Verpflichtungen Eleanor oder Loretta haben konnten. »Diese Interviews«, hatte Loretta am Telefon gesagt, »wird es davon noch viele geben?«, was Nessa kränkte, denn war nicht sie diejenige, die Mittwoch um Mittwoch bis ins Kleinste mit Eleanors Erinnerungen traktiert wurde? Außerdem, erhielten die Lockes nicht ein Honorar dafür?

Philip hob auf dem Beifahrersitz den Blick von seinem Laptop. »Wie heißt Katherines Mann noch mal?«

»William«, sagte Nessa. »William, Katherine, Luke.«

»Nicht zu vergessen Amy«, steuerte Jennifer vom Rücksitz bei. »Amy war der Name seiner Mutter.«

»Bei Amy brauch ich keine Gedächtnisstütze«, sagte er und tätschelte Nessa das Knie, und sie lächelte dankbar.

Er klappte den Laptop zu und legte ihn beiseite. »Was war mit Lukes Vater gleich?«

»Er lebt noch, falls du das meinst«, sagte Nessa.

»Wie heißt er?«, fragte Jennifer.

»Stuart.«

»William, Katherine, Luke, Amy, Stuart«, skandierte Jennifer. »Das ist wie das Spiel, das wir in der Grundschule gespielt haben, bei dem man immer neue Gegenstände hinzufügen und sich einprägen musste. *Ich bin zum Mond geflogen und habe ein Kaninchen mitgenommen, eine Packung Cheerios, einen Papagei, einen Lutscher, eine Mikrowelle, ein Pferd …*«

»Stuart brauchst du dir nicht zu merken«, sagte Nessa. »Er wird nicht da sein.« Sie schaltete das Radio ein, drehte an den Knöpfen.

Jennifer sank auf ihrem Sitz zurück und sah zum Fenster hinaus. Während sie an der Küste entlangfuhren, wärmte die Abendsonne die Felder und die Wasseroberfläche. Aus kleinem Protest hatte Jennifer etwas angezogen, was ihr nach Nessas Meinung am wenigsten stand, einen Jeans-Overall.

Sie war vorher zu ihren Eltern ins Schlafzimmer gekommen, als Nessa sich gerade gehfertig machte. Sah zu, wie ihre Mutter sich das Haar glättete. »Hast du diesen Jungen schon mal getroffen?«, fragte sie. »Diesen Luke?«

»Einmal, als er noch ein Kind war. Sehr klein, genau genommen. Seitdem habe ich ihn nicht mehr gesehen.«

»Und seine Mutter war deine Freundin?«

»Meine beste Freundin.«

»Die, die sich umgebracht hat?«

Nessa legte das Glätteisen beiseite. »Du weißt, heute Abend musst du ein bisschen aufpassen, wie du etwas formulierst, Jennifer.«

Jennifer verdrehte die Augen. »Seine Mutter ist vor, was, tausend Jahren gestorben. Ich dachte, er kommt, weil er über sie sprechen möchte. Ich dachte, das wäre Sinn und Zweck der Sache.«

»Ja, aber wir müssen aufpassen, *wie* wir über sie sprechen.«

»Ich muss also die ganze Zeit sein wie … *in meine Gedanken und Gebete*?«, sagte sie mit gekünsteltem Sarkasmus.

»Du musst dich nur angemessen ausdrücken, das ist alles.«

»Ich tu so, als würde mit mir was nicht stimmen«, sagt Jennifer. »Ich tu so, als wäre ich maulfaul.«

Nessa hob mahnend den Zeigefinger, doch Jennifer lachte nur und ging zur Tür. Es sah aus, als wolle sie hinausgehen, doch dann sagte sie: »Warum hat sie das getan?«

Nessa atmete tief ein. Aber vielleicht lieber jetzt als an Katherines Esstisch. »Es hatte Streit gegeben«, sagte sie zögernd. »Wir waren übers Wochenende weggefahren, einige von uns. Es gab eine Feier, die Taufe für das Kind einer Freundin. Ich wusste nicht mal, dass Amy kommt. Wir hatten …«

Sie musste schlucken. »Wir hatten den Kontakt verloren. Amy kam, das Haar streichholzkurz geschnitten; sie konnte sich das natürlich leisten. Sie hatte die Gesichtsform dafür. Aber sie war entsetzlich dünn. Und stritt sich mit jedem herum, sogar mit der Mutter des Kindes. Und in der Nacht …« Nessa verstummte. Großer Gott. Sie hatte vergessen, wie schwer sie sich damit tat. Es war schon Jahre her, als sie es zuletzt jemandem erzählt hatte. »In der Nacht hat Amy sich das Leben genommen.« Sie schaffte es nur knapp bis zum Ende des Satzes.

»O mein Gott, Mom! Du warst *dabei*?« Jennifers Hand flog zu ihrem Mund.

»Ich war diejenige, die sie gefunden hat«, sagte Nessa leise. »Die meisten anderen waren am nächsten Vormittag nach Hause gefahren, und …« Sie verstummte. »Weißt du was, Jen?« Sie fuhr sich mit der Hand durchs Haar, dachte nicht daran, dass sie es gerade geglättet hatte. »Ich glaube, die Einzelheiten können wir uns schenken. Damit ist niemandem geholfen. Amy hatte viele Probleme. Sie war krank. Luke wurde von ihren Schwiegereltern versorgt, ihre Beziehung zu Lukes Vater war in die Brüche gegangen …« Nessa brach stammelnd ab.

Jennifer kam zu ihr herüber und schloss ihre Mutter in die Arme, legte den Kopf auf ihre Schulter. »Arme Mom«, sagte sie. Ihre Tochter umarmte sie nur noch selten. Nessa hielt Jennifer fest und musste an einen Tag vor zwei Jahren denken, als sie im Gästezimmer saubere Wäsche sortierte. Die frisch gewaschenen Handtücher rochen so gut und waren so weich, und sie war so müde, dass sie sich mittendrin auf dem Bett ausgestreckt hatte. Philip, der vor der Tür vorbeiging, kam nachschauen, ob mit ihr alles in Ordnung war, und legte sich unaufgefordert dazu. Sie wusste noch, als wäre es erst gestern gewesen, wie sie dagelegen und zur Decke hinaufgesehen hatte, ohne sich an den vielen Flecken zu stören, wo im vorletzten Winter das Rohr geplatzt war. Jennifer hatte den Kopf um die Tür gesteckt, sie gesehen und die Stirn in Falten gezogen. Sie hatten lachen müssen, und ihre Tochter war langsam hereingekommen, vorsichtig, und hatte sich zu ihnen gelegt, alle drei die Arme um den anderen geschlungen, wie sie es nicht mehr getan hatten, seit Jennifer noch ein kleines Mädchen war.

»Keine Sorge«, sagte Jennifer. »Ich werde heute Abend die ideale Tochter sein. Ich werde mich so gut benehmen, dass du glauben wirst, ich wäre ein Wechselbalg.« Philip steckte den Kopf um die Tür. »Bist du sicher, dass du mich dort brauchst?«, sagte er. »Es ist doch dein Abend mit Katherine. Da bin ich bloß im Weg.«

»Netter Versuch«, sagte Nessa, »aber es ist nicht ›mein Abend mit Katherine‹. Ganz und gar nicht. Ich fahre nur wegen des Jungen hin, das bin ich Amy schuldig.«

Philip hatte geseufzt. »Dann bügle ich mir wohl besser mal ein Hemd.«

»Wenn wir eine Putzfrau hätten, bräuchtest du das nicht zu tun«, sagte Jennifer. »Die Putzfrau würde deine Hemden bügeln.«

Fünf Meilen hinter Skibbereen standen ein Wegweiser zu der Ferienhaussiedlung und das verblichene und verwitterte Zu-verkaufen-Schild eines Auktionators. Sie bogen von der Hauptstraße auf eine schlammige Seitenstraße ab, die von

Bäumen gesäumt war – Esche, Buche, Ahorn, dazwischen ein paar Tannen, für Weihnachten angepflanzt. Silbern blitzte hier und da zwischen den Ästen das Wasser auf, bis sich ihnen hinter einer Kurve ein atemberaubender Blick auf den See bot. Nessa hatte im Internet gelesen, dass sich nur für zwei der zwölf Häuschen ein Käufer gefunden hatte. Welches davon den Ferriters gehörte, war sofort klar, weil daneben ein Volvo geparkt war. Die übrigen Häuser waren mit Brettern vernagelt. Am gegenüberliegenden Ufer rannten vor einem Bauernhaus zwei Kinder hinter einem Hund her.

Neben dem Ferriter-Haus stand eine Reihe von Hochbeeten, in denen Petersilie oder vielleicht Karotten wuchsen. Nessa stellte das Auto ab, und sie stiegen die vier Stufen zur Terrasse hinauf. In eine Glaswand mit Blick zum See war eine Glastür eingebaut. Die Aussicht war spektakulär, und Nessa dachte gerade, wie wunderschön hier alles war, wie friedlich, da kam Katherine von der anderen Seite des Glases auf sie zu.

»Nessa!«, sagte Katherine und küsste sie auf die Wange. »Ich freue mich sehr, dass ihr kommen konntet. Es wird Luke viel bedeuten.« Sie wandte sich Philip zu. »Wo ist die Zeit hin?«, sagte sie. »Ich will nicht mal daran denken, wie lange es her ist, dass wir uns zuletzt gesehen haben.« Sie küsste ihn ebenfalls.

»Das ist Jennifer«, sagte Nessa und schob ihre Tochter sacht nach vorn.

»Schau dich an!«, sagte Katherine. »Du siehst so umwerfend aus wie deine Mutter. Und«, sagte sie nach kurzem Blick auf Philip, »bist so groß wie dein Vater. Gute Gene sind einfach unschlagbar.«

Sie standen in einem großen offenen Wohnbereich mit

Klimt-Drucken an den Wänden. Im vorderen Teil, in Glasnähe, war ein Tisch zum Abendessen gedeckt. Eine Treppe führte in einer Spirale zu einem Halbgeschoss hinauf, wo noch mehr Klimts hingen. Philip, sah Nessa, ließ den Blick des Architekten kurz durch den Raum schweifen – Licht, Winkel, Raumaufteilung. »Kommt rüber in die Küche«, sagte Katherine. Sie folgten ihr in einen kleineren Raum mit Blick zum Wald und der Gemüseecke an der Hausseite. Katherine ging zum Herd und hob den Deckel einer Kasserole. »Ich hab Panik gekriegt, als ich das Auto gehört habe«, sagte sie und lugte hinein. »Zum Glück wart ihr es und nicht William und die Männer. Ich bin mit dem Essen spät dran.«

»Männer?«, sagte Nessa. »Nicht bloß Luke?«

»Rat mal, wer sich in letzter Minute selbst eingeladen hat?«, sagte Katherine. Sie legte den Deckel wieder auf. »Stuart.« Als Nessa schwieg, sagte sie: »Lukes Dad.«

»Ja«, sagte Nessa. »Ich weiß.« Sie ging zur anderen Seite des Raums und drückte das Gesicht an die Scheibe, tat so, als sehe sie hinaus. Ihre Wange fühlte sich heiß auf dem Glas an. »Ich weiß nicht, ob du dich an Stuart erinnerst«, sagte Katherine derweil zu Philip.

»Ich hab ihn bei der Beerdigung kennengelernt«, sagte Philip. »Das war's schon.«

»Sogar da hat er sich ziemlich danebenbenommen, fand ich«, sagte Katherine.

Nessa wandte sich um. »Wir waren damals alle noch so jung«, sagte sie. »Ich glaube, Stuart wusste an dem Tag nicht, wo hinten und vorn ist. Ihm hat bestimmt zu schaffen gemacht, dass die Leute ihm die Schuld geben würden. An Amys Selbstmord.«

»Ich hab das auf alle Fälle getan«, sagte Katherine. »Tu es vielleicht immer noch. Nicht, dass es etwas ändern würde. Arme Amy. Gott, ich sollte nicht so reden.« Sie warf einen Blick in Jennifers Richtung. »Entschuldigung.«

»Wann hast du erfahren, dass er mitkommt?«, fragte Nessa.

»Luke hat gestern Abend gesimst und gefragt, ob das in Ordnung ist. Was hätte ich sagen sollen?«

»Grässlich, wenn Eltern so etwas tun«, sagte Nessa. »Ich wette, Luke ist total sauer.«

Katherine lächelte. »Eigentlich klang er ganz zufrieden. Scheint ein lieber Junge zu sein.«

Sie zog Hocker unter der Frühstückstheke hervor und bedeutete ihren Gästen, sich zu setzen. »Schau dich an«, sagte sie noch einmal, während sie eine Zero-Cola für Jennifer aufmachte. »Du bist das Ebenbild deiner Mutter, als sie in deinem Alter war. Oder zumindest, als sie jung war – als sie genau in deinem Alter war, kannte ich sie noch nicht. Wir waren …« Sie sah Nessa an. »Was war's, Nessa? Achtzehn?«

Nessa nickte.

»Achtzehn, als wir uns kennengelernt haben«, sagte Katherine. »Hat deine Mutter dir erzählt, dass wir in London mal ein Jahr zusammengewohnt haben – deine Mutter, Amy und ich. Alle zusammen wie in *Unsere kleine Farm*.«

Nessa verzog das Gesicht. »*Unsere kleine Farm*? Eher nicht, Katherine.«

Philip legte den Kopf zur Seite. »Du als Bauernmädchen mit Schürze und Zöpfen, ich sehe es förmlich vor mir. Ein bezauberndes Bild, wenn ich so sagen darf.«

»Dad! Du bist so peinlich«, sagte Jennifer.

»Na gut«, sagte Katherine, »vielleicht war es nicht ganz so, aber es war das einzige Mal, dass ich gemerkt habe, wie es ist, Schwestern zu haben.« Sie holte eine Flasche Prosecco aus dem Kühlschrank und schenkte drei Gläser ein. »Schön, dass du da bist, Ness«, sagte sie und stieß reihum mit allen an. »Wie früher. Bis auf Amy natürlich.«

Nessa sah zu dem Aga-Herd, den Arbeitsplatten aus Granit, auf ihr Kleid mit dem Dodo-Muster, das sogar noch im Ausverkauf zweihundert Euro gekostet hatte. Nichts war wie früher.

Von draußen ertönte das Geräusch knirschender Reifen. Katherine ging zur Tür, schob das Glas zur Seite, und ein Windstoß drang vom See herein.

Nessa glitt von ihrem Barhocker herunter und stellte sich in den Bereich zwischen Küche und Wohnzimmer, lehnte sich an den Türrahmen. Ihr Rock hatte sich eine Handbreit an ihrem Oberschenkel hinaufgeschoben, merkte sie, sämtliche Muskeln ihres Körpers waren zum Zerreißen gespannt. Sie atmete langsam und bewusst aus, beruhigte sich, wollte sich die Atemübungen ins Gedächtnis rufen, die der Eheberater ihr aufgetragen hatte.

»Geht's, Liebes?« Philip erschien neben ihr. »Es kommt wohl alles wieder hoch.«

»Ja«, sagte sie geistesabwesend, weil sie gerade sah, dass Katherine zum Geländer ging, sich darüberbeugte und mit jemandem sprach. Sie lachte – etwas gezwungen –, und einen Augenblick später kam Stuart Harkin die Stufen herauf.

Man sah ihm das mittlere Alter an, obwohl er keine Glatze hatte und auch keinen Bauch vor sich herschob. Er hatte am Saint Martins College Fotografie studiert. Nessa hatte im Lauf der Jahre ein-, zweimal nach ihm gegoogelt: Das eine

Mal war er in Bristol Geschäftsführer einer Genossenschaft für Reformkost, und eine Zeitlang betrieb er eine Handwerkermesse, die durch die Marktstädte im Südosten Englands tourte. Katherine ließ sich widerwillig von ihm umarmen. Stuart hatte sich einen Bart zugelegt, sah Nessa, der ihm gut stand, sein Haar war kürzer, fast solide, und er trug ein Sportjackett.

Er ließ Katherine los und trat ins Haus. »Nessa!«, rief er aus, obwohl er sicher gewusst hatte, dass sie kam. »Ich glaub's nicht!« Sie war unschlüssig, ob sie auf ihn zugehen sollte oder nicht, und während sie noch überlegte, schritt er schon durch den Raum. »Wie geht es dir, Ness?«

»Gut, Stuart, gut. Und dir?«

Er grinste. »Ich lebe noch.« Er sah kurz zu Katherine und dann wieder Nessa an. »Schau uns an«, sagte er, »alle erwachsen«, lachte und warf in gespieltem Staunen die Arme in die Höhe.

Von nahem konnte Nessa erkennen, dass seine Jeans verblichen waren und dass er dazu Schuhe angezogen hatte, die aussahen, als gehörten sie jemand anders, Schuhe, wie ein Börsenmakler sie im Büro tragen mochte. Sein Jackett war an den Ellbogen und Schultern ausgebeult, als wäre der Stoff ausgedünnt, und sie dachte: *So gut geht es ihm nicht; Eleanor Locke hätte zu dem Jackett einiges zu sagen.*

»Das ist mein Mann, Philip«, sagte Nessa. »Und«, fügte sie mit einer Kopfbewegung zur Frühstückstheke hinzu, »unsere Tochter Jennifer.«

Die Männer schüttelten sich die Hand. Jennifer stieg von ihrem Hocker und kam herüber. »Schön, Sie kennenzulernen, Mr Harkin.«

»Bitte«, sagte er, »sag Stuart. Sonst komme ich mir alt vor.«

William kam keuchend die Treppe herauf und ins Haus. Sein Gesicht glänzte hochrot, und er trug einen Koffer.

»Hier«, sagte Stuart, »lass mich das nehmen. Wo ist mein Sohn abgeblieben?«

William war offenbar froh, die Last los zu sein. »Er wollte einen Blick aufs Wasser werfen«, sagte er, »wer will es ihm verdenken? Ich kriege auch nie genug davon.« Als er Nessa umarmte, strahlte sein Körper Wärme aus. Seit sie ihn zuletzt gesehen hatte, hatte sich sein Bauchumfang verdoppelt, und sein Schädel war bis auf eine Stelle blonder Kringel über den Ohren vollkommen kahl.

Bei Spritzgeräuschen wandten sie sich alle zum See um. Luke, wer sollte es sonst sein, ließ Steine übers Wasser hüpfen. Er bückte sich, suchte sich einen neuen und schickte ihn in mehreren Sprüngen über die Wasseroberfläche, von der die Spritzer in einer Reihe aufstiegen, ging in die Hocke und fotografierte mit der Kamera, die er um den Hals hängen hatte, das gekräuselte Wasser. Er war gut gebaut, sah Nessa, wie sein Vater. Und so eigen wie seine Mutter, denn Katherine wartete schon auf der Veranda, um ihn zu begrüßen, er aber fotografierte einfach weiter.

»Luke!«, rief sein Vater. Ein Schwarm Krähen stieg aus den Bäumen auf und flog laut krächzend landeinwärts. »Komm ins Haus, Junge.«

Luke hob die Hand zum Gruß. Er sprang in mehreren Sätzen über den schmalen Streifen Wiese zwischen dem Häuschen und der Uferlinie und die Stufen herauf. Er trug einen bis zum Hals zugeknöpften Regenmantel, der in einer Kriminalkomödie aus den Fünfzigern nicht falsch gewesen wäre, und dazu Sneakers von Converse. Streckte Katherine seltsam förmlich die Hand entgegen und lächelte. »Du hast ein sehr schönes Haus«, sagte er.

»Danke«, sagte Katherine. Sie führte ihn herein und kam mit ihm gleich herüber zu der Stelle, an der Nessa neben Stuart und William stand. »Das ist Nessa«, sagte Katherine stolz, als führte sie eine Trophäe vor. »Sie freut sich schon sehr darauf, mit dir sprechen zu können.«

Lukes Augen hinter der runden Brille waren dunkel, so dunkel, dass sie fast schwarz wirkten, Nessa wusste jedoch, dass sie, ginge sie näher heran, blau wären wie die seiner Mutter, blau mit einer Iris, so groß, dass Amy damit ausgesehen hatte, als hätte sie Drogen genommen, auch wenn das nicht der Fall war. Luke hatte auch die klare Haut seiner Mutter. Sein dunkles Haar war ganz leicht gewellt. Er war trotz einer gewissen Eckigkeit seiner Bewegungen sehr schön. Nessa war, als stünde Amy wieder vor ihr, wiedergeboren an diesem Abend Ende April in der Küche der Ferriters. Sie hörte förmlich, wie Amy spöttisch sagte: *Habt ihr Mädchen es nicht alle gut getroffen? Ist das nicht sehr gemütlich?*

Katherine stellte Philip und Jennifer vor. »Schöne Kamera«, sagte Philip und wies beifällig auf Lukes Nikon. Es war, fiel Nessa auf, eine Kamera von der Art, wie Stuart sie gern verwendet hatte – vielleicht war es sogar Stuarts; es war ein altes Modell.

»Danke«, sagte Luke lächelnd. Er nahm die Kamera vom Hals und legte sie behutsam auf einen Beistelltisch. »Ich fotografiere gern mit fünfunddreißig Millimeter. Ein Freund in Manchester hat eine Dunkelkammer; er entwickelt die Filme für mich.« Sein Aussehen, dachte Nessa, war Jennifer nicht entgangen. Sie hatte sich beim Handgeben ein bisschen geniert und war sogar leicht errötet.

»Ihr wollt euch sicher frisch machen«, sagte Katherine. »William – würdest du Luke und Stuart zeigen, wo ihr Zimmer ist? Und der Schalter für das heiße Wasser.«

Als die drei Männer nach oben gegangen waren, sah sie Nessa an. »Und, was meinst du?«

Nessas rechtes Bein beginn zu zittern, ein nervöser Tic aus ihrer Kindheit, der manchmal zum Vorschein kam. »Diese Augen«, sagte sie. »Hast du das gesehen?«

Katherine nickte. »Er wirkt ein bisschen schüchtern, aber besser so, als wie sein Vater zu sein.« Sie verzog das Gesicht. »Er ist gealtert, nicht? Stuart.«

»Ja«, sagte Nessa. »Dachte ich auch.«

William kam wieder die Treppe heruntergepoltert. Er holte den Prosecco aus dem Kühlschrank, füllte ihre Gläser auf und schenkte sich selbst eines ein. »Ich höre von Katherine, dass du die Gipsskulptur groß rausbringst«, sagte er. »Meine Schwester war vor Jahren mal da und hat sie sich angesehen. Genützt hat es ihr nichts, sie haben letztendlich adoptiert. Aber die Skulptur soll sehr schön sein.«

Nessa lächelte. »Sie ist ziemlich ungewöhnlich.«

»Wie viel würde so etwas kosten?« Er schien ernsthaft interessiert. Sie rechnete halb damit, dass er sagte, er kenne ein Konsortium, das würde sich beteiligen – man würde sie kaufen, wenn die Preise stiegen, in einem halben Jahr wieder abstoßen und den Gewinn in Immobilien in Detroit anlegen. »Kommt darauf an«, sagte sie, »es ist ja nicht so, als gäbe es einen Marktpreis. Die Galerie hat einen Finanzierungsantrag beim European Cultural Institute eingereicht. Sie wird als Teil eines umfangreicheren Werks von den Lockes erworben.«

»Meine Frau ist sehr bescheiden«, sagte Philip. »Sie spricht immer von ›der Galerie‹, eigentlich aber ist es ihr Geistesprodukt.«

Nessa zuckte mit den Achseln. »Was soll ich sagen?«, sagte sie leichthin. »Ich wollte einen Job und hab mir einen ausgedacht.«

»Ich würde meinen, die Lockes sind froh über das Geld«, sagte William. »Wie ich höre, hat Robert sie nicht besonders gut abgesichert.«

»Darüber weiß ich wirklich nichts.«

»Dass diese Tschechin dir dazwischenfunkt, hast du bestimmt auch nicht gebraucht.«

Aus den Augenwinkeln sah Nessa, dass Katherine William mahnende Blicke zuwarf, zu spät. »Kroatin«, sagte Nessa. »Sie behauptet, sie sei Kroatin.« Die Zeitung war wohl weiter verbreitet, als sie ihr zugetraut hätte.

»Nessa ist nicht hier, um sich über ihre Arbeit zu unterhalten«, sagte Katherine. »Die lässt sie bestimmt lieber im Büro.«

Tolle Aussichten, dachte Nessa. Sie hatte sich auf der Herfahrt mehrmals dabei ertappt, dass sie an den Artikel über Melanie Doerr denken musste. Und dass sie für Henchy die Aktennotiz verfassen musste, was sich als heikel erwies.

»Klar«, sagte William. »Ich bitte um Entschuldigung.« Er sah Philip an, der neben Jennifer auf dem Sofa saß. »Wie läuft es im Architektengeschäft denn so?«

11

Als Stuart sie beim Abendessen bat, ihm den Brotkorb zu reichen, stellte Nessa ihn ab, ohne Stuart anzusehen, ließ ihn regelrecht fallen wie etwas Heißes. Es war nicht einfach, neben einem Mann zu sitzen, mit dem man einmal geschlafen hatte, ganz gleich, wie lange das bereits zurücklag. Ahnte Katherine etwas? Nessa bezweifelte es. Katherine gehörte nicht zu denen, die sie in so eine unangenehme Lage bringen würden. Nein, Katherine tischte fröhlich Karotten-Tagliatelle, geschwenkt in Thymianbutter, auf und merkte nichts. Sie wusste es nicht, weil niemand es wusste. Abgesehen von Stuart, dem anscheinend kein bisschen mulmig war.

Der See war eine silberne Fläche und bekam, als die Sonne allmählich unterging, einen Stich ins Rosa. Er war eine Pracht, aber vor dieser Herrlichkeit kam sie sich klein und unbedeutend vor, wie ein Insekt in einem Marmeladenglas. Wie mochte Katherine die Nächte hier allein verbringen – wenn sie um drei aufwachte und ein unbekanntes Gesicht sich an die Scheibe drückte, wen rief sie da sinnvollerweise an?

Stuart erzählte Philip von seiner Arbeit bei einer Telefongesellschaft, einer Tätigkeit im Marketing offenbar, der er mit einem Laptop überall nachgehen konnte. Im Nebenjob kümmerte er sich mit einem Freund um die Gartenparzellen von Leuten, die zwar eine Parzelle besitzen wollten, aber keine

Zeit hatten, Unkraut zu jäten oder zu gießen. Im Gegensatz zu seinem Vater war Luke still. Leicht hatte es der Junge mit Sicherheit nicht, dachte Nessa; er hätte seinen Freitagabend nicht mit ihnen verbracht, ginge es nicht um seine Mutter. Sie wollte gerade versuchen, ihn aus der Reserve zu locken, als Jennifer zu ihrer Überraschung fragte: »Was studierst du am College?«

»Ich hab hingeschmissen«, sagte er.

Ach, herrje, dache Nessa, *das ging daneben*, aber Jennifer sagte gefasst: »Was hast du hingeschmissen?«

»Digitale Medien.«

»Er nimmt sich für ein Jahr eine Auszeit«, sagte Stuart und legte die Gabel ab. »Er kann jederzeit wieder anfangen.«

Luke sah zu seinem Vater. Es war ein Blick, der nicht leicht zu deuten war, dachte Nessa. »Ich geh nicht wieder hin«, sagte er. Er wandte sich ab, sah aufs Wasser hinaus und sagte, an niemand speziell gerichtet: »Ich muss mir eine Arbeit besorgen. Geld verdienen. Ich muss mir überlegen, was ich mit meinem Leben anfangen will. Fotos auf einem Bildschirm herumzuschieben ist es wahrscheinlich nicht.«

»Mit Computern kannst du nichts verkehrt machen«, sagte William. »Alles, was mit Computern zu tun hat, kannst du gut gebrauchen.«

»Straßenfotografie, das würde ich jetzt gern machen«, sagte Luke. »Wenn ich wieder in Manchester bin, fange ich ein Projekt an, das 2:17 heißt, da mache ich jeden Tag zur selben Tageszeit auf derselben Straße aus demselben Winkel ein Foto, egal, wie das Wetter und das Licht ist. Egal, was für Mist in meinem Leben gerade passiert. Jeden Tag, um 2 Uhr 17.«

»Das ist ja cool«, sagte Jennifer. »Du meinst, so wie Fotos

von ganz normalen Leuten, die eine Straße entlanggehen? Genau um 2 Uhr 17.«

»Das ist der Plan.«

»Normale Leute sind die neuen Promis«, sagte Stuart. Ein Hauch von Spott lag in seiner Stimme.

»Stellt euch mal vor, da käme jemand Berühmtes vorbei«, sagte Jennifer, »genau im falschen Moment. Stellt euch mal vor, eine Taylor Swift käme die Straße entlang, und du so: ›Nein, bitte, verzieh dich, Taylor.‹«

Luke lachte gutmütig. »Ich müsste sie auf dem Foto lassen, nicht?«, sagte er. »Es würde mich zwar umbringen, aber ich müsste es trotzdem. Wenn es 2 Uhr 17 wäre.«

»Wie viel Zeit hast du dafür eingeplant?«, sagte Philip.

»Hundert Tage«, sagte Luke. »Erst wollte ich es ein Jahr lang machen, aber ein paar von meinen Freunden wollen mit dem Rucksack durch Vietnam reisen, und ich überlege, ob ich mitfahre.«

»O mein Gott«, sagte Jennifer. »Das ist ja obercool.«

Nessa hoffte, ihre Tochter spräche von dem Fotoprojekt und nicht von der Rucksackreise. Für einen Psychotherapeuten, schoss ihr durch den Kopf, wäre Lukes Projekt ein Fest: Ein junger Mann, dessen Mutter auf tragische Weise gestorben war, verengte zielstrebig sein Leben auf einen einzigen Augenblick und versagte sich selbst das Weiterkommen. Als hätte er Nessas Gedanken erspürt, sah Luke sie plötzlich an und sagte: »Kanntest du meine Mutter gut? Ihr habt euch eine Wohnung geteilt, das weiß ich, aber habt ihr auch miteinander gesprochen?«

»Wir hatten schöne Zeiten in dieser Wohnung«, sagte Katherine. »Wir waren gute Freundinnen, wir drei.«

Schön, dachte Nessa. So ein sinnloses Wort. Sie hörte förmlich, wie Amy ihr ins Ohr flüsterte: *Langweilig. Sie ist immer noch stinklangweilig.*

»Ich war mal da«, sagte Luke. »Dad«, sagte er mit einer Kopfbewegung zu seinem Vater, »ist mit mir hingefahren, als ich noch jünger war. Inzwischen wohnte eine Familie in dem Haus, deswegen konnten wir es nur von außen ansehen. Es ist nicht mehr in Wohnungen aufgeteilt.«

»Wir haben geklingelt«, sagte Stuart, »aber es hat niemand aufgemacht. Hätte ich wahrscheinlich auch nicht getan. Es ist nicht das gesündeste Viertel.«

»Ich hab gehört, da wäre jetzt alles gentrifiziert«, sagte Katherine.

»Die Gitter vor den Fenstern sind verschwunden«, sagte Stuart, »falls du das meinst.«

»Erinnerst du dich noch an die Frau im Souterrain, die Efeu in Keksdosen gezogen hat?«, sagte Nessa.

»Gott, ja«, sagte Katherine. »Und sie hatte eine Prager Jesuskindfigur, der ständig der Kopf abfiel.«

»Amy hatte die Theorie, dass sie die rituell enthauptet«, sagte Nessa.

»Wie war sie?«, sagte Luke. »Meine Mutter.«

»Na ja …«, sagte Katherine.

Sie mussten einen Test bestehen, dachte Nessa, wie Andie MacDowell in *Schein-Ehe mit Hindernissen,* zusätzlich jedoch dadurch erschwert, dass sie mehr als zwei waren.

»Sie – ich meine, deine Mutter – war etwas ganz Besonderes«, sagte Katherine, »ein feinfühliger Mensch. Und sie war eine sehr begabte Künstlerin.«

Stuart hantierte auf einmal mit der Salatschüssel herum.

Wie oft mochte er diese Frage im Laufe der Jahre schon gehört haben? *Wie war sie so?* Nessa sah Luke an. Was hätte Amy gewollt? Er war von so weit gekommen. Was für eine Verschwendung, wenn er nach Hause fahren müsste mit nichts als den Banalitäten, die Katherine ihm auftischte, Katherine, die – auch wenn sie sich hier in den Mittelpunkt schob – Amy im Grunde gar nicht richtig gekannt hatte. Nessa holte tief Luft. »Als ich deine Mutter kennenlernte, war ich fünf und sie sechs«, sagte sie. »Deine Großmutter Corrigan und meine Mutter waren im selben Präsidium der Legion Mariens. Ich weiß noch, dass ich und deine Mutter bei uns im Wohnzimmer auf dem Boden saßen und mit Matchbox-Autos gespielt haben. Ich war eifersüchtig auf die Spielsachen, die deine Mutter hatte. Sie hatte einen SodaStream, einen Space Hopper und einen Girl's World Styling Head, den hatte ihr der Weihnachtsmann gebracht, obwohl sie ihn sich gar nicht gewünscht hatte. Ich glaube, unsere Mütter hatten sich wegen irgendwas zerstritten, denn ich sah Amy erst mit fünfzehn wieder, als wir zu Besuch auf der Farm in Tipperary waren. Da kämmte sie sich die Haare nach hinten und hatte Poster von Cure an die Wand ihres Zimmers geklebt.«

»Ich erinnere mich, dass wir die Farm mal besucht haben, als ich klein war«, sagte Luke. »Und als ich sie vorige Woche wiedersah, war sie genau wie in meiner Erinnerung.«

»Daran kannst du dich gar nicht erinnern«, sagte Stuart. »Da warst du noch zu klein.«

»Doch«, sagte Luke. »Ich hab die ganzen Werkzeuge wiedererkannt, die in den Wirtschaftsgebäuden hingen – sie sind immer noch da. Und ich weiß noch, dass ich auf einer Wiese hinter dem Haus auf einem Pony saß.«

»Etwas so Kitschiges wie ein Pony hätten deine Großeltern nicht geduldet«, sagte sein Vater. »Wenn es seinen Unterhalt nicht verdienen kann, hätte Pa Corrigan es nicht behalten.«

»Es war ein kleines schwarzes Pony«, sagte Luke. »Ich weiß noch genau, dass jemand mich auf eine Wiese getragen hat, und da war dieses Pony. Tante Gretta weiß es auch noch.«

»Vielleicht war es ein Schwein?«, sagte Stuart. »Du warst praktisch noch ein Säugling. Du hättest den Unterschied gar nicht gemerkt.«

»Ich habe ein Foto von dir auf dem Pony«, sagte Nessa. »Und Amy hält die Zügel.« Sie sprach schnell weiter, bevor Stuart ihr ins Wort fallen konnte. »Sie war ein Grufti, deine Mutter. Schwarze Kleider und zerrissene Netzstrumpfhosen. Doc Martens und weißes Make-up. Ich war total beeindruckt. Stulpen waren bei uns zu Hause das Radikalste, was erlaubt war. Einmal hat sie mit mir einen Spaziergang durch die Felder hinter dem Bauernhaus gemacht. Wir haben uns eine Fanta und ein Päckchen Kekse gekauft, und wir haben ein Kaninchen ausgegraben, das sie eine Woche zuvor vergraben hatte.«

Katherine entfuhr ein leises »igitt«. »Darf ich fragen, wo die Erwachsenen waren, als das stattfand?«

»Beim Beten, vermute ich«, sagte Stuart. »Mrs Corrigan hat viel gebetet.«

»Amy hat ihr auch genug Anlass dafür gegeben«, sagte Nessa. Es war heraus, bevor sie es verhindern konnte, doch als sie zu Luke schaute, lächelte er.

»Wir hatten mal ein Bild von zwei Frauen in einem Boot an der Westminster Bridge«, sagte Luke. »Ich glaube, das hast du meiner Mutter geschenkt.«

»Oh!« Dieses Bild hatte Nessa völlig vergessen. »Ja, das war das erste Original, das ich damals gekauft hatte. Ich habe es Amy zum zwanzigsten Geburtstag geschenkt.«

»Ich wollte, wir hätten es noch«, sagte Luke.

»Wir haben es noch«, sagte Stuart. »Es ist bei Eddie eingelagert.«

Luke sah aus, als wolle er etwas sagen, schüttelte dann aber nur fast unmerklich den Kopf. Für einen Augenblick herrschte Schweigen, und alle sahen auf ihre Teller.

»Sag mal, Nessa«, sagte William, »was willst du wegen der Tschechin unternehmen?«

»Also, William«, sagte Katherine.

»Schon gut«, sagte Nessa. Sah William an. »Ich glaube nicht, dass ich überhaupt etwas unternehmen muss. So etwas verläuft meist im Sande.«

»Ist das die Frau, die bei der Skulptur Einwände erhoben hat?«, sagte Luke. »Ich hab davon gelesen.«

»Wo?«, fragte Nessa entsetzt. Diese kostenlose Zeitung war doch wohl nicht bis nach Tipperary vorgedrungen.

»Auf Facebook. Dein Name wurde erwähnt, deshalb hab ich's gelesen.«

»Worum geht es da?« Stuart beugte sich herüber, und der Ärmel seines Jacketts strich über die bloße Haut ihres Unterarms.

»Das ist nichts weiter«, sagte sie. »Ein Sturm im Wasserglas. Es gibt eine Skulptur, die Gipsskulptur, die ist hier in der Gegend ziemlich berühmt.«

»Berüchtigt kommt eher hin«, sagte Philip.

»Und«, fuhr Nessa fort, »diese sehr eigenartige Frau …«

»Die Tschechin«, sagte William.

»… behauptet, sie wäre an ihrer Entstehung beteiligt gewesen.«

»Am interessantesten finde ich ja«, sagte Luke, »wo sie davon spricht, dass die Skulptur nicht dafür gedacht war, ewig bestehen zu bleiben.«

Natürlich fand ein Einundzwanzigjähriger das am interessantesten, dachte Nessa. Der Vorsitzende des Museumsbeirats hatte den von Doerr angemeldeten Besitzanspruch am interessantesten gefunden. Und hatte Nessa das auch in der E-Mail mitgeteilt, die in ihrem Posteingang gelandet war, als sie im Büro gerade Schluss machen wollte. »Es gibt keine Hinweise darauf, dass Locke so etwas je beabsichtigt hat«, sagte sie. »Und es ist sowieso nicht mehr seine Entscheidung. Seine Zeit, hier etwas zu bestimmen, ist vorbei.« *Das Leben schlägt den Tod,* hätte sie vielleicht noch hinzugefügt, säße sie nicht einem Jungen gegenüber, dessen Mutter sich das Leben genommen hat. Schere. Stein. Papier. Leben. Tod. Kunst. Säße Amy mit am Tisch, würde sie es ihm erklären.

»Wie ich es sehe«, sagte William, »hätte Mr Locke die Skulptur, wenn sie nicht erhalten bleiben sollte, zertrümmern sollen, als er noch am Leben war.«

»Geplante Vergänglichkeit«, sagte Luke. »Haben wir am College gemacht. Womit ich nicht behaupten will, dass das hier unbedingt der Fall ist.« Er lächelte Nessa unsicher zu. »Aber interessant ist es.«

Nervosität flackerte hinter seinen dunklen Wimpern. Er war seiner selbst nicht sicher. Sie war mit dem Wunsch hergekommen, er solle sie mögen, und begriff nun, dass ihr Bedürfnis nach Bestätigung erwidert wurde.

»Verstehe ich das richtig?«, sagte William. »Sie möchte, dass ihr Anteil an der Schaffung von etwas anerkannt wird, von dem sie behauptet, es war für den Verfall gedacht?«

»Im Kern ja«, sagte Nessa.

William schüttelte den Kopf. »Ich habe Kunst noch nie verstanden.«

»Du solltest sie fotografieren«, sagte Jennifer zu Luke. »Erst recht, wenn eine große Kontroverse darüber entsteht. Das wäre so cool.«

Na toll, dachte Nessa. *Richtig toll.* Sie schaute hilfesuchend zu Katherine, die aber strahlte. »Das ist eine großartige Idee«, sagte sie. »Luke – meinst du, das würde dir zusagen? Ich versteh ja nicht viel von diesen Dingen, aber ich wette, das würde großartig in dein Portfolio passen. Wenn Nessa nichts dagegen hat, natürlich.«

»Ich würde das sehr gern fotografieren«, sagte er und sah Nessa an. »Wenn das in Ordnung wäre. Es interessiert mich: die Vorstellung, einen Zerfallsprozess einzufangen. Wenn du nichts dagegen hast …«

»Na ja«, sagte Nessa zweifelnd, »ich könnte ja mal bei den Lockes anfragen.«

»Wunderbar!«, sagte Katherine und klatschte in die Hände.

Das Haus erzitterte leicht. »Bloß der Wind«, sagte William. »Kein Grund zur Besorgnis. Es ist ergonomisch gebaut.«

Nessa sah auf den See hinaus, wo das Wasser sich kräuselte, als hätte jemand einen losen Faden in einem Stück Seide entdeckt und daran gezogen. Sie konnte sich nicht vorstellen, dass Loretta Locke sonderlich begeistert war von der Idee. Sie hätte sagen sollen, den Verfall einzufangen würde Robert Lockes Wünschen widersprechen, würde die Zeitgebundenheit des Werks verneinen. Aber dafür war es jetzt zu spät. Jennifer wollte von Luke wissen, wie teuer Flüge nach Vietnam waren, und die Gespräche gingen in eine andere Richtung.

12

Nach dem Dessert entschuldigte sie sich und ging auf eine Zigarette hinaus. Zündete sie auf der Terrasse an. Katherine hatte darauf bestanden, ihr ein Umschlagtuch um die Schultern zu legen, und Nessa ließ es zu, obwohl es teuer aussah und schließlich nach Rauch riechen würde. Es war noch hell gewesen, als sie bei den Ferriters ankamen, doch jetzt waren die anderen Häuser am Seeufer nur noch in Umrissen auszumachen. Die Lücken zwischen ihnen – laut Website des Maklers »ausreichend Platz für ein Kajak oder ein kleines Boot« – sahen in der Dämmerung aus wie Mundhöhlen. Als Nessa die Stufen hinabstieg, gingen die Außenlampen an. *Erwischt*, dachte sie, als sie über das kleine Stück Rasen zwischen Haus und Ufer schritt. Rauchend und zitternd ging sie am Rand des Wassers entlang und war schließlich doch froh über das Wolltuch. Das Ufer war nicht hell wie ein Sandstrand, sondern bestand aus einem dunkleren, torfigen Treibsand, in dem kleine Steine glitzerten.

Sie setzte sich auf einen Felsbrocken und rauchte die Zigarette zu Ende. Kurz danach hörte sie Schritte und sah eine sich dem Ufer nähernde Silhouette. Katherine kam sie holen. Doch nein, die Gestalt war größer als Katherine. Einer der Männer also. Für William war er nicht breit genug. Als er näher kam, erkannte sie Stuart. »Bist du das Suchkommando?«, sagte sie und rutschte ein Stück, um ihm Platz zu machen.

»Du bist meine einzige Chance auf eine Zigarette«, sagte er. »Ich hab meine irgendwo auf dem Weg vom Flughafen bis hierher verloren.«

Sie zog eine Zigarette aus der Packung, reichte sie ihm.

»Was ist denn hier passiert?«, sagte er und beschrieb mit dem Arm einen großen Bogen.

Meinte er die Häuser? Machte ihm die Verschandelung des Ufers zu schaffen oder die Tatsache, dass die Häuser leer standen?

Als habe er ihre Gedanken erraten, sagte er: »Mir fallen etliche Leute ein, die sonst was dafür geben würden, hier zu leben. Die muss doch jemand haben wollen?«

Sie zuckte mit den Achseln. »Die Baufirma ist pleitegegangen, der Bauträger ist pleitegegangen. Wahrscheinlich verfaulen sie auf ihren ergonomisch konstruierten Pfählen.«

»Katherine und William müssen doch stinksauer sein.«

»Anzunehmen.«

Eine Zeitlang sagte keiner von beiden etwas. Nessa war dankbar für die Dunkelheit, denn wenn er sie jetzt anschaute, konnte er sie nicht richtig sehen, und das machte sie mutiger. Sie wandte sich um, wollte nach Manchester fragen und sah, dass er sie anstarrte. »Du musst doch frieren in dem Kleid«, sagte er und zog schon sein Jackett aus.

»Es geht schon«, sagte sie. »Brauch ich nicht«, aber er legte es ihr trotzdem um die Schultern.

»Danke.« Sie lauschten dem Schwappen des Wassers, das heranrollte und sich wieder zurückzog.

»Nach Amys Beerdigung bin ich nur einmal in Irland gewesen«, sagte er. »Ihre Familie wollte mit Luke in Verbindung bleiben, und ich wollte das auch, es war ja auch nur richtig. Aber es gab, sagen wir, Spannungen.«

»Zum Beispiel?«

»Na ja«, sagte er zögernd, »Pa Corrigan gab mir zu verstehen, dass seine Tochter noch leben würde, wenn sie mir nicht begegnet wäre.«

»Aua. Was hast du dazu gesagt?«

»Was hätte ich sagen sollen? Ich war nicht gerade Ehemann des Jahres.«

Dem konnte man nicht widersprechen. »Lebt er noch? Amys Vater?«, fragte Nessa.

Die Frage schien ihn zu überraschen. Vielleicht hatte er angenommen, dass sie in Verbindung geblieben war. »Nein«, sagte er, »er ist tot, ihre Mutter auch. Um Lukes willen tut es mir leid, dass dies alles in gewisser Weise zu spät kommt. Aber wie ich von ihm höre, ist er mit Tante Gretta vorige Woche sehr gut ausgekommen. Nun hat er Katherine kennengelernt. Und dich. Danke, dass du dir die Zeit nimmst, mit ihm zu sprechen.«

»Das tu ich doch gern.«

»Weißt du, Nessa, du hast dich nicht so stark verändert, wie ich erwartet hatte. Ich dachte, du bist vielleicht anders. Du weißt schon – Architektengattin, Vorstadtmutter …«

»Oh, verändert hab ich mich schon«, sagte sie so leichthin, wie sie konnte. Hielt den Blick fest auf den See gerichtet.

»Bist du glücklich, Ness?«, sagte er unvermittelt. »Das hab ich mich über die Jahre immer mal wieder gefragt.«

»Wir sollten wieder reingehen«, sagte sie. Sie drückte ihre Zigarette am Felsen aus und bohrte den Stummel in den Schlick.

Er warf seine Zigarette zu Boden und stand auf. »Komm«, sagte er und hielt ihr die Hand hin. Sie zögerte kurz, bevor sie sie ergriff, und er zog sie hoch. Mit der freien Hand strich sie sich das Kleid glatt, das nach dem feuchten Fels klamm war. Sie wartete darauf, dass er ihre andere Hand losließ, doch das tat er nicht, und so gingen sie Seite an Seite, Hand in Hand, zurück zum Haus. Er will nur freundlich sein, sagte sie sich, entspann dich. Sie erlaubte sich, das Gehen an diesem herrlichen Ort zu genießen, ihre Hand in seiner zu spüren. Dann sagte sie sich, es war keineswegs freundlich gemeint, sondern etwas völlig anderes, zog ihre Hand aber nicht weg, und sie gingen gemeinsam so weiter, ohne etwas zu sagen. Er ließ los, als sie vor dem Haus angekommen waren. Wortlos gab sie ihm das Jackett zurück. Sie gingen nicht gleich hinein, sondern standen noch eine kurze Weile auf dem hell erleuchteten Rasen. »Wir sollten uns treffen, bevor ich zurück nach Manchester fahre«, sagte er. »Einen Kaffee trinken und ausführlicher erzählen.«

»Klar«, sagte sie.

Er zog sein Handy hervor. »Wie ist deine Nummer?«

Sie hatte die Ziffern kaum diktiert, als sie in Panik geriet und es am liebsten rückgängig gemacht hätte. Nun drängte es sie, hineinzugehen und Philip gleich zu erzählen, dass sie eingewilligt hatte, sich mit Stuart Harkin auf einen Kaffee zu treffen, um das Ganze auf diese Weise zu entschärfen, doch sie hatte erst einen Fuß auf die oberste Treppenstufe gesetzt, als die anderen herauskamen. Jennifer trug eine Wassersportkluft, in der sie aussah wie ein Riese. Sie sprach aufgeregt mit Luke und William, die ähnliche Sachen anhatten. Die Männer zogen Kajaks aus dem Hohlraum unter dem Haus hervor.

»Ist es nicht gefährlich, um diese Zeit raus aufs Wasser zu gehen?«, sagte Nessa.

Katherine lächelte. »Jetzt ist die beste Zeit«, sagte sie. »Sie werden das Meeresleuchten sehen können.« Jennifer zerrte ihr Kajak bereits nach unten zu einem kleinen Steg. »Keine Sorge«, sagte Katherine. »William ist sehr zuverlässig, und Jennifer sagt, sie kann schwimmen.« Sie setzten sich auf die Mauer neben dem Steg – Philip, Nessa, Katherine und Stuart – und sahen den über den See entschwindenden Kajaks nach. Als Katherine ins Haus ging und Kaffee machte, saß Nessa zwischen ihrem Mann und Stuart Harkin, den Blick auf den See gerichtet, wo nur noch die Stirnlampen der Kajakfahrer auszumachen waren, winzige Lichtpunkte weit draußen auf dem Wasser. Katherine kam mit einer Kanne Kaffee und Mandelplätzchen auf einem Tablett wieder. Von oben schien der Mond herab. Sie tranken den Kaffee und spazierten dann noch einmal am Ufer entlang, diesmal alle vier. Nessa nahm, als sie so ging, alles gesteigert wahr, spürte jeden Kiesel unter den Stiefeln und jede Berührung von Stuarts Arm, der über ihren strich, überdeutlich. Ein Platschen des Wassers ließ sie zusammenfahren: Ein Fisch hatte an der Oberfläche nach Fliegen geschnappt.

Als die Männer vorausgingen, hakte Katherine sich bei ihr unter. »Der ist so wenig im Marketing beschäftigt wie ich«, sagte sie mit einer Kopfbewegung in Richtung Stuart. »Eher verkauft er Pückler-Eisschnitten aus einem Lieferwagen.« Es war die einzige hässliche Äußerung über irgendwen, die sie je aus Katherines Mund vernommen hatte.

Als die anderen wiederkamen und ihre Kajaks an Land zogen, ging Luke hinein und holte seine Kamera. Nessa sah zu, als er ein Foto von ihrer Tochter machte.

Jennifer schüttelte sich das Haar aus, das ein bisschen nass geworden war, und posierte für die Kamera. »Willst du nicht auch eins von Jennifer mit ihrer Mutter und ihrem Vater machen?«, sagte Katherine, und Luke sagte, mit einem Mal nervös: »Ja, klar.« Philip und sie stellten sich neben Jennifer auf, die Arme um ihre Schultern.

Als sie später wegfuhren, formten die Bäume einen dunklen Schirm neben der Straße, und Fledermäuse schossen tief vor ihnen über den Fahrweg. Die Sohlen von Nessas Stiefeln waren schmutzverkrustet, und auf dem Boden des Autos lagen Schlammbröckchen, die sich aus der Sohle gelöst hatten. Die Abdrücke waren seltsam geformt, und Nessa hob behutsam zwei auf und hielt sie in der flachen Hand. So etwas würde Jennifer sich gern genau ansehen, dachte sie, doch die, nach dem Kajakfahren noch ganz aufgedreht, plapperte in einem solchem Tempo, dass es unmöglich war, ihre Aufmerksamkeit zu gewinnen. Ein-, zweimal summte ihr Telefon. »Wer ist das um diese Zeit?«, sagte Nessa.

»Ach, das ist Luke«, sagte Jennifer. »Wir folgen uns jetzt auf Instagram.«

»Ist er nicht ein bisschen zu alt für jemanden, dem du folgst?«, fragte Philip besorgt.

Jennifer prustete. »Es ist Instagram, Dad. Nicht das Darkweb.«

Nessa lächelte im Dunkeln in sich hinein. Amys Kind und ihr Kind – Freunde. Das war doch sehr schön.

13

Während Nessas erstem Jahr am Saint Martins College war Locke aus Irland angereist und hatte eine Vorlesung gehalten. Er war damals in den Fünfzigern, attraktiv, trat in dunkelblauem Hemd und hellbrauner Kordhose auf. Und Stiefeln, das wusste Nessa noch. Bei sich zu Hause trugen Männer damals keine Stiefel, ausgenommen Gummistiefel oder Arbeitsstiefel. Der Titel der Vorlesung lautete: »Dunkle Sümpfe. Der Einfluss der Geographie auf das Werk von Edwin Miles« oder so ähnlich. Sie war für jedermann, und der Großteil der Zuhörer im Raum waren keine Studenten, sondern ältere Personen. Nessa und Amy setzten sich auf Plätze im hinteren Teil.

Locke fing mit der Vorlesung an. Nessa ließ den Blick durch den Hörsaal schweifen. Das Publikum lauschte andächtig, ruhig, gut gelaunt. Locke sagte, die Landschaft, die Edwin Miles in Roscommon umgeben habe, sei der Grund für das Düstere und Trostlose in seinem anspruchsvollen Werk. »Unsinn«, entfuhr es Amy laut, und ihre Hand flog in die Höhe. Was ist dann mit Beth Kimmerling, die ihr ganzes Leben in einem Dorf drei Meilen östlich von Edwin Miles verbracht hat und deren Werk aus lauter Blau und Gelb besteht? Überall Licht, Licht, Licht. Amy sprach immer schneller, die Wörter sprudelten nur so aus ihr heraus: Ja, zwischen ihren Arbeiten liegen dreißig Jahre, aber so schnell verändere sich die Geologie nicht. Die Gestalt der Landschaft sei für beide gleich gewesen: Keiner von beiden hatte zu seinen Lebzeiten einen Krieg erlebt. Vielleicht sei ja Miles selbst der Düstere, Trostlose und Anspruchsvolle gewesen, sagte sie zum Schluss.

Amy hatte nicht die Fragestunde abgewartet, es hatte ihr auch niemand auf ihr Handzeichen hin das Wort erteilt. Locke sprach noch eine Weile ungerührt weiter, bis er merkte, dass seine Äußerungen in Zweifel gezogen worden waren, und langsam und stockend verstummte. Die meisten Zuhörer hatten nur die letzten Worte von Amys Einwurf gehört, den Teil, in dem sie Miles selbst als düster, trostlos und anspruchsvoll bezeichnet hatte. Dadurch klang Amy wie ein Störenfried. Stille trat ein, während der gesamte Hörsaal sich zu ihnen umdrehte. Dann lächelte Locke, nickte Amy fast unmerklich zu und sprach weiter, als wäre nichts geschehen. Jemand aus der Verwaltung des Colleges kam vom Podium herunter, baute sich wenige Schritte von Amy und Nessa entfernt im Gang auf und blieb für den Rest der Vorlesung dort stehen.

Von diesem Tag an waren Nessa Lockes Augen im Gedächtnis geblieben, scharf, blau, ebenso wie das dunkle, gelockte Haar, das unter dem offenen Hemd hervorlugte. Nach der Vorlesung folgte eine Fragerunde, eine offizielle. Der Moderator, ein Professor vom College, fragte Locke nach Einflüssen, woraufhin der sieben oder acht Männer aufzählte, deren Namen Nessa allesamt nichts sagten. Gebeten, den Vorgang des bildhauerischen Gestaltens zu beschreiben, sagte er, der Steinblock sei wie der Geburtskanal, und der Meißel des Bildhauers setze die Wehen in Gang. Danach gefragt, welche Auswirkungen seine Arbeit auf seine Angehörigen habe, sagte er, Künstler hätten eine große Verantwortung, den ihnen Nahestehenden nicht wehzutun, sich genau zu überlegen, was sie aus ihrem Material machten. Nach dem Einfluss Irlands gefragt, sagte er, es gebe Personen im Saal, die bestimmt besser qualifiziert seien, über Irland zu sprechen, als er. Alle lachten.

Hinterher, die Zuhörer waren noch nicht gegangen, sie zogen sich gerade die Mäntel an, kamen Locke und der Professor durch den Flur auf Nessa und Amy zu. Nessa glaubte, sie würden nun getadelt werden. Der Professor sah auch aus, als wolle er das tun. Locke jedoch lächelte. Er lud sie auf ein Glas ein, und sie gingen in eine Weinbar um die Ecke vom College.

Nessa brachte vor Begeisterung keinen Ton heraus, doch Amy sagte Locke ohne Umschweife, dass sie bei seinem Thema anderer Meinung sei. Nessa dachte, sie würde noch einmal von Edwin Miles anfangen, doch Amy erklärte Locke, er irre sich, wenn er meine, es gebe Material, das ein Künstler für seine Arbeit nicht verwenden solle. »Es gibt nichts, was für die Arbeit nicht verwendet wird«, sagte sie.

»Gar nichts?«, sagte Locke. »Ganz gleich, wem man damit wehtut?« Er hob eine Braue, doch seine Miene war eher belustigt als wütend.

»Es bleibt uns doch gar nichts anderes übrig, oder?«, sagte Amy. »Es geht doch nicht darum, was wir aus dem Material machen, sondern darum, was es aus uns macht.«

Es sah so aus, als wolle Locke darüber noch mehr sagen, doch dann ging der Professor mit ihm zum Abendessen, und die Frauen wurden nicht dazugebeten. Im Rahmen ihrer Recherchen für den Ankauf des Locke-Werks las Nessa Jahre später eines der letzten Interviews, die Robert Locke gegeben hatte. »Es gibt nichts, was ich für meine Kunst nicht verwenden würde«, sagte er dem Interviewer. »Es geht ja nicht darum, was ich aus dem Material mache, sondern darum, was es aus mir macht.«

14

Der Direktor setzte für Montagvormittag eine Besprechung an, bei der über den »Fall Doerr«, wie er es nannte, beraten werden sollte. Das Sitzungszimmer diente vormals als Abstellraum für Bilder, die vorübergehend nicht ausgestellt wurden, doch dann ließ Henchy ihn mit Tisch und Stühlen möblieren und titulierte ihn als Konferenzraum. Im Korridor standen die Einzelteile einer abgebauten Installation, die in der Vorwoche im Foyer gezeigt worden war – unterschiedlich lange PVC-Schläuche, Kupferrohre und Rohrreinigungsspiralen. Es sah aus, als hätte der Klempner nach getaner Arbeit nicht aufgeräumt. Der Raum war zu klein, knapp drei Meter im Quadrat und mit einem runden Tisch in der Mitte, um den sich Nessa nur quetschen konnte, wenn sie den Bauch einzog. Die Wände jedoch waren herrlich: eine Reihe von Gouachen, die Berglandschaften zeigten; das Porträt einer Frau von achtzehn oder neunzehn vor einem Kamin, vermutlich von Sarah Purser; ein Aquarell von Hunden an einem Strand. Mittendrin hing ein gutes Dutzend frommer Ikonen, das Regellose ihrer Hängung eigenartig ansprechend.

»Das ist zweifellos nicht das Medienecho, das wir anstreben«, sagte Nessa, »von der Sache her ist meiner Meinung nach aber nichts dran.«

Der Tisch war so klein, dass man alles erkennen konnte, was Henchy in sein Notizbuch eintrug, auch wenn sie es verkehrt herum las. Gerade notierte er »von der Sache her nichts dran« und unterstrich die Zeile mehrere Male.

»Die Frage ist«, sagte er, »was unternehmen wir dagegen?«

»Nichts«, sagte Nessa. »Es ist kein Fall.« Sie fixierte eine Stelle an der Wand – das Aquarell mit den Hunden – und bemerkte, dass der Sand, der von dem hinter den Hunden herrennenden Kind mit den Füßen aufgeworfen wurde, ein dunklerer Spiegel der schaumigen Gischt am Wasserrand war.

»Ich habe mit dem Pressesprecher gesprochen«, sagte Henchy, als hätte Nessa nichts gesagt. »Er meint, wir sollten es kurz und knapp halten, sachlich. Ihm schon im Ansatz die Spitze nehmen. Etwas tun, was auf feine Art vermittelt, dass die bedauernswerte Frau, um die es hier geht, vollkommen danebenliegt, in rechtlicher und moralischer Hinsicht, und was außerdem vermittelt, dass wir ihr alles Gute wünschen und hoffen, sie findet die Hilfe, die sie benötigt.« Er hielt inne. »Ich dachte mir, Sie könnten eine Stellungnahme entwerfen, und der Pressesprecher segnet sie ab und gibt sie heute Nachmittag raus.«

»Wir geben nichts heraus«, sagte Nessa. »Wir geben dem keine Nahrung.«

»Der Pressesprecher war bei seiner Empfehlung eindeutig«, sagte Henchy. »Ich weiche nie gern vom Rat eines Profis ab.«

Schlecht gelaunt ging Nessa an ihren Schreibtisch zurück und fand eine E-Mail von Katherine vor, die schrieb, Luke freue sich schon sehr darauf, die Gipsskulptur zu fotografieren, und wann es ihr passe?

»Ich habe ein Hühnchen mit Ihnen zu rupfen«, sagte Loretta Locke, als Nessa sie anrief und ihr mitteilte, ein junger Fotograf, ein Freund, werde sie am Mittwoch begleiten.

»Weswegen denn?«

»Ich habe gerade eine halbe Stunde damit zugebracht, meine Mutter zu beruhigen. Einer unsere Freunde aus der Stadt hat den Zeitungsartikel ausgeschnitten und uns geschickt.«

»Freunde«, sagte Nessa. »Was wären wir ohne sie?«

»Ich wollte, Sie hätten mir etwas davon gesagt. Wenn ich das im Voraus gewusst hätte, hätte ich ihn vielleicht abfangen können.«

»Ich wollte Sie nicht beunruhigen. Es ist nicht mal eine richtige Zeitung. Niemand wird Notiz davon nehmen.«

»Meine Mutter, das kann ich Ihnen versichern, hat Notiz davon genommen.«

Nessa seufzte. »Es tut mir leid, Loretta. Sie haben recht, ich hätte es Ihnen sagen sollen. Ich habe selbst erst am Freitag davon erfahren und hatte viel um die Ohren. Aber sagen Sie Ihrer Mutter bitte, sie soll sich keine Sorgen machen. Wir haben im Kunstbetrieb ständig mit solchen … ähm … *Individuen* … zu tun.« Noch während sie sprach, wurde ihr schockartig bewusst, dass sie jemandem wie Melanie Doerr noch nie begegnet war.

»Ich bin mit dem Kunstbetrieb selbst flüchtig in Berührung gekommen, vielen Dank, Nessa. Und ich würde gern sehen, wie Sie meiner Mutter sagen, sie soll sich keine Sorgen machen, und wie weit Sie damit kommen.«

»Okay«, sagte Nessa, »gut. Ich habe verstanden. Aber warum nimmt sie sich das so zu Herzen? Meine Tochter, sie ist im Teenageralter, würde sagen, sie ist getriggert. Sind Sie sich sicher, dass sie noch nie von Doerr gehört haben?«

»Absolut. Werden Sie ein Dementi veröffentlichen?«

»Wir werden eine Presseerklärung veröffentlichen«, sagte Nessa. »Ich arbeite gerade daran.« Sie sah kurz auf das Dokument, das sie auf dem Computer geöffnet vor sich hatte; sie hatte bisher genau fünf Wörter getippt. »Ich schicke sie Ihnen am Nachmittag zur Bestätigung.«

»In Ordnung«, sagte Loretta mürrisch. »Und für nächstes Mal denken Sie bitte daran, mich auf dem Laufenden zu halten. Was sagten Sie, wer will am Mittwoch mit Ihnen herkommen?«

»Ein Fotograf«, sagte Nessa. Sie hatte keinen Grund, mehr ins Detail zu gehen.

»Noch einer?«, sagte Loretta seufzend. »Je eher dieser Verkauf abgeschlossen ist, desto besser.«

Nessa wollte schon erwidern, das sehe sie genauso, verbiss es sich aber. »Dann bis Mittwoch, Loretta.«

15

Am Mittwoch verabredete Nessa, dass sie Luke vom Haus der Ferriters abholen würde. Es war sein letzter Tag am See, bevor er wieder zu Tante Gretta nach Tipperary fuhr. Dieses Mal war Nessa auf den Blick vorbereitet, die Aussicht war aber trotzdem atemberaubend: der See um diese Stunde blau, die Bäume, die ihn säumten, die Moose und Farne, die über die Reste der alten, während der Hungersnot errichteten Mauern fielen. Alles stand jetzt in üppigem Wuchs, und von der Not, unter der die Gegend früher gelitten hatte, war nichts mehr zu spüren, abgesehen von den mit Brettern vernagelten Häusern. Katherine kam schon die Treppe herab und auf sie zu, bevor sie auch nur den Motor ausgeschaltet hatte. Nessa ließ das Fenster herunter.

»Das ist ganz lieb von dir«, sagte Katherine. »Er freut sich schon seit dem Wochenende darauf.«

»Das tu ich doch gern.«

»Ihr werdet bestens miteinander auskommen«, sagte Katherine, »das weiß ich, so blendend, wie ihr euch beim Abendessen verstanden habt. Aber ruf mich an, wenn irgendetwas ist, okay? Egal was, ruf einfach an.« Sie sagte es so, wie Nessa es auch tun würde, wenn sie Jennifer, die einen Ausflug machen wollte, nachwinkte. Anders gesagt, mit einer gewissen Beklemmung.

Dann tauchte Luke auf, die Kameratasche über die Schulter geschlungen. »Hey«, sagte er, öffnete die Beifahrertür und stieg ein. »Echt cool von dir, dass du mich mitnimmst. Danke.«

»Das tu ich doch gern«, sagte Nessa noch einmal und drehte den Zündschlüssel. Sie war erleichtert, dass Stuart nirgends zu sehen war. Höchstwahrscheinlich lag er noch im Bett; er war immer schon gern spät aufgestanden. Über Nacht hatte es geregnet, und die Räder drehten im Matsch kurz durch, als sie losfuhr. Im Rückspiegel sah sie Katherine, die noch vor dem Haus stand und winkte.

Ungefähr eine Meile verging, ohne dass einer von ihnen ein Wort sprach.

»Wann fährst du nach Manchester zurück?«, fragte Nessa, um das Schweigen zu brechen.

»Gretta sagt, ich kann bei ihr in Tipperary bleiben, so lange ich will. Vorausgesetzt, Dad ist nicht dabei.« Er lachte verlegen.

»Ach?« Nessa sah ihn kurz an.

»Ja. Tante Gretta ist nicht wie Katherine. Sie ist nicht scharf darauf, dass Dad dableibt. Ich glaub, er ist früher ein-, zweimal bei ihr angeeckt. Also fährt Dad nächste Woche nach Hause. Bis dahin will Katherine ihn noch ertragen, hat sie gesagt.« Er sah Nessa. »Ich hab's nicht eilig mit der Rückkehr. In Manchester muss ich erst was auftreiben, wo ich wohnen kann.«

»Ich dachte, du wohnst bei deinem Vater?«

»Dad klappert zum Schlafen wieder reihenweise seine Freunde ab. Im Moment übernachtet er bei Freunden in Luton. Keine Ahnung, was die sagen würden, wenn ich auch noch bei denen vor der Tür stünde.«

Nessa hatte das Gefühl, ihm einen Rat geben zu sollen, wusste aber nicht genau, welchen. Sie vertrat ja nicht Elternstelle. Was würde Amy sagen? Sie horchte auf Amys Stimme in ihrem Kopf, doch dieses Mal, als sie sie brauchte, kam nichts.

Als sie bei den Lockes ankamen, musterte Loretta Luke erst von Kopf bis Fuß, bevor sie zur Seite trat und ihn einließ. »Das ist Luke Harkin«, sagte Nessa, »der Fotograf, den ich erwähnt habe.« Zu ihrer Überraschung schenkte Loretta Luke ein Lächeln. Er sah an dem Tag besonders jungenhaft aus mit dem leuchtend blau-gelb karierten Hemd und der Haarlocke, die ihm auf die Stirn fiel. Loretta führte ihn etwas umständlich ins Atelier und ging in die Küche, um ihm einen Kaffee zu holen. Nessa beobachtete, wie Luke sich in dem Raum orientierte, seinen Tripod aufbaute. Über die Jahre hatte sie die Erinnerung an das kleine Kind in dem lächerlich steifen schwarzen Jackett, das bei Amys Beerdigung in den Armen seines Vaters schluchzte, aus ihrem Gedächtnis zu vertreiben versucht. Nicht, dass der Junge ihr nicht ab und zu eingefallen wäre; das war vorgekommen, meist bei familiären Anlässen – Geburtstagsfeiern oder am Weihnachtsmorgen –, wenn sie ihre Tochter ansah und dachte: *Das hätte Amy auch haben sollen.* Jetzt betrachtete sie Luke und die Gipsskulptur, neben der er stand, beide groß, schön, mit Alabasterhaut, und dachte: *Das gäbe ein Foto!* Sie ging hinüber, legte die Hand auf den Rumpf der Skulptur. Sie dachte es sich immer als Rumpf und nicht als Gesäß, so als wäre in den Jahren im Kuhstall etwas von den Rindern in den Stein übergegangen. Sie zog die Hände auf sich, diese Skulptur, und Nessa überlegte, ob Locke klar war, dass er das tat, ob er den Stein absichtlich so geformt hatte, dass er in Betrachtern das Bedürfnis weckte, die Hand auszustrecken und ihn zu berühren. Als sie die Hand wegzog, lag ein weißer Film aus Puder auf ihrer Handfläche, und sie wischte ihn ehrfürchtig an ihrem Pullover ab. Sie sah zu einem Spalt zwischen den Dielenbrettern hinab; dort mussten noch winzige Steinpartikel liegen, die Robert Locke als Letzter mit den Händen berührt hatte. Wenn die Dielen herausgenommen und in die Stadt transportiert wurden, konnte es sehr gut sein, dass sie die Nächste war, die diese Partikel berührte.

Loretta kam wieder, stellte ein kleines Tablett mit Tasse und Untertasse, Zuckerdose und Milchkännchen auf einen Tisch in der Ecke.

Luke sah von dem Objektiv auf, das er gerade einstellte, und lächelte. »Danke.«

Loretta gab Nessa ein Zeichen. »Ich muss unter vier Augen mit Ihnen sprechen«, sagte sie.

»Geht es Eleanor gut?«

»Alles in Ordnung.« Loretta ging durch den Flur, Nessa hinterher, doch heute bog sie nicht nach links in das kleine hintere Zimmer ab, sondern nach rechts.

Die Küche war klein und karg, fast als gehörte sie einer anderen Familie. »Entschuldigen Sie die Unordnung«, sagte Loretta, obwohl die einzige Unordnung von dem Topf und dem Becher herrühren konnte, die auf dem ansonsten leeren Abtropfbrett standen. »Setzen Sie sich.« Sie wies auf einen Stuhl am Küchentisch. »Mutter glaubt, wir sprächen über Geldangelegenheiten, und das tun wir in gewisser Weise ja auch.«

Sie ging zur Anrichte, bückte sich und zog einen braunen Umschlag darunter hervor. Kam zum Tisch zurück. »Wir haben Post bekommen«, sagte sie finster. Der Umschlag war neu und glatt und trug keine Briefmarke.

»Er wurde persönlich zugestellt?«, sagte Nessa.

Loretta nickte. »Ja«, sagte sie, »über Nacht.« Sie verzog das Gesicht. »Die Vorstellung, dass jemand hier herumgeschlichen ist, während wir geschlafen haben, macht mich nervös. Mutter habe ich es gar nicht gesagt, es hätte sie zu sehr aufgeregt. Sie hat den Schock des Zeitungsartikels noch nicht überwunden.«

Nessa leerte den Briefinhalt auf den Tisch. Er bestand aus einem Fotoabzug in schlechter Qualität und einem Blatt blau liniertem Schreibpapier. Beim Blick auf die Unterschrift am Ende seufzte sie. Melanie Doerr.

»Das ist Hausfriedensbruch, ganz klar«, sagte Loretta. »Zumal mitten in der Nacht. Ich vermute, es ist dieselbe Frau, die Sie kontaktiert hat?«

Nessa nickte, mit einem Mal nervös. Keine Frage, Doerr hatte den Druck erhöht – das grenzte schon an Stalking. Die dem Brief beigelegte Fotografie hatte Nessa noch nie gesehen. Sie zeigte Robert Locke in mittleren Jahren vor einem Block aus weißem Stein, der ihn vielleicht einen Meter überragt und so breit ist, dass die zwei jungen Frauen, die links und rechts neben dem Künstler davorstehen, ihn nicht vollständig verdecken.

»Ich weiß, ich habe Ihnen gesagt, ich hätte noch nie von ihr gehört«, sagte Loretta, »aber Daddy bekam immer so viel Besuch, dass man sich unmöglich alle merken konnte. Und ganz sicher habe ich den Namen Doerr noch nie gehört.«

Die Ältere der Frauen auf dem Foto war sehr groß. Und hatte die unverkennbaren weit auseinanderstehenden Augen. Was für herrliches Haar Doerr damals hatte, in dunklen Wellen rieselte es ihr über die Schultern. Und konnte das Mädchen neben ihr gar Loretta sein? Sie war nicht älter als fünfzehn oder sechzehn, trug einen sich bauschenden Kasack, in dem sie sich erkennbar nicht wohlfühlte, denn sie zog die Schultern hoch, als hätte jemand anders sie angekleidet. Nessa drehte das Foto um, doch dort stand nichts, kein Datum. Sie sah kurz zu Loretta, die aber inspizierte ihre Fingernägel und schaute nicht auf.

Nessa griff nach dem Blatt Papier. »Liebe Lotty«, begann der Brief, »es tut mir leid zu hören, dass du mich anscheinend vergessen hast. Mir wäre es lieber, wir würden unsere Bekanntschaft unter angenehmeren Umständen erneuern, aber so ist das Leben. Wie ist es dir ergangen? Es hat mir leidgetan, als ich herausgefunden habe, dass du immer noch dort bist. In Tragumna, meine ich. In dem Haus. Die vielen Nachmittage, an denen wir heimlich Pläne geschmiedet haben, wie du von dort wegkommst! Im Nachhinein begreife ich, dass unsere Pläne viel zu vage waren. Aber vielleicht bist du ja glücklicher, weil du geblieben bist, wo du warst? Wer bin ich, darüber zu befinden? Wie geht es Eleanor? Ich vermute, sie ist dieselbe wie immer, deswegen schicke ich diesen Brief dir. Ich kann nicht danebenstehen, Lotty, und zusehen, wie sie Anspruch auf etwas erhebt, was mir gehört, und du wirst wissen, was ich damit meine. Jahrelang dachte ich, es bedeutet mir nichts, jetzt aber begreife ich, dass dem nicht so ist. Und wenn ich es noch länger vor mir herschiebe, wird es bald zu spät sein, überhaupt den Mund aufzumachen, wenn Besitz bedeutet, zu neun Teilen usw. Die Anwälte werden ihre Zauberkunst anwenden, die Welt wird sich weiterdrehen, und ich werde nichts weiter sein als eine alte Frau, die in den Wind schreit. Vielleicht bin ich das jetzt schon. Eines habe ich gelernt, Lotty – und ich hätte es dir damals schon gesagt, wenn ich es gewusst hätte: Ein bisschen Schreien schadet nicht. Ich schreibe das als Appell an dein Gewissen. Ich muss darauf vertrauen, dass du das Richtige tun wirst.«

Es folgten ein gestochen scharfer Namenszug und eine Telefonnummer.

»*Lotty?*«, sagte Nessa.

Loretta verzog das Gesicht. »Er hatte Schüler, die von Zeit und Zeit zu Besuch kamen und hier übernachteten. Es waren so viele, ein ständiges Kommen und Gehen, unmöglich, die Übersicht zu behalten. Ich kam zum Frühstück herunter, und es saß jemand in der Küche, der am Abend vorher noch nicht da gewesen war.«

»Hatten Sie wirklich vor fortzugehen?« Unvorstellbar, dass Loretta so etwas tat.

Loretta errötete. »Natürlich nicht. Aber die Künstler, die waren eben so. Ichbesessen, setzten ständig voraus, wir wären an ihren eingebildeten Problemen genauso interessiert wie sie selbst. An manchen Tagen gingen meine Mutter und ich hinten aus dem Haus raus, schlossen die Tür und die Pforte zum Seiteneingang ab und saßen dort, bloß um sie los zu sein.« Ihre Stimme zitterte. »Deswegen hat es uns nicht so viel ausgemacht, als das anfing, dass die Leute die Gipsskulptur sehen wollten. Wir waren es ja gewöhnt, dass Fremde überall bei uns im Haus herumtrampelten. Einmal, das weiß ich noch, hat eine Frau in der Stadt mich gefragt, wie wir das aushalten. Aber wir kennen es nicht anders, als mein Vater noch lebte, war es immer so.«

Und das Geld, dachte Nessa, als ihr die Spendenbox einfiel. Sie räusperte sich. »Ich nehme an, Doerr hat das von der Galerie herausgegebene Statement gesehen«, sagte sie. »Der Pressesprecher hat es einigen Medien zugeleitet. Das macht die Lage für uns etwas schwierig. Ich meine, wir haben eine Erklärung des Inhalts veröffentlicht, dass sie der Familie nicht bekannt ist, und jetzt legt Doerr dieses Foto vor …«

»Sie waren diejenige, die die Erklärung herausgegeben hat«, sagte Loretta mokant. »Nicht ich. Im Nachhinein war das vielleicht keine gute Entscheidung.«

»Aber, Loretta«, widersprach Nessa. »Ich habe Sie angerufen. Wir haben darüber gesprochen. Ich habe Ihnen den Entwurf zur Bestätigung geschickt.«

»Ja, das stimmt«, räumte Loretta ein. »Sie haben mir den Entwurf geschickt. Aber Sie sind der Experte; ich habe mich auf Ihren Rat verlassen.«

»Ich habe mich auf Ihre Erinnerung verlassen, Loretta. Ich habe Sie gefragt, ob Sie sie kennen.«

»Das ist über dreißig Jahre her«, sagte Loretta. »Und ich bin mir nach wie vor ziemlich sicher, dass ich nie von einer Schülerin namens Doerr gehört habe. Soll ich mich an jeden Besucher, jeden … *Dahergelaufenen* erinnern, der durch diese Tür kam? Die ganze Zeit hat Daddy Besuch gekriegt. Wir waren öffentliches Eigentum. Es war einfach so.«

Nessa hielt das Foto hoch. »Erkennen Sie sie wieder?«

Loretta zuckte mit den Achseln, schüttelte den Kopf. »Ich konnte mir Gesichter nie gut merken.«

Als sie sich das Foto selbst noch einmal ansah, dachte Nessa, sie würde diese Augen überall herauskennen. Für einen Augenblick schwiegen beide Frauen. »Jetzt ist es nun mal so«, sagte sie. »Ich schlage vor, dass Sie sie nicht anrufen.«

»Ich hatte nicht die Absicht.«

»Wenn sie noch mal nachts herkommt, sogar wenn sie am Tag herkommt, könnten Sie die Polizei rufen.«

Loretta schüttelte den Kopf. »So etwas kommt für meine Mutter nicht in Frage. Seit wir hierhergezogen sind, hatten wir noch nie mit der Polizei zu tun, und ich will jetzt nicht damit anfangen.«

»Dann öffnen Sie zumindest nicht die Tür, wenn sie auftaucht. Lassen Sie sich auf kein Gespräch mit ihr ein, wenn sie läutet.«

Loretta räusperte sich und wich, als sie fortfuhr, Nessas Blick aus. »Der Gedanke gefällt mir gar nicht, und wenn ich mir vorstelle, dass jemand von so einem Verhalten profitiert, wird mir übel.«

Nessa war irritiert. »Sie hat von nichts profitiert.«

»Ich meinte …« Loretta rang um Worte. »Ich wollte sagen, vielleicht sollten wir ihr etwas anbieten, damit sie geht.«

»Sie meinen, Doerr finanziell entschädigen?«

»Wenn Sie es so ausdrücken wollen, ja.« Es klang defensiv.

Nessa stutzte. »Warum sollten Sie das tun wollen?«

»Meine Mutter ist vierundachtzig Jahre alt. Es hat ihr schon schwer zu schaffen gemacht, den Artikel lesen zu müssen. Sie ist seitdem nicht mehr die Alte. Es bedeutet ihr so viel – mein Vater und sein Werk, die nun endlich gewürdigt werden. Dem Ziel schon so nahe zu sein, und jetzt kommt eine zwielichtige Schwindlerin daher und zieht alles in den

Dreck …« Sie stand auf, nahm sich ein Taschentuch aus dem Spender auf der Anrichte und betupfte sich die Augenwinkel. »Es macht mich ganz krank«, sagte sie, als sie sich wieder setzte, »eine gierige Betrügerin zu belohnen, aber ich bin mir nicht sicher, wie lange meine Mutter gesundheitlich noch durchhält.«

»Es ist unmoralisch«, sagte Nessa. »Und, mal angenommen, wir zahlen sie aus: Woher soll dieses Geld kommen?«

»Ich dachte, die Galerie könnte es zahlen.«

Nessa schüttelte den Kopf. »Die Galerie wird sich an so etwas nicht beteiligen. Schon bei der Andeutung, dass eine dritte Person ein rechtmäßiges Interesse an einem Kunstwerk haben könnte, bekämen die Anwälte Schaum vor dem Mund, selbst wenn sich herausstellte, dass es nicht wahr ist …«

»Natürlich ist es nicht wahr«, blaffte Loretta. »Ich versuche nur, pragmatisch zu sein.«

Nessa hob abwehrend die Hand. »Tut mir leid, Loretta. Die Summe ist aufgrund von Förderrichtlinien gedeckelt. Es gibt nichts extra.«

Sie hatte nicht unfreundlich klingen wollen, aber Loretta wirkte geknickt. Ihre Augen umwölkten sich. »Meine Mutter ist mein Leben«, sagte sie leise. »Wir haben nur uns. Ich habe ihr versprochen, sie würde es erleben, dass Daddys Werk angemessen gewürdigt wird, wenn schon er es nicht erleben durfte. Und jetzt wird die Zeit knapp.«

Bevor Nessa etwas erwidern konnte, ging im Obergeschoss eine Tür auf.

»Sie ist aufgestanden«, sagte Loretta. »Ich habe ihr gesagt, sie soll im Bett bleiben.« Sie erhob sich, und ihre Worte kamen hektischer heraus. »Sie brauchen ja nicht hier zu wohnen«, sagte sie, »meilenweit von einer Polizeiwache oder einem Arzt entfernt, niemand, zu dem sie laufen können, wenn eingebrochen wird, außer einem Schafzüchter mit Arthrose fünf Felder weiter. Ich möchte keine Zeitung aufschlagen und diese Frau sehen müssen, die mich anstarrt, ihre Lügen und ihren Unsinn verbreitet, und mich fragen müssen, was sagt sie wohl als Nächstes, mich fragen, ob sie nachts hier herumschleichen wird. Ich will, dass sie verschwindet.« Loretta wischte sich eine Träne ab. Sie schien verlegen. »Wenn ich selbst das Geld hätte, würde ich es bezahlen, aber ich habe es nicht.«

»Es tut mir leid«, sagte Nessa behutsam, »aber da ist nichts zu machen.« Die strenge und bevormundende Loretta war ihr lieber; bei der wusste sie wenigstens, womit sie es zu tun hatte. »Jedenfalls, wie ich Melanie Doerr kennengelernt habe, glaube ich nicht, dass das etwas nützen würde. Es geht ihr nicht um Geld, es ist eine Fixierung.« *Und die wird schlimmer*, dachte sie, sagte es aber nicht.

»Sie haben sie kennengelernt?« Loretta, die schon auf dem Weg zur Tür war, blieb jetzt mitten in der Küche stehen.

»Ja. Sie war in der Galerie. Zweimal. Sie kam zu meinem Vortrag über die Arbeiten aus der Cambridgeshire-Phase.«

»Großer Gott«, sagte Loretta. »Stellen Sie sich vor, meine Mutter wäre da gewesen. Davon hätte sie sich nicht erholt.« Von oberhalb ertönte das Geräusch knarrender Dielen. »Sie will die Treppe heruntergehen«, sagte Loretta. »Wie oft hab ich ihr schon gesagt, sie soll nicht allein auf die Treppe?« Sie rannte aus der Küche, kurz darauf folgte ein scharfer Wortwechsel, dann wurde es wieder still.

Nessa blieb am Tisch sitzen. Wie Luke wohl mit seinen Fotos zurechtkam? Sie wollte nicht nachsehen, so als kontrollierte sie ihn.

Über ihrem Kopf hörte sie zwei Arten sich langsam bewegender Schritte. Loretta hatte die Küchentür offen gelassen, als sie hinausrannte, und wenig später sah Nessa sie mit Eleanor am Arm an der Tür zu dem winzigen Zimmer, in dem sie sich bisher immer getroffen hatten.

Nessa winkte. »Hallo, Eleanor.«

»Glauben Sie nur nicht, ich verstünde nichts von Geld«, sagte Eleanor. »Ich habe jahrelang die Finanzen dieses Hauses verwaltet. Als Robert sonst wo herumvagabundiert ist, war ich diejenige, die mit dem Milchmann und dem Metzger gesprochen und dafür gesorgt hat, dass für mein Kind Brot auf dem Tisch steht.«

»Reg dich nicht auf«, sagte Loretta. Sie legte die Hand auf den Rücken ihrer Mutter, als wolle sie sie in den Raum lotsen, aber Eleanor rührte sich nicht vom Fleck.

»Ich hatte einen kleinen Job, bevor ich Robert kennenlernte, wissen Sie. Ich war Lohnbuchhalterin, ich habe zwei Jahre in einer Fabrik gearbeitet und den Männern jeden Freitag ihren Lohn ausgezahlt.« Sie sah ihre Tochter an. »Ich hoffe, Sie wollte dich nicht runterhandeln.«

»Davon kann keine Rede sein«, sagte Loretta. »Wir sind bloß gerade den Papierkram durchgegangen.« Sie hielt ihre Mutter am Arm und drängte sie weiter, führte sie schließlich an den kleinen runden Tisch. Eleanor setzte sich, legte die Finger auf die Tischkante, als hielte sie die Hände über einer imaginären Schreibmaschine einsatzbereit. Dann wechselte der Ausdruck auf ihrem Gesicht, nicht im eigentlichen Sinne eine Verfinsterung, sondern ein Aufflackern von Schwäche.

Sie drückte den Rücken noch ein wenig mehr durch. »Wen haben wir denn hier?«, sagte sie.

Nessa wandte sich um und sah Luke in der Tür, die Kameratasche über der Schulter.

»Das ist der Fotograf, von dem ich dir erzählt habe«, sagte Loretta. »Sein Name ist Luke. Er interessiert sich sehr für Daddys Arbeit.«

Zaghaft trat Luke vor und reichte Eleanor die Hand. »Die Gipsskulptur ist ein großartiges Kunstwerk«, sagte er. »Man versteht schnell, warum die Leute aus dieser Gegend sie so mögen.«

»Die Leute aus dieser Gegend hatten ihre eigenen Gründe, weswegen sie sie sehen wollten«, sagte Eleanor. »Gründe, die nichts mit großer Kunst zu tun hatten. Die Leute aus dieser Gegend haben mit großer Kunst nicht viel am Hut.« Sie zuckte leicht mit den Achseln. »Aber wer weiß das schon, wer weiß das schon?« Sie lächelte nachsichtig. »Vielleicht haben sie auf ihre Weise etwas Trost gefunden.«

Eleanor, daran erinnerte sich Nessa noch genau, hatte diejenigen, die Bittgesuche an die Gipsskulptur richteten, Dummköpfe genannt. Nicht, dass es sie je daran gehindert hätte, ihre Geldspenden anzunehmen.

»Vielen Dank, dass Sie mir erlaubt haben, die Fotos zu machen«, sagte Luke. »Ich kann Ihnen Abzüge schicken, wenn Sie möchten.«

»Berechnen Sie uns dafür etwas?«, fragte Loretta.

»Nein«, sagte er rasch. »Es wäre mir eine Ehre, Ihnen welche zu schicken.« Er wandte sich an Eleanor. »Ich habe mir sogar überlegt, ob Sie mir erlauben würden, ein Foto von Ihnen zu machen.«

»Später vielleicht«, warf Loretta ein. »Das können wir später immer noch tun, Mutter, wenn du dann nicht zu müde bist.«

»Natürlich«, sagte Luke. »Entschuldigung. Ich habe nicht nachgedacht.«

»Wieso sollte ich müde sein?«, sagte Eleanor. »Ich habe den halben Tag im Bett verbracht. Und es kommt nicht alle Tage vor, dass ein junger Mann mich besucht.«

Luke lächelte, und Nessa fand, er war sogar ein bisschen rot geworden.

»Möchten Sie vielleicht hinausgehen und ein paar Aufnahmen von den Gärten machen, während Sie warten?«, sagte Loretta. »Es gibt hier mehrere Stellen, an denen man einen sehr schönen Blick aufs Meer hat. Als Daddy noch lebte, gab es einen Fotografen, der öfter herkam, und der hat gern drüben bei den Fuchsien fotografiert, mit Blick auf die Dünen.« Sie führte Luke durch die Küche zur Hintertür. Nessa empfand, wurde ihr bewusst, einen irrationalen Stolz, weil Luke so einen guten Eindruck gemacht hatte.

Bildete sie sich das nur ein, oder rückte Loretta, als sie aus dem Garten wiedergekommen war, mit ihrem Stuhl an diesem Nachmittag ein bisschen näher heran? Sie hatte wie üblich ein Buch dabei, das aber die meiste Zeit verkehrt herum auf ihrem Schoß lag. Nessa hatte eine Liste der Dinge, die sie besprechen wollte. Der Direktor wollte wissen – nach Nessas Ansicht eine schlechte Idee –, ob Eleanor eventuell dazu bereit wäre, bei der Eröffnung eine kurze Ansprache zu halten. Vor allem wollte Nessa jedoch das Foto in die Hand bekommen, das über Nacht hier abgegeben worden war, und zu ihr sagen: *Erinnern Sie sich an das Foto, Eleanor? Haben Sie es vielleicht sogar gemacht? Und haben Sie schon damals gespürt, wie sie aus dem Stein heraus Gestalt annimmt – die Gipsskulptur?*

»Heute begleitet uns wieder der Regen«, sagte sie. Niesel hatte eingesetzt und sprühte halbherzig gegen die Fensterscheibe.

»Warum müssen Sie jedes Mal vom Regen anfangen?«, sagte Eleanor. »Regnet es in der Stadt nie?« Nun, wo Luke hinausgegangen war, fand sie zu ihrem normalen Ich zurück. Sie schnalzte mit der Zunge und sagte, fast ohne Luft zu holen: »Ich weiß nicht, ob es noch viel Sinn hat, dass wir fortfahren, wenn Leute das Leben meines Mannes und sein Werk zum Gespött machen wollen. Und mich dazu.«

»Na, na, Mutter«, sagte Loretta begütigend.

»Es sind nicht Leute«, sagte Nessa. »Es ist nur eine Person.«

Loretta warf Nessa einen warnenden Blick zu. »Es ist nur ein Zeitungsausschnitt«, sagte sie.

Eleanor stützte sich mit ihrem ganzen Gewicht, soweit noch vorhanden, auf den Tisch. »Es ist nicht die Skulptur dieser Frau«, sagte sie, »es ist meine.« An diesem Nachmittag wirkte sie noch gebrechlicher, schmaler. Nessa betrachtete den gut geschnittenen marineblauen Blazer, die hochgeschlossene Bluse mit der Lochstickerei, den türkisblauen Schal. Entfernte man die tragenden Teile des Kleideraufbaus, konnte es gut sein, dass Eleanor sich auflöste.

»Ja«, sagte sie behutsam, »ich weiß.«

»Warum haben Sie dann zugelassen, dass sie der Presse diese Dinge sagt? Die Frau hat sich eine haarsträubende Geschichte ausgedacht. Soll ich das einfach hinnehmen?«

»Sie dürfen sie gar nicht beachten«, sagte Nessa. »Sie lenkt uns bedauerlicherweise zwar von unserer Arbeit ab, mehr aber auch nicht.« Sie war sich selbst nicht mehr ganz sicher, ob das stimmte, es hatte aber keinen Sinn, Eleanor in Unruhe zu versetzen.

»Da, wo ich herkomme«, sagte Eleanor, »würde man sie einsperren.«

Nessa holte das Diktiergerät aus der Tasche. »Ich dachte mir, wir könnten ein paar unserer Aufzeichnungen zu Cambridgeshire noch einmal durchgehen«, sagte sie. Die Jahre in Cambridgeshire waren Eleanors Komfortzone; es wurde ihr nie zu viel, darüber zu sprechen. Sie wollte Eleanor eine Weile sprechen lassen und dann schauen, ob sie ihr ein paar Fragen zum Thema des Aufsatzes stellen konnte, mit dem sie fertig zu werden hoffte. Sie wollte fragen, ob es üblich war, dass Locke die Meinung seiner Frau zu Werken hören wollte, an denen er gerade arbeitete. Sie schaltete das Gerät ein, da sagte Eleanor verdrossen: »Es ist die einzige Skulptur, die er von mir gemacht hat.«

In den etwas über vierzig Jahren, die Robert Locke Bildhauer gewesen war, hatte er nur eine einzige Skulptur nach ihr gefertigt. Und wenn es von Eleanor nur dieses eine Porträt gab, so gab es von Loretta gar keines. Hatte es in ihrer Ehe in den Jahren davor oder danach nichts gegeben, was Locke festhaltenswert gefunden hatte? Nichts in seiner Vaterschaft, was ihm als geeignetes Sujet für seine Kunst erschienen wäre? Sogar Philip hatte einen Küchenausbau für sie entworfen, dachte Nessa. »Die Gipsskulptur gehört Ihnen«, sagte sie. »Robert hat sie für Sie gemacht, und sie gehört Ihnen.«

»Sorgen Sie mal lieber dafür, dass sich das herumspricht, junge Dame. Und warum löchern Sie mich andauernd mit Cambridgeshire? Ich hab es satt, darüber zu sprechen.«

Sie sah zu dem Fenster, das auf den Garten hinter dem Haus hinausging. Dort saß Luke in der Hocke und fotografierte gerade den wilden Rhabarber. »Es ist nett, Jugend im Haus zu haben«, sagte sie.

Gut zwanzig Minuten später kam Luke wieder herein und hatte dicke, pelzige Rhabarberstängel in der Hand, die auch gut in die Märchen gepasst hätten, die Nessa Jennifer vorlas, als sie klein war. »Wilder Rhabarber«, sagte Loretta und stand auf. »Der hat sich überall ausgebreitet. Ich weiß noch, dass mein Vater ihm jedes Frühjahr mit der Sense zu Leibe gerückt ist. Ich will ihn immer zurückschneiden.«

Eleanor erhob sich mühsam von ihrem Stuhl. »Sie können jetzt ein Foto von mir machen«, sagte sie zu Luke. »Wo soll ich mich hinstellen?«

Luke drückte Nessa die abgeschnittenen Pflanzen in die Hand. »Würdest du bitte mal kurz halten?«, sagte er. Er fasste Eleanor am Ellbogen und führte sie in den Flur. Nessa hielt die Stängel von sich weg, als wären sie giftig. Die breiten Blätter waren schwer vom Regen, und Tropfen fielen auf den Teppich.

»Sie verderben sich die Sachen«, sagte Loretta. »Das Grün macht Flecken. Sie sollten sie in Plastik einwickeln. Hinten an der Tür hängen Tüten an einem Haken. Ich muss meine Mutter im Auge behalten.« Sie machte kehrt und ging hinaus in den Flur.

Nessa ging durch die Küche in eine altmodische Spülküche. Sie war staubig und voller Kisten, darin Nägel, rostige

Scharniere und leere Marmeladengläser aus bestimmt zwanzig Jahren. Als sie sich eine Plastiktüte aus dem Vorrat an der Tür nahm, sprang ihr auf einem Regalbrett etwas ins Auge. Es war ein alter Margarinebecher, angefüllt mit Stücken aus angelaufenem Silber, kleinen Gegenständen von Schneckenhausgröße. Nessa legte die Rhabarberstängel auf einen Wäschetrockner und hob vorsichtig, damit sie nichts umwarf, den Becher herunter. Die kleinen Stücke, alles Tiere, erinnerten sie an eine Reihe von Arbeiten, die Locke in größerem Format Mitte der Siebziger aus Marmor gemacht hatte. Dass er auch mal mit dem Werkstoff Metall experimentiert hatte, war ihr völlig neu. In ihre Aufregung mischte sich ein Anflug von Verärgerung. Warum hatte Loretta ihr die nicht früher gezeigt? Nessa zog einen Miniaturvogel aus angelaufenem Silber hervor. Er hatte starke Ähnlichkeit mit einem, den Locke aus Marmor gemeißelt hatte, nur viel kleiner, der Hals leicht gen Himmel gereckt, der Schnabel offen, die Füße Wurzeln. Als sie die Hand darum schloss, passte er genau in ihre Faust.

Loretta stecke den Kopf um die Tür. Nessa fuhr zusammen.

»Ich nehme sie schon«, sagte Loretta finster mit einer Kopfbewegung zu dem Becher.

»Ich würde sie mir gern ansehen, wenn ich darf.«

»Nein«, sagte Loretta und schüttelte den Kopf. Sie nahm Nessa den Becher aus der Hand. »Die gehören nicht Daddy. Das ist Familiensilber, ich hab es hierhergeräumt, weil ich es reinigen will.« Sie hielt kurz inne. »Kümmern Sie sich doch wieder um Ihren Freund, den Fotografen. Ich glaube, er will gehen.«

Mit brennenden Wangen verließ Nessa den Raum. Loretta

blieb zurück, es ertönte das Geräusch von geöffneten und geschlossenen Schranktüren. Sie brachte wohl den Becher in Sicherheit.

Im Atelier saß Eleanor auf einem Stuhl und sah Luke zu, der mit dem Rücken zu ihr die Objektive abschraubte und den Tripod verstaute. Ihr vorheriges Feuer hatte sie verlassen, und sie sah jetzt jeden Zoll so alt aus, wie sie war. »Wo ist dieses Kind hin?«, zischte sie verärgert. »Loretta!«

Loretta kam durch den Flur gehastet. »Mutter«, sagte sie, »ich glaube, es ist Zeit für deinen Nachmittagsschlaf.« Sie reichte Luke eine Plastiktüte – die Rhabarberstängel. »Nicht vergessen«, sagte sie. In dem Augenblick wurde Nessa bewusst, dass sie noch den kleinen Vogel aus Silber in der Faust hatte, aber Loretta trieb sie schon zur Tür.

Nessa fuhr den schmalen Fahrweg hinunter, Luke still neben ihr auf dem Beifahrersitz. Den kleinen silbernen Vogel hatte sie heimlich in den Aschenbecher am Armaturenbrett fallen lassen. Auf der Türschwelle war ihr nicht eingefallen, wie sie ihn unverfänglich zurückgeben konnte; Loretta war ja zuzutrauen, dass sie Nessa beschuldigte, ihn stehlen zu wollen. Sie musste versuchen, ihn bei ihrem nächsten Besuch im Haus unauffällig zurückzulegen.

Als sie auf die Hauptstraße eingebogen waren, sagte Luke: »Das wird wahrscheinlich nicht leicht für dich sein, ich weiß, aber ich würde dich gern nach dem Wochenende fragen, an dem meine Mutter gestorben ist.«

»Klar«, sagte sie. »Frag ruhig. Was du willst.« Sie umfasste das Lenkrad fester, wappnete sich.

»Dieses Wochenende …« Er räusperte sich. »Wie ist das alles … ich meine … wie hat sich das abgespielt?«

Nessa zögerte. »Hat dein Vater dir viel darüber erzählt?«

»Ein bisschen. Ich hab's aber nie hingekriegt, dass wir mal richtig darüber sprechen. Er war immer so kurz angebunden, dass ich aufgehört hab zu fragen. Er hat immer gesagt, meine Mutter hätte die Übersicht verloren.«

Nessa holte tief Luft. »Deiner Mutter ging es nicht gut«, sagte sie. »Das ist das Erste, was du wissen musst.«

Luke nickte.

»Wir waren bei einer Feier zur Taufe des Kindes eines Freunds«, sagte sie. »Mal für ein Wochenende raus, ein Kurzurlaub, so haben wir es damals genannt.« Sie lächelte matt. »Ich wusste nicht, dass Amy auch da sein würde. Ich wusste nicht mal, dass sie schon wieder in Irland war.« Sie sah kurz zu Luke hinüber, besorgt, er würde über sie urteilen. »Wir hatten den Kontakt verloren.«

»Verstehe.«

Die bekannten Schuldgefühle kehrten wieder, und sie sprach schnell weiter. »Es stellte sich heraus, dass deine Mutter ein paar Wochen zu Hause gewesen war, auf dem Bauernhof in Tipperary. Du hast damals bei deiner Großmama Harkin gewohnt.«

»Ja. Davon hat Dad mir erzählt.«

»Von Anfang an ging an dem Wochenende alles schief. Als deine Mutter ankam, hatte sie sich die Haare ganz kurz abgeschnitten. Sie war natürlich immer noch sehr schön, Amy war immer schön. Aber dünn war sie geworden. An dem Freitagabend sind wir zu einer Ausstellung gegangen, Aquarelle von einer Frau, die Lizzy – die Mutter des Neugeborenen – aus dem College kannte. Amy wurde schwierig. Ein bisschen unangenehm sogar, wenn ich ehrlich bin. Sie ließ kein gutes

Haar an den Bildern, an keinem einzigen, sagte, die Malerei wäre feige, epigonal. Lizzy wurde ihrer Freundin wegen böse und sagte zu Amy, sie solle sich nicht die Mühe machen, zur Tauffeier zu kommen. Ich hab deine Mutter zur Seite genommen, weg von den anderen, damit sie sich beruhigt. Amy hat immer wieder gesagt, sie will packen und nach Hause fahren, und ich habe es ihr immer wieder ausgeredet. Sie wurde paranoid und unvernünftig, wollte, dass ich ihr Verschiedenes verspreche, Dinge, die ich unmöglich einhalten konnte.«

Nessas Hände zitterten auf dem Lenkrad. Sie wäre am liebsten links rangefahren, wusste jedoch, dass sie es nicht fertiggebracht hätte, das alles zu sagen und Luke dabei anzusehen. Beim Fahren war sie wenigstens damit entschuldigt, dass sie den Blick auf die Straße richten musste.

»Es tut mir leid, dass ich dir das zumute«, sagte er. »Aber ich muss es wissen.«

»Das verstehe ich doch«, sagte sie. »Deshalb bist du ja hergekommen.«

»Was wollte sie von dir versprochen haben?«

Nessa musste schlucken. Sie hatte mehr gesagt, als sie eigentlich wollte, schoss ihr durch den Kopf. »Alles Mögliche«, sagte sie. »Was sie sagte, ergab keinen Sinn. Und, na ja, am nächsten Morgen habe ich sie im Bad gefunden.«

Luke schwieg einen Augenblick. Dann sagte er: »Vorige Woche war ich mit Tante Gretta beim Familienanwalt der Corrigans. Er hat mir den Abschiedsbrief gezeigt, den sie an dem Morgen bei den Sachen meiner Mutter gefunden hatten. Er hatte ihn seit der Untersuchung bei den Akten.« Nach kurzer Pause fragte er: »Hast du ihn gesehen?«

»Nein, aber ich habe ihn gehört, als er bei der Verhandlung zur Untersuchung der Todesursache vor Gericht verlesen wurde. Darin stand, wie ich mich erinnere, ihre Freunde hätten sie im Stich gelassen. Lizzy war untröstlich. Nur deswegen, weil sie und Amy sich am Abend zuvor gestritten hatten. Die anderen konnten sagen, was sie wollten, Lizzy war nicht davon zu überzeugen, dass es nicht ihre Schuld war.«

»Ich hoffe, dir geht es nicht auch so«, sagte er.

»Nein«, sagte sie scharf. »Warum sollte es?«

»Ich will mir nicht vorstellen, dass du dir Vorwürfe machst, das ist alles. Weil du doch die Letzte warst, die sie gesehen hat. Du hast bestimmt getan, was du konntest.«

Instinktiv trat sie das Gaspedal ein bisschen mehr durch. Straßengräben, Bäume und Telegrafenmasten flogen verschwommen vorbei. »Manchmal denke ich, ich hätte mehr tun können«, sagte sie.

»Nein«, sagte er. »So etwas darfst du nicht denken. Ich weiß, dass du ein guter Mensch bist. Ich bin froh, dass du an dem Wochenende mit meiner Mutter zusammen warst. Das ist mir ein Trost. Meinem Dad auch, nehme ich an.«

Am Lough Hyne parkte sie vor dem Haus der Ferriters. »Danke, dass du mich die Gipsskulptur hast ansehen lassen«, sagte Luke. »Ich habe ein paar echt gute Fotos hingekriegt. Ich schicke sie dir.« Er hängte sich die Kamera über die Schulter, machte sich zum Aussteigen bereit.

Katherine kam die Stufen vom Haus herunter. »Ich habe das Abendessen fertig, Nessa«, sagte sie. »Wenn du bleiben und mit uns essen möchtest?«

Nessa sah den Umriss von Stuart Harkin, der am Küchenfenster stand und heraussah. Er hob die Hand zum Gruß. »Danke«, sagte sie rasch, »das würde ich gern, aber wir essen mit einem von Philips Kunden.« *Feigling*, hörte sie Amys Stimme in ihrem Kopf. *Schaffst es nicht, deinem Lover gegenüberzutreten?* Die Vorstellung, dass die Toten die Gedanken der Lebenden kennen, hatte Nessa nie behagt – günstig ging das für sie sicher nicht aus. *Amy*, dache sie, *wir essen heute wirklich mit einem Kunden.* Es war zufällig die Wahrheit, aber sie wusste, wäre es nötig gewesen, hätte sie auch gelogen.

16

Das erste Mal Sex mit Stuart Harkin hatte Nessa an einem Abend im April vor ungefähr zwanzig Jahren im Schuppen hinter einer Mietskaserne in Shepherd's Bush. Um Platz zum Tanzen zu haben, waren die Möbel aus den Erdgeschosswohnungen bereits hinter das Haus getragen worden. Es war Nessas zweites Jahr am College, und sie und Amy teilten sich die Wohnung nicht mehr mit Katherine, die in ein Schwesternwohnheim in der Nähe des Krankenhauses gezogen war.

Amy hatte Stuart Harkin in ihrem ersten Jahr am Saint Martins College kennengelernt, und es war Nessa, die sie zusammengebracht hatte. Sie hatte Stuart eines Nachmittags in die Wohnung eingeladen und füllte gerade den Wasserkessel, um Tee zu machen, als Amy nach Hause kam. Es regnete, Amys Haar kräuselte sich, wie es das immer tat, wenn es feucht wurde. Ihre Wangen waren rosig angehaucht nach dem Fußmarsch von der Bushaltestelle, auch auf ihren Wimpern lagen Regentropfen. In diesem Semester beschäftigte sie sich mit einem Projekt, das sie sich selbst ausgedacht hatte und für das sie mit einer Tasche voller alter Bilderrahmen aus Holz, in Secondhandläden aufgestöbert, kreuz und quer durch London fuhr. Sie klebte oder nagelte die Rahmen um Graffiti an Bushaltestellen oder Plakatwänden, an denen Flechten die Plakatreste besiedelt hatten. Sie steckte jeweils einen roten Punkt und eine laminierte Karte mit einem Titel daneben.

Zu Hause angekommen, ließ Amy ein Bündel Rahmen auf den Wohnzimmerboden fallen, zog Schal und Mantel aus und warf sie neben Stuart auf das Sofa. Vor ihm stehend, schüttelte sie ihre nasse Haarpracht aus, wie es ein Hund tun mag, der aus dem Meer kommt. Als Nessa die Teekanne und drei Tassen auf den Resopaltisch stellte, gab es ihr einen kleinen Stich, als sie spürte, dass sie Stuart Harkin an Amy verloren hatte.

Bei der Party abends in Shepherd's Bush war Amy auch dabei gewesen, schon sehr früh aber waren sie und Stuart in Streit geraten, aus Eifersucht vielleicht. Nessa hatte gehört, wie Amy noch im Gehen einem anderen Mädchen Obszönitäten zugeschrien hatte. Sie hatte möglicherweise erwartet, dass Nessa mit ihr zusammen ging, Nessa aber war noch geblieben. Zu der Zeit hatte sie Stuart eine ganze Weile nicht gesehen, er hatte sich angewöhnt, das College zu schwänzen, und nun, wo Amy meist bei ihm übernachtete, bestand für ihn kaum noch Anlass, in dem möblierten Zimmer vorbeizukommen.

Jahre später konfrontierte ein Therapeut Nessa mit der Überlegung, ob das, was an dem Abend im Hof der Mietskaserne angefangen hatte, etwas damit zu tun haben könnte, dass sie mit Amy oder sogar auch mit Stuart keine sinnvolle Beziehung mehr führte und dass sie unterbewusst wieder an ihrem Leben teilzuhaben versuchte.

Stuart hatte eine Flasche Whisky gekauft, und die ließen sie draußen auf dem Gras zwischen sich hin und- hergehen. Ein Mädchen kam vorbeigeschlendert. Sie nahm die Flasche von Nessa, führte sie an die Lippen und trank. Das Mädchen beäugte Stuart, als wäre er dafür da, dass sie ihn sich nahm, als spielte es keine Rolle, dass Nessa ebenfalls da war. Nessa rückte etwas näher an ihn heran, hauptsächlich des Mädchens wegen, doch er drückte den Mund auf ihren und begann sie zu küssen. Das Mädchen ging wieder ins Haus.

In einer Ecke des Hofs stand ein baufälliger Schuppen, in dem eine alte Matratze auf dem Boden lag. Als Nessa sich das Kleid über den Kopf zog, hielt Stuart, der sich ebenfalls auszog, inne und betrachtete sie. Sie wusste, dass ihm gefiel, was er sah. Neben ihr kniend, nahm er ihren Kopf in beide Hände, sacht, aber bestimmt, und küsste ihre Lider, die Nase, das Kinn.

Die Matratze war schmal, eher zur Schlafkoje eines Campingwagens passend als zu einem Bett, und Nessa wurde hart gegen die Wand gedrückt, scheuerte mit dem Rücken am Holz. Als Stuart in sie eindrang, wurde sie mit der Hüfte an einen Querbalken geschoben, an dem sie mit jedem Stoß schabte, so dass ihre Haut tags darauf an der Stelle rot und aufgeschürft war. Als er auf ihr zusammensackte, lagen sie eine Weile mit pochenden Herzen da. Beide schwiegen. Die Details ihrer Umgebung, die vorübergehend in den Hintergrund getreten waren, rückten langsam wieder in Nessas Bewusstsein, wie das Bild auf einem Polaroid sich nach und nach entwickelt: das Gewirr der von der Decke herabhängenden Drähte, ein stockfleckiges Hemd an einem Nagel, die ringsum verstreuten leeren Bierdosen.

»Ich muss hier raus«, sagte sie. »Ich muss mich anziehen.«

»Nicht in der Reihenfolge«, sagte er und rollte von ihr herunter. Er reichte ihr ihren Büstenhalter, sah zu, wie sie ihn schloss. Sie fand ihren Slip und zog ihn an.

»Die werden sich fragen, wo wir sind«, sagte sie.

Er zuckte mit den Achseln. »Das bezweifle ich. Dafür sind

sie zu betrunken. Wenn sie überhaupt an uns denken, werden sie annehmen, dass ich mich schlecht benommen habe und du genug von mir hattest und nach Hause gegangen bist.«

In den darauffolgenden Wochen hatten sie eine planlose Affäre. Als Nessa in dem Sommer zu ihren Eltern fuhr, schwor sie sich, es sei vorbei, schlief im September aber schon nach der ersten Woche des neuen Trimesters wieder mit Stuart.

An einem Montag Mitte Oktober kam Amy im College in einem Flur auf sie zu. Sie hatten in dem Jahr weniger Kontakt; Amy war bei Stuart eingezogen, und Nessa teilte sich ein Haus mit zwei Studenten aus dem Textildesign. »Ich muss mit dir reden«, sagte Amy. Nessa wurde flau. Ihre erste Eingebung war, nein zu sagen, aber sie hatte Amy noch nie etwas abschlagen können. »Sollen wir in die Cafeteria gehen?«, schlug sie nervös vor. Wenn Amy sie zusammenstauchen wollte, dämpfte die Anwesenheit von Zuschauern vielleicht ihren Zorn. Oder auch nicht. Amy schüttelte den Kopf. »Nicht hier«, sagte sie. Sie schlug ein Café zwei Straßen weiter vor. Ihre Einsilbigkeit auf dem Weg dorthin kompensierte Nessa beklommen mit Geplapper. Sie setzten sich an einen Tisch in der Ecke. Außer ihnen war nur eine weitere Kundin da, eine junge Frau mit Kinderwagen.

Nessa bestellte sich ein getoastetes Sandwich, doch Amy sagte, sie hätte keinen Hunger, und wollte nur Kaffee. Als die Kellnerin wieder in die Küche verschwunden war, sagte Amy: »Ich bin schwanger.«

Nessa riss die Augen auf.

»Ja«, sagte Amy, »es ist über den Sommer passiert. Stuart weiß es noch nicht.«

Langsam drang die Neuigkeit zu Nessa durch. Sie öffnete den Mund, schloss ihn wieder. Amys Miene nach zu urteilen waren Glückwünsche nicht angebracht.

»Was soll ich tun?«, sagte Amy.

Nessa schaute sie nicht an. Sie ließ den Blick durch das Café schweifen, wo er schließlich auf dem Säugling im Kinderwagen ruhte, aus dessen Mund Spucke auf den Boden tropfte.

»Was möchtest du denn tun?«, sagte sie und sah ihre Freundin immer noch nicht an.

»Keine Ahnung«, sagte Amy. »Ich weiß nicht, ob ich mit Stuart ein Kind haben sollte. Das war überhaupt nicht geplant, weißt du.« Sie hielt inne. »Meinst du, er würde einen guten Vater abgeben?«

Die Mutter an dem Tisch in der anderen Ecke sah zu ihnen herüber, als ahne sie die Bedeutsamkeit ihres Gesprächs. Sie fühlte sich nicht bemüßigt, die Augen abzuwenden, als Nessa sie beim Starren ertappte. Es war der »Dann-lieber-gleich-tot«-Blick, den Nessa in späteren Jahren oft an jungen Müttern wahrnehmen sollte. Das Kleine begann zu quengeln, und die Frau nahm es aus dem Wagen, ließ es auf ihren Knien hopsen, nicht sonderlich behutsam, und sagte: »Ist ja gut, ist ja gut.« Stuart Harkin würde einen sehr schlechten Vater abgeben, dachte Nessa, seinem Benehmen als Freund nach zu urteilen.

»Er ist noch sehr jung, nicht?«, sagte Nessa. »Seid ihr beide.«

»Du meinst, ich sollte es wegmachen lassen?«

»Nein«, sagte Nessa bestürzt. »Ich meine, ich weiß es nicht.« Das Gewicht der Frage warf sie aus der Bahn. Über so etwas wurde bei ihr zu Hause nicht gesprochen. Das war doch eine Frage für einen viel älteren Menschen, einen Erwachsenen, für jemanden, der nicht mit Stuart Harkin schlief.

Eine Kellnerin stellte einen Salat vor der Frau in der Ecke auf den Tisch. Sie griff zur Gabel, das Kind mit einer Hand an die Brust gedrückt, während sie mit der anderen mühsam das Essen zum Mund führte und Salatblättchen auf den Kopf des zappelnden Kinds fallen ließ.

»Meinst du, ich wäre eine gute Mutter?«, fragte Amy.

»Du wärst eine tolle Mutter.«

»Woher willst du das wissen?« Amys Kaffee war gekommen und stand unberührt vor ihr.

»Ich weiß es einfach«, sagte Nessa. »Warum solltest du keine gute Mutter sein?«

In der Ecke legte die Frau mit dem Kind die Gabel nieder und schob ihren Teller über den Tisch. Sie setzte das Kind in den Wagen, schnallte es an. Es hörte auf zu weinen, und die Frau saß bloß da und starrte an die gegenüberliegende Wand des Cafés, vielleicht ihre Art, sie nicht mehr zu stören.

Nessa griff nach Amys Hand und drückte sie. Sie brachte es immer noch nicht fertig, sie anzusehen.

»Ich liebe Stuart«, sagte Amy. »Und er liebt mich. Also gibt es wohl keinen Grund, warum wir es nicht wagen sollten.«

Nessas Kehle fühlte sich trocken an. Sie musste mehrmals schlucken, bevor sie antwortete: »Das wird bestimmt gut.«

Die Frau mit dem Kind legte Geld auf den Tisch, stand auf und schob mit einem Nicken in ihre Richtung den Kinderwagen zur Tür hinaus.

Auf Drängen von Amys Mutter heirateten Amy und Stuart in einer kleinen, privaten Feier kurz vor Weihnachten.

17

Nachdem sie Luke beim Haus der Ferriters abgesetzt hatte, fuhr Nessa nach Hause. Sie duschte, zog sich um und ging mit Philip zu einer Dinnerparty, die ein Bankenanwalt namens Dennis Fogarty und seine Frau Olga gaben. Die Fogartys wohnten in Elgin Woods, einer bewachten Wohnanlage aus freistehenden, großzügigen Einfamilienhäusern auf der innerstädtischen Seite von Blackrock. Der »Wald« bestand aus vier Eichen, die seit mehreren hundert Jahren auf dem Grundstück eines angrenzenden Herrenhauses wuchsen, das vor kurzem in Apartments umgewandelt worden war. Es gab zwölf Häuser in Elgin Woods, jedes mit einem großen Garten hinter dem Haus und kleineren Gärten samt halbrunden Zufahrten davor. Die Grundstücke waren alle mit demselben Sträuchermix bepflanzt, vermutlich, dachte Nessa, von demselben Gärtner gepflegt. Bei allen war der Formschnitt etwas zu streng ausgefallen, und es gab Unmengen von Schwarzrohrbambus, dessen Wurzeln den ansonsten makellosen Rasen stellenweise bereits nach oben wölbten.

Olga stammte aus Carlow, ihr Vater war Rinderzüchter, ihre Mutter Grundschullehrerin, die den Namen Olga in einem Liebesroman aufgeschnappt hatte. Olga redete viel, fast ausschließlich über Bücher. Sie hatte ein paar Kurzgeschichten veröffentlicht und verfasste ab und zu Kritiken für Zeitungen. An dem Abend war Nessa im Speisezimmer der Fogartys neben ihr platziert worden. An den Wänden hingen drei Drucke von Louis le Brocquy und ein Original von Gottfried Helnwein. Die Fogartys hatten Caterer, die sich um alles kümmerten, so dass Nessa keinen Moment Ruhe hatte, weil Olga vielleicht nach dem Gemüse hätte schauen müssen. Sie hörte höflich zu, ein Lächeln im Gesicht befestigt. Schon nach der Hälfte der Vorspeise dachte sie, sie würde sich lieber beide Arme abkauen, als Olga noch einen Augenblick länger zu lauschen. In dem Buch, über das sie an diesem Abend sprach, ging es um einen Mann, der im Rumpf eines in Patagonien gestrandeten Schoners eine neue Lebensform hervorbringen wollte. Olga erzählte schon eine ganze Weile davon, und bis jetzt war, soweit Nessa folgen konnte, nichts weiter geschehen, als dass der Mann eine Tasse zerbrochen hatte, das aber auf sehr ungewöhnliche Weise. Olga war daran gelegen, diese Weise genau zu erklären, denn die zerbrochene Tasse war eine Metapher für eine fragmentierte Welt.

Nach einer Weile gestattete Nessa sich, den Blick schweifen zu lassen, und ertappte einen Mann direkt gegenüber beim Starren. Er wandte sofort den Blick ab. Er war beim besten Willen nicht attraktiv, und trotzdem fühlte Nessa sich geschmeichelt. Sie wandte ihre Aufmerksamkeit wieder Olga zu, die von der Tasse zu einem neuen Ereignis vorangeschritten war. Als Nessa kurz darauf noch einmal zu dem Mann hinübersah, starrte er wieder, dieses Mal aber so aufdringlich, dass ihr unbehaglich wurde. »Entschuldigen Sie mich«, sagte sie mitten in einen von Olgas Sätzen hinein, »ich bin gleich wieder da.«

Sie schlängelte sich durch die in der Küche herumwuselnden Angestellten des Catering-Service und entschwand in den Garten hinter dem Haus. In einer anderen Epoche wäre ihr womöglich der Butler der Fogartys gefolgt und hätte sie wieder hineingeführt oder ihr eine wärmende Stola gereicht. Doch den Caterern war sie herzlich gleichgültig, und Nessa zog die Tür zu und ging ein Stück den Gartenweg hinab. Die Stadt glitzerte wie eine Leiterplatte, die leuchtenden Quadrate und Rechtecke, die Reihen der Straßenlaternen. Herrlich, die Häuser von Cork bei Nacht, aus der Ferne gesehen. Nessa stand da und atmete tief, wollte an gar nichts denken.

Hinter ihr ging die Küchentür auf. Als sie sich umschaute, sah sie den Mann von gegenüber am Tisch, und ihr fiel auf, dass sie nicht überrascht war. Er kam mit langen Schritten durch das Gras auf sie zu und blieb einen guten Meter vor ihr stehen. Hatte er leise etwas gesagt, was sie überhört hatte? Er hatte die Hände in den Hosentaschen und wippte auf den Fersen vor und zurück.

»Ein schönes Haus, nicht?«, sagte sie.

»Für Dennis und Olga nur das Beste.«

Er war sehr betrunken, fiel ihr nun auf. Er hatte sich offenbar still und leise betrunken, und nun machte ihm die kalte Luft zu schaffen.

»Wenn meine Frau mich jetzt sehen würde«, sagte er, »hier draußen mit Ihnen.« Er trat einen Schritt näher. »Was würde Ihr Mann dazu sagen?«

»Er würde nichts dazu sagen«, sagte sie leichthin. Was war das mit den Männern, dass sie immer davon ausgingen, eine Frau würde sie gleich bespringen?

»Sie vertrauen einander, ja?«

»Wenn Sie es genau wissen wollen, ja.«

Er lachte. »Ach, herrje«, sagte er. »Ach, herrje.« Er schüttelte den Kopf. »Sie wissen nicht, wer ich bin, oder?« Er hielt ihr die Hand hin. »Richard Wilson.«

Es dauerte einen Moment, bis es bei ihr Klick machte. Richard Wilson. Coras Mann. Sie hatte ihn noch nie zuvor gesehen. Er gehörte nicht zu der kleinen Zahl von Vätern, die sich am Schultor die Ehre gaben. Nessa nahm die ihr dargebotene Hand nicht, und kurz darauf zog er sie zurück. »Ist schon eine Marke, Ihr Mann«, sagte er. »Vögelt meine Frau, und seine eigene vögelt er vermutlich auch. Vielleicht betreibt er in Sunday's Well einen ganzen Harem?« Die Wilsons wohnten in Hollyhill, allerdings nicht in einer der Wohnsiedlungen. Nessa machte Anstalten, um ihn herum und zurück zum Haus zu gehen, aber er hielt sie am Ellbogen fest.

»Lassen Sie mich los«, sagte sie. Sie sah zur Küche der Fogartys hinauf, wo sie erleichtert die Umrisse der Caterer erblickte. Im äußersten Fall konnte sie schreien.

Er neigte das Gesicht dicht vor ihres. »Was meinen Sie?«, sagte er. »Sollten wir es auch miteinander probieren? Da würden wir es ihnen aber zeigen.«

Nessa schüttelte seine Hand ab und ging zum Haus, wollte sich nicht anmerken lassen, wie verängstigt sie war. Die Caterer achteten nicht auf sie; sie steckten gerade in einer anderen Krise – auf der Arbeitsplatte war das Soufflé in der Mitte zusammengefallen. Im Esszimmer unterhielt sich Philip mit einer Frau, die, wie Nessa wusste, Projektingenieurin war. Nessa ging hin, tippte ihm auf die Schulter. »Hast du mal einen Moment?«

Sie gingen durch den Flur und vorn vor die Haustür. »Hast du überhaupt gemerkt, dass ich nicht da war?«, sagte sie, als sie die Tür hinter ihnen zuzog.

»Ich hab gedacht, du bist ins Bad gegangen.«

»Ich bin raus, weil ich Olga am Hals hatte, die die Sozialkompetenz einer Nacktschnecke hat.«

»Ich dachte, du magst Olga.«

»Ich kann sie nicht ausstehen. Sie ist unerträglich. Olga und ihre Bücher. Weißt du, wen ich gerade kennengelernt habe?«

Er schüttelte den Kopf.

»Rat mal.«

Er wich ihrem Blick aus.

»Richard Wilson«, sagte sie. »Er ist mir in den Garten nachgeschlichen. Ich dachte, er tatscht mich an.«

»Hat er aber nicht.«

»Er hat vorgeschlagen, dass er und ich uns – treffen.«

»Er ist betrunken.«

»Ich hatte Angst, Philip. Und ich sollte nicht mit Richard Wilson auf einer Party sein müssen. Ich bin schon genug gedemütigt.«

»Eine Demütigung kann ich hier nicht erkennen.« Sein Ton hatte jetzt mehr Schärfe. »Richard war der Anwaltsassessor bei einem großen Fall, der gerade zum Abschluss gekommen ist. Deshalb ist er hier. Dennis lässt ihm ein paar Aufträge zukommen. Was soll's? Es steht uns ja nicht zu, Dennis und Olga zu sagen, wen sie zu sich nach Hause einladen dürfen. Außerdem er ist allein hier. Es ist ja nicht so, als …« Er verstummte.

»Na los«, sagte sie. »Sag es.«

Als er zu Boden sah, sagte sie: »Es ist ja nicht so, als wäre *Cora* hier. Wolltest du das sagen? Was, wenn sie gekommen *wäre*? Das wäre eine schöne Überraschung gewesen: deine

Frau und deine Geliebte an einem Tisch. Für die Show hätten sie Eintrittskarten verkaufen können.«

»Kannst du bitte aufhören zu schreien?«, sagte er.

Nessa war nicht bewusst, dass sie laut geworden war. Sie sah sich um, aber es war niemand da, der es gehört haben könnte. Keine Menschenseele in Elgin Woods auf der Straße, abgesehen von Richard Wilson, der vielleicht noch hinten im Garten stand. Die Vorhänge am Haus gegenüber blieben geschlossen. Wären sie bei sich in Sunday's Well, stünde Mrs Moriarty inzwischen am Fenster. »Und wenn Cora gekommen wäre?«, wiederholte Nessa. »Du musst doch gewusst haben, dass sie eingeladen sind, hast mich aber nicht vorgewarnt. Du hast in Kauf genommen, dass ich bloßgestellt werde.«

»Schluss jetzt, Nessa«, sagte er. Er fuhr sich mit der Hand durchs Haar und fluchte. Nessa stand auf einmal eine nächtliche Szene vor dem Supermacs am Eyre Square in Galway vor Augen, als sie in den Zwanzigern waren. Sie schrien sich an, und Philip machte genau das gleiche Gesicht wie jetzt. Später waren sie noch einmal dort, da aber schon ohne den Optimismus der Jugend, dass es irgendwie weitergehen würde. »Ich wusste, dass Cora nicht kommt«, sagte er. »Das hätte ich dir nicht angetan.«

»Wieso wusstest du das?«

Er sah weg. »Lass uns das nicht hier besprechen«, sagte er, »wir wollen Dennis nicht den Abend verderben. Komm wieder rein und iss den Nachtisch.«

»Du hast immer noch Kontakt zu ihr, nicht?«

»Sie hat mir gesimst und gefragt, ob ich finde, sie soll kommen. Ich hab zurückgesimst und gesagt, ich finde es besser, wenn sie nicht kommt. Das ist alles.«

»Du hast es mir versprochen«, sagte Nessa. »Du hast versprochen, dass du nichts mehr mit ihr zu tun hast.«

»Ich hab ihr gesagt, sie soll wegbleiben. Das ist ja wohl kaum dasselbe, wie etwas mit ihr zu tun haben.«

Irgendwann fing sie an zu weinen. Sie fuhr sich mit dem Finger unter den Augen entlang, hoffte, dass ihre Mascara nicht verschmierte. »Sie macht immer noch, was du willst. Die entgegenkommende Cora.«

»Ich möchte wirklich nicht gern gehen müssen«, sagte er. »Ich möchte die Fogartys nicht verärgern.«

»Gott bewahre! Was auch geschieht, Hauptsache, die Fogartys sind glücklich.«

Er streckte die Arme aus und zog sie an sich, aber so fest, dass sie sich eher eingeengt fühlte als geliebt. »Du bist hier«, sagte er, »Cora nicht. Genügt das nicht?«

Sie gestattete sich, an seine Brust zu sinken. Dachte, sie sollte aufhören, über Cora zu sprechen. »Richard Wilson hasst dich«, sagte sie.

»Ich hab nicht damit gerechnet, dass er mir Kränze flicht.«

»Du solltest ihn im Auge behalten«, sagte sie. »Er ist ein gemeiner Mensch. Bevor du es merkst, bist du verraten und verkauft.«

»Richard Wilson könnte nicht mal in der Wüste Wasser verkaufen. Dennis überlässt ihm kleine Mandate nur, weil Cora und Olga Cousinen sind.«

Cora und Olga waren verwandt? Das war ihr neu. Und trotzdem musste Cora zu Hause bleiben. Ein Spiel hatte heute Abend stattgefunden, dessen Regeln ihr nicht ganz klar waren, es hatte aber den Anschein, als hätte sie gewonnen und Cora verloren.

Philip strich ihr übers Haar, als sie den Kopf an seine Schulter lehnte. »Komm wieder mit rein«, sagte er.

»Geh schon vor«, sagte sie, »ich komme nach.«

Als er gegangen war, blieb sie noch eine Weile auf den Stufen sitzen. Sollte jemand fragen, was sie hier tat, würde sie sagen, sich die Sterne ansehen. Es waren aber keine am Himmel, nicht bei den vielen Lichtern oder der Lichtverschmutzung, wie Jennifer sagen würde.

War sie auch so zornig auf alles gewesen, als sie in Jennifers Alter war? Ihrer Erinnerung nach war der Zorn ihrer Teenagerjahre maßvoller gewesen, klarer abgegrenzt.

Ob Richard Wilson wieder hineingegangen war und am Tisch saß? Ob er jetzt hinüberstarrte zu ihrem leeren Stuhl? Nessas Leben – ihrer aller Leben – war infolge von Philips Affäre neu definiert worden; Abkommen waren getroffen worden, und der heutige Abend war eines der Ergebnisse. Dennis, Richard, Philip. Schere, Stein, Papier. Cora Wilson war aus dem Spiel genommen worden, ihre Abwesenheit wirkte sich jedoch auf das Verhältnis aller anderen Spielfiguren aus. Vielleicht, der Gedanke kam Nessa jetzt, hatte Olga, die Coras Cousine war, schon vor ihr selbst von der Affäre gewusst. Vielleicht hatte sie deswegen in einem fort so eindringlich über Bücher mit ihr geredet, vorbeugend, damit nicht aus Versehen etwas anderes zur Sprache kam.

18

Am Donnerstagmorgen saß Nessa an ihrem Schreibtisch in der Galerie, noch angeschlagen nach der Dinnerparty vom Abend zuvor, als das Telefon läutete. »Da ist ein Stuart Harkin für Sie in der Leitung«, sagte die Frau in der Telefonzentrale. Mit dem Telefon in der Hand drehte Nessa sich auf dem Stuhl zum Fenster. Das Flachdach eines angrenzenden Gebäudes war mit Müll übersät – leere Chipstüten, durchweichte Flyer, dünne Zweige, so bleich, dass es vielleicht gar keine Zweige waren. Sie sah dem Flattern einer zerfetzten Plastiktüte zu, die an einem Nagel hängengeblieben war. »Wollen Sie den Anruf annehmen oder nicht?«, sagte die Frau in der Zentrale.

»Okay.« Sie drückte auf die blinkende Taste des Deskset, sagte aber nichts.

»Hallo?«, sagte Stuart. »Nessa?«

»Ach, hi, Stuart«, sagte sie. »Wie geht's?«

»Ich bin immer noch bei Katherine«, sagte er. »Hast du vielleicht gehört.«

»Luke hat etwas in der Richtung erwähnt.«

»Ja. Dann bist du ja im Bilde. Aber die gute Nachricht ist, dass Luke und Tante Gretta blendend miteinander auskommen. Sie hat ein paar Cousins zusammengetrommelt, die er kennenlernen kann.«

Er klang nicht besonders glücklich.

»Das ist doch sehr lieb«, sagte sie. »Ich glaube, Amy hätte es gefallen, dass er seine Cousins kennenlernt.«

»Die Cousins sind nicht das Problem. Tante Gretta, die macht mir Kummer.«

»Vielleicht hat sie einfach kein Zimmer übrig.«

»Das ist es nicht. Es ist mir egal, wenn sie mich nicht bei sich wohnen lässt, obwohl das typisch blöde Gretta ist. Nein, sie hat sich dazu hinreißen lassen, Luke einen Karton mit Amys Sachen zu geben. Zuerst dachte ich, prima, weißt du, Fotos vielleicht, alte Valentinskarten, so etwas.« Er prustete. »Du würdest es nicht glauben, was für ein Mist in dem Karton ist. Zeug, von dem ich nicht wusste, dass Amy es aufbewahrt hat. Zeug, von dem ich nicht mal wusste, dass sie es *hatte*. So ziemlich alle Briefe, die sie jemals von irgendwem gekriegt hat. Sie muss die mit heimgenommen haben nach Tipperary, bevor sie … na, eben vorher.«

Nessa spürte, dass er auf etwas hinauswollte, und schwieg deshalb.

»Ich bin mir nicht sicher, ob ich dir das überhaupt sagen soll«, sagte er, »aber in dem Karton sind auch Briefe, die du ihr geschrieben hast.«

»Oh.«

»Ja, und ich sag mal so. Du klingst darin nicht gerade wie Mutter Teresa.«

»Verdammt«, sagte sie. »Wo du doch früher immer dachtest, ich wäre Mutter Teresa.«

Sein Lachen löste die Spannung. »Punkt für dich«, sagte er, »aber in einigen äußerst du dich ziemlich kritisch über Katherine. Und nimmst auch bei Amys Familie kein Blatt vor den Mund.«

Dass sie vor Amy manchmal über Katherine gelästert hatte, stimmte. So, wie nicht alle Dreiecke gleichseitig sind, weil es auch gleichschenklige gibt, verhielt es sich auch bei ihrem Freundinnentrio. Nessa überwand sich und stellte die Frage: »Sind sie sehr schlimm?«

»Schlimm genug.«

»Wir waren damals praktisch noch Kinder«, sagte sie. »Wir wussten nicht, was wir taten. Oder sagten.«

»Bei dem, was du gesagt hast, warst du ziemlich deutlich. Jedenfalls hab ich Luke gebeten, sie nicht Katherine zu zeigen.«

Auf den Gedanken, dass Luke das erwägen könnte, war Nessa gar nicht gekommen. So dumm war er doch wohl nicht? Sie legte den Hörer auf den Stapel Papiere auf ihrem Schreibtisch. *Verflucht, Gretta,* dachte sie. Aber hatte Gretta die Briefe gelesen, bevor sie sie Luke aushändigte? Na, sicher. Im umgekehrten Fall hätte Nessa dasselbe getan, auch wenn sie zu ihren Gunsten gern annähme, es wäre ihr dabei um Lukes Wohl gegangen. Stuarts Stimme tröpfelte auf den Tisch. »Hallo«, sagte er. »Hallo? Bist du noch dran, Nessa?«

Sie hob den Hörer wieder ans Ohr. »Entschuldigung«, sagte sie. »Ich weiß nicht, was das gerade war.«

»Ich dachte, ich sollte es dir sagen«, sagte er, »für den Fall, dass Katherine sich meldet. Gefahr erkannt, Gefahr gebannt und so weiter.«

»Danke.«

»Ich hoffe, ich hab dich nicht beunruhigt.«

»Nein, ganz und gar nicht.«

»Ich bin wütend auf Gretta, wie du dir denken kannst. Solche emotionale Granaten auf den Jungen abzufeuern. Es war noch mehr Zeug drin, das hätte er auch nicht zu lesen brauchen. Aber ich will nicht querschießen. Letzten Endes gehört sie zur Familie.«

Nessa wollte gerade sagen, dass Gretta ein Problem war, ermahnte sich aber, dass sie sich nicht einmischen sollte. »Wann fährst du wieder?«

»Luke bleibt noch zwei Wochen in Tipperary. Ich fahre nächsten Donnerstag zurück, vorausgesetzt, Katherine kann mich bis dahin ertragen.«

»Ich hoffe, du hast keine hässlichen Briefe über sie geschrieben. Sonst fliegst du Knall auf Fall bei ihr raus.«

»Ich glaub, das Schlimmste hab ich hinter mir«, sagte er, »obwohl Katherine von Anfang an nicht so viel von mir gehalten hat, es würde also kaum etwas ändern.« Er schwieg kurz. »Sie ist nicht nachtragend, Katherine.«

Sie schwiegen beide für einen Augenblick.

»Gute Reise«, sagte sie schließlich.

»Den Kaffee müssen wir noch trinken, bevor ich zurückfahre«, sagte er, »es ist eine Schande, hier zu sein und so selten mit dir zu sprechen. Bist du am Dienstag da? William könnte mich auf dem Weg zum Bahnhof in der Stadt absetzen.«

Sie zögerte. »Klar«, sagte sie schließlich. »Wo sollen wir hingehen?«

»Such du etwas aus«, sagte er. »Überrasch mich.«

19

Zehn Jahre nach Abschluss des Colleges bekam Nessa eine E-Mail mit der Einladung zu einer Party in London, angepriesen als Treffen »der ganzen alten Truppe«. Ihr erster Impuls war, nicht hinzufahren. Sie war inzwischen Hausfrau und Mutter der sechs Jahre alten Jennifer und wollte sich nicht anhören müssen, dass alle anderen am Guggenheim kuratierten. Allerdings versandte die Frau, die das Treffen organisierte, ihre Mails offenbar in den Zeiten zwischen ihren Schichten bei Starbucks. »Wir fahren!«, hatte Philip gesagt, Feuer und Flamme. »Wir engagieren einen Babysitter, machen ein Wochenende daraus. Ich besorge uns was in einem anständigen Hotel. Vielleicht melde ich mich sogar bei ein paar von den Jungs, wenn ich schon mal da bin. Und es gibt ein Gebäude in Chelsea, das ich mir ganz gern ansehen würde.«

Am Morgen des geplanten Wiedersehens kam Philip aus Jennifers Zimmer und schwenkte ein Thermometer. »Sie hat Fieber«, sagte er und reichte es Nessa.

Sie sah sich den Messwert an und zog die Stirn in Falten. »Typisch«, sagte sie, »aber so hoch ist es ja nicht. Gib ihr einen Löffel Nurofen. Ich hol noch eine Flasche in der Apotheke, bevor wir fahren. Ich möchte nicht, dass es gerade ausgeht, wenn der Babysitter da ist.«

»Wir können den Babysitter nicht bitten, ihr Arznei zu geben. Die Verantwortung ist zu groß.«

»Es ist Nurofen, Philip. Wir verlangen doch nicht von ihr, einen Luftröhrenschnitt zu machen.«

»Wenn Jennifer krank ist, sollten wir nicht fahren. Ich finde es nicht richtig, sie allein zu lassen.«

»Was sagst du da, Philip? Wir sollen zu Hause bleiben? Sie ist erkältet.«

»Ich bleib hier«, sagte er. »Fahr du. Ich möchte nicht, dass du das versäumst.«

Nun wusste sie, was los war. »Ist dein Termin für die Baubesprechung geplatzt?«, sagte sie.

»Ich glaub's ja nicht«, sagte er. »Ich mache mir Sorgen um unsere Tochter. Die krank ist.« Er nahm ihr das Thermometer aus der Hand, schwenkte es vor ihrem Gesicht.

»Ja oder nein«, sagte sie. »Ist dein Londoner Auftrag geplatzt?«

Er wich ihrem Blick aus. »Es hat nie einen Auftrag gegeben. Ich dachte bloß, das ließe sich vielleicht einschieben, wenn wir schon mal dort sind. Inzwischen gab es, nun ja, ein Problem mit dem Bauherrn.«

»Ich wusste es«, sagte sie. »Du willst nicht fahren und benutzt Jennifer, um dich herauszuwinden.«

»Hör dir mal selber zu«, sagte er. »Oder geh rein zu ihr« – er zeigte auf das Zimmer ihrer Tochter – »und leg die Hand auf ihre Stirn.«

»Sag du mir nicht, wie ich mich um mein Kind kümmern soll«, sagte sie. »Ich kümmere mich sieben Tage die Woche um unser Kind, während du unterwegs bist und mit anderen Menschen zusammenkommst.«

»Das nennt man Arbeit.«

»Und was ich tue, ist keine Arbeit?«

»Das hab ich nicht gesagt.«

»Ist auch nicht nötig. Ich hab seit Ewigkeiten keinen Urlaub gehabt, Philip, und jetzt möchtest du absagen, weil deine geschäftlichen Pläne gescheitert sind, und mit einem Mal lohnt es sich für dich nicht mehr. Jetzt wäre es bloß noch ein Wochenende mit deiner Frau.«

»Ich bleib zu Hause bei Jennifer«, sagte er. »Fahr oder fahr nicht. Es ist deine Entscheidung.«

Sie trank ein Glas Wein, bevor sie das Flugzeug bestieg, und noch eines, als sie im Hotel eingecheckt hatte. Die beiden Klassenkameradinnen, mit denen sie in Kontakt geblieben war, hatten in letzter Minute gesimst, dass sie doch absagen müssten. Die »ganze alte Truppe« erwies sich als relativ klein; die meisten erkannte Nessa nicht wieder. Es lag wohl nicht daran, dass sie sich verändert hatten; vielmehr fragte sie sich, ob sie diese Menschen überhaupt gekannt hatte. Eine Frau rief ihr auf der Toilette betrunken zu: »Dich kenn ich. Du bist die Irin. Amy, nicht?«

»Stimmt«, sagte Nessa und ging hinaus, ohne sich die Hände abzutrocknen.

Und dann saß sie an der Bar und trank Pfirsichschnaps, und Stuart Harkin stand dicht neben ihr. »Was trinkst du da?«, sagte er mit einer Kopfbewegung zu ihrem Glas.

»Das ist mein Letzter«, sagte sie. »Nach dem hier gehe ich. Ich kenne hier niemanden. Ich hätte zu Hause bleiben sollen.«

Er lachte. »Charmant wie immer«, sagte er. »Darf ich dich daran erinnern, dass du mich kennst. Nimm noch einen. Vielleicht wird es besser.«

»Meinetwegen«, sagte sie. »Aber nur den einen.«

Sie wechselten an einen Tisch in der Lobby, wo es ruhiger war und sie sich unterhalten konnten. »Es war mutig von dir, dass du gekommen bist«, sagte sie. »Bestimmt hat dich doch jeder nach ihr gefragt.«

Er zuckte mit den Achseln. »Das bin ich gewohnt. Es ist inzwischen lange her.«

»Ja«, sagte sie. »Zu lange. Ich kenne keinen mehr. Keine Ahnung, warum ich gekommen bin.«

»Also, ich bin froh, dass du gekommen bist«, sagte er. Berührte sie leicht am Arm.

»Ich sollte jetzt gehen«, sagte sie. »Ich sollte zurück in mein Hotel.«

»Wo übernachtest du denn?«

Sie sagte es ihm. Er hob eine Braue. »Nett«, sagte er.

»Es ist in Ordnung«, sagte sie, peinlich berührt. »Ein Hotel ist ein Hotel, nicht?«

Er schaute belustigt. »Dazu kann ich nichts sagen.«

Sie erhob sich zum Gehen, aber er legte die Hand auf ihren Arm. »Geh noch nicht«, sagte er. »Warte, bis ich wie versprochen ein paar Fotos von der Meute gemacht habe. Und dann gehe ich auch.«

Es war nach Mitternacht, als er sie zu ihrem Hotel begleitete. Er zog sie in einen Hauseingang und küsste sie. Als sie ihn bat, mit nach oben zu kommen, schien er Hemmungen zu haben. »Ich dachte, du hättest mich der Geschichte überantwortet«, sagte er. Hinterher überlegte sie, ob sie sich die Hemmung eingebildet hatte, sich hatte einreden wollen, dass hier etwas Außergewöhnliches stattfand. Stuart Harkin war nicht gerade für seine Zurückhaltung bekannt.

Oben im Zimmer war sie auf den Balkon hinausgetreten.

Das London Eye, gerade erst fertiggestellt und noch ein Novum, hob sich wie ein Filmstandbild von der Skyline ab. Stuart trat hinter sie, schmiegte sich an ihren Rücken. Sie zeigte auf eine in der Ferne leuchtende Kathedrale. »Was ist das?«, sagte sie. »Ist das Westminster, oder steht die in der anderen Richtung?« Dass sie lallte, merkte sie selbst. Sie trug ein hellblaues Kleid, das hinten mit einem Reißverschluss geschlossen wurde, und er zog ihn auf und schob ihr das Kleid über die Schultern. Als es an ihren Hüften hängenblieb, zog sie daran, bis es auf den Boden fiel. Sie stieg heraus und blieb mit dem Rücken zu ihm stehen, als er ihren Büstenhalter aufhakte. Er breitete von hinten die Arme um sie und umschloss ihre Brüste, ließ die Hände zu ihren Hüften hinabgleiten und drehte sie herum, so dass sie ihm frontal gegenüberstand, und sie erschauerte unter der derben Reibung seines Pullovers auf ihrer Haut. »Lass dich ansehen«, sagte er und lotste sie zu einem Sessel. Sie ließ es sich gefallen, ließ den Kopf auf die Lehne sinken und streckte die Beine aus. Er führte sie zum Bett hinüber, auf dem drei, vier Kissen verstreut waren, und begann sich auszuziehen.

Als eine älter gewordene Nessa später herausfand, dass ihr Mann mit Cora Wilson geschlafen hatte, zwang sie sich dazu, in Betracht zu ziehen, dass sie in mittleren Jahren Sex mit Männern haben könnte, die nicht ihr Ehemann waren. Sie hatte keine Männer im Sinn, die sie kannte, sondern generische Vertreter dieses Geschlechts, Männer aus Fotoinventaren oder aus den Online-Katalogen von Warenhäusern. Für die Männer ihrer Vorstellung sprach, dass sie keine Schwäche für Cora Wilson hatten, gegen sie sprach allerdings, dass sie nicht wussten, welcher Sex ihr gefiel. Außerdem hatten sie sich nicht mit der Zeit an den schleichenden Verfall ihres Körpers gewöhnen können. Bei diesen Fantasien waren es, manchmal erregend, meist aber beängstigend, ihre Oberschenkel, die ihr die größten Sorgen bereiteten, hatten sie irgendwann mit Ende dreißig doch ihre Festigkeit eingebüßt, gefolgt von ihrem Dekolleté, das durch Sonnenschäden faltig und rot geworden war wie eine vom Wind gefurchte Wüstenlandschaft. In dem Hotelzimmer zur Wende zu einem neuen Millennium war sie aber noch ziemlich jung, dort hatten derlei Sorgen noch nicht Besitz von ihr ergriffen, als sie sich mit gespreizten Beinen auf Stuart Harkin setzte und sein Gesicht beobachtete, während sie sich auf ihm bewegte. Sie kamen schnell und taten es eine halbe Stunde später noch einmal, nun langsamer.

Das angrenzende Bad hatte eine große Wanne. Sie ließ heißes Wasser einlaufen, goss zwei Fläschchen parfümiertes Duschbad hinein. Stuart setzte sich auf den Teppich vor der offenen Badezimmertür und sah zu.

»Gefällt dir, was du tust?«, sagte er über den Lärm des in die Wanne einlaufenden Wassers hinweg.

»Mir gefällt, was wir gerade getan haben.« Bloß einen möglichst leichten Ton anschlagen! Sie brauchte das Bad – die Nachwirkungen des Alkohols hatten eingesetzt, und sie hatte Kopfschmerzen. Sie war noch nicht so weit, über irgendetwas nachzudenken, war wieder nüchtern genug zu wissen, dass ihre Gedanken nicht gerade ihre Freunde waren.

»Ich meinte, Mutter zu sein. Macht es dich glücklich?«

Er wird alles verderben, dachte sie. Sie hatte ihn nicht in ihr Hotel mitgenommen, damit sie über ihr Kind sprechen konnten, dem es höchstwahrscheinlich gut ging und das nichts weiter hatte als Schnupfen, ganz gleich, was Philip sagte. Und nun musste sie an Philip denken. Es gab für derlei sicher Benimmregeln, eine Übereinkunft, dass bestimmte Themen tabu waren, und sicher wusste gerade Stuart Harkin das. Nessa drehte das Wasser zu, damit sie nicht die Stimme zu erheben brauchte. »Klar«, sagte sie. »Es macht Spaß.« Das stimmte und stimmte auch nicht.

»Ich dachte nur gerade, dass wir beide nicht richtig groß rausgekommen sind. Und auch sonst keiner von heute Abend.«

Nessa erwog, ihn zu fragen, wann genau er darüber nachgedacht hatte. Sie stieg in die Wanne, ließ sich sacht in das sehr heiße Wasser gleiten. Ein leises Zischen stieg von dem Schaum auf, Millionen von winzigen Bläschen platzten gleichzeitig. Stuarts Blick ruhte auf ihren Brüsten, die ein wenig aus dem Wasser schauten.

»Von so etwas haben nur die Jungs geredet«, sagte sie, »wenn sie gegrübelt haben, wer der nächste Francis Bacon wird. Ich hab jedenfalls Kunstgeschichte studiert und nicht darauf gewartet, dass ich irgendwie ›groß rauskomme‹.«

Vielleicht waren es die Gänsefüßchen, die sie bei »groß rauskomme« mitgesprochen hatte, denn er überließ sie jetzt ihrem Bad und legte sich aufs Bett. Eine Zeitlang hörte sie von ihm nur das Rascheln der Begrüßungszeitung, doch dann hörte sogar das auf. Sie blieb noch in der Wanne, als das Wasser schon kalt wurde. Als ob das teure Badesalz den Alkohol aus ihrem Organismus ausgeschwemmt hätte, hatte sie plötzlich einen klaren Kopf. Doch sogar bei nüchterner Betrachtung war der Sex unbestreitbar gut gewesen, sogar besser, dachte sie, als damals, wo sie als jüngere Frau mit ihm geschlafen hatte. Vielleicht galt für ihren Sex jetzt ein anderer Maßstab, der Maßstab von älteren, verzweifelteren Menschen, die schon beschädigt waren, und sein größerer Stellenwert ergab sich aus dem Gewicht der Folgen.

Sie würde Stuart zum Gehen auffordern, beschloss sie, und setzte sich im Wasser auf. Besser, wenn er nicht über Nacht blieb. Doch als sie schließlich aus dem Bad kam und sich beim Abtrocknen ihre Worte zurechtlegte, schlief er unter der Decke. Sie schaute auf diesen Mann in ihrem Bett und wollte nicht daran denken, ob Jennifers Temperatur gestiegen war und Philip jetzt bei ihr wachte. Sie rüttelte Stuart an der Schulter, doch er rührte sich nicht. Sie rüttelte ihn noch einmal, doch er ächzte nur und wälzte sich im Alkoholdunst herum. Sie fand ihren Schlafanzug im Dunkeln nicht, nahm sich aber eine zusätzliche Daunendecke aus dem Schrank und ließ sich im Sessel nieder. Die Klimaanlage war zu kalt eingestellt, doch so viel sie auch an den Reglern nestelte, sie konnte sie nicht ausschalten. Eine Stunde lang warf sie sich hin und her, bis sie, es war zu kalt, um noch länger im Sessel zu bleiben, auf Zehenspitzen zum Bett schlich und behutsam die Decke zurückschlug und darauf achtete, ihn nicht zu berühren, als sie hineinstieg.

Am nächsten Morgen wachte sie zeitig auf und kleidete sich leise an. Zog die Jalousie einen Spaltbreit herauf. Um diese Stunde, ohne die Lichter, war die Aussicht weniger spektakulär, doch in der Ferne war das Rund des London Eye, das sich so langsam drehte wie eine Schraube. *Seltsam, wofür Leute alles Geld ausgeben,* dachte sie.

»So früh schon los?« Als sie sich umwandte, sah Stuart, auf einen Ellbogen gestützt, zu ihr herüber.

»Ich versuche, über Standby einen früheren Rückflug zu

kriegen.« Sie hielt inne. »Meine Tochter ist krank, und ihr Zustand hat sich verschlechtert.« Philip hatte sich nicht gemeldet, und sie hatte nicht den Mumm, ihm zu simsen. Doch sie wollte raus aus diesem Hotelzimmer, wollte nach Hause.

Als sie sich vor dem Spiegel das Haar bürstete, sagte Stuart: »Wann muss das Zimmer geräumt sein? Mein Kopf ist nicht im besten Zustand. Ich würde noch ein Weilchen liegen bleiben.«

»Das Zimmer ist noch für nächste Nacht gebucht und bezahlt«, sagte sie, »kein Grund zur Eile also.«

Er schien zu überlegen. »Dann bleib ich vielleicht noch«, sagte er. »Ich würde gern ein bisschen herumziehen, mich später vielleicht mit der Truppe treffen. Wäre doch eine Schande, so ein Zimmer verfallen zu lassen.« Dass er das Wort »Schande« unter diesen Umständen ohne die geringste Ironie verwenden konnte, fand sie seltsam, wie sie sich erinnerte. Sie hatten doch genug getan, was die Bezeichnung verdiente, auch ohne die Benutzung oder Nichtbenutzung eines Hotelzimmers mit auf die Rechnung zu setzen. Was sie getan hatten, konnte man nicht ignorieren, nur weil sie für ihr Geld einen Gegenwert bekamen. Ob er ihr anbieten würde, sich die Zimmerkosten zu teilen? Er tat es nicht, wahrscheinlich konnte er es sich nicht leisten, dachte sie.

Als sie an dem Abend vom Flughafen nach Hause fuhr, waren ihre Fingerknöchel auf dem Lenkrad weiß. Den ganzen Tag lang hatte sie die Sorge verfolgt, was wäre, wenn Stuart irgendetwas auf das Zimmer schreiben ließe, nachdem sie abgereist war. Wie würde sie das erklären, wenn Philip es auf der Kreditkartenabrechnung bemerkte? Ob Jennifer auf war, wenn sie nach Hause kam? Sie hoffte nicht, sie wollte jetzt niemandem gegenübertreten müssen. Unwillkürlich stürmten die Ereignisse der Nacht wieder auf sie ein – die anfängliche Überraschung von Stuarts Mund auf ihrem, die Art und Weise, wie sie sich für ihn aufs Bett gelegt hatte, die heiße Lust, als er in sie eingedrungen war –, und sie musste sich zwingen, wieder auf die Straße und die Scheinwerfer entgegenkommender Autos zu achten. Mit mattem orangem Schleier kamen die Lichter der Stadt in Sicht. Sie bog in eine Nebenstraße ein und hielt mit eingeschaltetem Warnblinker an. Griff nach hinten auf den Rücksitz, zog den Reißverschluss ihres Koffers auf und holte den Slip heraus, den sie am Abend zuvor angehabt und dummerweise eingepackt hatte, statt ihn im Hotel in den Müll zu werfen. Beim Aussteigen aus dem Auto sank sie in den matschigen Boden ein und hätte beinahe das Gleichgewicht verloren. Ein Geräusch, das sie nicht klar als Mensch oder Tier einordnen konnte, ertönte von der anderen Seite des Grabens. Jetzt ermordet zu werden, das hätte ihr gerade noch gefehlt. Der Coroner würde sie auf einen Stahltisch legen und überall an ihrem Körper, wo sie ihn nicht richtig abgewaschen hatte, Stuart finden. Sie warf den Slip über den Graben. Als sie wieder auf den Fahrersitz sank, zitterten ihre Hände. Im Verlauf von vierundzwanzig Stunden war sie eine Frau geworden, die ihren Mann betrogen hatte, und würde für immer so eine Frau bleiben, unabhängig davon, wie tugendhaft sie den Rest ihres Ehelebens führen würde, und ohne Anrechnung dessen, wie tugendhaft sie es bisher geführt hatte. Sie war noch nie fremdgegangen. Jetzt, im Auto sitzend, bereute sie – bereute es tief –, dass sie über die Jahre nicht mit all den Männern geschlafen hatte, mit denen sie hätte schlafen können. Wenn durch diesen einen Fehltritt nun alles wertlos geworden war, hätte sie es ebenso gut tun können.

Vor dem Besteigen des Flugzeugs hatte sie Philip gesimst, dass sie früher nach Hause komme, dass sie hoffe, es gehe Jennifer gut, dass es ihr leidtue. Direkt danach klingelte ihr Handy, sie brachte es aber nicht über sich ranzugehen und ließ es bis zum Schluss klingeln. Er schrieb: »Komm nicht nach Hause. Bleib.« Was sollte das heißen? Bleib, er wollte sie nie wiedersehen, oder bleib und amüsier dich. Sie schrieb zurück: »Komme nach Hause ♥«, schaltete danach das Handy aus und reihte sich in die Schlange am Gate ein.

Wie würde es sich anfühlen, als Ehebrecherin ihr Haus zu betreten? Im Grunde wie immer, stellte sich heraus. Als sie in den Flur kam, ärgerte sie sich über das Durcheinander aus Spielsachen und herumliegenden Socken, auch wie immer. Philip kam aus seinem Arbeitszimmer. »Hey«, sagte er. Er nahm sie in die Arme und drückte sie. »Wie war's?«

»Ganz okay.« Sie verspannte sich in seinen Armen.

»Nur okay?«

»Ach, es war schon lustig, wie das bei solchen Treffen eben ist. Die Mädchen lassen dich grüßen.«

Er strich sich mit der Hand durchs Haar. »Hör mal«, sagte er, »ich fühl mich mies, weil ich dir das Wochenende verdorben habe. Du hättest noch bleiben sollen. Ich war ein Idiot.«

Dass er nun noch anfing, sich zu entschuldigen, war das Letzte, was sie brauchen konnte. »Ich hätte nicht fahren sollen«, sagte sie. Die Wahrheit dieses Satzes traf sie wie ein Eimer kaltes Wasser.

»Du hattest jedes Recht zu fahren.« Er küsste sie. »Ich bin froh, dich wiederzuhaben, auch wenn ich dich nicht verdiene.«

»Wie geht's Jennifer?«

»Sie schläft. Du hattest recht. Es war bloß eine Erkältung. Ihre Temperatur ist wieder gesunken.«

Nessa wollte auf direktem Weg nach oben und unter die Dusche steigen. »Ich glaub, ich möchte mich hinlegen«, sagte sie.

Er streichelte ihre Wange. »Mein armer Schatz ist ganz geschafft vom Feiern«, sagte er. »Weißt du noch, wie wir früher bis morgens durchgemacht haben und am nächsten Abend gleich noch einmal? Geh nur rauf, ich bring dir Toast.«

»Ich hab keinen Hunger«, sagte sie schnell.

»Dann einen Tee.«

Sie blieb unter der Dusche, bis ihre Haut sich rot verfärbte und fleckig wurde. Beim Abtrocknen mit dem Handtuch fiel ihr ein, wie sich das Kratzen von Stuarts Pullover auf ihrer Haut am Abend zuvor angefühlt hatte, und sie schämte sich, als jähes Verlangen in ihr aufflammte. Sie stieg ins Bett und überlegte, was sie tun würde, wenn Philip Sex haben wollte. Sie würde Müdigkeit vorschützen müssen; das Ausmaß des Betrugs würde ins Monströse anwachsen, wenn sie Sex zuließ, solange sie noch Spuren von Stuart in sich hatte. Doch dann brachte Philip ihr den Tee und ging wieder nach unten. Von nun an würde sie eine mustergültige Ehefrau sein, dachte sie. Bis jetzt war sie keine rühmliche gewesen, eine schreckliche allerdings auch nicht, sah man ab von dem, was gerade geschehen war. Es würde nie wieder vorkommen, nahm sie sich vor. War es in den zehn Jahren seither auch nicht.

20

Am Donnerstagabend war Jennifer in der Küche, als Nessa die Töpfe und Pfannen herausholte, aber sie sah nicht von ihrem Handy hoch. Sie hatte Schulbücher vor sich auf dem Küchentisch ausgebreitet. »Wie läuft's in der Schule?«, sagte Nessa.

»Super.«

»Geht's der kleinen Sullivan besser?«

»Was?« Jennifer hob die Augen nicht vom Bildschirm.

»Deirdre Sullivan. Geht es ihr wieder besser?«

Jennifer seufzte. »Ja«, sagte sie. »Sie hatte bloß Halsschmerzen.« Sie stand auf und ging zur Hintertür, die Augen immer noch auf dem Handy, ging mit der Geschicktheit eines Blinden um eine Fußbank und den Fressnapf des Hundes herum. Schob die Tür auf und verschwand um die Hausecke zu dem Sitzplatz im Garten mit der gusseisernen Bank.

Bailey schlüpfte herein, als die Tür geöffnet wurde, und saß nun zu Füßen Nessas, die auf dem Herd Hackfleisch anbriet. »Sei froh, dass du nicht Mutter bist, Bailey«, sagte sie. »Bist du eine, ist es nicht recht, bist du keine, auch nicht.« Der Hund gähnte und streckte sich, legte sich hin, den Kopf auf den Pfoten.

»Da riecht aber was gut«, sagte Philip. Nessa hatte ihn nicht hereinkommen gehört. Er ließ sich auf einem hohen Hocker an der Kücheninsel nieder, faltete ein paar Pläne auf und zog einen Bleistift aus der Hosentasche. Bailey erhob sich, leckte ihr den Ellbogen und tappte, als die Treuebekundung ihm trotzdem keine Bröckchen von ihr eintrug, zu Philip hinüber.

»Wo ist Jennifer?«, sagte Philip.

»Draußen.« Nessa wies mit dem Kopf zum Garten.

»Wie läuft es denn in der Schule?«

»Gut, soviel ich weiß. Von sich aus erzählt sie ja nichts.«

Wie aufs Stichwort kam Jennifer herein. Sie umarmte ihren Vater und holte sich eine Tüte Chips aus dem Schrank. Am Handy hatte es offenbar erfreuliche Nachrichten gegeben, denn sie war besser aufgelegt als vorher. »Du denkst daran, dass heute der Flohmarkt ist, ja?«, sagte sie.

Nessa hatte es vergessen. Was sie betraf, waren die Benefizflohmärkte in der Schule die Gelegenheit für Skrupellose, die zu Hause ausmisten wollten. Jahr für Jahr stellte sie sich beim Anblick des Ramsches, der auf den Tischen in der Aula lag, vor, den Arm auszustrecken und den ganzen Krempel in einen riesigen Müllsack zu schieben. Die Mitglieder des Spendenkomitees wiederum schworen darauf – nicht zu glauben, wofür Leute bereitwillig Geld hergaben. Ein Regal in Jennifers Zimmer bog sich schon unter den Beutestücken vergangener Jahre: ein Teddybär in Rechts-links-Strick, die Maschen so locker, dass man die gelbe Füllung sah; eine Matrjoschka, der drei Puppen fehlten, so dass es sich nicht lohnte, die restlichen zwei ineinanderzustecken; ein Kätzchen aus billigem orangem Glas.

Cora Wilson wäre dort. Cora war immer dabei.

»Ich hatte überlegt, ob ich es mal auslasse«, sagte Nessa.

Jennifer starrte ihre Mutter an, als hätte die gerade vorgeschlagen, eine Niere ihrer Tochter auf eBay zu verkaufen. »Von allen kommen die Eltern«, sagte sie. »Die Mütter werden alle da sein.«

»Es werden nicht alle da sein«, sagte Nessa. »Wann hast du da jemals Maisie Green gesehen? Laura Stevens kommt auch nie. Ich hab sie kein einziges Mal dort gesehen.«

»Maisie Green hat eine Behinderung«, sagte Jennifer.

»Sie hat einen Gehfehler«, sagte Nessa. »Der hindert sie nicht daran, zum Kuchenbasar zu kommen, ist mir aufgefallen.«

Jennifer wandte sich bittend an ihren Vater. »Sag du ihr, dass sie kommen muss.«

Philip schaute unglücklich. »So läuft das nicht«, sagte er. »Ich sage deiner Mutter nicht, was sie tun soll. Bist du denn nicht mit an der Tee- und Kaffeestation, Nessa?«

»Das ist das erste Wort, das ich darüber höre.«

»Ich hab deinen Namen auf die Liste gesetzt«, sagte Jennifer. »Du bist eingeteilt.«

Das war undenkbar. Cora Wilson Tee einschenken, fragen, ob sie Zucker nahm. »Ich kann nicht«, sagte Nessa. »Ich habe noch eine Menge aufzuarbeiten. Das musst du für mich übernehmen, Philip. Außerdem hast du zu den Müttern den besseren Draht.«

»Von den Väter ist keiner an der Tee- und Kaffeestation«, sagte Jennifer. »Das wird total abartig.« Sie ging aus der Küche.

Philip sah Nessa an. »Das war unter der Gürtellinie.«

»Was?«

»Das mit dem besseren Draht zu den Müttern.«

»Himmel, nein. Daran hab ich nicht mal gedacht, Philip.«

»Ich hab mich darauf gefreut, dass wir zusammen hingehen.«

»Du meinst, wie zu einem Rendezvous? Der letzte echte Romantiker.«

Er seufzte. »Ich gebe mir Mühe, Nessa. Ich bemühe mich wirklich.« Er legte den Stift zur Seite und folgte seiner Tochter aus der Küche.

Zuletzt ging Nessa doch mit zum Flohmarkt. Und wie befürchtet war Cora Wilson da. Auf einer Pech-in-der-Liebe-Skala von eins bis zehn, dachte sie immer, rangierte sie auf einer Acht oder Neun. Cora Wilson rangierte auf einer Vier. Wenn Cora mal wieder mehr Sport machte, kratzte sie vielleicht an der Fünf. Höher hinauf kam sie aber nicht. Cora war klein, circa eins fünfundfünfzig, und sah nicht aus wie die typische Geliebte. Kein Vergleich mit der wunderschönen Ms Johnson, die gerade in der Aula herumging und Lotterielose verkaufte. Cora sah aus wie eine Ehefrau. Bei ihr dachte man an Rinderbraten mit Klößen und Lavendelduftkissen im Wäscheschrank. Cora Wilson legte sich eine Decke über die Knie, wenn sie zu ihrer Wassergymnastik fuhr.

Es hieß, Coras Großvater und seine Vorfahren vor ihm hätten haufenweise Land in den Midlands besessen, ein Gestüt und eine Herde preisgekrönter Rinder, die nur dazu da waren, ansehnlich auf den Feldern herumzustehen und Bewunderung auf sich zu ziehen. Bei Spendenfrühstücken gab Cora gern Geschichten über das Einfangen von Kälbern zum Besten, gespickt mit tischfeinen Flüchen darüber, wie grauenhaft das alles war. Aus jedem Wort, das sie sprach, hörte Nessa »Geld« heraus. Philip kompensierte das Versäumnis, dass er keine gute Partie bei der Heirat gemacht hatte, mit einer guten Partie beim Ehebruch, einen anderen Schluss konnte Nessa nicht ziehen. Doch wer immer den Haufen Land geerbt hatte, Cora war es nicht, denn ihre Lebensverhältnisse waren jetzt entschieden Mittelschicht. Sie hielt sich aber immer noch wie jemand, der seine Herkunft bis an einen mittelalterlichen Königshof zurückverfolgen konnte. Und sie hatte Nessa stets so angesehen, als sollte die auf den Knien liegen und in einer Spülküche die Fliesen schrubben.

Mandy Wilson half Ms Johnson beim Verkauf der Lotterielose. Sie hielt sorgsam Abstand von Nessa und konzentrierte sich auf die andere Seite der Aula, sprach nur die Erwachsenen an, meist die Mütter, und mied die anderen Mädchen. Nessas Herz flog ihr zu. Hatten sie, die Erwachsenen, ihr das angetan? Jennifer stand in einer Ecke in einer Traube Mädchen, die über den Inhalt eines Kartons alter Weihnachtsjahrbücher kreischte. Nessa kannte die anderen; sie waren in derselben Jahrgangsstufe wie ihre Tochter, zu ihr nach Hause kam aber keine davon.

Cora schöpfte pflaumenfarbenen Obstpunsch in Gläser. Nessa ging zur Toilette, spritzte sich kaltes Wasser ins Gesicht, tupfte sich beruhigendes Lavendelöl auf die Handgelenke. In einer Toilettenkabine wurde irgendetwas abgewickelt; die Tür stand offen, und sie sah Jennifer mit einem abgewetzten Teddybären in der Hand, als hätten sie nicht schon genug Müll. Doch nein, Jennifer verfrachtete den Bären heimlich in die Tasche eines Mädchens, dessen Mutter ihn offenbar hatte spenden wollen. Es war eine herzzerreißende Wiedervereinigung, auf die sie da gestoßen war; in mancher Hinsicht waren es noch Kinder. Nessa wusch sich hingebungsvoll die Hände und tat, als merkte sie nichts. Sie war stolz auf ihre Tochter, weil sie so gut auf eine Freundin aufpasste. Sie trocknete sich die Hände ab und ging zurück in die Aula, wo sie Ms Johnson Lotterielose im Wert von zwanzig Euro abkaufte. Auch wenn sie nichts gewann, stieg sie vielleicht im Ansehen.

21

Sie waren kaum vom Flohmarkt zurück, als es an der Tür klingelte. »Das wird Rachel sein«, sagte Jennifer und rannte aufmachen.

»Du hast Rachel doch erst vor zehn Minuten gesehen«, rief Nessa von der Wohnzimmercouch. »Was könnt ihr euch denn schon wieder zu sagen haben?«

Die Haustür wurde geöffnet, ein gedämpfter Wortwechsel drang aus der Diele herüber. Jennifer steckte den Kopf um die Tür. »Es ist für dich«, sagte sie.

Nessa legte ihr Buch hin. »Wer?«

»Melanie irgendwas. Dur, Dar …«

»Verdammt«, sagte Nessa. »Lass sie nicht rein, auf keinen Fall.«

Jennifer verzog das Gesicht. »Hab ich schon«, sagte sie. »Ich hab sie in Dads Bau gebracht, da ist es aufgeräumt.«

Nun war Nessa auf den Beinen. »Was hast du dir dabei gedacht, Jennifer?«

»Du sagst doch immer, ich soll Leute nicht auf der Schwelle stehen lassen. Das wäre unhöflich.«

Philip kam herein. »Warum ist da jemand in meinem Arbeitszimmer?«

»Es ist diese sehr seltsame Frau, die sich wegen der Gipsskulptur an die Zeitung gewandt hat. Die mitten in der Nacht zu den Lockes gefahren ist und einen Brief eingeworfen hat.

Ich hab dir von ihr erzählt, Philip. Und jetzt hat Jennifer sie reingelassen.«

»Sie hat ganz normal ausgesehen«, sagte Jennifer. »Bloß wie ein alter Mensch. Woher sollte ich das wissen?«

»Ich kann ihr sagen, dass du gerade ein Bad nimmst«, sagte Philip, »und dass sie ein andermal wiederkommen soll.«

»Sie soll überhaupt nicht hierherkommen«, sagte Nessa. »Was bildet sie sich ein, einfach so bei mir zu Hause aufzukreuzen. Bei uns zu Hause! Woher weiß sie überhaupt, wo ich wohne? Schick sie weg, Philip. Wimmel sie ab. Sag ihr, sie soll mir eine Mail an die Galerie schicken, wenn es unbedingt sein muss.« Und dann sah sie hinter ihm in der Tür Melanie Doerr.

»Dürfte ich Sie vielleicht um ein Glas Wasser bitten?«, sagte Doerr und tippte Philip auf die Schulter. »Mir ist ganz flau.«

»Natürlich«, sagte er und warf Nessa einen entschuldigenden Blick zu. »Setzen Sie sich bitte.« Er führte sie zu einem Sessel. »Ich mach ein Fenster auf.«

»Danke«, sagte Doerr. Sie zog ihren Mantel aus und öffnete die oberen Knöpfe ihrer Bluse. Fächelte sich mit einer Hand Luft ins Gesicht und lächelte. Nessa wich zur Couch zurück und rutschte bis ans entfernteste Ende. Doerr hatte eine Tasche am Arm hängen und ließ sie jetzt neben sich auf den Boden plumpsen. Für eine Handtasche war sie zu groß, es war eher eine Einkaufstasche, aber mit mehreren kleinen Täschchen, die mit oranger Schnur daran befestigt waren. Philip war in die Küche gegangen, das Wasser holen. Doerr sah rundherum gesund und munter aus. Nessa hatte noch nie jemanden gesehen, der weniger den Eindruck von »flau« machte.

»Sie können nicht einfach bei mir zu Hause erscheinen, ohne Termin«, sagte sie. »Das ist äußerst unpassend.«

»Es ist so warm«, sagte Melanie Doerr. »Ist Ihnen nicht warm? Ich habe mir mal bei einem Sturz den Kopf aufgeschlagen, das war auf der Rambla in Barcelona. Als ich wieder zu mir kam, dachte ich, ich wäre im Maschinenraum eines Schiffs, da waren so viele Rohre, und der Lärm! Großer Gott, dieser Lärm. Es stellte sich heraus, ich war von einer Frau gerettet worden, die in der Wäscherei eines Hotels arbeitete, und sie hatte den Portier geholt, um mich von der Straße zu tragen. Da lag eine Matratze, auf der der Mann, der die Klimaanlage des Hotels wartete, manchmal schlief, wenn er in der Stadt war, in der Nacht war er aber nicht da. Er war ein Urenkel von Isaac Babel. Also, der Portier. Stellen Sie sich vor.«

Philip war mit einem Becher Wasser da. »Haben Sie vielen Dank«, sagte Melanie Doerr. Sie sah Nessa an. »Ich dachte, wir sollten miteinander sprechen, bevor die Sache weitergeht. Meinen Brief haben Sie bekommen.«

Nessa nickte. »Das Briefeschreiben hat es Ihnen angetan, nicht?«

Doerr schluckte den Köder nicht. »Und ich nehme an, Sie haben meinen Artikel in der Zeitung gelesen.«

»Hab ich«, sagte Nessa. »Ich bin überrascht, dass sie ihn veröffentlicht haben.« In Wirklichkeit war sie ganz und gar nicht überrascht. Dasselbe Blatt hatte einmal einen Artikel darüber gebracht, wie man sich selbst Sonnenschutz aus Buttermilch herstellen konnte.

Philip, der verunsichert stehen geblieben war, stufte den Besuch wohl als harmlos ein, denn er zog sich langsam zurück. Melanie Doerr rutschte nach vorn auf die Sesselkante. Ihre Wangen röteten sich. »Darf ich fragen, welchen Teil des Artikels Sie schwierig fanden?«, sagte sie.

»Den ganzen«, sagte Nessa. »Ich fand den gesamten Artikel ›schwierig‹. Genauso, wie ich es schwierig finde, dass Sie mich zu Hause aufsuchen.«

»Das ist das Problem am heutigen Leben«, sagte Doerr. »Niemand möchte zuhören. Niemand will sich der Möglichkeit anderer Wahrheiten öffnen. Alle möchten an dem festhalten, was als gesichertes Wissen gilt. So heißt ein Test, der in London verwendet wird – das Wissen. Taxifahrer müssen ihn ablegen. Haben Sie davon gehört?«

»Hab ich«, sagte Nessa. »Ich weiß nur nicht, warum wir darüber sprechen. Ich möchte nicht unhöflich sein, aber mir wäre lieber, dass Sie gingen. Sie erreichen mich ja in meinem Büro zu den üblichen Bürozeiten.«

Sie stand auf und ging ein paar Schritte zur Tür in der Hoffnung, das veranlasse Doerr, ebenfalls aufzustehen. Was sollte sie tun, wenn die Frau nicht gehen wollte? Philip zu rufen wäre zwecklos. Er wäre höflich. Das war einer der Schwachpunkte in ihrer Ehe: Ihr Mann war zu nett zu anderen Frauen.

Melanie Doerr beugte sich vor und nestelte an den Riemen ihrer Tasche. »Ich habe nachgedacht«, sagte sie, »nachgedacht und meine Ansichten überprüft, wie es das Voranschreiten der Jahre mich gelehrt hat.« Der Reißverschluss ihrer Tasche war kaputt, und die beiden Seiten wurden von einer Sicherheitsnadel in Übergröße zusammengehalten, wie sie den Kilt eines Schotten zieren könnte. »Als ich Sie in der Galerie aufgesucht habe«, sagte Doerr, »habe ich vorausgesetzt, dass Sie wissen, wer ich bin. Ich konnte nicht glauben, dass Sie nicht von mir gehört hatten, vor allem nachdem Robert so viele Arbeitshefte mit Einträgen zu unserer Zusammenarbeit gefüllt hatte.« Inzwischen hatte sie die Tasche aufgebracht und holte Gegenstände heraus, als Erstes ein langes, mit Fransen besetztes Stück Stoff, das ein Schal hätte sein können. Danach folgten mehrere Handtücher, die Doerr auf dem Boden ausbreitete, still in ihr Tun vertieft wie jemand, der sich in seinem Schlafzimmer befindet.

»Was soll das werden?«, sagte Nessa.

Doerr schaute kurz auf. »Bei manchem versagt die Technik«, sagte sie. »Wo war ich? Oh, ja, Roberts Arbeitshefte. Ich hielt es nach einer Weile für möglich, dass Eleanor – oder Loretta, suchen Sie es sich aus – sie vernichtet haben könnte. Es ist zwar scheußlich, wenn jemand das mit Papieren aus dem Nachlass eines Künstlers tut, aber die beiden hatten natürlich ihre Gründe.«

Es folgten noch ein Handtuch und ein Paar dicker gestrickter Socken. »Sie sollten Loretta nach mir fragen«, sagte sie. »Loretta weiß es. Eleanor weiß es auch, aber Eleanor gab Schwarz als Weiß aus, wenn es ihr gelegen kam. Ich habe noch nie jemanden kennengelernt, der so gut log wie Eleanor Locke. Ihre Familie war mit den Swindons nie freundschaftlich verbunden, wissen Sie; das ist ein Märchen.«

»Ich *habe* Loretta gefragt«, sagte Nessa. »Mehrere Male.«

Die ganze Zeit über holte Doerr Sachen aus ihrer Tasche: einen Kompass, einen halbgegessenen Riegel Twix, einen Hut mit daran befestigten Anstecknadeln. Nach kurzer Pause sagte sie: »Einmal war ich verkleidet dort. Sie lassen mich nicht rein, wenn sie mich erkennen, dachte ich, hab mir eine

Perücke und eine Sonnenbrille aufgesetzt und mir das Gesicht mit Make-up zugekleistert.«

»Wo war das?«, sagte Nessa.

»In dem Haus in Tragumna. Vor zehn Jahren oder so hatte ich einmal den starken Wunsch, die Gipsskulptur zu sehen. Es war an Roberts Todestag, ich war krank gewesen. Ich dachte, ich hätte womöglich nicht mehr lange zu leben, und wollte sie noch ein letztes Mal sehen. Ich lebe noch, wie man sieht, wichtig aber ist, ich kam ins Haus hinein, konnte sie sehen, konnte sie anfassen. Loretta hat mich aber erkannt. Ich weiß es, auch wenn sie es sich nicht anmerken lassen wollte. Sie wusste, dass ich es war, sogar noch nach all den Jahren, sogar mit der Perücke und dem Make-up und meinem verqueren Gerede, wusste sie es. Arme Loretta. Aber an dem Tag ließ sie mich für eine Weile mit der Skulptur allein, und dafür war ich ihr dankbar.«

Doerr zog einen, wie es aussah, verknoteten Kissenbezug aus der Tasche und stand auf, als sie ihn öffnete. »Sie wollten Beweise«, sagte sie. »Gut, was sagen Sie dazu?« Vor Nessas Augen drehte sie den Bezug um, aus dem ein gutes Dutzend Steinbröckchen auf den Wohnzimmerboden kullerte, eine Lawine aus staubigen weißen Steinen. Es waren halbfertige Stücke ohne rechte Form, doch Nessa erkannte sofort, dass sie aussahen wie Minigipsskulpturen, aber eher Vettern ähnelten als direkten Nachkommen, denn sie hatten etwas Unvollständiges an sich, etwas Rohes und Seltsames, bei dem ihr der ungezügelte Zorn der Sheela-na-Gigs, alter, in Stein gehauener Fruchtbarkeitssymbole, in den Sinn kam. Sie beugte sich hinab, um die Steine besser zu sehen. Einer war in zwei Teile zerbrochen, schwer zu sagen, ob gerade eben oder schon bei früherer Gelegenheit. Bei anderen waren Splitter abgeplatzt, die wie hervorgerülpste Staubkrümel auf ihrem Boden lagen. Doerr sah sie triumphierend an. »Da«, sagte sie, »jetzt verstehen Sie, warum ich herkommen musste. Die konnte ich schlecht per Mail schicken.«

Nessa hob eins der Stücke auf und wendete es in den Händen hin und her. Maquetten, dachte sie im ersten Moment, erste Entwürfe, die Bildhauer manchmal anfertigten. Diese hier unterschieden sich eines vom anderen in kleinen, jedoch wesentlichen Details. Nessa sah Doerr an. »Sind die von Robert Locke?«

Doerr lächelte schmallippig. »Sie sind die Expertin«, sagte sie. »Sagen Sie's mir.«

Nessa wollte mit ruhiger und fester Stimme weitersprechen. »Sind sie von ihm oder nicht?«, sagte sie. Dass Locke mit Maquetten gearbeitet hatte, war ihr völlig neu. Einige hätten sich, neben die Gipsskulptur gestellt, ausgenommen wie ärmliche Faksimiles, andere jedoch hatten eine bemerkenswerte Ähnlichkeit mit seinen Arbeiten, in den Wölbungen des Steins etwa, die wie dahingleitendes Wasser aussahen.

»Einige sind von ihm«, sagte Doerr. »Einige nicht.«

Nessa hob ein Steinfragment auf und betrachtete es aus der Nähe. »Warum gehen Sie so damit um«, sagte sie, »wenn sie wirklich von ihm sind?«

Doerr zuckte mit den Achseln. »Weil sie nicht zum Aufheben gedacht waren. Robert wollte sie in den Graben hinter dem Haus werfen, aber ich habe sie gerettet, sie herausgeschmuggelt.« Sie lachte. »Ich übertreibe«, sagte sie. »Hinausschmuggeln musste ich sie nicht. Er hat mir geholfen, sie in meinen Koffer zu packen.« Ein Anflug von Traurigkeit kam in ihr Gesicht. »Wichtig ist, sie gehören jetzt mir, und ich kann damit tun, was ich will.«

»So wie Sie auch meinen, die Gipsskulptur gehöre Ihnen?«, sagte Nessa. Sie hatte jetzt, fiel ihr auf, weißen Kalkstaub unter den Fingernägeln. Ein Teil der Stücke war unzweifelhaft aus derselben Schule wie Lockes Werk. Der Schwung der Hüften, der Bogen, mit dem sich das Schlüsselbein aus dem Stein erhob, waren ein unverkennbares Merkmal Lockes aus dieser Periode, waren sein Fetisch. Sie sah Melanie Doerr an. »Die sind sehr interessant«, sagte sie. »Können Sie mir die für ein paar Tage hierlassen? Ich würde sie gern untersuchen. Dann könnte ich das, was Sie über die Gipsskulptur sagen, auch besser nachvollziehen.«

»Mit ›untersuchen‹ meinen Sie behalten?«, sagte Doerr.

»Nein«, sagte Nessa. »Ich würde sie nur gern ausleihen. Ich passe gut darauf auf. Ich würde sie gern als Arbeiten von Locke authentifizieren.«

»Wie gesagt, es sind nicht alle von ihm.« Sie nahm das Fragment, das Nessa in der Hand hielt, wieder an sich und steckte es zurück in den Kissenbezug. Dann las sie die anderen vom Boden auf, warf sie wie Kraut und Rüben hinein.

Nessa zuckte zusammen. Die Steine landeten klackend einer auf dem anderen. »Hier«, sagte sie, »lassen Sie mich Ihnen helfen«, doch Doerr schüttelte den Kopf.

»Sehen Sie?«, sagte sie, obwohl jetzt alle verstaut waren. »Sehen Sie?« Sie stopfte die Handtücher darauf, dann den Schal und den übrigen Krimskrams. Schlang sich die Tasche über die Schulter und schritt hinaus in die Diele.

»Warten Sie«, sagte Nessa, aber die Ältere war schon durch die Haustür hinaus und auf dem Gartenweg.

Nervös ging Nessa an dem Abend zu Bett. Sie musste ständig an Lockes Maquetten denken, wenn es denn welche waren, die Doerr so leichtfertig auf den Boden ihres Wohnzimmers gekippt hatte. Sie musste sie noch einmal sehen, dachte sie, als sie das Nachthemd anzog; sie würde Doerr bitten, sie für eine Einschätzung in die Galerie zu bringen. Die Lawine der Ereignisse des Abends hatte sie zermürbt: Cora Wilson in der Schulaula, die arme Mandy, sichtlich bedrückt, Jennifer ebenfalls unglücklich, beide Mädchen gefangen in einem Durcheinander, das ihre Eltern angerichtet hatten, und zuletzt noch Doerr, die plötzlich vor ihrer Tür stand. Nessa hatte das Bedürfnis nach Nähe zu jemandem, dem sie vertrauen konnte, jemandem, der sie nicht anlog. Ihr Mann war dieser Jemand nicht mehr, einen anderen hatte sie aber nicht, und sie wünschte sich, dass Philip ins Bett kam.

Aus den Spaziergängen, die der Eheberater ihnen mit Nachdruck ans Herz gelegt hatte, war nichts Rechtes geworden. Und wie viel Spazierengehen tat einer Ehe gut, wie viel brauchte sie? Es dauerte eine halbe Stunde, bis er ihr nach oben folgte, und er brachte ein Buch mit, das er auch noch aufschlug. Sie rutschte näher zu ihm, rieb mit dem Fuß an seinem. Er wandte ihr den Kopf zu, lächelte und schaute wieder ins Buch. Sie legte den Kopf auf seine Brust, und er blätterte immer noch Seiten um und ließ das Buch erst zu Boden fallen, als sie ihn langsam vom Bauch abwärts streichelte. Er küsste sie, und sie musste daran denken, wie lange es her war, dass sie so einen Kuss bekommen hatte. Sie schloss die Augen, und ohne ihren Willen erschien Robert Lockes Gesicht vor ihrem geistigen Auge. Sie erstarrte, machte die Augen wieder auf.

»Alles gut bei dir?«, sagte Philip. Er hatte ihre Brust gestreichelt, hielt jetzt aber inne.

»Ja, ja«, sagte sie. »Mir geht's prima.«

Doch als sie die Augen wieder schloss, kam Locke wieder, und seine weiß geäderten Hände glitten über ihren Körper, zusammen mit denen von Philip, als wären es zwei Händepaare, die sie berührten, so dass sie alles tiefer fühlte. Daran war nichts verkehrt, dachte sie; es war nichts weiter als eine andere Weise, Kunst wahrzunehmen, eine angenehm neutralisierte Nekrophilie. Mit einem Toten war es kein Ehebruch.

22

Tags darauf hatte Nessa bei jedem, der auf dem Gehweg in ihre Richtung kam, den Verdacht, es sei Melanie Doerr. Sie war erleichtert, wenn die Betreffenden in Sichtweite waren und sich als Nachbarn oder Lieferanten oder als völlig Fremde erwiesen. Und als es Wochenende wurde und gewesen war und Doerr sich nicht wieder blicken ließ, entspannte sie sich ein bisschen. Sie erwähnte Doerrs unorthodoxen Besuch bei Henchy, als sie ihm in der Kantine begegnete, er aber, zu den Scones unterwegs, blieb nicht einmal stehen. »Dumm wie Bohnenstroh«, sagte er und häufte sich Marmelade auf den Teller, »machen Sie eine Aktennotiz in der Datei.« Bevor sie zu den Maquetten kommen konnte, war er schon, die Sahne suchend, entschwunden.

Im kalten Licht des Tages glaubte sie nun nicht mehr, dass die Maquetten etwas von Locke hatten; es war wohl die pure Leichtgläubigkeit ihrerseits gewesen, wenn sie das zu erkennen gemeint hatte. Sie wollte noch einmal darüber nachdenken, wenn sie zum Monatsende ihren Bericht vorbereitete, noch Zeit genug, zu entscheiden, was sie dann sagen würde. Sie musste noch ein Memo verfassen über Doerrs nächtliche Zustellung des Briefs und der Fotografie im Haus der Lockes und über Lorettas panischen Vorschlag, Doerr zu entschädigen, wenn sie verschwand. Wie ging sie diese heikle Angelegenheit am besten an? Schwer zu entscheiden, denn schon beim geringsten Hinweis auf eine Überschreitung des Budgets würde der Direktor zum Buchhalter laufen. Und der hatte einmal, als er dachte, sie höre es nicht, die Bonusregelung in ihrem Vertrag als seine »Rücklage für den Notfall« bezeichnet.

Am Montagnachmittag las sie an ihrem Schreibtisch noch einmal alle Interviews, die sie mit Eleanor Locke geführt hatte. Ging Robert Lockes Werkverzeichnis und die Kataloge aller Ausstellungen durch, die er über die Jahre hatte. Nirgendwo fand sich ein Hinweis auf die Fragmente, die Doerr auf den Boden ihres Wohnzimmers gekippt hatte.

Als es Dienstag wurde, war Doerr in ihren Gedanken so weit nach hinten gerückt, dass sie stattdessen überlegen konnte, warum sie eingewilligt hatte, sich mit Stuart Harkin zu treffen. Sie hatte ein recht gepflegtes Bistro auf dem Emmet Place ausgewählt, in dem man am Tisch bedient wurde, und als er jetzt lässig über die Brücke geschlendert kam, einen Pullover um die Taille geschlungen, frage sie sich, ob er sie wegen ihres Geschmacks aufziehen würde. In den ersten fünf Minuten ging es jedoch fast nur um Katherine, die in der vergangenen Woche so nett zu ihm gewesen und die, laut Stuart, früher ja auch immer für Amy da gewesen war. Gleich, schoss Nessa durch den Kopf, würde er Katherine für eine Heiligsprechung vorschlagen. »Die heilige Katherine«, sagte sie. »Wir sollten sie bitten, eine Messe zu lesen.«

Er lachte, aber nicht so sehr, wie sie gewollt hätte. »Denkst du manchmal daran, wie wir sie behandelt haben, als wir noch jünger waren?«, sagte er.

»Wen?«, sagte sie. »Katherine?«

»Ja. Besonders nett waren wir nicht.«

»Sie war nicht besonders interessant. Und außerdem eigentlich nur für das eine Jahr mit uns zusammen. Danach hat es sie woanders hingezogen.«

»Wer will ihr das zum Vorwurf machen?«, sagte er. »Mit Amy ist sie aber immer in Verbindung geblieben, bis zuletzt. Das Einzige, was jemals zwischen ihnen stand, war, als sie Amy Geld geliehen hatte. Und es war nicht Katherine, der das peinlich wurde, sondern Amy. Amy wollte, dass ich es zurückzahle, und das konnte ich nicht. Ich war zu der Zeit dazu nicht in der Lage, und dafür hat Amy sich wohl geschämt. Danach hat sie Katherine nicht mehr angerufen; sie haben nicht mehr so viel miteinander gesprochen wie vorher.«

Es war Nessa neu, dass Amy Katherine überhaupt angerufen hatte. So lächerlich es war, sie fühlte sich dennoch hintergangen. Andererseits hatte Amy Nessa in den Jahren nach Lukes Geburt ja ebenfalls angerufen, und es lag nicht an Amy, dass diese Telefonate aufgehört hatten. Nessa war diejenige, die Abstand gehalten hatte.

Um das Gespräch auf weniger gefährliches Terrain zu lenken, sagte Nessa: »Hast du Kontakt zu irgendwem aus der alten Truppe?«

»Erinnerst du dich an Joey Blue?«

Sie musste nachdenken. Auf Anhieb sagte der Name ihr nichts, doch wie vieles andere aus ihrer Zeit am Saint Martins war er auch nicht ganz aus ihrem Gedächtnis verschwunden. Joey: groß, kräftig, das war das Erste, was ihr einfiel. Das Zweite war, dass er bei einem Mädchen aus dem Textildesign, das ihn mal über Nacht mit zu sich nahm, in den Kleiderschrank gepinkelt hatte. »War das der, der immer die apokalyptischen Straßenbilder gemacht hat?«

»Genau der«, sagte Stuart. »Voriges Jahr hab ich zwei Monate bei ihm in Norfolk gewohnt. Er und Lulu – du wirst Lulu nicht kennen, sie ist seine zweite Frau – haben jetzt zwei Kinder. Sie züchten Alpakas.«

»Die Viecher, die wie langbeinige Schafe aussehen? Aber mit kleinem Kopf?«

»Solltest du Joey je begegnen, nenn sie nicht Schafe«, sagte Stuart. »Diese Schafe, wie du sie nennst, produzieren eine sehr teure Wolle. Dreihundert Euro für einen Pullover. Es sind äußerst gutmütige Tiere; ich bin dankbar, dass ich sie bloß zu scheren brauchte und nicht zu töten.«

»Du hast für Joey gearbeitet?«

»Ich hab ausgeholfen«, sagte Stuart, »mir meinen Unterhalt verdient. Sie haben mir für eine Weile ein Dach über dem Kopf gegeben, als es bei mir schlecht lief. Ich hab die Bücher geführt und die Alpakas geschoren. Meine Zeit in der Wildnis. Im Wortsinn.«

»War Luke auch mit bei Joey?«

»Luke ist keiner, der Alpakas schert«, sagte er. »Das Farmersgen hat er nicht geerbt. Vielleicht bekehrt Tante Gretta ihn noch.«

»Vielleicht hinterlässt sie ihm den Hof?«, sagte Nessa.

Es war scherzhaft gemeint, aber Stuart schüttelte den Kopf. »Wie sich herausstellt, wurde der vor Jahren in einen Treuhandfonds eingebracht. Eine Großnichte von Pa Corrigan kriegt das alles, wenn Gretta stirbt.«

Ihr Essen kam, zwei Schüsseln Pasta. Als die Kellnerin sich erkundigte, ob sie Parmesan und schwarzen Pfeffer bringen sollte, war Nessa ihr unendlich dankbar dafür, so lächerlich das war. Am liebsten hätte sie die Frau eingeladen, mit ihnen zu essen, hätte mit Freuden ihren Stundenlohn und ihr Essen bezahlt, nur um nicht mit Stuart Harkin allein zu bleiben. Der Blick, mit dem die Augen der Kellnerin über Stuart flackerten, ließ Nessa vermuten, dass sie vielleicht nicht einmal abgeneigt gewesen wäre.

Für eine Weile konzentrierte Stuart sich auf sein Essen. Dann legte er die Gabel zur Seite und sagte: »Mit Luke gibt es ein Problem.«

»Was ist los?«, sagte sie. »Alles in Ordnung bei ihm?« Seit dem Tag, an dem sie ihn abends bei den Ferriters abgesetzt hatte, fiel ihr nun auf, hatte sie nichts von ihm gehört. »Ich würde zu gern sehen, wie seine Fotos von der Gipsskulptur geworden sind.«

»Ich an deiner Stelle würde nicht die Luft anhalten«, sagte Stuart. »Ich glaub irgendwie nicht daran, dass du die Fotos zu sehen bekommst.«

»Wieso denn nicht?« War Luke womöglich krank? Wie immer, wenn den Kindern anderer etwas zustieß, musste sie an Jennifer denken und fragte sich jetzt, ob sie nach der Schule direkt nach Hause ging oder ob heute einer der Tage war, an denen sie Chorprobe hatte.

»Ich glaube, es lässt sich entschärfen«, sagte Stuart, »aber das müssen wir geschickt anfangen.«

»Wir?«, sagte Nessa verdutzt. Luke war in irgendwelche Schwierigkeiten geraten, das musste es sein, dachte sie.

»Ich will nicht so tun, als hätte es zwischen mir und Luke keine Spannungen gegeben, bevor wir hierherkamen«, sagte er. »Es war nicht gerade eitel Sonnenschein zwischen uns, aber wir kamen so gut miteinander aus wie schon lange nicht. Deswegen bin ich hierher zu Besuch gekommen. Ein totaler

Masochist bin ich nicht.« Er lachte zynisch auf. »Kompliziert wurde es erst, als ich hier war.«

»Kompliziert inwiefern?«

»Tante Gretta hat mir und dir keinen Gefallen getan«, sagte er. »Sie hat in jedes Wespennest gestochen, das man sich denken kann. Und wir sprechen von Wespennestern in Warhol-Format.«

»Meinst du die Briefe?«

Er verzog das Gesicht. »Die Briefe sind unser geringstes Problem. Gretta hat meinem Sohn einen dickeren Brocken hingeworfen.«

Sie wartete, sagte nichts. Ihr Herz schlug allerdings schon schneller.

»In ihrer Weisheit – oder Rachsucht, such dir's aus – hat Gretta Luke, als er vorige Woche wieder bei ihr ankam, die Tagebücher seiner Mutter gegeben. Ich wusste nicht einmal, dass Amy ein Tagebuch führte. Die ganze Zeit, die wir zusammengelebt haben, habe ich sie nie Tagebuch schreiben sehen. Das hat mich umgehauen, das kann ich dir sagen. Wenn ich daran denke, wie beengt wir damals gewohnt haben, und trotzdem hat sie das geschafft, ohne dass ich was mitkriege. Sie muss sie damals mit ihren übrigen Sachen nach Hause geschickt haben.« Stuart griff über den Tisch und legte die Hand auf Nessas Schulter. Sie erwog, sie abzuschütteln, tat es aber nicht, dachte an Amy in den Jahren vor ihrem Tod. Sich die Schwärze dieser Tagebücher vorzustellen gefiel ihr gar nicht.

»Da stehen Dinge drin, die kein Sohn über seine Eltern lesen sollte«, sagte Stuart. »Nicht, dass ich alle gesehen hätte. Luke will sie mir nicht geben. Er liest mir Teile davon laut vor. Wenn er mit mir spricht, heißt das.«

Nessa wechselte die Sitzhaltung, so dass seine Hand von ihrer Schulter glitt.

»Ich wüsste nicht, wie ich dir das schonend beibringen könnte, Ness«, sagte er. »Aber in den Tagebüchern stehen auch Sachen über dich und mich, darüber, was wir in unserer Zeit am Saint Martins angestellt haben.«

Es dauerte einen Augenblick, bis Nessa seine Worte erfassen hatte. »Das kann nicht sein.«

Er nickte. »Leider doch.«

»Das ist unmöglich«, sagte sie. »Amy hat es nicht gewusst. Oder?«

»Doch«, sagte er matt. »Sie wusste es.«

»Nein, Stuart!«

»Ness«, sagte er. Er schob die Hand auf dem Tisch zu ihr herüber, doch sie nahm sie nicht. Sie griff nach ihrer Serviette und tat so, als nehme ein Soßenfleck auf ihrer Bluse sie in Anspruch.

»Amy kann es nicht gewusst haben«, sagte sie, ohne ihn anzusehen. »Wer hätte es ihr denn sagen sollen? Ich habe es niemandem erzählt. Ich hab es nicht mal Philip erzählt, als ich ihn später kennenlernte. Wie …«

»Weil ich es ihr erzählt habe«, sagte Stuart.

Sie starrte ihn an. »Das glaube ich dir nicht«, sagte sie. »Ich glaube nicht, dass du das getan hast.«

Er saß da und sah schweigend auf seinen Teller.

»Stuart?«, sagte sie. »Sieh mich an. Ist das dein Ernst? Du hast es ihr wirklich gesagt?«

Er nickte.

»Du hattest kein Recht dazu.« Es kam geflüstert heraus.

»Wir müssen hier klaren Kopf bewahren, Nessa.«

»Warum musstest du es ihr sagen? Als wir die Dummheit gemacht haben, hatten wir gerade die Teenagerjahre hinter uns. Wir hatten es hinter uns gelassen.«

»Sie war meine Frau«, sagte er. »Ich war ihr Mann. Es war unsere Entscheidung, was wir uns erzählt haben. Du hattest da kein Einspruchsrecht.«

»Du bist ein egoistischer Mistkerl.«

»Kann sein«, sagte er. »In anderer Beziehung durchaus. Damals aber, was ich da tat, tat ich für sie, für uns – Amy und mich – und für unseren Sohn. Ich wollte das alles hinter uns lassen, all das Lügen und Betrügen. Es ging auch nicht alles nur von mir aus. Amy war kein Engel, wie du wissen wirst.«

Sie schwiegen beide einen Augenblick. »Wann hast du es ihr gesagt?«

»Das müsste gewesen sein, kurz bevor Luke drei wurde.«

Nessa rechnete schnell im Kopf nach: ungefähr ein halbes Jahr vor der unglückseligen Tauffeier also. Amy hatte an dem Wochenende von der Affäre gewusst und nichts gesagt? Das war kaum vorstellbar.

»Wir wollten noch einmal ganz von vorn anfangen«, sagte Stuart. »Amy sagte, wir sollten ehrlich zueinander sein. Es war ihre Idee. Sie hat mir Dinge gebeichtet, die zu hören schwer erträglich war – schilderte mir in allen Einzelheiten, was sie getan hatte und mit wem sie es getan hatte, einige der Leute hatte ich für Freunde gehalten. Im Nachhinein frage ich mich, ob die Hälfte davon überhaupt stattgefunden hat, ob sie die vielen Leute, mit denen sie geschlafen haben wollte, überhaupt alle kannte. Wir hatten seit Monaten kein gutes Haar mehr am anderen gelassen, sie hatte mich zermürbt, und ich dachte: ›Meinetwegen, vielleicht kommt ja was dabei raus, legen wir alles auf den Tisch, ziehen einen Strich drunter und fangen von vorn an!‹«

Er trank einen Schluck Wasser. »Der Abend, an dem sie mir ihre Lover aufzählte«, sagte er, »das war, als würde sie mir jedes Mal an einer Stelle einen Hieb verpassen, wo es noch mehr wehtat als vorher. Und als ich an die Reihe kam, weißt du, wie viele ich beichten musste?«

Als sie nicht antwortete, sagte er: »Eine. Dich. Das war alles.«

Nessa konnte Stuart nicht ansehen. Sie schaute zu einem Tisch zu ihrer Linken, an dem zwei Frauen aufgehört hatten zu essen und lauschten.

»Die Ironie ist«, sagte Stuart, »wenn du und ich weiter miteinander geschlafen hätten, wenn Amy und ich uns getrennt hätten – vielleicht hätte sie einen guten Mann kennengelernt, der es geschafft hätte, sie zu retten, ihr Hilfe besorgt hätte. Vielleicht hätte sie einen Buchhalter kennengelernt, der eine private Krankenversicherung gehabt und einen Psychiater bezahlt hätte. Dann wäre sie vielleicht noch am Leben.«

»Sie wäre vielleicht noch am Leben, wenn du nicht dein großes Maul aufgemacht hättest.« Tränen liefen Nessa übers Gesicht. Sie kramte in ihrem Portemonnaie, legte einen Fünfzigeuroschein auf den Tisch und stand auf.

»Hey«, sagte er und folgte ihr auf die Straße, »bild dir bloß nichts ein. Damit wärst du total auf dem Holzweg. Amy hatte für das, was sie getan hat, ihre eigenen Gründe oder eben keine Gründe. Sie hat sich nicht wegen dir und mir umgebracht.«

»Es passt nur zeitlich ziemlich gut zusammen, findest du nicht?« Nessa weinte nun noch heftiger. »Sie findet das mit uns heraus, und ein paar Monate später ist sie tot.«

Er legte die Arme um sie und zog sie an seine Brust. Senkte das Kinn auf ihren Kopf und wiegte sie, solange sie weinte. Als sie sich seiner Wärme überließ, spürte sie das vertraute Ziehen. Als sie wenig später den Kopf hob und etwas sagen wollte, küsste er sie. Es war ein flüchtiger Kuss, gerade mal zwei Sekunden lang. Erschrocken wich sie zurück.

»Nein«, sagte sie und schüttelte den Kopf, »nein. Das dürfen wir nicht.« Sie zog ein Taschentuch aus der Tasche und trocknete sich, über sich selbst entsetzt, die Augen. »Leb wohl, Stuart«, sagte sie.

»Hey«, sagte er, als sie sich zum Gehen wandte, »was unternehmen wir wegen Luke?« Doch sie blieb nicht stehen.

23

An dem Wochenende der Tauffeier war Nessa mit Amy, nachdem sie sich mit allen gestritten hatte, nicht direkt zu ihrem Hotel in Crosshaven zurückgefahren. Sie hatte sie dazu überredet, zusammen mit dem Auto eine Spritztour zu machen. Etwas räumlicher Abstand zwischen Amy und den anderen konnte nicht schaden. Ihre Freundschaft hatte nicht mehr dieselbe Ungezwungenheit wie früher, und das Gespräch war gekünstelt, als sie auf Cork zufuhren. Amy saß verdrossen auf dem Beifahrersitz und kaute an den Fingernägeln. Da sie nicht mit den anderen zusammen zu Abend essen würden, hielt Nessa an und kaufte an einer Tankstelle Sandwiches und zwei Flaschen Wasser. »Ich habe keinen Hunger«, sagte Amy, als Nessa fragte, was sie haben wollte; sie kaufte die Sandwiches trotzdem.

Am Yachthafen hockten Enten hübsch übers Ufer verteilt, und Schwäne zogen malerische Kreise im Wasser. Kinder, die Nessa an Peter und Jane aus den Marienkäfer-Büchern ihrer Kindheit erinnerten, schwirrten auf Rollern über mit Laub gesprenkelte Bürgersteige. Auf dem Parkplatz hielt sie neben einer Holzhütte an, die der Stadtrat in den Sommermonaten als Picknickplatz freigab.

»Wir könnten einen Spaziergang machen, wenn du willst«, sagte Nessa und zeigte auf den Fußweg am Wasser. »Wir könnten uns eine Bank suchen und da essen.«

Amy zuckte mit den Achseln. »Sicher«, sagte sie ohne großen Elan, »warum nicht?«

Sie gingen in östlicher Richtung, Möwen kreisten und kreischten über ihnen. Es war nicht besonders warm, und Nessa bedauerte, keinen Mantel dabeizuhaben. Amy, die nur ein Sweatshirt anhatte, beklagte sich nicht, sagte aber auch sonst kein Wort. Es war, als hüte man ein zwar stilles, aber teilnahmsloses Kind. Schließlich fanden sie eine unbesetzte Bank mit Blick aufs Wasser. »Sollen wir hier?«, sagte Nessa. Amy sagte nichts, setzte sich aber. Eine Weile kauten sie schweigend an ihren Sandwiches. Amy war bestürzend dünn. Mit dem blassen Gesicht und dem weiten Sweatshirt, das an den Säumen bereits ausfranste, sah sie aus, als habe eines der in den Hafen einlaufenden Schiffe sie ausgespuckt, auch wenn sie wunderschön war mit ihren scharf hervortretenden Wangenknochen und dem seelenvollen Blick. Das könnte aus einem Film sein, dachte Nessa, nur dass sie von jemand Hübscherem gespielt werden würde. Amy würde sich selbst spielen.

Nessa zog ihr Handy aus der Tasche, sah kurz auf ihre SMS. Sie hatte eine knappe Nachricht von Lizzy, der Mutter des Kindes, die schrieb, es sei für alle Beteiligten vielleicht am besten, wenn Amy am Abend nicht dabei war. Wie es am Morgen wäre, wenn alle »Gelegenheit zur Besinnung« gehabt hatten, wie sie es nannte, würden sie dann sehen. Nessa beschloss, Amy die SMS nicht zu zeigen; dafür war noch genug Zeit.

Amy legte wortlos ihr halbgegessenes Sandwich zur Seite und stand auf. Als sie sich reckte, kam Nessa beim Anblick ihrer vorstehenden Rippen eine Kreuzigungsskulptur von Michelangelo in den Sinn. »Meine Mutter wollte immer, dass ich mehr bin wie du«, sagte Amy.

»Wirklich?«, sagte Nessa. »Meine Mutter wollte immer, dass ich mehr bin wie Katherine.«

Amy lächelte. »Die gute Katherine.« Es war ohne jede Spur von Ironie gesagt. »Was sie sich alles gefallen lassen musste …« Sie schüttelte den Kopf.

»So schlimm waren wir nicht, oder?«, sagte Nessa.

Amy verzog das Gesicht. »Schlimm genug.«

»Wie geht es Luke?«, sagte Nessa, um das Thema zu wechseln. »Kümmert deine Tante Gretta sich um ihn?«

Amy schüttelte den Kopf. »Er ist bei seiner Oma Harkin in Sussex. Er wohnt jetzt bei ihr.«

»Oh«, sagte Nessa, »das wusste ich nicht.« Sie hielt inne, wollte ihre Stimme wieder ruhig und fest klingen lassen. »Ist Stuart auch dort?«

»Wer weiß schon, wo Stuart ist«, sagte Amy. »Das Letzte, was ich gehört habe, war, dass er für eine Weile nach Berlin gehen will. Er ist viel unterwegs.« Sie schaute zur Hafeneinfahrt hinüber. »Es läuft in letzter Zeit nicht so gut zwischen uns.«

»Das tut mir leid.«

Amy zuckte mit den Achseln. Dann sagte sie: »Weißt du noch, dass du mal gesagt hast, ich wäre eine gute Mutter? Sieht so aus, als hättest du damit falschgelegen.«

»Du *bist* eine gute Mutter«, sagte Nessa, wusste aber, dass es nicht überzeugt genug geklungen hatte.

Amy wandte sich ihr zu, hob eine Braue. »Keine Lügen, bitte, Nessa. Das steht dir nicht. Oma Harkin sagt, ich bin als Mutter ungeeignet.«

»Entschuldige, dass ich auf deine Anrufe nicht reagiert habe«, sagte Nessa schleppend. »Ich war … ich weiß nicht …

es war ein bisschen viel Durcheinander. Tut mir leid, dass wir den Kontakt verloren haben. Aber ich würde dir gern helfen, Amy. Komm für eine Weile zu mir. Wir können was zusammen machen, es wäre wie früher. Und du könntest dich ein bisschen ausruhen.«

Amy schüttelte den Kopf. »Ich bin gerade keine gute Gesellschaft, für niemanden.«

»Du sprichst mit mir, Amy.«

Amy schwieg. Für einen Augenblick saßen sie beide da und starrten aufs Wasser hinaus. Dann sagte Amy leise: »Eines könntest du für mich tun, das mir helfen würde.«

»Natürlich. Was denn?«

»Würdest du Lukes Patentante werden?«

Auf die Frage war Nessa nicht gefasst. Sie wollte Zeit gewinnen. »Ist nicht Gretta seine Patentante?«

»Ich hab ihr gesagt, dass ich vorhabe, dich zu fragen.«

»Das kannst du doch nicht machen«, sagte Nessa. »Ich meine …« Bei der Suche nach den richtigen Worten verhaspelte sie sich. »Ist das nicht gegen die Regeln?«

»Könnte sein, dass Gretta sich ärgert. Na und? Sie hat sich bis jetzt auch nicht mit Ruhm bekleckert. Sonst würde mein Sohn nicht bei Stuarts Mutter wohnen, oder?«

Nessa wollte sagen, dass das wohl kaum Grettas Schuld war, sagte stattdessen aber: »Mrs Harkin würde wegen mir niemals auf ihren Enkelsohn verzichten. Das wird nicht passieren. Das wäre auch nicht anders, wenn ich seine Patentante wäre.«

Amy atmete hörbar aus. »Ja, stimmt«, sagte sie. »Ich verstehe. Du willst die Scherereien nicht. Und wer sollte dir das übelnehmen?«

»Darum geht es nicht«, sagte Nessa. Sie konnte ihr doch unmöglich sagen, dass Schuldgefühle sie daran hinderten. Wenn Amy auch nur im Geringsten geahnt hätte, was zwischen Stuart und Nessa vorgefallen war, hätte sie niemals gefragt. Nessa würde die Rolle unter Vorspiegelung falscher Tatsachen übernehmen, das aber konnte sie Amy nicht erklären, ohne sich selbst zu verraten. »Ich habe keine Erfahrung mit Kindern«, sagte sie. »Luke könnte mich wahrscheinlich nicht einmal leiden.«

»Weißt du«, sagte Amy, »von den anderen habe ich dieses Wochenende nicht viel erwartet, aber ich dachte, du wärst anders. Vielleicht habe ich dich ja immer falsch eingeschätzt, Ness.«

Sie setzte sich in Richtung Auto in Bewegung, Nessa folgte ihr. Schweigend fuhren sie zum Hotel, wo sich jede in ihr Zimmer zurückzog.

Als Amy am nächsten Tag nicht zum Frühstück erschien, klopfte Nessa an ihrer Tür. Amy antwortete nicht. Eine Stunde später war sie immer noch nicht aufgetaucht, und Nessa ging zur Rezeption hinunter. Ein Portier mit einem Generalschlüssel begleitete sie in Amys Zimmer. Als der Mann das Badezimmer betrat, wandte er sich mit aschfahlem Gesicht zu Nessa um und sagte: »Sie gehen da lieber nicht rein«, doch sie schob sich an ihm vorbei und sah ihre Freundin auf dem Badezimmerboden. Ein Zittern erfasste Nessas Körper. Ihr klapperten die Zähne, sie konnte es nicht unterdrücken. Der Portier legte behutsam den Arm um ihre Schultern, lotste sie durch den Raum und setzte sie aufs Bett, während er einen Krankenwagen rief. Doch für Amy war es bereits zu spät.

24

Am Tag nach dem Mittagessen mit Stuart Harkin saß sie in ihrem Büro in der Galerie und wollte sich ausschließlich auf ihre Arbeit konzentrieren, damit gar nicht erst andere Gedanken aufkamen. Durch das Medieninteresse an der Gipsskulptur und an Melanie Doerr war ein wahrer Hagel von Briefen und E-Mails auf sie eingeprasselt, in denen ihr bisher unbekannte Fakten über Robert Locke in Aussicht gestellt wurden. Die meisten waren bereits allgemein zugänglich; bei vielen handelte es sich nicht einmal um Fakten. Ein netter Brief stammte vom Redakteur einer Kunstzeitschrift, der Locke kurz vor seinem Tod interviewt hatte. Das Interview war jedoch erst nach Lockes Tod veröffentlicht worden, und der Redakteur hatte seine letzten Fragen an Loretta gesandt. Er schickte Nessa eine Kopie des Aufsatzes und schrieb, er hoffe, das sei von Interesse. Der Aufsatz war allseits bekannt oder so bekannt, wie das bei solchen Themen möglich ist, und Nessa hatte ihn im Rahmen ihrer Recherchen längst gelesen. Nachdem er in ihrer Post eingetroffen war, hatte sie sich bei dem Redakteur für die Übermittlung bedankt, den Aufsatz aber nicht noch einmal gelesen. Als sie ihn nun geistesabwesend noch einmal durchblätterte und überlegte, unter welcher Rubrik sie ihn ablegen sollte, fiel ihr auf, dass es nicht die Endfassung war, sondern ein erster Entwurf, am Rand mit handschriftlichen Bemerkungen versehen. Eine davon stammte von Loretta Locke. *Irrtum*, stand da, *bitte streichen*. Um jeden Zweifel auszuräumen, hatte sie die beanstandeten Textzeilen durchgestrichen, eine Passage, in der ihr Vater von einer seiner Schülerinnen gesprochen hatte: Melanie Petrovic. Nessa legte den Artikel auf den Schreibtisch. *Melanie*. Der Name war natürlich nicht selten, unter Roberts Alumni war er Nessa jedoch noch nie begegnet. Sie erwog, noch einmal bei Loretta anzurufen. Dann fand sie es besser, erst mit Melanie Doerr zu sprechen. Sie holte Doerrs Brief hervor und wählte die unten auf dem Briefbogen angegebene Nummer.

»Ja?«, sagte Doerr, als sie abhob.

Nessa räusperte sich. »Hier spricht Nessa«, sagte sie. »Nessa McCormack. Aus der Galerie.«

»Ich weiß, wer Sie sind«, sagte Doerr. »Die Frage ist, wissen Sie, wer ich bin?«

Nessa biss nicht an. »Wir hatten ja keinen ganz glücklichen Start«, sagte sie. »Ich habe mich gefragt, ob wir uns vielleicht noch einmal treffen und von vorn anfangen könnten?« Sie wollte lieber auf das persönliche Treffen warten und erst dann fragen, ob sie jemals unter dem Namen Petrovic bekannt gewesen sei.

Die andere Frau schwieg für einen Augenblick. »Na schön«, sagte sie schließlich. »Ich bin in einer halben Stunde in Ihrem Büro.«

»Ich muss gleich zu einer Besprechung. Hätten Sie irgendwann nächste Woche mal Zeit?«

»Dann sagen wir heute Nachmittag«, sagte Doerr. »Gegen vier Uhr?«

»Heute Nachmittag habe ich einen Termin mit Studenten an der Kunsthochschule. Das kann sich hinziehen.«

»Dann um fünf«, sagte Doerr. »Wir sollten das Eisen schmieden, solange es heiß ist. Es gibt viel zu besprechen.«

Nessa hob an ihrem Ende der Leitung eine Braue. »Fünf Uhr müsste klappen«, sagte sie. Ihr fiel noch etwas ein. »Bringen Sie die Maquetten mit?«

Doerr gab darauf keine eindeutige Antwort. »Dann sprechen wir uns um fünf«, sagte sie.

Viertel nach vier war Nessa im Lehrerzimmer der Kunsthochschule und verstaute gerade ihre Unterlagen in der Aktentasche, als eine junge Frau den Kopf um die Tür steckte. Ihre Augen waren rot. »Kann ich Sie einen Augenblick sprechen?«, sagte sie.

»Sie sind keine von meinen Studenten, nicht?«, sagte Nessa. Das Mädchen kam ihr zwar bekannt vor, sie konnte sie aber nicht einordnen. Sie packte ihre restlichen Sachen ein, schloss die Riemen der Tasche.

»Nein«, sagte das Mädchen. »Ich bin im Textildesign.« Nach kurzem Zögern fügte sie hinzu: »Aber außerdem eins der Aktmodelle für die Studenten der bildenden Kunst.«

»Oh, ja, richtig.«

»Ja«, sagte das Mädchen. »Könnte ich etwas mit Ihnen besprechen?«

»Für die Klassen mit den Aktmodellen ist Jerry zuständig«, sagte Nessa. »Ich seh mal nach, ob ich Ihnen seine Nummer heraussuchen kann.«

»Jerry ist das Problem«, platzte das Mädchen heraus. »An ihn kann ich mich damit nicht wenden. Ich brauche jemand anders.«

Nessa wurde flau. Probleme mit den Aktmodellen, davor graute jeder Lehrkraft; die Vorschriften für das Vorgehen bei Beschwerden waren fünfzehn Seiten lang. Außer ihr war niemand im Lehrerzimmer. Sie stellte die Aktentasche hörbar auf den Boden und wollte die Studentin schon bitten, am nächsten Tag wiederzukommen, doch das Mädchen weinte nun und wischte sich die Tränen mit dem Ärmel weg. Nessa nahm eine Box Taschentücher aus dem Regal. »Lassen Sie sich Zeit«, sagte sie und reichte dem Mädchen ein Tuch, »und fangen Sie an, wenn Sie so weit sind.« Sie hoffte, das wäre sofort, sie hatte noch genau zehn Minuten Zeit, sonst kam sie für Melanie Doerr zu spät.

Eine halbe Stunde später blieb Nessa auf der Treppe des Colleges stehen und zog ihr Handy hervor. Für die Beschwerde der jungen Frau gab es letzten Endes keinen so gravierenden Grund, wie sie befürchtet hatte. Jerry hatte sie nicht mehr als Modell gebucht, weil sie abgenommen hatte, seine Studenten aber etwas über die Rubensgestalt lernen sollten, nicht über die Stabheuschrecke. »Das hat er wörtlich zu mir gesagt, ob Sie es glauben oder nicht«, sagte die junge Frau. Nessa glaubte es nur zu gern; in früheren Zeiten hatte Jerry noch Schlimmeres gesagt. Bis Nessa die Studentin beruhigt und ihr versprochen hatte, mit dem Fachbereichsleiter zu sprechen, war es Viertel vor fünf geworden. Sie kam auf keinen Fall mehr pünktlich zurück. Lieber Melanie Doerr verschieben und einen anderen Termin vereinbaren.

Doerr ging sofort ans Telefon. »Man hat mir gesagt, Sie seien nicht da«, sagte sie. »Ich habe denen gesagt, das könne nicht sein, weil wir verabredet sind.«

»Warum kommen Sie so früh?«

»Warum sind Sie nicht da?«

»Mir ist etwas dazwischengekommen«, sagte Nessa. »Ich

musste jemandem helfen. Es wird mindestens zwanzig Minuten dauern, bis ich in der Galerie bin. Können wir einen neuen Termin vereinbaren?«

»Wissen Sie, wem auch geholfen werden müsste?«, sagte Doerr. »Ihnen. Allerdings weiß ich nicht, ob Ihnen noch zu helfen ist, denn ich versuche es ja, ich bemühe mich nach Leibeskräften, aber Sie wollen mich nicht lassen. Sie denken bestimmt: ›Ach, das ist bloß Melanie, die Verrückte. Was kann die schon Wichtiges zu sagen haben, auf die kommt es nicht an.‹«

»Das denke ich keineswegs«, sagte Nessa, aber Doerr fiel ihr ins Wort.

»Ich gehe jetzt wieder in meine Pension und esse zu Abend«, sagte sie. »Ich gehe und nehme die Tasche mit den Maquetten mit.«

»Warten Sie, Melanie, nicht … vielleicht, wenn ich mir ein Taxi rufe«, aber Doerr hatte schon aufgelegt. Nessa seufzte, ließ das Handy in ihre Handtasche fallen. Sinnlos, sie jetzt noch mal anzurufen, dachte sie. Sie würde ihr ein, zwei Tage geben, damit sie sich beruhigte, und es dann wieder probieren.

Am nächsten Tag wurde Nessa von der Galerie angewiesen, ihren geschäftlichen Umgang mit den Lockes bis auf weiteres ruhen zu lassen. In der Galerie war die E-Mail einer Anwaltskanzlei in Dublin eingegangen: »Wir handeln in anwaltlicher Vertretung von Melanie Doerr …« Doerrs Anwälte bekräftigten ihren Besitzanspruch, diesmal in aller Form, und teilten mit, dass ohne ausdrückliche Zustimmung ihrer Klientin keinerlei Verfügung über die Gipsskulptur getroffen werden dürfe. Die Angelegenheit wurde den Anwälten der Galerie übergeben, und das Geflecht der Beziehungen Nessas zu ihren Kollegen begann sich in kleinen, aber bezeichnenden Details zu ändern. Die Frau in der Telefonzentrale, die früher kühl war, wurde entgegenkommender. Ein-, zweimal machte sie, vielleicht aus Mitgefühl, für Nessa Tee und brachte ihn ihr die Treppe herauf ins Büro. Henchy wiederum wandte den Blick ab, wenn er ihr im Korridor begegnete, vergaß manchmal sogar, sie zu Besprechungen hinzuzubitten. Die Anwälte – es waren binnen kurzem drei Teams, da die Lockes eine ortsnahe Kanzlei in Bantry engagiert hatten – spielten verbal Tischtennis. Ping-pong-ping – *wir erwarten binnen vierzehn Tagen nach Zugang dieses Schreibens* – ping-pong – *wir stellen in aller Form fest, dass die in Ihrem Schreiben vom fünften d. M. vorgetragenen Behauptungen* – pong-ping – *und erbitten Ihrerseits eine Bestätigung Ihrer Befugnis zum Empfang verfahrensrelevanter Unterlagen.*

Es war auch der Tag, an dem Stuart Harkin nach Manchester zurückflog, obwohl Nessa bis zu seiner Abreise nichts mehr von ihm hörte.

25

Am Dienstag der folgenden Woche half sie kurz vor Mittag im Erdgeschoss der Galerie beim Anbringen der Beschriftung für eine bevorstehende Ausstellung von Aquarellen, als sie am entfernten Ende des Skulpturensaals Luke erspähte. Lockes Cambridgeshire-Arbeiten waren noch zu sehen, und Nessa wurde ein wenig übel, als sie den Jungen sah, der von einer zur anderen ging. Luke ließ sich auf der langen Bank in der Mitte des Raums nieder, und sie erwartete, dass er, wie es für einen Einundzwanzigjährigen normal wäre, ein Handy zückte, doch das tat er nicht. Nessa musste an den Abend ihres Kennenlernens im Haus der Ferriters denken: an den See, die Kajaks, die Ungezwungenheit seiner Gespräche mit Jennifer. Dann musste sie daran denken, was er seitdem über sie – und seinen Vater – erfahren hatte, und ihre Wangen begann zu glühen. Luke hatte sich das Haar wachsen lassen, und das Wellige trat nun deutlicher hervor. Er war unrasiert, wodurch er zusammen mit dem längeren Haar ungepflegt aussah, sein Hemd war jedoch frisch gebügelt. War das Tante Grettas Werk, oder bügelten junge Männer sich ihre Hemden heute selbst? Eine schwarze Umhängetasche hing über seiner Schulter. Er saß da, betrachtete die Skulpturen und rückte dann zum Ende der Bank, wo er noch eine Weile sitzen blieb. War er wegen ihr gekommen? Sollte sie zu ihm gehen, sich von ihm beschimpfen lassen und es hinter sich bringen?

Sie ging hoch, um sich ein paar Karteikarten aus dem Büroschrank zu holen, und als sie zehn Minuten später in den Saal zurückkam, war er immer noch da.

»Hallo, Luke«, sagte sie und setzte sich neben ihn.

»Ich hab mir die Ausstellung angesehen«, sagte er, obwohl sich das von selbst verstand. Seine Finger spielten mit den Metallschließen der Tasche.

»Und, was hältst du davon?« Sie würde höflich bleiben, ruhig, nahm sie sich vor, ganz gleich, was Luke sagte. Würde sich benehmen wie eine Erwachsene.

»Sie gefallen mir«, sagte er. »Ich finde, sie sind überhaupt nicht wie die Gipsskulptur. Sind seine sonstigen Arbeiten auch alle nicht. Ich habe darüber nachgedacht und glaube, diese Frau – Ms Doerr – hat recht, ich glaube, Locke wollte nicht, dass sie so bestehen bleibt, wie er es bei diesen anderen« – er wies auf die Cambridgeshire-Stücke – »wollte.« Es floss wie ein Sturzbach aus ihm heraus, als hätte er diese Rede vorher geübt, und Nessa wurde klar, dass es für ihn ebenfalls nicht leicht war. In seinen Augen war sie nicht mehr dieselbe wie an dem Abend an Katherines Esstisch. Sie war demaskiert worden. Nessa wollte ihm gerade vorschlagen, zum Reden woanders hinzugehen, wo sie unter sich waren, als er seine Tasche aufschnappen ließ und ein Bündel vergilbter Blätter Papier hervorzog.

»Tante Gretta hat mir einige Schriftstücke gegeben«, sagte er. »Unter anderen Briefe, die du meiner Mutter geschrieben hast. Du hast dich darin nicht gerade schmeichelhaft über Katherine geäußert, dich oft über sie lustig gemacht.« Die Hand mit den Blättern darin zitterte.

»Briefe sind vertraulich«, sagte sie. »Ich staune, dass Gretta sie dir gegeben hat. Außerdem waren wir damals noch jung, wir hatten uns wahrscheinlich bloß gestritten.«

»Ich bin auch jung«, sagte er, »aber ich würde jemanden, mit dem ich befreundet bin« – er schaute auf ein Blatt oben in dem Bündel – »niemals als *Landpomeranze* bezeichnen. Oder als *Mutter Oberin.* Du hast dich über sie lustig gemacht, sie gemobbt.«

»Ich habe Katherine nicht gemobbt.«

Die Tasche auf dem Schoß, las Luke nun laut vor. Es war ein Brief, den sie vor all den Jahren Amy geschrieben hatte, einer, in dem sie lang und breit über Katherine geklagt hatte – *Muss sie diese Oma-Unterhosen über den Heizkörper hängen? … Wenn sie partout so gern Fußböden wischt, sollten wir sie vielleicht vermieten … Ich wette, die anderen Schwestern messen ihr jeden Tag den Puls, damit sie wissen, ob sie noch lebt …* Es war seltsam, ihr Teenager-Ich aus Luke Harkins Mund sprechen zu hören. Sie schämte sich für die Grausamkeit der jungen Nessa. Anfangs las er in konstantem Tempo, doch dann wurde er aufgeregt, stolperte über Wörter, bis er in der Mitte der dritten Seite schließlich aufhörte. »Katherine ist einer der freundlichsten Menschen, die ich je kennengelernt habe«, sagte er. »Sie hat mir unglaublich geholfen, meinem Dad auch, für den ehrlich gesagt nicht jeder die Geduld aufbringt. Ich verstehe nicht, dass du auf die Art über sie sprechen konntest.«

Sie seufzte. »Das ist lange her. *Ich* finde Katherine auch sehr nett. Möchtest du irgendwo einen Kaffee trinken gehen, Luke? Woanders können wir uns besser unterhalten. Du hast mir doch bestimmt noch mehr zu sagen.« Schon als sie es aussprach, wurde ihr schwer ums Herz.

Er schüttelte den Kopf. »Ich bin in einer halben Stunde mit Gretta verabredet. Sie hat einen Arzttermin in der Stadt.« Auf die Briefe zeigend, sagte er: »Was würde Katherine sagen, wenn sie das läse?«

»Wenn du die Briefe deiner Mutter dazu verwenden willst, einer Freundin deiner Mutter wehzutun, nur zu. Es ist Katherine, die du kränken wirst, nicht mich. Aber eines sage ich dir: Es ist eine seltsame Art und Weise, das Andenken deiner Mutter zu ehren.«

»Was fällt dir ein, mich über das Andenken meiner Mutter belehren zu wollen«, sagte er, »ausgerechnet du.« Er stopfte die Briefe zurück in die Tasche und zog ein rotes Tagebuch hervor, schlug es auf einer Seite auf, die mit einem ausgefransten Band markiert war, und begann zu lesen. Seine Stimme zitterte, ob vor Nervosität oder vor Wut, vermochte sie nicht zu sagen. Ab und zu geriet er ins Stocken und musste tief Luft holen und sich beruhigen. »Montag, elfter August«, las er. »Es ist nicht das Fremdgehen an sich, das mich überrascht hat, eher das Ausmaß. Bravo, Stuart. Angela Feldman – das mit ihr wusste ich schon immer. Sie hat es mir gegenüber mal abends im Sylvester's praktisch zugegeben. Ich hab gesagt, ich hätte ihn zu ihr geschickt, weil er im Bett zu nichts zu gebrauchen ist und sie eine Schlampe. Magie Stead – auch keine Überraschung, oder Daisy, diese platte Flunder. Das Mädchen von der Tankstelle, ein Klassiker. Vermutlich hieß sie noch nicht mal Susan. Aber Nessa. Ich dachte, das hat er sich ausgedacht, aber dann hat er es so oft gesagt, dass ich wusste, es stimmt.«

Luke ließ das Tagebuch auf dem Schoß zuklappen. »Eine lange Liste, was?«, sagte er. »Du hast bestimmt Angst gehabt, dass du gar nicht erwähnt wirst.«

»Luke«, sagte sie, »es tut mir leid.«

Er drückte das Tagebuch fest an die Brust wie ein Kind. »Zuhören tust du nicht so gern, was?«, sagte er.

»Was soll das denn heißen?«

»Du möchtest nur hören, was dir gelegen kommt. Dass du falschliegst, hörst du nicht gern. Wie bei Ms Doerr. Ich glaube ihr, wenn sie sagt, es sei ihre.«

»Hör zu, Luke, das ist überhaupt nicht erwiesen. Ich habe alles gelesen, was es über Robert Locke zu lesen gibt, bin jeden Zeitungsausschnitt durchgegangen …« Nessa verstummte. Sie verschwendete ihre Zeit. Um Doerr ging es bei dieser Auseinandersetzung gar nicht, sondern vielmehr darum, dass er, nachdem er die Briefe aus dem Kästchen gelesen hatte, ihre abschätzigen Äußerungen über Katherine und womöglich auch über seine Verwandten, nachdem er erfahren hatte, dass sie mit seinem Vater geschlafen hatte, von ihr enttäuscht und wütend auf sie war. Sie schied als Freundin seiner schönen toten Mutter nun aus.

»Hast du gehört, was Ms Doerr über Locke gesagt hat?«, sagte er. »Und über die Gipsskulptur?«

»Leider ja. Du auch?«

»Sie kam gestern im Radio. Es hat mich ins Grübeln gebracht. Sie hat recht. Locke ging es bei seiner Arbeit um das Flüchtige, mit der Entscheidung für einen bestimmten Stein hat er die Lebensdauer des Werks eingegrenzt. Das auszublenden wird der Kunst nicht gerecht.«

Doerr war jetzt also im Äther? Für einen Augenblick kam sich Nessa vor, als stünde sie an einem Strand und kämpfte mit einem Eimer gegen das Meer an.

»Wenn meine Mutter noch leben würde, dann würde sie

Ms Doerr anhören«, sagte Luke. »Sie würde nicht abseits stehen und sie missachten. Sie würde Fragen stellen.«

»Ich weiß, dass du mich hasst, Luke«, sagte Nessa. »Ich werde nicht versuchen, es dir auszureden. Du hast deine Gründe, sehr gewichtige Gründe. Aber ich muss wieder an die Arbeit zurück.«

Er hielt sie am Ellbogen fest, sie fuhr zusammen. »Sag mir, was wirklich an dem Wochenende passiert ist, an dem meine Mutter starb.«

Nessa runzelte die Stirn, schüttelte seine Hand ab. »Das hab ich schon«, sagte sie. »An dem Tag im Auto, als wir von den Lockes zurückkamen. Wir haben darüber gesprochen, erinnerst du dich?«

»Nein«, sagte er und schüttelte den Kopf. »Du hast es mir nicht gesagt, du hast mir bloß einen Haufen Lügen aufgetischt. Dachtest du, ich falle darauf rein? Ich will die Wahrheit wissen. Ist das zu viel verlangt? Wenn schon nicht für mich, könntest du es wenigstens für meine Mutter tun. Das bist du ihr schuldig, denkst du nicht?«

»Ich habe dir erzählt, wie es gewesen ist. Was kann ich sonst tun? Davon wird nichts besser, Luke.«

»Du hast dich mit ihr gestritten, nicht? Hast dich an dem Abend, an dem sie sich das Leben genommen hat, mit ihr gestritten.«

»Deine Mutter hat sich an dem Abend mit jedem gestritten.«

»Worüber habt ihr euch gestritten?«

»Es war kein Streit. Deine Mutter wusste nicht, was sie sagt, das ist alles. Es ergab keinen Sinn.« Wie sehr das zutraf, war Nessa jetzt so klar wie noch nie. Sie dachte daran, dass

Amy sie gebeten hatte, Lukes Patentante zu werden, obwohl sie von ihrer Affäre mit Stuart *wusste*, davon wusste und es ihr trotzdem nicht zum Vorwurf gemacht hatte.

Luke sah für eine Weile zu Boden, und als er den Blick wieder hob, hatte der Ausdruck in seinem Gesicht sich verändert. »Weiß dein Mann, dass du mit meinem Vater geschlafen hast?«

Nessa schwieg.

»Dachte ich mir«, sagte Luke.

»Philip und ich waren damals noch kein Paar. Es geht ihn nichts an, mit wem ich geschlafen habe, bevor wir uns kennenlernten.« Ihr Herz begann stärker zu klopfen.

Luke schüttelte den Kopf, stieß ein bitteres Lachen aus. »Du findest also, deinem Mann soll die Wahrheit erspart bleiben? Auch wenn sie meiner Mutter nicht erspart blieb?«

»Es war nicht meine Entscheidung, es deiner Mutter zu sagen«, sagte Nessa leise. »Wenn es nach mir gegangen wäre, hätte sie es nie erfahren. Ich habe bis vor einer Woche geglaubt, dass sie starb, ohne es zu wissen. Es war der einzige Trost, den ich damals hatte.«

Er lächelte höhnisch. »Die Tatsache, dass du mit meinem Vater gevögelt hast, kam an dem Wochenende, an dem sie sich umgebracht hat, nicht einmal zur Sprache? Das soll ich dir glauben?«

»Du brauchst gar nichts von dem zu glauben, was ich sage, Luke. Warum solltest du? Aber es ist die Wahrheit. Ich weiß nicht, warum deine Mutter es mir nie vorgehalten hat, aber so war es. Ich an ihrer Stelle hätte mir die Augen ausgekratzt. Und ich habe es nicht erwähnt, weil ich dachte, dass sie es nicht weiß. Ich wollte ihr nicht wehtun.«

»Du dachtest, du würdest ungestraft davonkommen«, sagte er.

»Tja, damit lag ich wohl falsch, nicht?«

Für einen Augenblick saßen sie schweigend nebeneinander.

»Sagst du mir jetzt, worüber ihr euch gestritten habt?«, sagte er.

Nessa seufzte. »Hör zu, Luke, ich habe dir eben schon gesagt, deine Mutter hat an dem Abend nur Unsinn geredet.« Nessa zögerte. »Wenn du es unbedingt wissen willst, sie hat mich gebeten, deine Patentante zu werden. Sie hat sich Sorgen gemacht, dass Tante Gretta nicht die Richtige dafür ist. Ich konnte ihr das nicht zusagen. Wenn sie das von deinem Vater und mir wüsste, dachte ich, hätte sie niemals danach gefragt. Und jetzt, wo sich herausstellt, dass sie es wusste, kann ich mir nicht vorstellen, warum um alles in der Welt ich trotzdem deine Patentante werden sollte. Aber sie war an dem Abend nicht bei Verstand, hat immer wieder gefragt, und ich habe immer wieder nein gesagt.«

Luke sah sie an. Sein Ausdruck, anfangs verwirrt, wurde langsam ungläubig. »Du lügst«, sagte er. »Meine Mutter hat dich gebeten, meine Patentante zu werden? Ausgeschlossen. Du bist die Letzte, die sie gefragt hätte.«

»Warum sollte ich mir so etwas ausdenken?«

Er zuckte mit den Achseln. »Weil du es kannst. Weil du glaubst, du kommst damit genauso durch, wie du mit allem anderen auch durchgekommen bist.«

»Inzwischen dürfte klar sein, dass niemand von uns mit irgendetwas durchgekommen ist«, sagte sie. »Manches lässt sich nach so langer Zeit nicht mehr in Ordnung bringen. Wir können nur dafür sorgen, dass es nicht noch schlimmer wird.«

Das Tagebuch seiner Mutter hatte auf Lukes Schoß gelegen, und jetzt steckte er es wieder in seine Tasche. Stand auf. »Wenn ich daran denke, wie du meine Mutter behandelt hast …«, sagte er. »Wenn ich daran denke, wie sie sich gefühlt haben muss, als sie es erfuhr, ist es leicht zu verstehen, dass sie das in den Selbstmord getrieben hat. Und du, du stolzierst hier herum mit deinem Mann und deiner Tochter, die perfekte Ehefrau und Mutter, als könntest du kein Wässerchen trüben. Das ist nicht fair, nicht gerecht.«

»Luke, bitte …«, sagte sie, aber er schritt bereits in Richtung Ausgang.

Nessa verschränkte die Arme vor der Brust und stand für einen Augenblick völlig reglos da, als betrachtete sie die ausgestellten Stücke, obwohl sie die gar nicht sah. Dann ging sie hinauf in ihr Büro, schloss die Tür ab und brach in Tränen aus.

26

Irgendwie hielt sie in der Galerie bis zur Schließzeit durch, wagte sich bis fünf Uhr nachmittags nicht aus ihrem Büro und verließ das Haus über den Hintereingang, der auf eine Seitenstraße führte, um niemandem zu begegnen. Sie wusste, dass sie schrecklich aussah, sie hatte flüchtig in den Spiegel geschaut: blass, abgesehen von der jetzt geröteten Nase, die Augen verquollen vom Weinen. Sie ging zu Fuß nach Hause, setzte sich auf dem Weg nach Sunday's Well Kopfhörer auf und hielt den Blick starr auf den Bürgersteig gesenkt für den Fall, dass sie Nachbarn begegnete. In dem Laden am Ende ihrer Straße legte sie einen Zwischenstopp ein. Das Gebäude, einst das Klubhaus der hiesigen Fußballmannschaft, war jetzt ein feiner Lebensmittelmarkt, in dem es Seetang-Chips gab, Oliven-Tapenaden und organische Mandeln im snackgerechten Zehnerpack. Nessa kaufte Roggencracker mit schwarzem Pfeffer, eine Tüte Biospinat, einen Becher Ricotta. Sie lief durch den anderen Gang, ging ein kurzes Stück zurück und holte frische Eiernudeln, ein Baguette, das sie mit Knoblauchbutter bestreichen wollte, und ein Viertelpfund frische Himbeeren. Sie trug die Lebensmittel wie eine Opfergabe zur Ladenkasse, legte sie vor der Kassiererin ab. Auch wenn in ihrem Leben gerade alles drunter und drüber ging, die gewohnten Handgriffe des Essenkochens konnte sie trotzdem vollführen.

Auf dem Weg zur Haustür sah sie Jennifer, die auf dem Sofa

lag und Musik hörte. In dem Augenblick hatte sie mehr Ähnlichkeit mit einer jungen Frau als mit einem plötzlich erwachsen gewordenen Mädchen. Neulich abends hatte Jennifer sie mit der Bemerkung überrascht, es sei für Nessa doch bestimmt gerade schwer, an Amy erinnert zu werden und wieder über all das sprechen zu müssen. Hinterher hatte sie ihrer Mutter sogar eine Tasse Tee gebracht. Nessa hatte darauf gewartet, dass ihre Tochter um irgendetwas bat: Geld oder die Erlaubnis zum Besuch einer unpassenden Veranstaltung, doch Jennifer hatte sich bloß in einen Sitzsack gelümmelt und ferngesehen. Ja, dachte Nessa, als sie den Schlüssel im Schloss drehte, es *war* schwer, an Amy erinnert zu werden; sie war froh, dass ihre Tochter nicht wusste, wie schwer. Man stelle sich vor, ihre Tochter wüsste, dass ihre Mutter mit Stuart Harkin geschlafen hatte. Wenn Jennifer das erführe, wäre es vorbei mit dem Tee und mit dem Mitgefühl auch. Nessa wollte nicht über Jennifers wahrscheinliche Reaktion nachdenken; sich damit herumzuschlagen, dass die eigene Mutter Sex hatte, war für einen Teenager verstörend genug, ohne dass Betrug und Untreue in die Gleichung eingerechnet werden mussten, noch dazu mit einem Mann, den Jennifer nur als mittelalt, arbeitslos und in ärmlichem Jackett kennengelernt hatte.

Als sie den Vorraum betrat, die Lebensmittel in einer braunen Papiertüte an die Brust gedrückt, empfingen sie sofort die Gerüche ihres Zuhauses.

Philip kam aus der Küche und nahm ihr die Tüte ab. Er war anscheinend so froh, sie zu sehen, dass es ihr die Kehle zuschnürte, auch wenn die Freude vielleicht vom Anblick des Brots herrührte. Egal. Sie ließ sich zur Begrüßung küssen. »Lass mich die Sachen wegräumen«, sagte er.

»Räum sie nicht weg«, sagte sie. »Ich will kochen«, aber Philip war schon auf dem Weg in die Küche, und sie hörte Schränke auf- und zugehen.

Nessa ging ins Wohnzimmer und setzte sich aufs Sofa zu Jennifer, die von nahem wieder wie ein Kind aussah. »Ich hatte mir überlegt, Linsenragout zu machen«, sagte Nessa. Das war, nach Tacos, Jennifers Zweitlieblingsessen.

»Geht ihr nicht weg?«

»Nein«, sagte Nessa, sah dann aber Philip in der Tür, der seinen Mantel anhatte.

»Ich glaub, ihr seid verabredet«, sagte Jennifer strahlend.

Nessa wusste von keiner Verabredung. Philip hatte den besonderen Ausdruck im Gesicht, den sie mit den Jahren zu deuten gelernt hatte: Unruhe, gepaart mit dem Bemühen, die Unruhe zu verbergen, der Mund halb Grimasse, halb Lächeln. Überraschende Verabredungen waren nicht seine Art. Wortlos stand sie auf. *Er weiß es*, dachte sie. *Luke hat ihm das von mir und Stuart Harkin gesagt.* Sie hätte behutsamer mit dem Jungen umgehen, ihn besänftigen sollen, statt ihn gegen sich aufzubringen. Hätte auf Zeit spielen sollen. Zumindest hätte sie auf direktem Wege nach Hause gehen und es ihrem Mann als Erste erzählen sollen, bevor Luke es tat. So, wie sie auf Philip zuging, schritten vielleicht Verurteilte im Todestrakt zum elektrischen Stuhl. Sie blickte über die Schulter zu Jennifer hinüber und fragte sich für den Bruchteil einer Sekunde, ob ihre Tochter es ebenfalls wusste und mitspielte, ob die beiden unter sich bereits über ihr Schicksal entschieden hatten. Jennifer lächelte aber nur und sagte: »Viel Spaß, ihr zwei.«

Philip legte die Hand auf ihre Schulter. »Los, komm«, sagte er. Sein Ton war melancholisch, aber nicht unfreundlich, und als sie ins Auto stieg, krampfte sich ihr Magen zusammen beim Gedanken daran, was sie alles verlieren würde. Sie brachte kein Wort heraus, konnte nicht einmal fragen, wohin sie fuhren, schloss die Augen und wartete darauf, dass er sagte, was er sagen musste, doch Philip schwieg und runzelte nur die Stirn über die Ampeln, während sie stadtauswärts fuhren. Wie ungerecht, dachte sie, dass ihr der Boden unter den Füßen weggezogen werden sollte wegen einer Affäre, die passiert war, als sie noch sehr jung war, und die nicht mal lange gedauert hatte. Philips Affäre mit Cora Wilson hatte zwischen zwei Erwachsenen in den Vierzigern stattgefunden, und Nessa war dabei zweifellos das Opfer gewesen, zumindest eines davon, denn es gab ja noch Robert Wilson. Sobald aber herauskam, dass sie ebenfalls zu den Tätern gehörte, konnte sie diese Rolle kaum mehr für sich in Anspruch nehmen.

Eine der Mütter an der Schule, eine Frau, die ehrenamtlich in einem Tierheim arbeitete, erzählte immer von einer Straße im Norden der Stadt, in der die meisten Hunde ausgesetzt wurden, Hunde, deren Besitzerfamilien die Tierarztrechnungen, die Gebühren für die Mikrochips oder das Hundefutter nicht mehr bezahlen konnten. Dann brachten Mama oder Papa die Kinder ins Bett, packten den Hund ins Auto und fuhren zu dieser gottverlassenen Straße, wo nicht zu erwarten war, dass sie Nachbarn begegneten, es sei denn, die Nachbarn setzten auch gerade einen Hund aus. An jedem beliebigen Abend, sagte die Frau, sah man dort einen Hund auf der Straße herumlaufen, das Fell an der Stelle um den Hals, wo das Halsband entfernt worden war, kreisrund plattgedrückt. Nessa, die unglücklich auf dem Beifahrersitz saß, fühlte sich wie so ein Hund, kurz davor, losgebunden zu werden.

Philip trommelte mit den Fingern auf das Lenkrad, was er nur tat, wenn er nervös war. Sie bogen in eine Straße ab, die nach ein paar Meilen in flaches Land führte, es war aber nicht die Straße der verlorenen Hunde, und sie kamen auch nicht an Streunern vorbei. Sie hatten die Straße oft benutzt, als sie frisch nach Sunday's Well gezogen waren. Hinter einer Kreuzung, an der ein schilfgedecktes Lokal und ein Autohändler lagen, erkannte Nessa die rote Einfahrt zu einem Café, das sie oft besucht hatten, als Jennifer noch im Hochstuhl sitzen musste. Und die waren in dem Café sehr hübsch, aus Holz und so geformt, dass sie wie das Cockpit einer Spitfire aussahen. Heute wäre derlei nicht mehr möglich und auch nicht erlaubt, aber als sie und Philip hineingingen, stand der Stuhl da noch, an den Kanten abgeschabt, die Schrauben verblasst, die Farbe abgeblättert, unverkennbar aber derselbe Hochstuhl, in den sie eine brüllende, strampelnde Jennifer einst hinabgelassen hatte. Beinahe hätte Nessa losgeheult. Sie vermied es, Philip anzusehen.

Er lotste sie mit sanftem Druck auf den Rücken zu einem Tisch am Fenster. »Ich muss dir etwas sagen«, sagte er. »Ich dachte, das Café wäre der geeignete Ort, wir waren lange nicht mehr hier. Erinnerst du dich?«

Nessa nickte verwirrt. Philip benahm sich nicht wie ein Mann, der gleich Vorwürfe erheben würde.

»Man hat mir eine Stelle angeboten«, sagte er.

»Oh.«

»An der Universität in Cardiff. Als Assistenzprofessor im Fachbereich Architektur.«

Nessa versuchte, diese Neuigkeit in ihre Bestandteile zu zerlegen, aber die Erleichterung, die sie durchströmte, verlangsamte ihr Denken. »Das ist ja wunderbar«, sagte sie schließlich. »Du hast so oft davon gesprochen, so etwas zu tun.«

»Ich wollte nichts sagen, bevor sie mir ein definitives Angebot gemacht haben«, sagte er. »Nicht, dass du glaubst, ich wollte es vor dir verheimlichen, ich wollte nur keine große Sache daraus machen, falls es dann nichts wird.«

»Ist doch nicht schlimm«, sagte sie. »Ich finde es schön, wirklich. Mehr als schön. Du hast es verdient. Ich freue mich sehr für dich.«

Er griff über den Tisch und nahm ihre Hand. »Für uns«, sagte er. »Das kann für uns alle eine Freude werden. Für dich und mich und für Jennifer. Es könnte ein Neuanfang für uns sein.«

Er konnte nicht ahnen, wie sehr sie sich einen Neuanfang wünschte. Nicht mehr Henchys kleine Spitzen in der Galerie ertragen müssen, nicht mehr Cora Wilson wie aus dem Hinterhalt auftauchen zu sehen. »Wie könnte das praktisch aussehen?«, sagte sie, kalkulierte die Veränderungen im Kopf aber schon durch.

»Wir würden unser Haus hier vermieten«, sagte er. »Wir verkaufen erst, wenn wir sicher sind, dass wir da zurechtkommen. Aber ich glaub ja, Wales würde dir gefallen.«

»Ich weiß es.«

»In Cardiff gibt es Museen«, sagte er, »und eine Kunsthochschule. Die Arbeit hier in der Galerie macht dir sowieso nicht mehr viel Freude. Du wirkst in letzter Zeit ziemlich niedergeschlagen. Wir hätten ein regelmäßiges Monatseinkommen, ein bisschen Luft zum Atmen.«

»Und Jennifer?«

Er schaute verdutzt. »Sie würde natürlich mitkommen.«

»Ja, aber was meinst du, wie wird sie es aufnehmen?«

»Sie ist hier doch auch nicht besonders glücklich. Hast du selbst gesagt.«

Nessa glaubte zwar nicht, dass sie das genauso gesagt hatte, aber Rettung war in Sicht, und die Gelegenheit würde sie sich nicht entgehen lassen. »Kinder wechseln ständig die Schule«, sagte sie, »ohne dass es ihnen schadet. Sie sind robust.«

Philip nickte. »Es könnte ihr richtig guttun.« Seine Nervosität legte sich, als er merkte, dass sie sich für die Vorstellung erwärmen konnte, und der alte überzeugende Philip war wieder da.

Eine Kellnerin kam und nahm ihre Bestellung auf, und Nessa hätte schwören können, dass sie die Frau von Jahren zuvor wiedererkannte. Sie bestellten zwei Club-Sandwiches und Tee, der in einer geblümten Porzellankanne serviert wurde.

»In Wales könnte ich Konkurs anmelden«, sagte Philip. »Dort ist das Verfahren kürzer als hier. Wir kämen aus dem Gröbsten heraus, hätten alles hinter uns und könnten einen neuen Anfang machen.«

Einen neuen Anfang machen. Was für ein Luxus. »Es wäre gut, von hier wegzukommen«, sagte sie.

»Es muss nicht für immer sein, wenn du das nicht willst«, sagte er. Es war, als hätte er sich bereits seinen gesamten Text zurechtgelegt und fühlte sich nun bemüßigt, die Zeilen alle zu sprechen. Vielleicht hatte er nicht mit ihrer schnellen Zustimmung gerechnet. Es war das friedlichste Gespräch seit Wochen. »Denk es dir erst mal als Test«, sagte er, »und schau, was du davon hältst.« Sie fragte sich, was er getan hätte, wenn sie nein gesagt hätte. Wäre er trotzdem fortgegangen? Sie schob den Gedanken beiseite.

Philip beugte sich über den Tisch. »Ich übernehme die volle Verantwortung dafür, Ness, wie es zwischen uns gekommen ist.«

»Das brauchst du nicht«, sagte sie.

»Doch«, sagte er. »Diese Sache mit Cora Wilson …«

Sie zuckte zusammen, und er streckte die Hand aus und liebkoste ihre Wange mit den Fingerspitzen. »Das war unverzeihlich«, sagte er. »Ich kann gar nicht glauben, wie dumm ich war. Ich kann gar nicht glauben, dass du bei mir bleibst. Aber ich liebe dich, Nessa. Das habe ich immer. Ich will, dass du und ich und Jennifer es in unserem gemeinsamen Leben noch einmal versuchen, weit weg von den Erinnerungen, die uns bedrücken.«

Sie blinzelte die Tränen fort. »Das will ich auch«, sagte sie. »Glaub mir, nichts will ich lieber.«

»Ich verdiene dich nicht«, sagte er. »Aber von jetzt an gebe ich mir mehr Mühe.«

Auf der Heimfahrt wurde sie beinahe überwältigt vom Ausmaß ihrer Erleichterung. Die Welt in ihrer unerklärlichen Großzügigkeit hatte ihr eine zweite Chance gegeben. Sie würde diese Chance mit beiden Händen ergreifen; es konnte ihre letzte sein. Irgendwie würde sie die Vergangenheit ausmustern, die sich so unsanft in ihre Gegenwart gedrängt hatte, würde eine Lösung für die missliche Lage finden, in der sie sich jetzt mit Luke Harkin befand. Er war schließlich noch ein Kind. Mit ihm wurde sie fertig.

27

Es war ein Abend Ende Mai, das Sonnenlicht fiel schon schräg durch die hohen Fenster der Galerie ein, in den Schaukästen lagen die Stücke, die in der zweiten Gesprächsreihe über Robert Locke ausgestellt wurden. Es waren sechs kleinere Figuren, entstanden in den Achtzigern, halb Vogel, halb Pflanze und heiterer als sein früheres Werk. Sie waren weniger abstrakt und realistischer, auch wenn die Vögel mit so verstörtem Blick himmelwärts schauten, dass man meinen konnte, das Dach ihrer Welt stürze ein. Ein Figürchen ähnelte dem kleinen silbernen Vogel im Aschenbecher von Nessas Auto so verblüffend, dass sie immer wieder hinsehen musste.

Da der Ankauf des Locke-Werks und der Gipsskulptur weiter in der Schwebe hingen, war die Veranstaltung kleiner und intimer. Henchy hatte zur Diskussion gestellt, sogar ganz darauf zu verzichten, nach Rücksprache mit dem Anwalt der Galerie wurde jedoch beschlossen, den Zyklus fortzusetzen. Es wurde kein Wein gereicht und kein Fotograf eingeladen, nur ein Praktikant ging mit einem iPhone herum. Henchy schien verärgert, nicht nur über die überschaubare Zahl der Interessenten, sondern auch über deren Niveau. »Seht sie euch an«, sagte er, »man könnte ihnen alles auftischen, sie würden es schlucken.« Nessas Gehirn reagierte darauf mit zwei völlig entgegengesetzten Antworten: (a) Wahrscheinlich hatte Henchy recht, und das Publikum konnte das Werk von Robert Locke nicht von einem Karton Rice Krispies unterscheiden. Oder (b) es sah doch einen Unterschied, oder zumindest einer aus dem Publikum sah ihn. Und weil Gedanken an Amy in dieser Zeit nie fernlagen, fiel Nessa ein, wie ihre Freundin Locke einmal beim Thema der dunklen Leinwände von Edwin Miles energisch widersprochen hatte. Damals hatte ihr Locke leidgetan, doch in den Wochen nach der Vorlesung hatte sie sich ein Buch über Miles aus der Bibliothek ausgeliehen und gedacht, das wusste sie noch, ja, es hatte wirklich den Anschein, als sei er ein unglücklicher Mensch und nicht bloß ein Opfer der Umstände seiner Herkunft.

Während ihrer Ansprache ans Publikum hielt sie Ausschau nach Melanie Doerr. Mit Luke Harkin hatte sie allerdings nicht gerechnet. Er war wohl in letzter Minute hereingeschlüpft und stand hinten, am Rand der Stuhlreihen. Sein Anblick warf sie aus der Bahn, sie verlor den Faden, brach stockend mitten in einem Satz ab und musste noch einmal von vorn anfangen. Luke hatte denselben Regenmantel an wie an dem Abend, an dem sie ihn im Haus der Ferriters kennenlernte, nur dass er inzwischen etwas abgetragen wirkte. Er war unrasiert, und eine Haarlocke ringelte sich auf seiner Stirn. Den Blick auf ihre Notizen geheftet, kam sie zum Ende ihrer Rede und ließ sich mit klopfendem Herzen wieder auf ihrem Platz in der ersten Reihe neben dem Anwalt der Galerie nieder.

Henchy war bereits zum Podium unterwegs, rieb sich die Hände und sprach im Gehen, hatte es eilig, die Zuschauer auf den Rundgang zu schicken; der Anwalt steckte bereits seinen Notizblock in die Aktentasche, und Nessa blickte starr vor sich hin. Lukes Stimme erhob sich hinten im Raum: »Ich habe eine Frage.«

Der Direktor wandte sich ihm zu. Verzog das Gesicht. »Schießen Sie los.«

»Die Frage ist für Ms McCormack bestimmt.«

»Oh, verstehe«, sagte Henchy. »Gut, in Ordnung.« Er gab Nessa ein Zeichen.

Sie erhob sich und strich sich den Rock glatt, trat langsam ans Mikrofon und zwang sich, Lukes Blick zu begegnen. »Ja?«, sagte sie.

»Ich habe Robert Lockes Werk erst kürzlich kennengelernt«, sagte Luke, hielt kurz inne und räusperte sich. »Ich bin ein Fan.«

Es tröstete Nessa, dass er, wie nervös sein Auftritt sie auch machte, ebenfalls sichtlich nervös war.

»Mir ist aufgefallen«, fuhr Luke fort, »dass sich Lockes Werke in der Herangehensweise deutlich von einer Periode seines Lebens zur nächsten unterscheiden, oft von einer Arbeit zur nächsten. Vergleicht man zum Beispiel seine Skulpturen aus den späten Siebzigern mit …«

»Kommt die Frage noch?«, sagte der Direktor.

Luke lief rot an. »Meines Wissens«, sagte er, »will die Galerie Lockes Atelier erwerben und damit einhergehend einen Teil seiner Aufzeichnungen und seiner persönlichen Habe …«

Er hatte sich vorbereitet, wurde Nessa klar. Er hatte seine Frage geprobt, vielleicht sogar bestimmte Formulierungen aus einem irgendwo erschienenen Artikel übernommen, denn seit wann sprach ein Einundzwanzigjähriger von »persönlicher Habe«? So drückte sich eher der Anwalt der Galerie aus, der jetzt allerdings auf seinem Stuhl döste.

»Ich hatte kürzlich Kontakt«, fuhr Luke fort, »mit einer

Person, einer Frau, die ebenfalls eine Menge über Mr Locke und sein Werk weiß. Sie hat erwähnt, dass er die Angewohnheit hatte, Tagebuch zu führen.« Das Wort »Tagebuch« betonte er ganz leicht. »Mich würde interessieren«, sagte er, »ob diese Tagebücher Aufschluss über seine künstlerischen Verfahren geben.« Mehrere Stimmen aus dem Publikum bekundeten brummend Beifall für die Frage, und aus den Sitzreihen drehten sich mehrere Personen zu ihm um.

»Nein«, sagte Nessa. Es klang gröber, als sie es gewollt hatte. »Die Galerie ist nicht im Besitz der Tagebücher, die Mr Locke gehörten.«

»Sind Sie sicher?«, sagte Luke.

»Ja«, sagte Nessa knapp. »Es gibt einige wenige Arbeitshefte, aber von der Existenz von Tagebüchern ist mir nichts bekannt.«

»Ich hätte schwören können, dass meine Freundin ›Tagebücher‹ sagte.«

»Nein«, sagte Nessa. »Ich fürchte, Sie – oder wir – haben hier kein Glück. Und selbst wenn es sie gäbe, könnte ich mir vorstellen, dass seine Familie sie als streng vertrauliche Gegenstände betrachten würde, nicht für den öffentlichen Gebrauch bestimmt.« Sie hatte ja bei Loretta – und Eleanor – nachgefragt, ob Locke ein Tagebuch geführt hatte. Hatte er nicht.

»Das ist schade«, sagte Luke. Er war nun weniger nervös. »Durch ein Tagebuch erfährt man so viel über die innere Welt eines Menschen.«

»Vielen Dank für Ihre Frage«, sagte der Direktor. »Wenn Sie jetzt …«

»Ich interessiere mich vor allem für die Gipsskulptur«,

sagte Luke. »Ich habe in letzter Zeit viel darüber gelesen, zum Beispiel, woher die Anregung dafür kam.«

Bei der Erwähnung der Gipsskulptur regte sich der Anwalt der Galerie auf seinem Stuhl.

»Die in bestimmten Medien jüngst erschienenen Berichte speziell zu dieser Arbeit sind mir bekannt«, sagte Nessa. »Doch da ich viele Jahre zu Robert Lockes Werk geforscht habe, finde ich die Schilderungen der Familie Locke und das dazu archivierte Fotomaterial überzeugender.«

»Es gibt aber kein Foto, das sich direkt der Gipsskulptur zuordnen lässt«, sagte Luke. Das klang weniger einstudiert als seine vorherigen Äußerungen.

»Zur Aussagekraft von Fotografien generell …«, sagte Nessa gedehnt. »Da schon der Bildhauer das Foto deutet und der Betrachter die Skulptur deutet, und zwar in dieser Reihenfolge, sollte das ursprüngliche Bild, das als Gegebenheit zweifellos interessant ist, nicht unser Hauptanliegen sein. Womöglich lenkt es sogar von der tieferen Bedeutung eines Werks ab.«

Der Anwalt gestikulierte mit den Armen und formte stumm mit den Lippen: »Das muss aufhören.« Der Direktor trat ans Mikrofon und schob Nessa praktisch zur Seite. »Ich möchte mich bei dem jungen Mann für seine Frage bedanken«, sagte er, aber Luke war bereits zum Ausgang unterwegs. Nessa entschuldigte sich und ging zur Toilette. Sie schloss sich in einer Kabine ein und wartete eine Viertelstunde, bis sie zu zittern aufhörte.

Am nächsten Morgen schlug Nessa am Schreibtisch den Ordner auf, in dem sich das Foto von Eleanor, jung und schön, auf dem Hotelbalkon in Nizza befand. Eindeutig, dachte

Nessa – der Umriss der Gipsskulptur schien wie ein Hologramm aus dem Foto hervorzugehen. Sie unterstrich etwas, was Locke 1989 im Gespräch mit einem Journalisten gesagt hatte, als er das Foto seiner Frau unmissverständlich als Anregung für die Skulptur angeführt hatte. Nessa hatte gemeint, das hätte Locke über die Jahre bei mehreren Gelegenheiten gesagt, fand bei Durchsicht ihrer Aufzeichnungen jedoch nur diese eine Erwähnung. Eins genügt doch, wie ihre Mutter gern sagte, was meist nichts Gutes erahnen ließ; sie warnte dann etwa vor Spermien oder vor Muscheln, die sich beim Kochen nicht geöffnet hatten. Nessa holte sich das Foto der Gipsskulptur auf den Bildschirm. Dadurch dass sie kein Gesicht hatte, gab es plausible Gründe für beide Behauptungen: Es war Eleanor Locke, und sie war es nicht. Im Kern drückte sie aber nicht nur aus, was das Foto zeigte, sondern auch, was daraus entfernt worden war. Das fehlende Geländer erschloss den Übergang in die Leere, in die die Skulptur griff, und so wurde sie zu einem Ding vor dem Fall. Doch während Nessa auf das Foto starrte, verfestigte sich in ihr noch etwas anderes zur Gewissheit: Was immer die Skulptur auch von Eleanor enthalten oder nicht enthalten mochte, sie hatte kein Jota von Melanie Doerr.

Nessa zog eine andere Mappe zum Locke-Ankauf hervor und überflog ihre Recherchen. Äußerungen von Locke, die sie anfangs für unmissverständlich gehalten hatte, ließen sich jetzt auf mehr als nur eine Weise deuten. Auszüge aus wissenschaftlichen Arbeiten, die sie zitierte, besaßen nicht mehr die Klarheit, an die sie sich von ihrer ersten Lektüre erinnerte, und sie ertappte sich dabei, dass sie Abschnitte übersprang und später zu ihnen zurückkehrte. Sie las noch einmal die Abschriften ihrer Interviews mit Eleanor und parallel dazu Interviews, die Locke gegeben hatte. Daraus sprach stets dieselbe Stimme. Manchmal kehrten in den Interviews Wendungen wortwörtlich wieder, wie bei Kindern, die eins vom anderen aus dem Schulheft abschreiben. Nessa tippte »Robert Locke Bildhauer« in die Suchmaschine ihres Computers ein und scrollte die Ergebnisse durch. Die ersten vier Seiten boten alle üblichen Verdächtigen auf: Artikel und Interviews, die sie schon viele Male gesehen hatte. In der Mitte der Seite 5 entdeckte sie etwas Neues: einen Verweis auf Robert Locke im Abstract einer Magisterarbeit zur anglo-irischen Literatur des zwanzigsten Jahrhunderts. Die Arbeit war in der Bibliothek einer britischen Universität verfügbar. Was Robert Locke mit anglo-irischer Literatur zu tun haben sollte, konnte sie sich nicht denken; er war nie ein großer Leser gewesen. Wahrscheinlich, vermutete sie, handelte es sich um einen Druckfehler, bestellte sich aber dennoch eine Kopie dieser Magisterarbeit. In der automatischen Antwort wurde ihr mitgeteilt, die Bearbeitung ihrer Anfrage werde einundzwanzig Werktage in Anspruch nehmen und erfolge unter der ihr zugeteilten Auftragsnummer.

28

In derselben Woche hatte Nessa sich einen Tag freigenommen, um zu Hause zu putzen. Die Frau aus dem Personalbüro hatte sie darauf aufmerksam gemacht, dass sie noch viel Resturlaub hatte und dass es vielleicht eine gute Idee wäre, den nach und nach aufzubrauchen. Nessa wischte oben gerade das Bad, als Jennifer von der Schule heimkam. Mit dem üblichen Geräusch fielen im Vorraum Taschen zu Boden, heute jedoch hörte es sich nach mehreren Taschen an, und Jennifer sprach auch mit jemandem. Nessa ging auf den Treppenabsatz hinaus, um besser zu hören. Jetzt spielte zwar Musik, doch sie hörte deutlich eine zweite Stimme heraus, die eines Mädchens, und sie klang bekannt. Nessa ließ den Mopp im Eimer mit dem Wischwasser stehen und ging hinunter.

»Hi, Mom«, sagte Jennifer, als Nessa in die Küche kam. Mandy Wilson saß auf einem Hocker an der Kochinsel. *Die Toten standen auf und erschienen vielen,* sagte Amy in Nessas Kopf.

»Hallo, Mrs McCormack«, sagte Mandy und schob sich das lange Haar aus dem Gesicht. Sie errötete. »Ich hoffe, es stört Sie nicht, dass ich mitgekommen bin.«

Warum es Nessa stören sollte, sagte sie nicht, doch die Frage schwebte zwischen ihnen in der Küche. »Ich freue mich, dich wiederzusehen, Mandy«, sagte Nessa. So war es auch. Mandy war ein nettes Mädchen, in dem eins der Großeltern wiederauflebte, dachte Nessa, denn vom Temperament her glich Mandy nicht im Entferntesten ihrer Mutter. Ebenso wenig ihrem Vater. Sie konnte Mrs Johnson also von einem Fortschritt berichten. Vielleicht war es sogar ihr Werk. Als Nessa ihr kürzlich an der Kassenschlange im Tesco begegnet war, hatte die Lehrerin kryptisch gesagt, es wäre gut, wenn sie noch einmal über »die andere Sache« sprechen könnten. »Ja, natürlich, unbedingt«, hatte Nessa erwidert und dann so getan, als müsse sie noch etwas aus dem Gang mit den Reinigungsmitteln holen, und war davongeeilt.

»Jennifer«, sagte sie jetzt, »biete Mandy mal was zu essen an«, aber Jennifer hatte schon ein Päckchen Schokokekse und zwei Dosen Coke geholt.

Die Mädchen setzten sich an den Küchentisch und scrollten ihre Handys durch. Nessa wollte sie schon ihrer Beschäftigung überlassen, als Jennifer sagte: »Luke Harkin ist da. Er hat gesagt, er kommt vielleicht mal vorbei.«

Nessa hatte einen Topf gescheuert und ließ ihn jetzt scheppernd in die Spüle fallen. »Ich wusste nicht, dass du noch Kontakt zu Luke hast«, sagte sie.

»Ja«, sagte Jennifer. »Wir chatten manchmal auf Facebook.« Dies wurde mit Blick zu Mandy hinüber mitgeteilt.

»Heute passt es schlecht, Jennifer«, sagte Nessa. »Ich muss nachher noch mal aus dem Haus, du musst es verschieben.«

Jennifer machte ein finsteres Gesicht. »Er ist bloß heute hier. Er wohnt bei irgendeiner Verwandten am Ende der Welt, und heute ist der einzige Tag, an dem sie ihn zum Bus bringen kann. Außerdem können wir uns auch treffen, wenn du keine Zeit hast. Wir brauchen keinen Babysitter.«

»Du weißt, ich mag es nicht, dass du Männer im Haus hast,

wenn ich nicht da bin. Wenn dein Vater nicht da ist. Es ist keine gute Idee.«

»Wir sind keine Kinder mehr.«

»Aber auch noch keine Erwachsenen. Und ich muss an Mandys Eltern denken. Was würden sie sagen? Ein erwachsener Mann, den ihre Tochter noch nicht einmal kennt.«

»Die hätten nichts dagegen«, sagte Mandy schnell. »Und ich kenne ihn ja. Mehr oder weniger. Jen hat mir seine E-Mail-Adresse gegeben, und er hat mir bei der Website für die Schulzeitschrift geholfen.«

»Ja«, sagte Jennifer. »Und es war Luke, der uns bestärkt hat, wieder Freundinnen zu sein, stimmt's, Mandy?«

Mandy nickte. »Das Leben ist so kurz«, sagte sie feierlich. »Hat Luke gesagt.«

»Sag ihm ab«, sagte Nessa bestimmt.

Mandy schaute ganz geknickt. Nessa wollte aber keinen Streit beginnen, wenn das Mädchen nach so langer Zeit zum ersten Mal wieder zu Jennifer nach Hause mitgekommen war. Sie wollte sie nicht verschrecken. »Unter diesem Dach bin ich für dich verantwortlich«, sagte sie und fügte dann behutsamer hinzu: »Es tut mir leid, aber so ist es nun mal.«

Sie ging wieder nach oben, setzte sich aufs Bett und wollte Luke eine SMS schreiben. Sie wollte den Jungen nicht noch mehr gegen sich aufbringen, aber dass er in ihr Haus kam und mit ihrer Tochter über Gott weiß was sprach, kam nicht in Frage. Und mit Cora Wilsons Tochter. »Es tut mir leid, Luke«, simste sie, »ich weiß, wir müssen reden, aber ich habe heute einen Termin, deshalb kannst du nicht herkommen.«

Er antwortete fast sofort. »Ich wollte nicht dich besuchen. Aber dann eben ein andermal.«

Sie wischte das Badezimmer fertig und ging wieder nach unten. Die Mädchen saßen mit ihren Handys am Tisch. »Ich dachte, es würde dich interessieren, die Fotos zu sehen, die Luke von der Gipsskulptur gemacht hat«, sagte Jennifer vorwurfsvoll. »Er ist ein sehr guter Fotograf.«

»Woher weißt du das?«, sagte Nessa.

»Das hat er mir geschickt. Guck.« Sie hielt ihr Handy hoch. Auf dem Display war nicht, wie Nessa erwartet hatte, eine Fotografie der Skulptur. Es war eine Aufnahme, die Luke an dem Abend beim Haus der Ferriters gemacht hatte, als sie mit den Kajaks auf den See hinausgefahren waren. Es war ein Bild von Jennifer, ganz allein, nicht mit ihren Eltern. Sie sah schüchtern und mit schräg gehaltenem Kopf in die Kamera.

»Hat er dir das per Mail geschickt?«

Jennifer schüttelte den Kopf. »Instagram.«

»Ich chatte auf Snapchat mit ihm«, sagte Mandy und nahm sich noch einen Keks. »Er ist mir gefolgt, und ich bin ihm wieder gefolgt. Jennifer hat gesagt, es stört sie nicht.« Sie drehte ihren Stuhl so zur Seite, dass sie Nessa direkt ansehen konnte. »Haben Sie noch mal über die Gipsskulptur nachgedacht, Mrs McCormack?«

»Darüber denke ich andauernd nach«, sagte Nessa. »Das ist meine Arbeit. Warum?«

»Sie war wieder im Radio«, sagte Jennifer.

»Melanie«, warf Mandy ein, als Nessa verdutzt schaute.

Jetzt hieß sie »Melanie«? »Wann war das?«, fragte Nessa.

»Gestern Nachmittag«, sagte Jennifer, »sie war bei Riley in der Sendung.«

»Na dann«, sagte Nessa, »wenn es bei Riley kam, muss es ja stimmen.«

»Ein bisschen leidtun kann sie einem schon, oder?«, sagte Mandy. »Was sie da gesagt hat über Auflösung, dass das wesentlich dazugehört, *ist* ein gutes Argument.« Diese Mandy war hartnäckiger als die in Nessas Erinnerung.

Nessa empfand starken Überdruss. Das Werk Lockes war vielleicht das einzige Thema, bei dem sie je voller Selbstvertrauen hatte sagen können, dass sie etwas davon verstand. Warum zweifelte sie nun sogar in dem Punkt an sich und musste sich vor diesen Kindern rechtfertigen? Warum widersprach Cora Wilsons Tochter ihr in ihrer eigenen Küche?

»Luke regt das echt auf«, sagte Jennifer. »Er empfindet alles so tief, weißt du.«

»Woher weißt du, was Luke empfindet?«, sagte Nessa.

Jennifers Ausdruck wurde abwehrend. »Er hat eine Geschichte gepostet«, sagte sie. »Die kann jeder lesen.«

»Auf Instagram«, fügte sie hinzu, als Nessa verwirrt schaute. »Und abschließend geklärt ist es ja noch nicht, das musst du zugeben, Mom, oder? Arme Ms Doerr.«

»Daran ist aber nicht deine Mom schuld«, sagte Mandy. »Sie muss sich an das halten, was die Galerie ihr sagt.«

Vergelt's Gott, Mandy, dache Nessa, auch wenn es nicht ganz die energische Verteidigung war, die sie sich gewünscht hätte.

In dem Moment summte Mandys Handy. »Oh«, sagte sie, »ich muss los. Meine Mutter geht mit mir zum Friseur.« Da sie die in Nessas Gesicht aufflackernde Besorgnis anscheinend bemerkt hatte, fügte sie hinzu: »Wir treffen uns an der Ecke.«

Nessa sah zu, als Mandy ihre Tasche in der Diele vom Boden aufhob und sich über die Schulter schlang. Sie wollte nicht, dass sie das Haar geschnitten bekam. Es würde, dachte sie, das Kind älter machen, es zu sehr aussehen lassen wie das, was es war: ein Kind an der Grenze zum Erwachsenwerden.

Alles ging viel zu schnell. Nessa wollte zurück zu den Tagen, als Mandy Wilson noch ein kleines Mädchen war, das mit Jennifer spielte, und Cora Wilson bloß Mandys unscheinbare Mutter und nicht jemand, der mit Nessas Mann geschlafen hatte; sie wollte zurück zu einer Zeit, in der die Gipsskulptur für etwas Geniales, Schönes in ihrem Leben stand und nicht für etwas, worüber sie sich ständig herumstreiten musste. Sie wollte zurück zu einer Zeit, in der sie von Melanie Doerr noch kein Wort gehört hatte, sogar noch weiter zurück, zu einer Zeit, in der sie Stuart Harkin noch gar nicht kannte.

Als Mandy gegangen war, setzte sie sich zu ihrer Tochter an den Küchentisch. »Jennifer«, sagte sie, »woher weiß Luke, dass du und Mandy euch … ähm … verkracht hattet?«

Jennifer wurde rot. »Ich habe es ihm erzählt.«

Nessa wurde flau. »Hast du ihm gesagt, *warum*?«

Jennifer zuckte mit den Achseln. »Vielleicht. Na und?«

»Jennifer, es ist besser, wenn du solche Dinge – Privatangelegenheiten – nicht mit Fremden besprichst.«

»Es ist doch kein Geheimnis. Außerdem ist Luke kein Fremder. Wart ihr nicht beste Freundinnen, du und seine Mom?«

Hatte Luke, fragte sich Nessa, sich das Vertrauen ihrer Tochter erschlichen?

»Jennifer«, sagte sie verlegen, »das weißt du, sollte Luke dich mal bitten, ihm ein Foto von dir zu schicken, ein … ähm … unangemessenes Foto …, solltest du das auf keinen Fall tun, ja?«

Jennifer riss das Handy vom Tisch an sich und stand auf. »Um so etwas bittet er mich nicht.«

»Gut. Aber sollte er es jemals tun, solltest du ablehnen. Er könnte nämlich versuchen, dich zu erpressen. Und schau mich nicht so an, Jennifer; so etwas kommt vor.«

»Erpressen?« Jennifer sah sie böse an. »Auf die Idee, dass er mich vielleicht mag, kommst du nicht?« Sie schlug beim Hinausgehen die Tür hinter sich zu.

Nach dem Abendessen, bei dem nur Nessa und Philip am Tisch saßen – Jennifer hatte sich geweigert, aus ihrem Zimmer zu kommen –, setzte sich Nessa ins Auto und fuhr allein ein bisschen herum, um ihre Nerven zu beruhigen. Sie kurvte in einer Schleife durch die Stadt, fuhr an der Ufermauer entlang, über den Fluss, durch die Grattan Street und die Western Road stadtauswärts, umfuhr die Universität in großem Bogen und über den Fluss zurück auf die Washington Street. Dann fuhr sie bis hinaus nach Ringaskiddy, parkte am Pier und schaute den Autos zu, die auf die Fähre fuhren. Sie hatte eine Stunde in ihrem Wagen am Wasser gesessen, als ein Mann, der auf der Fähre arbeitete, auf sie zukam. Es wirkte, als sei es ihm unangenehm, als er sie fragte, ob sie vielleicht jemanden anrufen wolle oder ob er jemanden für sie anrufen solle. Es klang, als spreche er nach, was er in einem Handbuch auswendig gelernt hatte, und Nessa sagte: »Nein, nicht nötig, vielen Dank, mir geht es gut, ich schau nur gern aufs Wasser«, dann drehte sie den Schlüssel in der Zündung und fuhr davon.

Aus Gewohnheit bog sie in die Straße ein, die sie mittwochs nahm, wenn sie den Besuch bei den Lockes machte.

Die Richtung war so gut wie jede andere, dachte sie und fuhr weiter, hörte im Autoradio klassische Musik und wollte nicht an ihren Streit mit Jennifer denken. Die Dämmerung senkte sich über die Felder und Straßengräben, und sie schaltete die Scheinwerfer ein. Der kleine silberne Vogel am Aschenbecher im Armaturenbrett schaute sie vorwurfsvoll an. Sie hatte ihn bei ihrem nächsten Besuch bei den Lockes unauffällig zurücklegen wollen, wann das sein könnte, war jetzt aber nicht abzusehen. Beim Fahren wurde ihr bewusst, dass sie gerade nur zwanzig Meilen von dem Haus entfernt war; sie konnte den Vogel einfach durch den Briefschlitz an der Tür werfen. Daraus konnten die Anwälte ihr wohl kaum einen Strick drehen. Sie spräche ja mit niemandem. Sie würde den kleinen silbernen Vogel in ein Stück Papier einwickeln, durch den Briefschlitz stecken und gleich zum Auto zurückgehen und wegfahren.

Es war dunkel geworden, als sie den Weg hinauffuhr, und sie schaltete die Scheinwerfer aus, um keine Aufmerksamkeit zu erregen. Die Lockes brauchten nicht zu wissen, dass sie hier war. Loretta Lockes Land Rover, stellte sie fest, stand nicht an seinem üblichen Platz neben dem Haus, und bis auf das Flurlicht waren auch alle Räume im Erdgeschoss dunkel. Vielleicht machten die Frauen einen seltenen Ausflug. *Noch besser*, dachte Nessa. Im Handschuhfach fand sie einen braunen Umschlag und verstaute die kleine Silberarbeit darin. Schlich auf Zehenspitzen den Weg zum Hauseingang, steckte den Umschlag durch den Briefschlitz und hörte, wie er auf der anderen Seite zu Boden fiel.

Wieder im Auto, wollte sie gerade den Schlüssel im Zündschloss drehen, als das Licht am Vordach anging. *Verflucht.*

Für einen Augenblick erwog sie davonzufahren. Doch die Haustür ging bereits auf, und jemand stand als Silhouette in der Tür und sah den Weg hinab. In ihrer Hast, das Stück zurückzugeben, fiel ihr jetzt ein, hatte sie nicht daran gedacht, ein paar Zeilen dazuzuschreiben, und kam sich töricht vor. Es würde so aussehen, als habe sie heimlich etwas Zwielichtiges tun wollen. Die Gestalt in der Tür bewegte sich ein wenig, stand nun mehr im Licht, und Nessa erkannte Eleanor. Seufzend stieg sie aus.

»Loretta?«, rief Eleanor mit zittriger Stimme. »Wo bist du, Loretta?«

»Ich bin's nur«, sagte Nessa schnell und schritt wieder den Weg hinauf.

Eleanor hatte, als Nessa bei ihr war, einen Morgenmantel und Pantoffeln an. Sie sah aus, als sei sie gerade aufgewacht. »Was machen *Sie* hier?«, sagte sie.

Nessa wies auf den Umschlag, der zu Eleanors Füßen auf dem Boden lag. »Als ich das letzte Mal hier war, habe ich versehentlich etwas mitgenommen. Ich dachte, ich bringe es zurück. Ich wollte Sie nicht stören.« Sie bückte sich und hob den Umschlag auf, reichte ihn Eleanor. »Entschuldigen Sie.«

Stirnrunzelnd drehte Eleanor den Umschlag in der Hand um. Öffnete ihn langsam. Ihre Augen wurden groß, als sie den kleinen silbernen Vogel erblickte. Verblüfft ging sie einen Schritt rückwärts. »Ich wollte ihn bei unserem nächsten Treffen zurückgeben«, sagte Nessa, »aber da wir jetzt kein nächstes Treffen haben werden …« Eleanor drehte den Vogel zwischen den Fingern. Zwar musste das Silber einmal gründlich poliert werden, mit seinem matten Schimmer bildete es aber einen deutlichen Kontrast zu der schwarzen

Spitze des Ärmelaufschlags an Eleanors Nachtkleid. Im grellen Haustürlicht dachte Nessa, das Stück sehe eher aus wie ein Otter oder vielleicht ein Hybrid: wie eine Kreuzung zwischen Wühlmaus und Vogel, mit Füßen, die wie Wurzeln in den Ständer ragten. Es war eine vorzügliche Silberarbeit, die, in größerem Maßstab, eine unheimliche Ähnlichkeit mit den Arbeiten aus Robert Lockes *Hügel & Täler*-Zyklus aufwiese. Während Nessa noch gebannt starrte, trat ein Gedanke, der in ihrem Hinterkopf geschlummert hatte, jetzt deutlicher hervor. »Eleanor«, sagte sie, »haben Sie das gemacht?«

Ohne die Augen von der Silberarbeit abzuwenden, nickte Eleanor.

»Es ist großartig«, sagte Nessa.

Eleanor zuckte mit den Achseln. »Das ist doch nichts Besonderes. Keine Ahnung, warum wir das noch haben. Ich hab Loretta schon vor Jahren gesagt, sie soll den Kram wegwerfen.«

»Ich bin sehr froh, dass sie es nicht getan hat«, sagte Nessa. »Das verdient, gesehen zu werden.«

»Bescheidenheit« kam einem im Zusammenhang mit Eleanor nicht ohne weiteres in den Sinn, auf einmal wirkte die Ältere, die statt auf die kleine Silberfigur jetzt zu Boden sah, aber verlegen.

»Ich wusste nicht, dass sie ebenfalls Künstlerin waren«, sagte Nessa. »Warum haben Sie das nie erwähnt?«

Eleanor schüttelte missbilligend den Kopf, mit einem Mal wieder ganz die Alte. »Sonst noch was!«, sagte sie. »Ich war keine Künstlerin. Ich hab in der Werkstatt meines Vaters zum Spaß ein paar Sachen gemacht, kleine Kinkerlitzchen, Andenken, weiter nichts. Robert war der Künstler, und ein Künstler in der Familie ist genug, besten Dank.«

Nessa streckte die Hand aus und berührte das auf Eleanors faltiger Hand liegende Stück. »Sie müssen doch …«, setzte sie an. Wie sollte sie das formulieren? »Sie müssen doch aber die Ähnlichkeit mit Roberts Arbeiten sehen? Ich denke besonders an die *Hügel & Täler* …«

Eleanor fiel ihr ins Wort. »Weil er auch Vögel gemacht hat? Und Tiere? Solche Sachen machen die Leute vom Anbeginn der Zeiten.«

Nessa schüttelte den Kopf. »Es ist mehr als das, Eleanor, und das wissen Sie auch.«

»Sie sind unverschämt, das weiß ich.«

Nessa ließ nicht locker. »Wissen Sie, was ich glaube?«, sagte sie. »Ich glaube, Sie haben Ihr Werk für das von Robert geopfert. Er hat von Ihnen abgekupfert, und Sie haben es zugelassen.«

»Wenn ich es zugelassen habe, ist es wohl kaum abgekupfert«, sagte Eleanor. »Und zu meiner Zeit, junge Frau, war das Wort ›opfern‹ für Männer vorbehalten, die in den Krieg zogen.« Sie schob die Silberarbeit in die Tasche ihres Morgenmantels und legte die Hand auf die Haustür. »Sie sollten jetzt gehen.«

»Ich wollte Sie nicht verärgern«, sagte Nessa. »Ich bin nur verblüfft, wie gut Ihre Arbeit ist. Es ist sehr schade, dass Sie damit aufgehört haben, so ein Verlust.« Sie wies mit einer Kopfbewegung auf Eleanors Tasche, wo sich der Umriss des kleinen Vogel-Otters durch den Stoff abzeichnete. »Das – und die anderen in der Spülküche genauso – verdienen es, von der ganzen Welt gesehen zu werden.«

Eleanors Augen verengten sich zu Schlitzen. »*Roberts* Werk muss von der ganzen Welt gesehen werden«, sagte sie. »Sollten Sie sich nicht kümmern? Ist nicht das der Grund, weswegen unser Leben in den letzten Monaten auf den Kopf gestellt wurde? Wenn Sie sich so sicher sind, dass mein Werk in das von Robert Eingang gefunden hat, wird meines, wenn sein Werk zu sehen ist, ebenfalls zu sehen sein. Machen Sie Ihre Arbeit anständig, dann gibt es keinen, wie sagten Sie, *Verlust.*« Sie legte die freie Hand auf Nessas Schulter und schob sie mit überraschender Kraft hinaus auf die Schwelle. Die Tür ging zu, das Vordachlicht erlosch, und Nessa musste im Dunkeln zu ihrem Auto zurückfinden.

29

Als Nessa am Freitagmorgen aufwachte, zeigte der Wecker an ihrem Bett 8:32 Uhr. Philips Seite des Betts war leer. Sie stöhnte auf. Wäre es zu kurzfristig, wenn sie jetzt in der Galerie anriefe und sagte, sie nähme noch einen Tag frei? Vermutlich ja. Sie sprang aus dem Bett und zog die Sachen an, die sie am Abend zuvor weggelegt hatte, schnappte sich eine Jacke von der Stuhllehne, vergewisserte sich, dass es ihre war, und lief zur Tür hinaus. Mit so viel Anstand wie bei dem Tempo möglich rannte sie durch die Sunday's Well Road, über die eiserne Fußgängerbrücke und die Uferstraßen entlang stadteinwärts.

Eigentlich gut, dachte sie im Nachhinein, dass sie sich an dem Morgen in der Galerie verspätet hatte. Wäre sie zur gewohnten Zeit gekommen, hätte vielleicht jemand anders Melanie Doerr angesprochen. Oder es hätte niemand sie angesprochen, und sie wäre es schlicht leid geworden und wieder nach Hause gegangen. So stieg Nessa gerade die Treppe zum Eingang hinauf, als sie Doerrs Rucksack im Foyer erblickte, der mit einer Plastiktüte daneben auf dem Boden lag. Doerr selbst stand in dem der Locke-Ausstellung vorbehaltenen Bereich, im Halbkreis umgeben von vier anderen Personen. Mit seinem Akzent bewahrte ihr Englisch genau das richtige Maß an Fremdartigkeit, und sie hatte etwas, was Nessas Mutter imponiert hätte: eine gute Körperhaltung, so übertrieben gerade, dass sie fast nach hinten kippte. Heute war sie gekleidet wie eine Fremdenführerin: weiße Bluse, akkurat gebundenes Halstuch, schmale schwarze Hose. Von ferne konnte man den langen rechteckigen Anhänger, den sie an einer Kordel um den Hals trug, für ein Schlüsselband halten. Nessa ging hinüber und postierte sich am Rand der Gruppe. Blieb mit verschränkten Armen stehen und hörte zu. Doerr trug ohne zu stocken vor. »Locke verbrachte einmal eine Woche in der Nationalbibliothek und studierte die Tarnfarben der Tiere«, sagte sie. »Er beneidete sie um ihre Konterschattierung, ihre trickreiche Färbung, die Art und Weise, mit der eine Motte sich an die Farbsprenkel von Steinen anpassen kann.«

Nessa machte auf dem Absatz kehrt und ging zum Informationsschalter. »Was geht hier vor?«, sagte sie zu der Frau hinter dem Tisch, die neu war. Die Frau sah von ihrem Computerbildschirm auf. »Ich bin davon ausgegangen, dass das jemand organisiert hat«, sagte sie. »Stimmt das nicht?«

»Das ist Melanie Doerr«, sagte Nessa.

Die Frau sah sie verständnislos an. »Ist das ein Problem?«

In ihrem adretten Aufzug sah Melanie Doerr aus wie jeder andere Fremdenführer. »Schon gut«, sagte Nessa. »Ich kümmere mich darum.« Doerr, sah sie, behielt sie im Auge, während sie weitersprach. Inzwischen standen sieben Personen im Halbkreis um sie herum. Nessa durchquerte das Foyer. »Entschuldigung, dass ich Sie unterbreche«, sagte sie, »aber ich muss Melanie für einen Augenblick entführen.« Die vernichtenden Blicke, die sie trafen, sagten ihr, dass Doerr sich mit anderem Namen vorgestellt hatte. Ein Mann trat vor und drückte Doerr einen zerknitterten Geldschein in die Hand. Sie nahm ihn, verstaute ihn blitzschnell in der Hosentasche. Nun hatten auch andere ihre Geldbörsen gezückt. »So«, sagte Nessa, »das reicht. Kommen Sie mit.« Sie hatte sich nicht überlegt, was sie tun würde, wenn die Frau sich weigerte, Doerr sagte aber lediglich: »Lassen Sie mich bloß meine Sachen holen.« Wortlos gingen sie zu der Stelle, an der sie ihren Rucksack abgelegt hatte, und Doerr schlang ihn sich jetzt über die Schulter. Sie trug die Plastiktüte in der Hand, schwenkte sie hin und her, als sie Nessa zum Ausgang folgte. »Ich wüsste schon gern, was Sie sich dabei gedacht haben«, sagte Nessa, »allerdings darf ich nicht mit Ihnen sprechen. Aus juristischen Gründen.« Nach kurzem Zögern fügte sie an: »Nachdem Sie bei unserem letzten Gespräch so wütend auf mich waren, bin ich überrascht, dass Sie noch mal hergekommen sind. Ich dachte, Sie hätten genug von mir.«

Melanie Doerr blieb auf der Eingangstreppe stehen, setzte die Tüte ab. »Ich weiß nie, wann ich bei einer Sache aufgeben muss. Wann ich vergessen muss. Das ist die Geschichte meines Lebens.« Sie zuckte mit den Achseln. »Wie auch immer«, sagte sie. »Fanden Sie ihn interessant? Meinen Vortrag?«

Nessa hob eine Braue. »Die Tarnfarben der Tiere? Konterschattierung? Ernsthaft.«

»Ich fand die Analogie ganz passend.« Sie hielt inne. »Ich bin froh, dass ich Sie getroffen habe. Ich habe gehofft, wir finden einen neuen Termin für unsere Plauderei.«

Nessa schüttelte den Kopf. »Dafür ist es ein bisschen spät. Den Anwälten würde das gar nicht gefallen.« Sie warf Doerr, die schwieg, einen Blick zu. »Und vielleicht haben diese Anwälte nicht ganz unrecht. Sie haben mich in meinem Haus gestalkt. Sie haben meine Arbeit sabotiert. Vielleicht ist es sinnvoll, wenn wir uns aus dem Weg gehen.«

»Ich habe Sie besucht«, sagte Doerr. »Besuchen ist nicht Stalken.«

Nessa seufzte. Am liebsten wäre sie jetzt die Treppe ganz hinuntergestiegen und weitergelaufen, nach links oder rechts oder über den Fluss, egal, in welche Richtung, sie würde einfach weitergehen, und ihre Kollegen in der Galerie würden irgendwann merken, dass sie nicht mehr da war, würden vermuten, dass sie nicht wiederkam. Sie würde es ihnen überlassen, ihren Schreibtisch auszuräumen. Zu gegebener Zeit würde sie ihnen eine Postkarte aus Wales schicken. Wenn sie auf ihr Monatsgehalt nicht so dringend angewiesen wäre, wenn sie sich nicht immer noch an die vage, immer kleiner werdende Hoffnung auf einen Bonus für den Locke-Ankauf klammerte, würde sie jetzt auf der Stelle hier rausmarschieren. »Wissen Sie«, sagte sie, an Doerr gewandt, »die meisten Leute besäßen den Anstand, sich zu entschuldigen.«

»Mir gefällt das ebenso wenig wie Ihnen«, sagte Doerr. Er war beinahe heiter, der Ausdruck, mit dem sie auf den Fluss hinaussah. »Ich könnte mir auch anderes vorstellen, was ich mit meinem Vormittag anfange. Das liegt alles nur an Eleanor Locke und ihrem Geflunker. Und an Loretta, die mal anders war – besser –, jetzt aber mitspielt. Und es liegt daran, dass Sie die Wahrheit nicht sehen wollen, obwohl Sie es, das weiß ich, besser wissen.«

»Wissen Sie, was das Seltsamste dabei ist?«, sagte Nessa. »Es interessiert mich nicht mehr. Ich habe im Augenblick so viel anderes um die Ohren, da können Ihre Scharmützel mit Eleanor nicht mithalten. Ich habe das Interesse verloren.«

»Das stimmt nicht. Es interessiert Sie sehr. Vielleicht nicht meinetwegen, aber Sie interessieren sich für Robert, für sein

Werk. Das hab ich Ihnen am Gesicht angesehen, schon das erste Mal, als ich Sie über ihn habe sprechen hören. Und ich habe es an dem Tag bei Ihnen zu Hause gesehen, als ich Ihnen die kleinen Dinger gezeigt habe.« Sie tippte mit dem Fuß an die Plastiktüte neben sich. »Möchten Sie sie noch einmal sehen? Ich habe sie extra deswegen mitgebracht.«

Nessas Blick ging zu der Tüte und wieder zurück zu Doerr, die sie erwartungsvoll ansah. Sie hob die Tüte hoch, wollte sie wohl schon auspacken. »Wir sollten«, sagte Nessa halb zu sich und halb zu der anderen Frau, »dafür lieber woanders hingehen.«

»Lieber wieder rein?«, sagte Doerr mit einer Bewegung zur Galerie.

Nessa schüttelte den Kopf. Wenn Doerr das Gebäude wieder beträte, wer weiß, wie lange es dauern würde, sie hinauszubugsieren. »Warten Sie hier«, sagte sie. Sie lief hinein und ging zum Informationsschalter, bat die neue Angestellte, der Personalchefin auszurichten, sie werde ihren Resturlaub mit sofortiger Wirkung nehmen. Ein Gedanke nahm Gestalt in ihrem Kopf an. Wenn ihre Weiterbeschäftigung an der Galerie sowieso schon am seidenen Faden hing, warum nicht einen letzten Versuch unternehmen und der Sache auf den Grund gehen? Wieder im Freien, sah sie die Straße hinab, wo ein Taxi am Bordstein im Leerlauf tuckerte.

»Kommen Sie«, sagte sie, bedeutete Doerr, ihr zu folgen, und ging die Treppe hinunter.

Doerr blieb neben der offenen Tür des Taxis stehen. »Wohin fahren wir?«

»Zu mir nach Hause.« Nessa ließ sich auf dem Rücksitz nieder. »Ich brauche Ihnen ja nicht zu sagen, wo das ist.«

Doerr zögerte auf dem Bürgersteig einen Augenblick. »Meinetwegen«, sagte sie, stieg ein und warf den Rucksack und die Plastiktüte zwischen ihnen auf den Sitz. Nessa beugte sich nach vorn und nannte dem Fahrer die Adresse. Erst als sie die Uferstraßen entlangfuhren, sagte sie: »Wir holen mein Auto. Und dann fahren wir zu den Lockes. Wir setzen uns alle zivilisiert an einen Tisch und klären das ein für alle Mal.«

Doerr blickte hektisch nach links und rechts, als liebäugele sie mit Flucht. »Sie haben gesagt, wir fahren zu Ihnen nach Hause.«

»Tun wir auch. Es ist nicht gelogen.«

»Hm«, sagte Doerr und verschränkte die Arme vor der Brust. »Und was ist mit den Anwälten?«

»Was soll mit ihnen sein?«, sagte Nessa. »Gefallen wird es ihnen nicht, aber was sollen sie dagegen tun? Mich entlassen? Ich kündige sowieso.«

Doerr, die mit den Fingern auf die Plastiktüte getrommelt hatte, hörte abrupt auf und sah Nessa an. Dann lächelte sie. »Ich wusste, dass es Sie interessiert.«

Als das Taxi vor ihrem Haus anhielt, bezahlte Nessa den Fahrpreis und sprang hinaus. Doerr blieb sitzen. »Kommen Sie«, sagte Nessa auf dem Gehweg.

»Ich weiß nicht«, sagte Doerr. Sie wirkte auf einmal wehrlos. »Ich bin mir nicht sicher, ob das richtig ist.«

»Willkommen in meiner Welt«, sagte Nessa.

Der Fahrer wandte sich nach hinten und schaute. »Steigen Sie nun aus, oder was?«, sagte er.

Nessa beugte sich ins Auto und zog Doerrs Rucksack und, mit mehr Vorsicht, die Plastiktüte heraus. Sie schüttelte sie sacht – sie traute Doerr nicht ganz, was den Inhalt betraf. Was immer es war, es verriet sich durch kein Geräusch, aber vielleicht war alles wie zuvor in Handtücher eingeschlagen.

Mit einem übertrieben lauten Seufzer stieg Doerr aus dem Taxi aus. Der Fahrer warf Nessa beim Anfahren einen mitfühlenden Blick zu. Nessa wies auf ihren blauen Citroën, der am Bordstein stand. »Springen Sie rein, ich lege Ihre Sachen in den Kofferraum.«

»Vielen Dank, aber ich würde sie lieber bei mir behalten.« Doerr stellte die Sachen zu ihren Füßen auf den Boden.

Sie verließen die Stadt auf derselben Strecke, die Nessa in den vergangenen Monaten so oft gefahren, derselben Straße, auf der sie auch am Abend zuvor unterwegs gewesen war. Sie musste an ein Genre von Büchern denken, die populär waren, als sie noch zur Schule ging und in denen der Anfang einer Geschichte immer gleich war, das Ende jedoch davon abhing, für welche Möglichkeit sich der Leser unterwegs entschied. Sie hatte diese Bücher nie gemocht; sie vermittelten ihr das Gefühl, mitschuldig zu sein, wenn etwas Schlimmes passierte.

Doerr sah die ersten zwanzig Minuten der Fahrt aus dem Fenster.

»Soll ich das Radio anschalten?«, sagte Nessa, weil das Schweigen unangenehm war.

Doerr schüttelte den Kopf. »Wissen die, dass ich komme?«

»Nein. Die wissen auch nicht, dass ich komme.«

»Das wird Eleanor nicht passen. Sie konnte es nie leiden, wenn jemand unangekündigt aufgekreuzt ist.«

Schweigend fuhren sie noch eine Meile. »Vielleicht sind sie ja nicht zu Hause«, sagte Doerr.

»Vielleicht. Aber sie fahren ja kaum weg.«

»Es ist so lange her«, sagte Doerr, als sie an Innishannon

vorbeifuhren. »An die Straßen erinnere ich mich nicht, oder wir sind nie die Strecke gefahren.«

Nessa sah zu ihr hinüber. »Sie kennen die Gegend?« Was konnte sie, wenn überhaupt, der Frau eigentlich glauben?

»Ich bin eine Weile hier gewesen, schon vergessen?«, sagte Melanie Doerr. »Im Sommer 1973.«

Dem Jahr, in dem Locke mit der Arbeit an der Gipsskulptur begonnen hatte. Dann aber hätte Doerr das gewusst und konnte dieses Wissen in eine x-beliebige ihr dienliche Geschichte einbauen.

»Man fragt sich ja schon, welchen künstlerischen Wert es hat, was die Galerie da anstellt«, setzte Doerr an. »Ich meine, unabhängig davon, was mir angetan wird. Ich will nicht schwierig sein, ich merke, Sie sind heute traurig. Wenn Sie mir erzählen wollen, was Sie bedrückt, ich gelte als gute Zuhörerin, das kann Ihnen jeder sagen, der mich kennt. Jedenfalls, ich bin mir nicht sicher, ob dieses postume Herumbohren die Sache wert ist, die Versuche, Robert mit seinem Werk auf irgendetwas festzunageln wie bei dem Spiel, bei dem Kinder mit verbundenen Augen den Schwanz wieder am Pferd befestigen sollen.«

»Esel«, sagte Nessa. »Es wird mit einem Esel gespielt.«

»Sehen Sie?«, sagte sie. »Sie müssen immer recht behalten. Robert hat Akademikern nie getraut, mit denen kommt man in Teufels Küche, hat er immer gesagt.«

Nessa lachte. »Von Universitäten Geld angenommen hat er in seinem Leben aber genug.«

»Und er hatte recht damit«, sagte Doerr. »Je weniger sie haben, desto weniger Schaden können sie anrichten. Da hat Robert es für eine Flasche Rioja besser angelegt.«

»Oder eine Kiste«, sagte Nessa. Robert Locke war nicht dafür bekannt, bei einer Flasche aufzuhören.

Sie kamen immer mehr ins Ländliche. Ab und zu bestaunte Doerr die eine oder andere Pflanze am Straßenrand, bevor sie wieder in Schweigen verfiel.

Nessa fand, sie müsse direkter vorgehen. »Haben Sie Luke Harkin gesagt, dass Robert Locke Tagebuch geführt hat?«

»Der Junge hat mir gesimst und gefragt, ob Robert welche geführt hat. Ich habe ihm mitgeteilt, dass er die Angewohnheit hatte, ein Arbeitsheft zu führen, was im Großen und Ganzen ja auf dasselbe wie ein Tagebuch hinausläuft. Schließlich definiert nicht der Name auf der Hülle eines Dings, was dieses Ding ist.«

»Ich hatte Zugang zu allen seinen Unterlagen«, sagte Nessa gedehnt. »Oder zumindest allen, von deren Existenz man weiß. Sie müssen mir glauben, wenn ich sage, dass da nichts ist, was auch nur annähernd einem Tagebuch entspricht.«

»Ich habe ihn in dem Sommer kaum ohne ein Schreibheft in der Hand gesehen«, sagte Doerr.

»Vielleicht wollte er vielbeschäftigt aussehen.«

»Vielleicht hat Eleanor sie vernichtet, weil ihr missfallen hat, was sie lesen musste.«

»Können Sie das beweisen?«

Doerr seufzte. »Nein. Aber einmal, als ich ihn gefragt habe, was er in diese Hefte einträgt, hat er gesagt, er schreibe über mich, über die Arbeit, die ich tue.«

»Hat er sie Ihnen mal gezeigt? Oder Ihnen zum Lesen gegeben?«

Doerr schüttelte den Kopf. Sie wandte sich ab und sah zum Fenster hinaus, und mit einem Mal war so viel Traurigkeit in ihrem Gesicht, dass Nessa beschloss, das Thema zu wechseln. »Erzählen Sie mir doch noch mal, wie Sie die Lockes überhaupt kennengelernt haben.«

»Robert, den kannte ich zuerst. Ich glaube, das habe ich Ihnen erklärt. Ein Jahr, bevor ich nach Cork kam, habe ich ihn im Norden in einer Künstlerkolonie kennengelernt. Ich habe dort den Haushalt geführt, hatte die Abende aber frei. Hinterher haben wir uns geschrieben, einfache Briefe über Kunst und Bücher und über die Anschauungen, die zu der Zeit gerade aktuell waren, Briefe, die jeder hätte lesen können.«

»Hat er Ihnen auch geschrieben?«

»Anfangs ja, immer.«

»Haben Sie die Briefe aufgehoben?« Es sollte sachlich klingen, aber schon bei der Vorstellung eines bisher nicht gesichteten Konvoluts von Briefen Robert Lockes hätte sie am liebsten am Straßenrand angehalten, die Frau neben sich an der Kehle gepackt und gewürgt, bis sie es herausrückte.

»Ich habe sie noch viele Jahre aufbewahrt, aber später, als ich älter und ein bisschen vernünftiger wurde, habe ich sie verbrannt.«

»Sie haben sie *verbrannt*?«

»Ja.« Als wolle sie das Thema wechseln, sagte sie: »Ich hatte vergessen, wie schön es hier ist, so wild, so urwüchsig.«

Nessa umklammerte das Lenkrad fester. Den Verlust dieser Briefe würde sie niemals verzeihen, dache sie – das heißt, falls sie je existiert hatten. Sie sah aus dem Augenwinkel zu Doerr hinüber. »An dem Abend, an dem Sie mit Ihrem Brief an Loretta hierherkamen, war es bestimmt dunkel«, sagte sie. »Deswegen erinnern Sie sich nicht, wie schön es ist.«

Doerrs Miene umwölkte sich. »Ja«, sagte sie und drehte

sich zum Seitenfenster. »Es war dunkel, und ich hatte die Augen zu und so getan, als schliefe ich, damit der Fahrer endlich still ist.«

Nessa wollte sich nicht vorstellen, wie viel diese Taxifahrt wohl gekostet hatte. »Warum haben Sie ihn nicht einfach mit der Post geschickt?«

»Es kam mir nicht richtig vor, so eine Mitteilung der Post anzuvertrauen und nicht zu wissen, wann sie ankommt und ob überhaupt.«

Sie tippte Nessa auf die Schulter, die vor Schreck ins Schleudern geriet. »Lassen Sie das«, sagte sie, als sie das Auto wieder auf ihre Straßenseite gelenkt hatte, »sonst gibt es noch einen Unfall.«

»Verlangen Sie nicht von mir, dass ich nett zu denen bin«, sagte Doerr.

»Sie waren auch nicht gerade nett zu mir. Ich erwarte nicht, dass Sie nett zu irgendwem sind.«

»Ha«, sagte Doerr. »Sie sind auch nicht gerade die Freundlichste.«

Sie waren kurz vor Tragumna, da beugte Doerr sich auf ihrem Sitz nach vorn und zeigte aufgeregt auf ein kleines Straßenschild. »Da lang, da lang.«

Nessa brachte den Wagen am Straßenrand zum Stehen. »Das ist nicht der Weg.«

»Doch. Das ist die Straße, die wir immer entlanggefahren sind. Eine Abkürzung. Ich weiß noch, dass Robert beim ersten Mal mit mir bis an die oberste Stelle der Straße gefahren ist und dass ich von da das Meer gesehen hab.«

Die schmale Nebenstraße zweigte von der Hauptstraße ab, führte ungefähr in Richtung des Hauses der Lockes. Gut möglich, dass es eine Ausweichstrecke war, Nessa bezweifelte aber, dass sie kürzer war. »Ist das Taxi hier entlanggefahren?«, sagte sie.

Doerr tat die Frage ab. »Ich hab doch schon gesagt, es war dunkel an dem Abend. Ich weiß nicht, auf welcher Straße wir gefahren sind. Aber Robert ist mit mir hier gefahren, daran erinnere ich mich. Außerdem müssen wir ja nicht zu einer bestimmten Zeit dort sein. Die erwarten uns ja nicht.«

Nessa setzte auf die Hauptstraße zurück. »Ich nehme die Strecke, die ich kenne«, sagte sie. »Ich bin nicht so weit gefahren, um mich zuletzt zu verirren. Wenn wir uns alle ausgesprochen haben, können wir zurückfahren, wie Sie wollen.«

30

Als Nessa das Auto vor dem Haus der Lockes abstellte, beugte Doerr sich nach unten und wühlte in ihrem Rucksack, drehte ihn um und schüttete die Hälfte seines Inhalts auf den Boden – Reiseführer, ein Päckchen Feuchttücher, einen Pullover, eine Haarbürste, mehrere linierte Notizhefte und eine Packung Vollkorncracker –, bis genügend Platz darin war, um die Plastiktüte hineinzuschieben. Sie stieg aus, hängte sich den Rucksack über die Schulter. Stand da und betrachtete das Haus. Als Nessa neben sie trat, sah sie, dass ihr Tränen übers Gesicht strömten. Doerr murmelte verlegen und fuhr sich schnell mit dem Ärmel über die Wangen. »Die lassen uns niemals rein«, sagte sie.

»Doch«, sagte Nessa. »Sie lassen uns rein, und wir setzen uns zusammen und unterhalten uns vernünftig.«

»Ha«, sagte Doerr, »diese Frau hat in ihrem ganzen Leben noch kein vernünftiges Wort gesagt.«

»Welche von beiden?« In diesem Stadium war Nessa sich nicht mehr sicher, ob sie eine der Lockes als »vernünftig« bezeichnen würde.

»Ich meinte Eleanor«, sagte Doerr. »Mit Loretta konnte ich mich früher wunderbar unterhalten. Irgendwann war damit natürlich Schluss. Aber früher haben wir uns oft unterhalten. Wir haben darüber gesprochen, was sie mit ihrem Leben anfangen möchte, Loretta hatte einmal Pläne für ihre Zukunft.

Sie tut mir leid, so vertan, wie ihr Leben ist, und dann fällt mir wieder ein, dass sie abstreitet, mich überhaupt zu kennen, so eine schamlose Lüge. Die Loretta, die ich kannte, wäre nicht fähig gewesen zu lügen.«

Nessas Handy läutete. Als sie sah, dass es Luke Harkin war, ließ sie es wieder in ihre Handtasche gleiten und ging nicht ran. Melanie Doerr stand mit dem Rücken zum Haus und zeigte auf die in der Ferne sichtbare Spitze eines Kirchturms, sagte etwas über dessen Geschichte, aber Nessa wurde von einer Welle panischer Angst erfasst. Das glitzernde Meer und das silberne Licht am Horizont nahmen eine apokalyptische Färbung an.

Mit einem Mal rannte Doerr mitten in den Garten, wo das nasse, ungemähte Gras ihr bis zu den Knöcheln reichte. »Schauen Sie«, sagte sie, bückte sich und riss einen ungewöhnlich geformten Pilz aus der Erde. Schwenkte ihn vor Nessa. »Die haben wir früher gesammelt, Loretta und ich. Wir sind in aller Herrgottsfrühe aufgestanden und haben ganze Körbe vollgekriegt.« Sie bückte sich und riss noch einen heraus. Es waren Morcheln, die Stiele kurz und dick, darüber gewölbte braune Kappen.

»Die Lockes sind vielleicht nicht begeistert, dass Sie ihre Pilze aus dem Boden reißen«, sagte Nessa. »Lassen Sie das lieber.«

Doerr achtete nicht auf sie. Mit den Enden ihrer Bluse formte sie ein Ersatzkörbchen, entblößte dabei die blasse Haut ihres Bauchs, und legte die Pilze hinein. Das Handy in Nessas Handtasche klingelte – vermutlich Luke, der ihr eine SMS schickte. Warum meldete er sich bei ihr? Um zu verabreden, wann er vorbeikam? Um sie zu beschimpfen? Nessa warf einen Blick in das Atelierfenster, hinter dem die Gipsskulptur stand, und kam sich vor wie ein Geist, der auf sein altes Leben blickt. Sie wandte sich zu Doerr um und wollte etwas sagen, hielt aber inne, als sie den Ausdruck auf ihrem Gesicht sah. Doerr schaute zu einem anderen Fenster. Loretta war im Vorraum hinter der Haustür, das Gesicht an die Scheibe gedrückt.

Doerr wirkte benommen, stand da wie angewurzelt. Sie hielt die Morcheln in der Bluse vor sich, die weiße Baumwolle voller Schmutzspuren, darunter ein Streifen bloßer grauweißer Bauch.

»Werfen Sie sie ins Gras«, sagte Nessa. »So können Sie nicht hineingehen.«

Loretta öffnete die Haustür. Ihre Wangen waren lila gefärbt. »Wie können Sie es wagen«, sagte sie zu Nessa, »wie können Sie es wagen, diese Frau zu unserem Haus zu bringen.« Sie war wütend, daran bestand kein Zweifel, sprach aber leise, fast flüsternd.

»Lottie«, sagte Doerr, »schau, was ich gefunden habe. Ich habe keine Pilze mehr gesammelt, seit ich dieses Haus verlassen habe. Weißt du noch, wie wir morgens rausgegangen sind …«

Loretta kam den Weg herunter. Schlug gegen die nach vorn gehaltene Bluse, dass die Pilze zu Boden fielen. Einer rollte in einem Halbkreis zur Seite, einer zerbrach in kleine Stücke. »Einmal waren wir Pilze sammeln«, sagte Loretta. »Ein einziges Mal. Tu nicht so, als wäre ich deine langvermisste Freundin. Wir sind keine Freunde.«

»Ich dachte, Sie kennen sie nicht.« Nessa passte ihre Lautstärke der Lorettas an, sprach leise und gedämpft. »Und jetzt sagen Sie, Sie sind zusammen Pilze suchen gegangen?«

»Ein Mal«, sagte Loretta, »wir waren ein Mal. Und ich erinnere mich auch bloß deshalb, weil es hinterher so ein Theater gab. Sie –« Loretta wies mit dem Kopf auf Doerr – »hatte Edelreizker und Boviste gesammelt, konnte sie nicht auseinanderhalten.« Sie stieß den Finger in Nessas Richtung. »Sie!«, sagte sie. »Ich wollte Sie schon anrufen. Was zum Teufel haben Sie sich gestern dabei gedacht, am Abend herzukommen?«

»Können wir drin weitersprechen?«, sagte Nessa.

»Sie kommt mir nicht ins Haus«, sagte Loretta. »Das duldet meine Mutter nicht.«

»Sag ihr, warum«, sagte Doerr.

»Weil du eine Lügnerin und Diebin bist, schnüffelst herum, ob hier Geld zu holen ist.«

Es hatte angefangen zu regnen, ein unentschlossener Niesel. »Was Ihre Mutter dazu sagt, ist mir egal«, sagte Nessa, »wir gehen hinein.« Ihre Worte überraschten sie selber – es war das erste Mal, dass sie sich Loretta so energisch widersetzte. Kein unangenehmes Gefühl, stellte sie fest.

Loretta war auf die plötzliche Direktheit offenbar nicht gefasst. Als sie an ihr vorbei in den Vorraum gingen, hielt sie Nessa am Arm fest. »Geben Sie mir einen Augenblick Zeit, damit ich sie für ein Nickerchen fertig machen kann. Ich bringe ihr einen Tee und eine Schlaftablette.« Sie sah Doerr mit finsterer Miene an. »Du hast uns schon einmal ins Unglück gestürzt«, sagte sie, »und weil dir das nicht reicht, kommst du her und willst es wiederholen, meiner Mutter in den vielleicht letzten Wochen ihres Lebens noch einmal wehtun.«

»In dem Fall müsste sie ja nicht lange leiden«, sagte Doerr. »Nicht wie ich, die jahrelang zu leiden hatte.«

Loretta wandte sich an Nessa. »Ich bin gleich wieder da«, sagte sie. »Warten Sie draußen im Auto.« Sie blieb vor der Haustür kurz stehen. »Es kann ein bisschen dauern. Manchmal lässt meine Mutter sich Zeit, bis sie ihr Nickerchen macht. Vielleicht merkt sie, dass es noch zu früh ist.«

Der Regen war stärker geworden, es war aber nicht kalt, und im Auto war es feucht und stickig. Nessa ließ ein Fenster herunter und nestelte am Radio, bis sie einen Musiksender fand, schaltete es dann aber aus Furcht, Eleanor würde die Musik vielleicht hören, wieder aus. Die Frauen schwiegen eine Weile. Sie sollte Jennifer anrufen, fiel Nessa ein, und nach ihren Plänen für den Nachmittag fragen – hoffentlich drehten sie sich nicht um Luke Harkin. »Entschuldigung«, sagte sie und zog ihr Handy hervor, »ich muss meine Tochter anrufen.«

Sie stieg aus und gab sich Mühe, die Autotür leise zu schließen. Die Schultern wegen des Regens hochgezogen, stellte sie sich unter einen Baum und lauschte dem Klingelton. Steckte das Handy wieder in die Tasche und stieg ins Auto ein.

»Ihre Tochter, alles in Ordnung bei ihr?«, fragte Doerr.

Nichts ist in Ordnung bei ihr, dachte Nessa. *Bei keinem von uns ist alles in Ordnung.* »Es geht ihr gut«, sagte sie, den Blick auf die Frontscheibe gerichtet.

»Wir folgen uns auf Facebook, wissen Sie, Jennifer und ich.«

»Was?« Nessa sah zu ihr hinüber.

»Ja. Obwohl wir kaum etwas miteinander zu tun haben. Aber sie postet Fotos von Bailey, die gefallen mir.«

»Bailey …«, wiederholte Nessa matt.

»Wir haben uns durch einen gemeinsamen Facebook-Freund entdeckt. Den jungen Herrn Harkin zufällig«, sagte Doerr.

Nessa fürchtete, ihr würde schlecht werden. »Jennifer erzählt mir nicht, mit wem sie sich auf Facebook herumtreibt«, sagte sie. »Sie weiß, dass es mir missfällt, wenn sie zu viel Zeit dafür verschwendet.«

»Wenn ich eine Tochter hätte, würde ich es auch nicht gern sehen, dass sie auf Facebook ist. Aber was will man machen?«

»Der junge Harkin und Jennifer, worüber unterhalten die sich?«

Doerr zuckte mit den Achseln. »Filme, Bailey, den Chor.«

Dass sie den Atem angehalten hatte, wurde Nessa erst bewusst, als sie ausatmete. »Ist das alles?«

»Er postet viel über die Gipsskulptur. Dadurch sind wir aufeinander aufmerksam geworden. Er schickt mir private Nachrichten, ein sehr gefühlsbetonter junger Mann. Er hat sich angeboten, ein Poster zu entwerfen und einen Podcast zu machen, auf dem Gebiet kennt er sich anscheinend aus. Er bezeichnet sich als Unterstützer meines Anliegens.« Sie lachte auf. »Schon komisch, dass ich in diesem Abschnitt meines Lebens zu einem ›Anliegen‹ gekommen bin. Manchmal scheint mir, dass meinem Anliegen ohne den jungen Mann besser gedient wäre. Er ist zu leicht erregbar. Und zu zornig. Ich glaube, Ihrer Tochter täten Freunde ihres Alters besser, Mädchen ihres Alters.«

Nessa warf Doerr einen Blick von der Seite zu und wandte sich schnell wieder ab. Wollte die Frau ihr durch die Blume etwas zu verstehen geben? Sie fixierte den Blick auf die Windschutzscheibe. Die Vorstellung, Jennifer und Luke führten vertrauliche Gespräche, war ihr unbehaglich. Das konnte nicht gut ausgehen. Sie wollte Jennifer zu Hause gleich beiseitenehmen, wollte sie dazu bewegen, den Kontakt mit Luke Harkin einzustellen. Wie sie das zur Sprache bringen sollte, wusste sie zwar noch nicht, es musste aber sein.

»Jennifer ist anscheinend eine nette junge Frau«, sagte Doerr. »Arglos. Ich war in dem Alter auch so. Und ich war noch so, als ich schon einiges älter war.«

Nessa schaltete die Scheibenwischer ein, fand Zuflucht bei ihrem rhythmischen Quietschen. Da sitzt nun hier Melanie Doerr, dachte sie: intelligent, gutaussehend, gesund, eine Frau, die, soweit sie das sagen konnte, keine Angehörigen hatte und über finanzielle Mittel verfügte. Und diese Frau vergeudete ihr Leben, wartete in ihrem Auto mitten im Nichts, stritt sich mit der Familie eines Mannes, der ab und zu mit ihr geschlafen haben mochte, sich in seinem Leben von ihrer Existenz allerdings nicht wesentlich stören lassen wollte, es nicht für angebracht hielt, sich zu ihr zu bekennen, ihr nur um des lieben Friedens willen irgendeine Form der Anerkennung zusicherte. Robert Locke war inzwischen fast zwanzig Jahre tot. Nach so langer Zeit war es zu spät, zu jemandem zu sagen: *So wichtig bist du für ihn nicht.*

Sie zuckte zusammen, als Loretta an die Autoscheibe pochte. »Sie können jetzt reinkommen. Ich musste ihr zwei Tabletten geben, tu ich zwar ungern, aber ich kann nicht riskieren, dass sie wach wird.«

Sie waren schon an der Haustür, als Nessa bemerkte, dass Melanie ihren Rucksack mitgebracht hatte. Sie hob eine Braue, doch Doerr fing ihren Blick nicht auf. Sie gingen in die Küche, wo Loretta ihnen bedeutete, sich an den kleinen Tisch zu setzen. Melanie schien nervös. Sie wählte dem am weitesten von Loretta entfernten Stuhl. »Seltsam, wieder hier zu sein«, sagte sie und stellte den Rucksack neben sich auf den Boden.

Loretta verschränkte ein paarmal die Hände.

»Loretta«, sagte Nessa, »warum haben Sie mir gesagt, Sie würden Melanie nicht kennen?«

Loretta räusperte sich. »Wenn Sie sich erinnern wollen«, sagte sie, »werden Sie feststellen, dass ich sagte, jemand namens Doerr ist mir nicht erinnerlich. Das stimmt nach wie vor. Damals trug sie einen anderen Namen.«

In Nessa stieg Wut auf. »Sie wollen mich für dumm verkaufen, Loretta«, sagte sie. »Sie vergeuden meine Zeit. Nicht zum ersten Mal.« Und, an Melanie gerichtet: »Und Sie genauso.«

»Ach, herrje«, sagte Melanie, »ach, herrje.«

Loretta sprach als Erste. »Es ist zwielichtig«, sagte sie, »hier einfach so aufzutauchen, wie aus der Versenkung, dreißig Jahre später, wenn Geld den Besitzer wechselt. Das zeigt einen Mangel an Klasse, auch wenn man so etwas über andere nicht mehr sagen soll. Man stelle sich mal vor, wenn jeder, der mal meinen Vater kannte, anfangen würde, Ansprüche auf sein Werk zu erheben. Das ist lachhaft. Die Skulptur zeigt meine Mutter im Hotel Negresco.« Sie sah Nessa flehentlich an. »Wir haben bereits darüber gesprochen«, sagte sie, »Sie *wissen* es. Alle wissen es.«

»Kannst du dir vorstellen, wie es für mich ist, wieder hier zu sein, Lottie?«, sagte Melanie Doerr leise. »Ich bin gekommen, um die Dinge richtigzustellen. Um das Geld geht es nicht. Ich hab in den vergangenen Wochen wahrscheinlich mehr Geld ausgegeben, als diese Skulptur wert ist. Sein Meisterwerk ist sie wahrlich nicht.«

Loretta zuckte zusammen. »Du kannst das jetzt also beurteilen?«, sagte sie.

»Du warst immer eifersüchtig auf mich, Loretta.«

»Bild dir bloß nichts ein. Worauf sollte ich eifersüchtig sein?«

»Auf das Leben, das ich haben würde. Auf die Nähe, die ich zu deinem Vater hatte.«

Nessa hatte nun endgültig genug. Sie wollte das alles hinter sich haben und nach Hause fahren. Sie musste sich um ihre Familie kümmern. Vielleicht sah Jennifer in Luke Harkin nur den Bruder, den sie nie hatte, für ihren Geschmack hatte der Junge aber zu viel von seinem Vater. Gleichzeitig hätte sie jedoch gern ihr Ansehen bei Luke wiederhergestellt, wenn auch nur zum Andenken an Amy. »Melanie«, sagte sie, »waren Sie und Robert ein Liebespaar?«

Lorettas Hand fuhr an ihre Kehle. Ihr Ausdruck war eher der einer Enttäuschten als einer Wütenden.

»Tut mir leid«, sagte Nessa, »aber wir haben genug Zeit verplempert.«

»Wie gesagt, ich habe Robert 1972 in Inishowen kennengelernt«, sagte Melanie. »Wir haben uns, mit Unterbrechungen, ungefähr ein Jahr lang geschrieben, und er hat mich als Schülerin hierher eingeladen.«

»Du hast das Vertrauen und die Gastfreundschaft meiner Mutter ausgenutzt«, sagte Loretta. »Hast mich ausgenutzt, mir vorgespielt, wir wären Freunde.«

»Wir *waren* Freunde, Lottie«, sagte Melanie. »Aber wie hätte ich dir von mir und Robert erzählen können? Du warst zu jung, und er war dein Vater. Ich war dir gegenüber damals nicht ganz ehrlich, und das bereue ich, aber ich war einundzwanzig Jahre alt und in einem fremden Land. Meine Stellung in diesem Haushalt war unsicher.«

»Ich will deine Ausreden nicht hören«, sagte Loretta. »Was willst du?«

»Ich will, dass du aufhörst, Lügen zu erzählen«, sagte Melanie. »Ich will, was mir gehört: die Gipsskulptur.«

»Sie gehört nicht ihr«, sagte Loretta an Nessa gewandt. »Sie hatte nichts mit ihr zu tun. Es liegt auf der Hand, dass er nach einem Foto von meiner Mutter gearbeitet hat. Das hat er nachweislich gesagt.«

Melanie beugte sich nach unten und schnürte den Schuh an ihrem rechten Fuß auf. Streifte langsam die Socke vom Fuß. Schob den Stuhl zurück und stand auf. Auf einem Bein balancierend, streckte sie den Fuß in Lorettas Richtung. Nessa beugte sich zum Schauen über den Tisch. Doerrs Fuß war an einer Stelle verwachsen, die beiden kleinsten Zehen waren wie mit einer Schwimmhaut verbunden. »Der Fuß war das Erste, was er bei der Gipsskulptur gemacht hat«, sagte sie. »*Meinen* Fuß. Das ganze Geschwafel über den Einfluss von Huxleys Amphibien war eine Erfindung der Kritiker. Robert hat dabei mitgemacht; dadurch klang es gescheiter, als es war.« Sie blieb stehen, wrang geistesabwesend die Socke in ihrer Hand, presste sie zusammen, wie eine viktorianische Dame vor Entsetzen ein Taschentuch verdreht haben mochte. »Ich möchte sie sehen«, sagte sie. »Ich habe sie schon so lange nicht gesehen – nicht richtig, nicht in natura.«

Sie wartete Lorettas Ja nicht ab, sondern marschierte, wie sie war, zur Küche hinaus und durch den Flur. Lorettas Enttäuschung, fiel Nessa auf, war nun der Furcht gewichen. Sie erhoben sich vom Tisch und folgten Doerr zum Atelier. Mit dem Schuh an einem und der Verwachsung am anderen Fuß war ihr Gang ungleichmäßig. Es hätte ein transzendenter Augenblick sein können, Muse und Skulptur unter einem Dach wiedervereint, an dem Tag aber, da Dauerregen das Licht im Atelier trübte, sah Melanie aus wie das, was sie war: eine in die Jahre gekommene Frau in einer Bluse voller Schmutzstreifen, das Haar krisselig vom Regen, der entblößte Fuß grau und fleckig – sehr menschlich neben der ätherischen Herrlichkeit des Steins. Für einen Augenblick stand sie still daneben und trat dann einen Schritt zurück. Vor der Gipsskulptur wurde man demütig.

Nessa war in der Tür zum Atelier geblieben, wo auch Loretta stand. Melanie machte kehrt und schob sich eilig an ihnen vorbei. »Entschuldigung«, sagte sie, »ich muss etwas holen.« Sie sahen sie durch den Flur zurückhumpeln.

Loretta fluchte leise, ein mäßiger Fluch, aber das erste obszöne Wort, das Nessa aus ihrem Mund vernahm. »Muss ich durchs ganze Haus hinter ihr herlaufen?«, sagte sie. »Erschöpft sich meine Aufgabe darin, in meinem eigenen Haus als Wachmann Dienst zu tun? Was um alles in der Welt ist in Sie gefahren, die hier anzuschleppen?« Doch Melanie kam bereits durch den Flur zurück, rannte fast, den Rucksack über der Schulter. Sie ließ sich vor der Gipsskulptur auf die Knie nieder und zog die Plastiktüte mit den Miniaturarbeiten heraus. Von jeder Einzelnen rieselte gehörig Staub herab. Es schmerzte Nessa zu sehen, wie grob mit diesen Objekten, die das Werk von Robert Locke sein mochten oder auch nicht, herumgefuhrwerkt wurde; Köpfe schlugen zusammen, sofern die Stücke Köpfe hatten, denn bei einigen waren sie bereits abgeschlagen, ob zufällig oder gewollt, während bei anderen Arme und Beine fehlten. Wortlos baute Melanie sie rings um den Fuß der Skulptur auf. Loretta gab, abgesehen von den lauter gewordenen Atemgeräuschen, keinen Mucks mehr von sich, ihre Brust hob und senkte sich unter dem Kaschmirpullover. Als die letzte kleine Maquette aufgebaut war, wandte Melanie sich zu ihnen um. »Spielen wir ein Spiel«, sagte sie. Ihr Ton klang eine Spur schärfer. »Ratet mal, welche von ihm sind und welche von mir.«

Es war ein schäbiges Spiel, geschmacklos. Und dennoch … Nessa fand die Versuchung fast übermächtig. Würde sie es erkennen? Konnte man darauf vertrauen, dass Melanie es selber wusste, nachdem die Maquetten so lange durcheinandergeworfen und bis zur Unkenntlichkeit beschädigt worden waren? Und wenn Melanie es wusste, würde sie es sagen? Nessa trat ein paar Schritte weiter in den Raum hinein. Ging vor der Gipsskulptur in die Hocke, nahm wahr, dass ihr Puls sich beschleunigte wie jedes Mal, wenn sie ihr nahe kam. Auf den ersten Blick sahen alle Objekte aus, als wären sie in prinzipiell gleichem Stil gearbeitet. Bei genauerer Betrachtung und im Vergleich mit der Mutterskulptur sahen manche allerdings mehr aus wie legitime Abkömmlinge als andere; seltsamerweise wirkten gerade die Stücke, die am wenigsten mit der Gipsskulptur gemeinsam hatten, merkwürdig verwandt. Beim Betrachten der Maquetten spürte Nessa innerlich ein Ziehen, das sie sich nicht erklären konnte. Es waren insgesamt neun kleine Figuren, alle in verschiedenem Grad verstümmelt. Fünf würde sie als Werk der Hand einstufen, von der auch die Gipsskulptur stammte. Die anderen vier waren ihr weniger ähnlich, wirkten aber anderweitig vertraut. Als Nessa sie weiter eingehend betrachtete, trat eine sonderbare Dichotomie zutage: Die entfernter verwandten Vettern, die Stücke, die am wenigsten mit der Gipsskulptur gemeinsam hatten, harmonisierten am stärksten mit den Arbeiten aus Robert Lockes mittlerer Periode.

31

»Seht ihr?«, sagte Melanie.

Nessa musste schlucken. Sie öffnete den Mund, wollte etwas sagen und schloss ihn wieder. Was sollte sie davon halten? Sie wusste es nicht.

Loretta hielt ihre Zunge nicht im Zaum. »Ich habe nicht die Absicht, bei deinem albernen Spiel mitzumachen«, sagte sie. »Wenn irgendetwas davon von meinem Vater ist, schlage ich vor, du lässt es hier bei allem anderen, was ihm gehört, und gehst.«

»Die hier«, sagte Melanie und ging um die Skulpturen herum, »sind von mir.« Sie berührte die Köpfe von fünf kleinen weißen Figürchen. »Sie ähneln ihrer Mutter, seht ihr.« Sie sah Loretta an. »Die anderen stammen von deinem Vater. Er hat nie mit Maquetten gearbeitet, ich aber schon, und als ich nicht lockerließ, hat er mir zuliebe ein paar zurechtgepfriemelt. Bei seinen erkennt man am Hals den Hauch einer Rundung, seht ihr. Ich habe das nie hingekriegt.« Als wolle sie sich entschuldigen, tätschelte sie der Gipsskulptur sacht den Arm, wie man einem kranken Kind den Arm tätscheln mag. »Aber das hier, so kunstlos es ist, das ist von mir. Oder zu neunzig Prozent von mir; die anderen zehn sind von Robert.« Sie beugte sich hinab und strich mit dem Zeigefinger über den gemeißelten Fuß mit seinen äußerst fein gearbeiteten Zehen und Nägeln. »Der Fuß war das Erste, was Robert an der Gipsskulptur gemeißelt hat«, sagte sie. »Er ist auch das Einzige.«

Nessa betrachtete die Skulptur. Betrachtete die kleinen Maquetten, deren unterschiedliche Abstammung jetzt, wo sie sie rings um ihre Mutter aufgebaut sah, deutlicher zu erkennen war. »Warum haben Sie sich nicht schon vor Jahren zu Wort gemeldet?«, fragte sie. Sie rechnete damit, dass Loretta sie jeden Augenblick aus dem Haus warf.

»Weil bis jetzt niemand versucht hat, sie mir wegzunehmen. Ich hatte immer die Absicht, irgendwann wieder herzukommen. Und ich habe gern gehört, dass sie als das Meisterwerk von Robert Locke gerühmt worden ist. Wie viel Lob diese Skulptur gefunden hat! Wenn sie unter meinem Namen in die Öffentlichkeit gelangt wäre, hätte kein Mensch sie beachtet.« Sie sah Nessa an. »Ich dachte, Sie wüssten es«, sagte sie. »Ich dachte, Sie wüssten es, hätten aber Ihre eigenen Gründe wegzuschauen. Welche Galerie würde schließlich Geld für eine Skulptur von Melanie Doerr bezahlen? Ich dachte: ›Sie ist die Expertin, bestimmt hat sie Roberts Tagebücher gelesen, sie muss es wissen.‹«

»Es gibt keine Tagebücher«, sagte Loretta. »Davon hat mein Vater nichts gehalten.«

»Na … schön«, sagte Melanie. »Der Einzige, der das sicher beurteilen kann, ist Robert.«

»Die Gipsskulptur ist schon vor langer Zeit berühmt geworden«, sagte Nessa. »Und Robert ist seit Jahren tot. Warum mit dem Anspruch darauf so lange warten?«

»Inzwischen bedeutet sie den Leuten etwas, vor allem den Frauen, die schwanger geworden sind. Ich hab die Fotos im Internet gesehen, auf denen sie ihre Gipsskulpturbabys auf den Knien hopsen lassen. Wie hätten sie sich wohl gefühlt, wenn sie erfahren hätten, dass sie doch kein Werk von Robert Locke war?«

Nessa hob eine Braue. »Sie wissen aber schon, dass sie nicht von der Gipsskulptur schwanger geworden sind?«, sagte sie.

Doerrs Mund wurde zu einer schmalen Linie. »Wer kann das wissen?«, sagte sie. »Die Ärzte bilden sich ein, sie wüssten alles, dabei haben wir so vieles über den Zusammenhang zwischen Geist und Körper noch nicht verstanden. Ich hab die Studien in den medizinischen Zeitschriften gelesen. Stress und Angst können sich auf die Fruchtbarkeit auswirken; die Gipsskulptur hat diesen Frauen Hoffnung gegeben, als die Geburtshelfer ihnen nichts anzubieten hatten. Und was, wenn sie inzwischen einen Ruf erworben hat, der über das hinausgeht, was sich beweisen lässt und was sie verdient? So ist es nun mal im Leben, nicht?« Ihr Ton hatte an Schärfe gewonnen. »So zu tun, als hätte Robert die Skulptur gemacht, kam doch allen gelegen. Für eine Weile sogar mir. Er hat mir versprochen, dass die Leute mit der Zeit die Wahrheit erfahren würden, dass er alles niederschreiben würde.« Sie lachte kurz auf. »Das war anscheinend ein Spaß, der auf meine Kosten ging, wie so vieles in Roberts Leben ein Spaß war, der auf Kosten anderer ging.«

»Viele Künstler haben Gehilfen«, sagte Loretta. »Ich denke oft, mein Vater hätte mehr Nutzen aus ihnen ziehen sollen.«

»Du hast doch gesehen, wie ich daran arbeite, Loretta. Du hast dich immer im Vorgarten gesonnt, damit du uns hinterherspionieren kannst.«

»Jetzt bin ich also ein Spion?«, sagte Loretta. »Wenn ich in meinem eigenen Garten sitze?«

Nessa sah Loretta an: »Haben Sie gesehen, wie sie daran gearbeitet hat?«, fragte sie. Loretta überhörte es.

»Es hat mich verunsichert«, sagte Melanie, »zu wissen, dass du uns beobachtest. Ich musste Tücher vor die Fenster hängen, auch wenn damit das Licht ruiniert war, weil es mir gegen den Strich ging, beobachtet zu werden. Ich bin morgens immer ganz zeitig aufgestanden, um zu arbeiten, als du noch geschlafen hast.«

»Wenn du die Vorhänge im Atelier zugezogen hattest«, sagte Loretta, »dachte ich immer, dass ihr miteinander schlaft, du und mein Vater. Ich bin in mein Zimmer gerannt und hab mir ein Kissen über den Kopf gelegt für den Fall, dass du laut wirst.«

Melanie schüttelte den Kopf. »Wir haben in diesem Haus nie miteinander geschlafen«, sagte sie. »Das war eine seiner Regeln. Es hätte mir eine Warnung sein müssen, denn hinter einer Sanddüne oder im Auto in einer Nebenstraße hat er mich sehr gern gevögelt.«

Nessa wartete darauf, dass Loretta sie unterbrach, doch das tat sie nicht.

»Einmal habe ich ihm ein Ultimatum gestellt«, fuhr Melanie fort. »Entweder er schläft in diesem Haus mit mir oder gar nicht. Ich hab zwei Wochen durchgehalten, und dann ging es nicht mehr. Ich musste einlenken.«

»Hat Eleanor es gewusst?«, sagte Nessa.

»Dass ich die Gipsskulptur mache? Oder dass ich mit ihrem Mann schlafe?«

Loretta schüttelte den Kopf. »Die hast nicht du gemacht«, sagte sie, ihre Stimme kaum mehr als ein Zischen.

»Ich hab gesehen, wie sie mich an dem Abend, als ich ankam, beim Essen gemustert hat«, sagte Melanie. »Sie wird schon vorher einiges geahnt haben. Ich bin nicht so naiv zu glauben, ich wäre die Erste gewesen. Robert war auch sehr ausgelastet, wenn er nicht arbeitete. Richtig gehasst hat sie mich aber erst, als sie herausfand, dass wir zusammen arbeiten. Das hatte er keiner seiner anderen Frauen zugestanden. Ich glaube, das hat sie mehr erbost als die Tatsache, dass er vielleicht mit mir schläft.«

Die ganze Zeit, die Doerr sprach, sah Nessa sich die Gipsskulptur an, ging Schritt für Schritt alles durch, was sie je darüber zu wissen gemeint hatte. Es war also doch nicht Lockes Erkundung des Amphibienhaften der menschlichen Existenz, sondern das Werk einer jungen Studentin, die er ausgenutzt hatte, eine Täuschung, die er nur zu gern für seine Glorifizierung und sein Privatvergnügen genährt hatte.

»Verloren hab ich Robert aber nicht wegen Eleanor«, sagte Melanie, »sondern deswegen.« Sie schlug mit der flachen Hand auf den Rumpf der Skulptur, so fest, dass sie zu schwanken begann. »Bis dahin glaubte Robert, dass in mir ein Talent schlummerte, das nur noch nicht zur Entfaltung gekommen war, dass ich Größe in mir hätte, nur eben tief verborgen. Vielleicht dachte er, wenn er mich nur oft genug vögelte, würde sie freigesetzt und zum Vorschein kommen. Ernsthaft, er war davon überzeugt, ein Sakrament zu spenden, wenn er jemanden vögelte. Als er sah, dass ich nicht gut genug war, verlor er das Interesse.«

Loretta hatte sich ein paar Schritte von ihnen entfernt und sah zum Fenster hinaus. »Musst du dich so obszön und beleidigend äußern?«, sagte sie fast unhörbar. Und fügte, etwas lauter, aber immer noch, ohne die beiden anzusehen, hinzu:

»Mein Vater war so nett oder so töricht, dich zu ermutigen, dir eine Chance zu geben. Du warst aber nicht gut genug, hast du ja gerade selbst zugegeben. Alles an dieser Skulptur soll davon abhängen, wie der Fuß gearbeitet ist.«

»Nicht alles«, sagte Nessa. Es war an ihr, die Skulptur zu verteidigen. Weder Melanie noch Loretta würde ihr zu Hilfe kommen. Während sie Melanie zuhörte, hatte sie die ganze Zeit das Gefühl, als wetteiferten zwei getrennte Teile ihres Ichs darum, wessen Antwort sich letztlich durchsetzt. Da war die Kunsthistorikerin, die alles erregte und faszinierte, was hier offenbart wurde. Und da war die Angestellte mit jetzt zweifelhaftem Ansehen, die damit konfrontiert war, dass sie den Direktor und den Vorstand auf den neuesten Stand bringen musste. Würde man durchblicken lassen, dass sie das doch vorher hätte wissen müssen? Angesichts der kleinen Figürchen – der kleinen Lockes, der kleinen Doerrs – konnte Nessa sich nun leicht vorstellen, dass jemand das behaupten würde. Auch wenn Melanie Doerr, dreiundzwanzig und verliebt, Locke so verfallen gewesen war, dass sein Einfluss das Bild getrübt hatte. Es war, als hätten zwei Hände den einen Meißel gehalten. Nessa kam zu dem Schluss, dass sie nicht dafür verantwortlich gemacht werden durfte, obwohl es wahrscheinlich so kommen würde. Die Beschämung wäre hauptsächlich aber privat, bliebe auf den kleinen Kreis der Kunsthistoriker und Kuratoren beschränkt, die ihre Fachkollegen waren. Im Zentrum des einen oder anderen Artikels stünde zweifellos Doerr, abgelichtet in ihrem blauen Mohairmantel neben der Gipsskulptur. Noch vor wenigen Wochen hätte der bloße Gedanke Nessa am Boden zerstört. Jetzt verblasste er zu einer bloßen Unannehmlichkeit im Vergleich mit der größeren und unmittelbareren Bedrohung ihres Glücks durch die Aussicht, dass Luke Harkin vor ihrem Mann plauderte und sich an ihre Tochter heranmachte. Auf dem Handy wartete ja eine Nachricht auf sie, fiel Nessa ein.

»Sie wussten davon, Loretta«, sagte sie. »Sie haben gelogen.«

Loretta schüttelte den Kopf. »Ich habe Sie nie getäuscht«, sagte sie. »Nicht absichtlich. Es gab hier und da Dinge, zu denen meine Mutter keine genauen Angaben mehr machen konnte; damit muss man in ihrem Alter rechnen. Sie hat ihr Möglichstes getan. Es hat sich ja nichts geändert.« Sie wies auf die Gipsskulptur. »Es ist das Geistesprodukt meines Vaters, unter seiner Leitung gemeißelt, in seinem Atelier. Entstanden nach einem Foto meiner Mutter, seiner Frau. Es ist die Skulptur meines Vaters.« Loretta äußerte das so klar und besonnen, als hätte sie sich die Worte im Kopf zurechtgelegt, sie vorbereitet, während Melanie sprach. Vielleicht bereitete sie diese Rede seit Jahren vor.

»Die Skulptur hat immer mir gehört«, sagte Melanie. »Als sie fertig war, sollte sie auf dem kleinen Strand da unten aufgestellt werden.« Sie zeigte aus dem Fenster nach draußen. »Wir sind die Stelle abgeschritten, haben gemessen, wie weit die Flut hereinkam und wo die Gischt sie treffen würde, haben darüber gesprochen, dass das Meer sie mit jedem vergehenden Monat weiter abtragen und verformen würde.«

In dem Augenblick ertönte ein seltenes Geräusch, das einer lachenden Loretta. »Wie verblendet kann man sein?«, sagte sie. »Sie sollte niemals am Strand aufgestellt werden. Wie sollte sie denn da überhaupt hinkommen? Wie wolltest du das machen – sie hinrollen?«

Nessa sah über die mit Schilf und Gras bewachsene Fläche, die zur Küste abfiel. Da hatte Loretta nicht ganz unrecht.

»Ha«, sagte Melanie. Sie hatte wieder die übertrieben gerade Haltung angenommen, die Nessa schon in der Galerie an ihr gesehen hatte, leicht rückwärts geneigt. Sie verschränkte die Hände fest vor dem Körper, und sogar aus einigen Schritt Entfernung sah Nessa das Weiß der Knöchel. »Sie sollte auf dem Strand stehen«, sagte Melanie. »Aber Eleanor hat sie weggeschafft, als Robert ihr kein Gesicht meißeln wollte. Das weißt du ganz genau, Loretta.«

Erneutes Lachen. »Das hat er dir weisgemacht?«, sagte Loretta. »Er hatte sie auf den Bauernhof eines Freundes bringen lassen, weil er hier Platz brauchte.« Sie breitete die Arme aus und deutete auf den Raum. »Wenn er etwas fertig hatte, war er auch damit fertig. Wollte auf zum Nächsten. Die Skulptur war ihm nur im Weg.«

Im Obergeschoss knarrte ein Dielenbrett. »Ach, herrje«, sagte Loretta und rannte in den Flur. Nessa folgte ihr, Melanie Doerr aber blieb im Atelier zurück. Eleanor, im Bademantel, war oben an die Treppe gekommen. Mit beiden Händen am Geländer stieg sie mit einem komischen Seitenschritt Stufe für Stufe herab. Ihr Morgenmantel war blau, gesteppt und in der Taille mit einer burgunderroten Kordel zusammengehalten, und sie trug Hausschuhe, aber kein Modell aus Frottee, sondern ballettschuhartige in mattem Gold. Ihr Haar hatte sich aus dem Nackenknoten gelöst und hing auf einer Seite wirr herab. »Bleib, wo du bist, Mutter«, sagte Loretta mit einer Angst in der Stimme, die Nessa bei ihr noch nie gehört hatte. »Bleib stehen.«

Eleanor machte eine Kopfbewegung Richtung Nessa. »Was will die schon wieder hier?«

Mit wenigen Sätzen hatte Loretta die Treppe erklommen und war nun bei ihrer Mutter. Nessa sah zurück ins Atelier, wo Melanie stocksteif mitten im Raum stand. »Wer ist denn noch hier?«, sagte Eleanor. »Wem grinsen Sie da zu?«

Nessa hatte nicht gemerkt, dass sie, in Eleanors Worten, »grinste«. Das passierte, wenn sie nervös war. »Niemandem«, sagte sie.

»Komm«, sagte Loretta und legte den Arm um die Taille ihrer Mutter. »Wir bringen dich wieder ins Bett.« Mit der anderen Hand versuchte sie, ihre Mutter vom Geländer wegzuziehen.

Genau im selben Augenblick wich Melanie weiter ins Atelier zurück, vielleicht um instinktiv mehr Abstand zwischen sich und Eleanor zu legen, und stieß beim Rückwärtsgehen an eine der kleinen Maquetten. Sie fiel polternd um und traf eine andere, die daraufhin ebenfalls umkippte. Als sie nicht mehr über den Boden des Ateliers rollten, trat für eine Sekunde Stille ein, ähnlich dem, was Überlebende von Bomben und anderen Explosionen oft schildern. Eleanor holte auf der Treppe so tief Luft, dass beide Wangen hohle Gruben waren.

»Mutter«, sagte Loretta flehentlich.

Eleanor schüttelte die Hand ihrer Tochter ab. »Wer ist da?«, sagte sie. »Wen hast du in unser Haus gebracht, Loretta?«

Nessa wartete darauf, dass Loretta die Situation für sie beide rettete, doch die entschied sich offenbar gerade in dem Augenblick fürs Aufgeben. Sie brach den Versuch, ihre Mutter wieder ins Bett zu lotsen, ab. »Ich habe sie nicht hergebeten«, sagte sie. »Ich wusste nicht, dass sie kommen. Sie sind einfach aufgetaucht.« Sie sah auf ihre Füße wie ein Mädchen in Erwartung der Schelte.

Eleanor lehnte sich mit ihrem Gewicht auf das Geländer. Sie war nicht mehr als drei, vier Stufen herabgestiegen und rief Nessa nach unten zu: »Wen haben Sie mitgebracht? Ist es der fette Mann aus der Galerie?«

Nessa schaute zu Loretta, doch die sah weiter schicksalsergeben zu Boden. »Nein«, sagte Nessa. »Er ist nicht hier.«

»Aha, wer ist es dann?«, sagte Eleanor. »Der Anwalt? Wenn es der Anwalt ist, will ich selbst mit ihm sprechen, ich bin absolut in der Lage, mich um meine Angelegenheiten zu kümmern, ganz gleich, was man mir einreden will.«

Zitternd sagte Loretta: »Ich bring dich wieder in dein Zimmer, Mutter, ja? Der Anwalt ist nicht hier, aber ich rufe ihn heute Nachmittag an und veranlasse, dass er morgen kommt.«

»Wer ist …«, sagte Eleanor.

Melanie Doerr kam in den Flur spaziert. Sie wich Nessas Blick aus, als sie an ihr vorüberging, und sprach kein Wort, bis sie unten an der Treppe angelangt war. »Hallo, Eleanor«, sagte sie dort.

Eleanor schien in sich zusammenzufallen. Sie sackte vornüber auf das Geländer. Loretta schrie leise auf, legte den Arm um die Schultern ihrer Mutter und wollte sie aufrichten. »Was macht die hier?«, sagte Eleanor. »Wo kommt die her? Ich dachte, sie ist fort.« Sie sank auf die Treppenstufe. Nessa stieg schon ein paar Stufen hinauf, wollte schauen, ob sie helfen konnte. »Gehen Sie«, sagte Eleanor. »Ich hab schon genug ertragen. Gehen Sie, und nehmen Sie dieses … dieses … *Ding* mit.«

Loretta sah zu Nessa herab. »Es ist besser, wenn Sie gehen«, sagte sie. »Der Arzt sagt, sie darf sich nicht zu sehr aufregen. Das macht ihr Herz nicht mit.«

Erst als sie eine Tür zuschlagen hörte, wurde Nessa klar, dass Melanie bereits gegangen war. »Auf Wiedersehen«, sagte sie und hob in einer linkischen Geste die Hand. Es war ein unter den Umständen alles andere als angemessener Abschied, die beiden Locke-Frauen hörten sie aber wohl sowieso nicht. Nessa bezwang den Drang, einen letzten Blick auf die Gipsskulptur und ihre diversen Abkömmlinge zu werfen – einen »letzten«, weil nicht abzusehen war, was Loretta damit tun würde, wenn sie aus dem Haus waren. Noch während sie flüchtete, stellte sie sich unwillkürlich vor, wie sich die Maquetten in einem Ausstellungsraum machen würden, welchen Text sie an der Wand anbringen könnte, dass die Fotos die Höhlung im Schädel der kleinsten Kreatur wiedergeben sollten und auch die raue Struktur an den Stellen, wo ein Arm abgeschlagen oder ein Bein verlorengegangen war.

32

Melanie Doerr war im Vorgarten, stand am Ende des Wegs.

»Was Sie da drin getan haben, war dumm«, sagte Nessa und ging an ihr vorbei zum Auto. »Sich zu zeigen, Eleanor so zu erschrecken. Das war grausam. Sie hätten sich still verhalten sollen.«

»Oder überhaupt wegbleiben«, sagte Doerr. »Sie waren diejenige, die mich hergebracht hat.« Sie öffnete die Beifahrertür und setzte sich ins Auto. »Ich wollte mich nicht verstecken wie ein kleines Kind«, sagte sie. »Ich wollte keine Angst vor ihr haben. Und nicht lügen.«

»Bei Robert Lockes Lügen mitzumachen hat Sie aber nicht gestört«, sagte Nessa.

»Das war weniger eine Frage des Lügens, es ging eher darum, so wenig wie möglich preiszugeben, damit wir unser Ziel erreichen.« Sie warf Nessa einen Blick zu. »Ich war mir sicher, Sie wüssten das. Ich dachte, es ginge uns beiden um dasselbe, nur mit unterschiedlichem Ziel.« Sie seufzte. »Ich frage mich, was Loretta mit den Arbeitsheften ihres Vaters gemacht hat. Den übrigen, meine ich. Den wichtigen. Es muss sie geben, das weiß ich.«

»Was soll ich nun tun?«, sagte Nessa mehr zu sich als zu Doerr. Der Ankauf konnte nicht weiter betrieben werden, so viel stand fest. Sie konnte die Hoffnung auf eventuelle Reste eines Bonus begraben. Wenn die Lockes alle miteinander bei der Gipsskulptur mit der Wahrheit hinterm Berg gehalten hatten, wer sollte dann für die Provenienz der anderen Werke aus dem Katalog garantieren?

Ihr Handy piepste, und als sie draufschaute, sah sie, dass es noch mal Luke Harkin war. Sie starrte auf den Bildschirm und überlegte, ob sie die SMS anklicken sollte oder nicht.

»Alles in Ordnung?«, sagte Doerr.

»Nur meine Tochter«, sagte Nessa und ließ den Motor an. »Sie schreibt, sie ist bei einer Freundin.« Sie hatte nicht die Absicht, sich über ihre Verwicklungen mit Luke zu verbreiten; es reichte, dass sie die letzten zwei Stunden durch den Morast von Melanie Doerrs Vergangenheit gewatet war, da brauchte sie nicht noch ihren eigenen hinzuzufügen.

»Klingt, als sei Ihre Tochter ein rücksichtsvolles Mädchen«, sagte Doerr. »Eine Freundin von mir hat ein Kind im Teenageralter, und allein dieses Jahr sind sie schon dreimal auf der Polizeiwache gewesen.«

»Haben Sie Kinder, Melanie?«

Doerr schüttelte den Kopf. »Nein«, sagte sie. »Die Zeit dafür ist gekommen und gegangen. Ich muss gestehen, manchmal fand ich es seltsam, dass die Gipsskulptur, *meine* Skulptur, Kinder heraufbeschwor, obwohl ich keine habe. Manchmal hat mich das wütend gemacht.«

»Waren Sie mal verheiratet?«

»Ein paar kurze, schöne Jahre mit einem wunderbaren älteren Mann, der inzwischen aber gestorben ist. Ich habe seinen Namen angenommen; mein eigener Name war Petrovic.«

Nessa setzte den Fuß auf den Gashebel, und sie fuhren die mit Schlaglöchern übersäte Straße entlang.

Melanie schwieg einen Augenblick. »Bei einer Sache, aber

nur bei einer, bin ich nicht ganz aufrichtig gewesen«, sagte sie schließlich.

»Sprechen Sie weiter«, sagte Nessa. Was immer es war, sie würde absolut nichts unternehmen. Der heutige Besuch war unklug gewesen. Der Anwalt der Lockes telefonierte bestimmt schon mit dem Anwalt der Galerie.

»Robert hätte bestimmt nichts dagegen gehabt, dass die Skulptur erhalten bleibt«, sagte Doerr. »Wäre er noch am Leben, er würde sich an der Aufmerksamkeit laben. Der Steinblock war nicht teuer gewesen, er hatte ihn von einem Freund. An Marmor hätte er mich nicht arbeiten lassen, das hätte er für Verschwendung gehalten. Deswegen ist die Skulptur aus weichem Stein gehauen.«

Nessa stieß einen leisen Pfiff aus. »Jetzt schlagen Sie eine andere Tonart an«, sagte sie. »Was sollte dann das ganze Getue um den gewollten Zerfall?«

»Das ist ein Denkmal meiner Dummheit.«

»Sie waren jung«, sagte Nessa, »nicht dumm. Zumindest nicht dümmer oder weniger dumm als wir anderen. Und Ihre Arbeit – die Gipsskulptur – ist gut; sie hat etwas, was mit Worten schwer zu fassen ist. Zorn vielleicht. Oder Verzweiflung.«

»Liebe auch«, sagte Melanie. »Liebe zu erkennen widerstrebt Ihnen, fällt mir auf.«

In eine Diskussion über Liebe würde sie sich nicht hineinziehen lassen. »Locke hat nicht das Interesse an Ihnen verloren«, sagte Nessa. »Er war eifersüchtig auf Sie. Deswegen hat er den Fuß so kunstvoll ausgearbeitet, deswegen hat er ihn wie den Fuß einer völlig anderen Figur gemacht. Er wollte irgendetwas beweisen.«

»Nein«, sagte Melanie. »Der Fuß war seine Zurechtweisung. Für diesen Fuß habe ich mich immer geschämt, und das wusste er. Als ich noch klein war, hat meine Mutter immer verlangt, dass ich ihn verstecke; er galt als Zeichen für Unglück. Ich durfte außer Haus nie die Socken ausziehen. Der Fuß war seine Methode, mich zu bestrafen.«

»Wofür denn?«

»Dafür, dass ich nicht gut genug war. Ihn enttäuscht hatte.« Sie stockte kurz. »Dass ich schwanger war.«

Nessa sah zu ihr hinüber. »Sie waren schwanger?«

»Ich war Ende des vierten Monats, als ich dieses Haus verließ.«

Nessa wartete, ob sie von sich aus noch mehr erzählte, doch das tat sie nicht. Als Melanie nach einem halben Kilometer immer noch schwieg, sagte Nessa: »Dann war es ziemlich instinktlos von ihm, das Foto seiner schwangeren Frau als Vorlage zu nehmen.«

»Ich war diejenige, die den Einfall hatte, sie – die Gipsskulptur – als Schwangere zu machen. Er kam mit dem Foto Eleanors auf dem Hotelbalkon an, als ich mich mit den Körperproportionen schwertat. Begeistert war ich davon nicht – welches junge Mädchen wäre das. Seine Frau sah von dem Foto, das auf dem Boden des Ateliers klebte, zu mir herauf. Die Aufnahme war sechzehn Jahre her, ich weiß aber noch, bei dem Ausdruck auf Eleanors Gesicht, bei dem Blick, mit dem sie mich fixierte, dachte ich, es ist, als hätte sie auf mich gewartet, als hätte sie gewusst, dass ich eines Tages komme.«

Ja, dachte Nessa, eindeutig, die Gipsskulptur war durchdrungen von dem, was Eleanor Lockes Kraft in der Blüte ihrer Jahre ausgemacht hatte.

Als hätte sie Nessas Gedanken erraten, sagte Melanie: »Von da an ist sie in den Stein eingesickert. Ich konnte sie nicht draußen halten. Er hat sie eingebracht. Dieses verdammte Foto. Vielleicht war es seine Art, mir etwas mitzuteilen. Seine Art, mir zu sagen, dass er seine Frau nicht verlassen würde.«

»Hat er Sie weggeschickt, oder war das Eleanor?«

»Robert hat dafür gesorgt, dass ich nach Liverpool zu einer Frau fahren konnte, die er dort kannte, einer Mrs Calder. Im Nachhinein glaube ich, sie war eine seiner früheren Geliebten. Sie hat den Termin gemacht, hat mich in die Klinik gebracht. Mit Eleanor habe ich nie darüber gesprochen. Aber Eleanor hat sowieso kaum mit mir gesprochen, von ihren Nörgeleien abgesehen. Für Gesellschaft war ich auf Loretta angewiesen. Mit ihr konnte man damals gut zusammen sein, ob Sie's glauben oder nicht.«

Sie waren auf der Hauptstraße angelangt, sahen das Meer vor sich. »Hatten Sie danach noch Kontakt zu Robert?«

»In den ersten Tagen nach meiner Fahrt nach Liverpool haben wir telefoniert. Er wollte sich wahrscheinlich vergewissern, dass ich es wirklich getan hatte. Ich bin zwei Wochen bei Mrs Calder geblieben und hab dann Arbeit als Näherin gefunden, hab Kleidung geändert. Für die Fahrt nach Liverpool hat er mir Geld gegeben, aber nicht für die Rückfahrt.«

»Mistkerl.«

»Ja, vielleicht, obwohl er nie viel Geld hatte, das er hätte herschenken können. Es war Eleanors Familie, die das Haus bezahlt hat, das hat er mir mehrmals gesagt.« Melanie schien noch etwas sagen zu wollen, geriet aber ins Stocken. Setzte noch mal neu an: »Er hat mich geliebt, wissen Sie.«

Wie gewaltig wir uns doch täuschen, dachte Nessa. »Sie

könnten recht haben«, sagte sie. »Ich bin keine Expertin für Liebe.« Sie beschloss, Melanie nicht zu sagen, dass Lockes Familie die mit dem Geld war, nicht Eleanors. Robert Locke hatte nach dem frühen Tod seines älteren Bruders die Schaffarm geerbt und umgehend diskret verkauft. Das hatte ein entfernter Verwandter Lockes Nessa gegenüber während ihrer Recherchen zugegeben. Locke selbst hatte sich öffentlich nie dazu geäußert.

Melanie sah die ganze Rückfahrt über zum Fenster hinaus, machte ab und zu eine Bemerkung zu dem einen oder anderen Detail in der Umgebung oder zu einer Blume oder einem Baum, die ihre Aufmerksamkeit erregten. Als sie die Außenbezirke der Stadt erreicht hatten, sagte sie: »Sie haben also nie etwas gesehen, was Robert über mich geschrieben hat? Absolut nichts?«

»Nein«, sagte Nessa. »Es tut mir leid.«

Melanie schwieg einen Augenblick, und als Nessa zu ihr hinübersah, weinte sie. Sie zog ein Taschentuch aus dem Ärmel hervor. »Loretta hat alles verbrannt«, sagte sie und wischte sich die Augen. »Es kann nicht anders sein. Es gab mal eine Zeit, da hätte ich ihr so etwas nicht zugetraut. Heute aber …« Sie zuckte mit den Achseln.

Nessa stellte einen Musiksender im Radio ein. Während sie wartete, dass die Ampel umschaltete, sagte sie: »Es wird schwer sein durchzusetzen, dass die Gipsskulptur Ihnen gehört. Die Indizien sprechen gegen Sie.«

Melanie nickte. »Das sagt mein Anwalt auch.«

Danach sprach sie erst wieder, als sie in St. Luke's waren und sie Nessa zu ihrem B & B lotste.

33

Als Nessa an diesem Nachmittag zu Hause in Sunday's Well ankam, nahm sie beim Eintritt in den Vorraum als Erstes den Geruch von etwas Verbranntem wahr, das stärker roch als nur angebrannter Toast, denn es enthielt auch einen Hauch Kräuter. Als Nächstes hörte sie ein Geräusch, das Weinen ihrer Tochter. Sie öffnete die Wohnzimmertür. Jennifer saß neben Philip auf dem Sofa. Er hielt sie in den Armen, und sie weinte laut, mit bebenden Schultern. So plötzlich und bestürzend: ihr Kind, verletzt. Nessa durchquerte den Raum und dachte: *Wenn sie so heftig weint, ist sie zumindest nicht krank oder nicht schwer krank,* denn es war ein lebhaftes Heulen, und als sie bei Jennifer war, hörte sie die darin enthaltene Wut.

Sie überlegte, ob Luke verärgert gewesen war, weil Nessa sich nicht gemeldet hatte, und aus Rache Jennifer bis ins Kleinste erzählt hatte, was für eine Person ihre Mutter war.

Sie setzte sich auf der anderen Seite neben ihre Tochter und begann ihr das Haar zu streicheln. »Was ist los, Liebling?« *Bitte, Gott, lass sie nicht schwanger sein.* Der Gedanke kam ungebeten. Aber Jennifer war nicht schwanger.

»Ich geh da nicht hin«, sagte sie und hob das tränenüberströmte Gesicht zu ihrer Mutter, »ihr könnt mich nicht zwingen.«

»Ich dachte, es wäre eine gute Gelegenheit, es ihr zu sagen«, sagte Philip. »Sie hat sich über die Schule beschwert, und ich dachte, es muntert sie vielleicht auf.«

»Ich hab mich nicht beschwert«, heulte Jennifer. »Ich hab es *gesagt.* Sagen ist nicht beschweren.«

»Ist es wegen Wales?«, sagte Nessa und gab sich Mühe, sich die Erleichterung nicht anhören zu lassen.

»Ich bleibe hier und wohne bei den Sullivans«, sagte Jennifer. »Ihr könnt ja hinziehen, wenn ihr wollt.«

Nessa schob ihrer Tochter eine Haarsträhne aus dem Gesicht. »Es gibt keinen Grund, sich deswegen so aufzuregen. Wir haben es doch noch nicht mal richtig durchgesprochen. Du gibst ihm keine Chance.«

»Wie konntet ihr das entscheiden, ohne es mir zu sagen?«

Nessa seufzte. »Weil Erwachsene manchmal harte Entscheidungen treffen müssen. Es gibt eine Menge Gründe, warum das jetzt richtig ist.«

»Ihr rennt vor den Leuten davon, nicht?«

Nessa zuckte zusammen, aber ihre Tochter sah nicht sie an, sondern Philip.

»Nein«, sagte er, »ich tue das, weil ich ein besseres Leben für dich und für deine Mutter möchte. Für uns alle, als Familie.«

»Du schuldest anderen Leuten Geld«, sagte Jennifer unbeirrt. »Du brauchst es gar nicht erst abzustreiten. Ich bin kein Kind, ich weiß es.«

Stimmte das?, überlegte Nessa. Wusste sie es? Sie hatten immer sehr darauf geachtet, vor Jennifer nicht über ihre finanziellen Sorgen zu sprechen, aber sie war ein aufgewecktes Kind.

»Niemand läuft vor irgendetwas weg«, sagte Philip. »In

Wales haben wir eine zweite Chance, das ist alles. Eine bessere Chance. Mehr Zeit zusammen als Familie. Und ja, das Geld spielt eine Rolle. Möchtest du denn keine hübschen Sachen haben?«

»Ich werde meine Freunde vermissen«, sagte Jennifer.

Was für eine Ironie, dachte Nessa. Noch vor wenigen Wochen hätte sie aus der Bestätigung, dass ihre Tochter Freunde hatte, Trost geschöpft.

»Als ich in deinem Alter war«, sagte Philip, »gab es in meiner Schule einen Jungen, der mit seiner Familie nach Kanada zog. Sein bester Freund ging für ein Vierteljahr mit ihm mit und half ihm, sich einzugewöhnen.«

Nessa konnte der Vorstellung, dass Mandy Wilson für drei Monate bei ihnen wohnte, nichts abgewinnen. Vorausgesetzt, dass Mandy überhaupt wieder die beste Freundin war. Den Rang bekleidete ja jetzt vielleicht das Sullivan-Mädchen.

Jennifers Miene hellte sich auf. »Für kurze Zeit könnten wir vielleicht fahren«, sagte sie. »Probeweise.«

»Wenn es dir nicht gefällt, kommen wir zurück«, sagte Philip. »Versprochen.«

Wenn sie hier wegkam, wenn sie das alles heil überstanden hatte, würde sie nie mehr zurückkommen, dachte Nessa. Aber damit würde sie sich später beschäftigen. Erst einmal musste ihre Tochter von Wales überzeugt werden, um den Rest kümmerte sie sich danach.

Jennifer stand auf. »Ich ruf mal Deirdre an.«

»Wen?«, sagte Philip.

»Deirdre Sullivan.«

»Es wäre gut, wenn wir die Neuigkeit noch eine Zeitlang

für uns behalten«, sagte Nessa. »Es gibt ein paar Leute, denen es dein Vater und ich zuerst sagen müssen.«

»Vor meinen Freunden habe ich keine Geheimnisse.« Jennifer nahm ihr Handy vom Couchtisch und rannte nach oben.

Ob die kleine Sullivan Ms Johnson das von ihnen erzählt hatte?, überlegte Nessa. Und müsste das Mädchen in ihrem Haus in Wales ein eigenes Zimmer haben?

Philip berührte sie mit verzagtem Lächeln an der Schulter. »Ich schau mal nach dem Abendessen«, sagte er.

»Dafür dürfte es zu spät sein.« Der verbrannte Geruch, den sie eine Zeitlang vergessen hatte, war stärker geworden. »Im Tiefkühlfach ist noch ein Shepherd's Pie.«

Sie blieb im Wohnzimmer sitzen und sah durchs Fenster in den Garten, in dem die Blumen die Köpfe hängen ließen. Sie hatte erwartet, ihr Anblick würde sie wehmütig stimmen, jetzt, wo ihre Zeit hier sich dem Ende näherte, doch sie fühlte nichts. Sie hatte die Blumen nicht gepflanzt, das hatte Philips Mutter getan; sie hatte sie nicht einmal gewissenhaft versorgt.

Sie ging mit ihrem Handy nach oben ins Schlafzimmer und zog sich ins angrenzende Bad zurück. Luke hatte ihr eine knappe SMS geschickt und um Rückruf gebeten.

Er ging beim zweiten Läuten ran.

»Tut mir leid, dass ich dich nicht früher anrufen konnte«, sagte sie. »Ich war auf Arbeit. Und hatte jemanden bei mir.« Schweigen. »Du hast mich gesucht?«, fragte sie.

»An dem Tag in der Galerie«, sagte er. »Ich hab es nicht so gemeint, als ich sagte … äh, du weißt ja, was ich dir alles an den Kopf geworfen habe. Das Zeug, das ich vorgelesen habe. Wie ich dich beschimpft habe.«

»Nicht, Luke«, sagte sie.

»Ich war völlig durcheinander. Ich hatte das von dir und meinem Dad gerade erst herausgefunden und noch keine Zeit gehabt, es zu verarbeiten. Was immer du auch getan hast, ich glaube, meiner Mutter hätte nicht gefallen, wie ich mit dir gesprochen habe.«

»Hör zu, Luke, ist schon gut …«

»Und ich hätte dir bei dem Vortrag in der Galerie nicht so hart zusetzen dürfen. Damit habe ich mir selbst keinen Gefallen getan. Und meiner Mutter auch nicht.«

»Du brauchst dich nicht zu entschuldigen«, sagte sie leise. »Ich bin diejenige, die sich bei dir entschuldigen müsste.«

»Es gibt etwas, was ich dich fragen möchte«, sagte er.

»Nur zu.«

»Es geht um die Gipsskulptur«, sagte er. »Ich habe eine Theorie. Ich hab mir die Fotografien angesehen, die ich gemacht hab, und mir ein paar Dinge notiert, die würde ich dir gern zeigen.«

Sie überlegte, ob sie Luke erzählen sollte, was heute bei den Lockes zutage getreten war: dass sie keine Theorie mehr benötigte, weil sie nun die Fakten kannte, und dass es so aussah, als wäre Melanies Version der Ereignisse doch wahr. Doch es wäre falsch, es diesem Jungen zu erzählen, wenn sie noch keine Gelegenheit gehabt hatte, dem Direktor oder dem Aufsichtsrat davon zu berichten.

Sie holte tief Luft. »Vielen Dank, Luke«, sagte sie. »Aber es ist in Ordnung. Ich habe alle Informationen, die ich derzeit brauche.«

»Wie … wie kannst du das sagen?«, sagte er. »Möchtest du denn nicht mal wissen, was meine Theorie ist?«

»Luke«, sagte sie bestimmter. »Ich glaube, du hast dich zu sehr auf die Gipsskulptur fixiert. Du musst das Thema loslassen.«

Am anderen Ende der Leitung war Stille. *»Fixiert …?«*, sagte er schließlich.

Das Wort war schlecht gewählt, doch es ließ sich nun nicht zurücknehmen, und so sprach sie weiter. »Ja«, sagte sie. »Hör zu, Luke, du hast hier unschöne Dinge erleben müssen, ich weiß, und mir tut leid, was geschehen ist. Aber wir können die Vergangenheit nicht ändern. Und dürfen uns auch nicht von ihr lähmen lassen.«

Beide schwiegen einen Augenblick.

»Ich fahre zurück nach Manchester«, sagte er. Er klang müde. »Ich suche mir eine Arbeit. Und eine Wohnung.«

»Das ist wahrscheinlich das Beste«, sagte sie. »Vielleicht gehst du ja auch wieder an die Universität?«

Dazu sagte er nichts, und vor ihrem geistigen Auge sah Nessa ihn am anderen Ende der Leitung mit den Achseln zucken und ein finsteres Gesicht ziehen. *Ein sehr gefühlsbetonter junger Mann* – Melanie Doerrs Äußerung im Auto auf der Fahrt zu den Lockes fiel ihr ein, und das wiederum rief ihr in Erinnerung, dass Luke Harkin und ihre Tochter auf Facebook befreundet waren.

»Luke …« Sie holte tief Luft. »Das ist ein bisschen heikel, und ich möchte nicht, dass du es in die falsche Kehle bekommst, aber ich weiß, dass du auf Facebook Kontakt zu Jennifer hast.«

Am anderen Ende der Leitung wurde geschwiegen. »Es ist nichts Persönliches«, fuhr Nessa fort, »es geht nur darum, ihr Vater und ich sehen es nicht so gern, wenn sie zu viel Zeit im

Netz verbringt. Es lenkt sie von der Schule ab. Wenn es dir also nichts ausmachen würde …«

»Natürlich«, sagte er. »Ich verstehe.« Er legte auf, bevor sie noch etwas sagen konnte.

Vielleicht war es ein Fehler, Jennifer zu erwähnen, dachte sie und lehnte sich ans Kissen zurück, das Handy in der Hand. Sie hoffte, er hatte es nicht in die falsche Kehle bekommen. Doch sie war die Mutter des Kinds, es war ihre Aufgabe, sich um so etwas zu kümmern, nicht?

34

Am Montagmorgen blieb Nessa im Bett, bis Philip und Jennifer das Haus verlassen hatten, stand erst danach auf und ging hinunter. Sie hatte das ganze Wochenende über gegrübelt und war zu einer Entscheidung gelangt. Sie klappte ihren Laptop auf und tippte eine kurz und sachlich gehaltene E-Mail an Henchy in der Galerie. Schrieb, es sei möglich, dass Doerr an der Gipsskulptur – mindestens – mitgearbeitet hatte; wenn der Ankauf weiter beabsichtigt war, sollte man behutsam vorgehen. Sie regte an, eine kritische Überprüfung durch einen unabhängigen Experten könnte in diesem Stadium nützlich sein, und nannte ihm die Namen von drei Personen, die geeignet waren, die Aufgabe zu übernehmen. Sie bot ihre Kündigung an, schrieb, für sie sei es Zeit, sich Neuem zuzuwenden, und drückte auf Senden. Dann ging sie wieder nach oben und kroch unter die Decke.

Am Nachmittag simste Jennifer, sie hätte nach der Schule Chorprobe, würde zum Abendessen aber zu Hause sein. Nessa entdeckte den Musikhefter ihrer Tochter im Wohnzimmer auf dem Fernsehschrank, wohin Jennifer ihn beim Heimkommen nach der letzten Chorprobe gelegt hatte. Wäre sie in der Galerie gewesen, wäre Nessa nichts übriggeblieben, als die vergessenen Sachen ihrer Tochter liegen zu lassen, wo sie waren, dann musste das Mädchen eben ohne sie auskommen. Heute jedoch hatte sie plötzlich alle Zeit der Welt und freute sich, dass sie einen Vorwand hatte, den Staubsauger nicht hervorzuholen. Sie stieg ins Auto und fuhr mit dem Hefter zur Schule. Die Blumenampeln, die am Eingang hingen, lärmten mit lauten Farben, Geranien und Stiefmütterchen flossen in langen, üppigen Ranken herab. Nessa parkte und ging, den Hefter unter den Arm geklemmt, zum Musiksaal. Schon draußen begrüßte sie der heranwehende Klang von Gilbert und Sullivan, *H.M.S. Pinafore*, dachte sie, denn war das nicht der Refrain von »Let's Give Three Cheers for the Sailor's Bride«? Nessa lächelte bei dem Gedanken an die Reaktion, besäße eine der jungen Frauen aus dem Chor die Kühnheit, ihren Eltern anzukündigen, sie werde einen Matrosen heiraten. Das Hurra hielte sich wahrscheinlich in Grenzen. Sie klopfte an die Tür des Musiksaals, doch der Gesang ging in voller Lautstärke weiter, und niemand öffnete. Erst wollte sie noch einmal fester klopfen, doch dann ging sie gleich hinein. Ihr begegnete das vertraute Meer blauer Schuluniformen, eine homogene Masse junger Weiblichkeit. Es dauerte immer einen Moment, bis ihre Augen sich angepasst hatten und sie ihre Tochter ausmachen konnte. Ms Prendergast, die Musiklehrerin, wandte sich um und lächelte. »Kinder, Kinder«, sagte sie lächelnd, »warum müsst ihr euren armen Eltern das immer antun? Wer von euch hat heute seinen Hefter vergessen?«

Nessas Augen suchten die Reihen ab. Es wäre wesentlich leichter, wenn Jennifer vorträte.

»Vorwärts, Kinder«, sagte die Lehrerin, »wer von euch ist es? Sie wird ja wohl ihre Mutter erkennen!«

Das rief eine Welle von Gelächter hervor, als Nessa gerade

dämmerte, dass ihre Tochter nicht im Raum war. Sie sah die Lehrerin an, die gutmütig strahlte und sich über ihren Scherz freute: »Da habe ich wohl etwas falsch verstanden«, sagte sie. »Bitte entschuldigen Sie die Störung.«

»Wen suchen Sie denn?«, fragte die Lehrerin verwirrt.

Nessa hätte sich am liebsten in Luft aufgelöst. »Jennifer«, sagte sie. »Ich suche Jennifer McCormack, aber da habe ich wohl etwas falsch verstanden.«

»Oh«, sagte die Lehrerin und lächelte nicht mehr. »Verstehe. Ja. Tja, Jennifer *war* einmal Mitglied des Chors. Und ich muss sagen, ich hätte sie gern wieder dabei, denn sie hat eine sehr schöne Stimme. Eine sehr schöne, wirklich. Aber leider entspricht Feldhockey ihren Neigungen mehr als der Chor. Sie ist zu ihrer ersten Liebe zurückgekehrt.« Gekicher von den Mädchen, dieses Mal nervöser.

»Ich hab nicht dran gedacht«, sagte Nessa und spürte, wie ihre Wangen unter den Blicken der Klassenkameradinnen ihrer Tochter brannten. »Sie hat es mir gesagt, aber ich habe nicht daran gedacht.«

»Das ist doch kein Beinbruch«, sagte die Lehrerin. »Aber damit Ihre Fahrt nicht ganz umsonst war, vielleicht hat ein anderes meiner Mädchen seinen Hefter heute vergessen? Mädchen? Irgendjemand? Ein zusätzlicher Hefter?«

Allgemeines Kopfschütteln, die Blicke zu Boden gesenkt. »Also gut«, sagte die Lehrerin und hob wieder den Taktstock. »Wir wollen Sie nicht länger aufhalten, Ms McCormack.«

Mit puterrotem Gesicht ging Nessa zum Auto zurück. Sie zitterte vor Scham und Wut. Dieses Mal war Jennifer zu weit gegangen, wie konnte sie es wagen, ihre Mutter in so eine Lage zu bringen? Rasch wich die Beschämung der Furcht.

Wenn Jennifer nicht bei der Chorprobe war, wo war sie dann? Beim Sullivan-Mädchen war sie nicht, das war sicher. Nessa hatte Deirdres Gesicht unter den Chorsängerinnen erkannt. Deirdre wusste zwar bestimmt, wo Jennifer steckte, aber Nessa konnte schlecht noch einmal in den Musiksaal hineingehen und sie herausschleifen und fragen. Sie überlegte, versuchte, ihre flatternden Nerven zu beruhigen.

Wo immer Jennifer sein mochte, würde auch ihr Handy sein; es war angewachsen. Es war ein teures Modell, das sie ihr zu Weihnachten gekauft hatten, und Philip hatte eine App heruntergeladen, mit der im Falle eines Verlusts nach dem Verbleib des Geräts gesucht werden konnte. Jennifer verlor ständig Handys. Nessa ging online, tippte die Handynummer ihrer Tochter ein und wartete darauf, dass die Software ihr wundersames Werk begann. Die App rödelte und teilte ihr dann den aktuellen Standort des Handys mit: ein Gebäude auf halber Höhe der Oliver Plunkett Street. Nessa warf ihr eigenes Handy auf den Beifahrersitz und startete den Wagen.

An der von der App angezeigten Stelle gab es ein bei Teenagern beliebtes Café. Nach erfolgreicher zweiter Parkplatzsuche ging Nessa in Richtung Café, blieb aber auf der anderen Straßenseite stehen. Es war voll, in dem ständigen Hin und Her der sich grüppchenweise bewegenden jungen Leute war es anfangs schwer, sich ein klares Bild zu verschaffen. Dann traten zwei junge Männer zur Seite, und sie sah sie: Jennifer, die an einem Tisch saß, einen Latte Macchiato vor sich. Sie war nicht allein; neben ihr, lebhaft redend und dazu mit den Armen fuchtelnd, saß Luke. Nessa legte sich nicht mehr langwierig zurecht, was sie sagen würde, sie überquerte die Straße, marschierte in das Café hinein, direkt an ihren Tisch, und blieb, die Hände in die Seiten gestemmt, davor stehen. Ein Ausdruck des Entsetzens zog über Jennifers Gesicht, als sie aufblickte und ihre Mutter bemerkte. »Du wartest draußen auf mich, Jennifer«, sagte Nessa. »Um dich kümmere ich mich gleich.«

Jennifer öffnete den Mund und wollte widersprechen.

»Jetzt, Jennifer! Bitte«, sagte Nessa. »Ich möchte es nicht zweimal sagen müssen.«

Missmutig stand Jennifer auf. »Warum bist du nicht bei der Arbeit?«, sagte sie. Ehe Nessa antworten konnte, sah Jennifer zu Luke, verdrehte die Augen, formte mit den Lippen »Ruf mich an« und ging.

Luke stand auf, als wolle er ebenfalls gehen. »Oh, nein, du bleibst da«, sagte Nessa.

Er verzog das Gesicht. »Ich gehe, wenn ich will, oder bleibe, wenn ich will«, sagte er. »Du kannst mich nicht aufhalten.«

»Du würdest dich wundern, wie routiniert ich andere aufhalte«, sagte Nessa. »Hab ich dir nicht gesagt, du sollst meine Tochter nicht kontaktieren?«

»Nicht auf Facebook, hast du gesagt. Wegen irgendwelcher familiärer Regeln zur Internetnutzung, wenn ich mich recht entsinne. Du hast aber nicht gesagt, dass ich nicht einen Kaffee mit ihr trinken darf.«

»Sie ist sechzehn, Luke.«

»Und?«

»Findest du niemanden deines Alters, mit dem du Zeit verbringen kannst?«

Er wurde rot. »Ich bin kein geiler alter Bock.« Hinter ihnen belud jemand eine Spülmaschine, Tassen und Teller klapperten.

Luke sah zu Jennifer, die draußen auf dem Gehweg wartete. »Zumindest eine interessiert sich für das, was ich zu sagen habe.«

Nessa hoffte, er meinte seine Theorie über die Gipsskulptur.

»Wenn meine Mutter hier wäre, sie würde dir Kontra geben«, fuhr Luke fort. »Meine Mutter würde sich für Melanie Doerr einsetzen.«

»Werd endlich erwachsen, Luke«, sagte Nessa verärgert. »Wenn deine Mutter hier wäre, würde sie sich über Wichtigeres als Melanie Doerr Gedanken machen. Und bilde dir nicht ein, dass Melanie deine Hilfe benötigt. Melanie kann sehr gut für sich selbst sprechen.«

»Du hörst ihr aber nicht zu.«

»Das ist nicht wahr«, sagte sie, spürte aber doch einen Pikser schlechtes Gewissen. »Ich höre zu.« Sie hielt kurz inne. »Zufällig bin ich der Ansicht, dass an dem, was Melanie sagt, viel Wahres sein kann.« Wie viel Wahres genau, brauchte sie Luke nicht zu erklären.

Er machte große Augen. »Du glaubst ihr also jetzt?«

Nessa seufzte. »Ja«, sagte sie, »ich glaube ihr.«

Lukes Freude war fast kindlich. Nessa musste an den Jungen denken, den sie an dem ersten Abend in Katherines Häuschen kennengelernt hatten, gefühlsbetont, aber reizend, und der mit Jennifer gelacht hatte, als sie die Kajaks in den See schoben. »Du gibst ihr die Skulptur also zurück?«, sagte er.

»So einfach ist es nicht, Luke. Das weißt du.«

»Aber sie gehört ihr. Du hast gerade bestätigt, dass sie die Wahrheit sagt. Du musst sie zurückgeben.«

Andere in dem Café, merkte Nessa, spitzten die Ohren.

»Das kann ich nicht allein entscheiden«, sagte sie mit gesenkter Stimme. Sie dachte an die E-Mail, mit der sie ihre Kündigung angeboten hatte. »Genau genommen kann ich es überhaupt nicht entscheiden.«

»Das verstehe ich nicht«, sagte er. »Wenn du überzeugt bist, dass sie ihr gehört, *musst* du sie zurückgeben. Du wirst sie doch wohl nicht den Locke-Frauen lassen wollen?«

»Es gibt Vorschriften, die man befolgen muss«, sagte sie. »So einfach ist das nicht ...«

Luke fuhr sich mit der Hand durchs Haar. »Das glaube ich nicht«, sagte er. »Echt jetzt, das glaube ich nicht. Du denkst, du kommst mit allem durch.« Er drängte sich an ihr vorbei zum Ausgang. An der Tür angekommen, wandte er sich um und sagte: »Es ist nicht richtig, dass meine Mutter alles erfahren musste, dein Mann aber immer noch glaubt, du wärst eine Heilige.« Dann ging er auf der Straße davon.

Als Nessa ins Freie trat, suchte sie rechts und links nach Jennifer, doch ihre Tochter war nicht mehr da. Luke, den Kopf gesenkt, die Hände in den Taschen, verschwand in der Ferne.

35

Nessa rief Philip erst von zu Hause an. Jennifer war vor ihr da und weinte oben in ihrem Zimmer. Nessa klopfte an die Tür. »Ich hasse dich!«, schrie Jennifer. »Mir dir rede ich nie wieder ein Wort. Wie konntest du mir das antun?« Nessa drückte auf die Klinke, aber es war abgeschlossen. Seufzend ging sie wieder hinunter und rief Philip an.

»Hey«, sagte sie, als er abnahm.

»Auch hey«, sagte er. »Bist du in der Stadt? Ich will mir gerade irgendwo ein Sandwich holen, falls du Lust hast, dich anzuschließen.«

Philip war neuerdings meist gut gelaunt. Wenn sie Zeit miteinander verbrachten, machte er nicht mehr den Eindruck, sich mit ihr unterhalten zu wollen, weil es sich so gehörte. Und ausgerechnet jetzt, wo es in ihrer Ehe allmählich vorwärtsging, streute sie Sand ins Getriebe.

Allein wurde sie mit Luke Harkin nicht mehr fertig. Das Problem verschlimmerte sich zu schnell. Philip musste mit ihm reden – und mit Jennifer –, aber bevor das geschehen konnte, musste sie ein heikles Gespräch mit ihrem Ehemann führen. Luke Harkin war jetzt wütender auf sie als je zuvor. Und falls er tatsächlich vorhatte auszuplaudern, wie schäbig sie Amy betrogen hatte, würde er die Gelegenheit bestimmt nutzen, wenn Philip sich bei ihm meldete, und sei es nur, um sich zu rechtfertigen. Entschärfen konnte sie das nur, wenn sie Philip die Geschichte erzählte, bevor Luke es tat. Doch sie musste mit Philip allein sein, wenn sie ihre Beichte ablegte. Der Trubel eines Pubs war dafür ungeeignet. »Danke«, sagte sie, »aber ich kann nicht in die Stadt kommen. Ich muss einen ganzen Berg Wäsche abarbeiten.«

»Lass sie liegen«, sagte er. »Oder lass es Jennifer machen.«

Nessa holte tief Luft. »Wie wär's, wenn du stattdessen nach Hause kommst?«, sagte sie. »Und ich Sandwiches mache? Wir könnten irgendwo spazieren gehen. Oder fahren.«

»Okay«, sagte er skeptisch.

»Dann bis gleich zu Hause«, sagte sie. »In einer Stunde? Wir überlegen uns dann, wohin wir gehen.«

»Ist alles in Ordnung, Nessa?«

»Ich muss bloß mit dir über etwas reden.« Sie zögerte. »Es dauert nicht lange.«

»Du hast deine Meinung zu Wales nicht geändert, oder?«

»Nichts dergleichen«, sagte sie und, noch ehe er weitere Fragen stellen konnte: »Also, bis gleich.«

Als sie den Apparat auf die Station aufgelegt hatte, stand sie ganz still da. Welcher Ort, überlegte sie, wäre gut geeignet, wenn man seinem Ehemann eröffnen muss, dass man eine Affäre gehabt hatte? Sie machte Kaffee und ging in den Garten hinaus, aber der Tag hatte keine Wärme in sich, und das Brummen eines Heckenschneiders auf der anderen Seite des Zauns schob sich immer wieder in ihre Gedanken. Sie musste sich als Betrügerin zu erkennen geben, und nicht nur das, sondern als jemand, der seine beste Freundin betrogen hatte. Die wunderschöne tote Amy. Besser allerdings, Philip erfuhr es von ihr als von Luke. Und zwar bald, weil sie und Philip beratschlagen mussten, wie sie Luke und Jennifer am besten voneinander fernhielten. Nessa ging in die Küche und machte mechanisch zwei Käse-Tomaten-Sandwiches, obwohl sie wahrscheinlich nicht gegessen wurden. Sie wollte Philip bitten, Jennifer nichts zu sagen. Es wäre nichts gewonnen, wenn sie es wüsste, und wenn sie ihre Tochter von Luke Harkin fernhalten konnte, bis er nach Manchester zurückging, bestand eine geringe Chance, dass Jennifer es nie erfuhr.

Luke wusste nichts von der einen Nacht, die sie mit seinem Vater beim zehnjährigen Klassentreffen in London verbracht hatte. Es war also nicht nötig, Philip davon zu erzählen. Doch als sie die Sandwiches in Folie einwickelte, dachte sie, sie könnte die Harkin-Männer ebenso gut gleich vollständig entwaffnen. Sie wollte ihrem Mann gegenüber ehrlich sein, absolut ehrlich. Das verdiente er. Sie wollte reinen Tisch machen, es hinter sich bringen; das Vorkommnis bei dem Klassentreffen war eine Nacht gewesen, mittlerweile Jahre her, das bedeutete nichts. Es verblasste im Vergleich zu dem, was sie Philip im Zusammenhang mit Cora Wilson verziehen hatte.

Der Ort, den sie für ihr Gespräch wählte, lag hinter einem Gewirr städtischer Nebenstraßen, eine kleine, hübsch zugewachsene Brache. Schon vor einiger Zeit hatte sich Moos über die Bauschutthalden ausgebreitet, woraus kleine, mit Blumen getüpfelte Hügel geworden waren, ein Aussichtspunkt mit Blick auf die Stadt. Im Norden erkannte man Hollyhill, wo die Wilsons wohnten. Es konnte nicht schaden, sie in der Blickachse zu haben, dachte Nessa, eine Mahnung für den Fall, dass Philip gar zu selbstgerecht wurde. Er konnte sich schlecht als jemand mit porentief reiner Weste darstellen, wenn Cora Wilsons Haus zu ihnen herüberstarrte.

Als Philip nach Hause kam, ließ er in der Diele wortlos die Aktentasche fallen. Er fragte nicht noch einmal, was sie ihm zu sagen hatte, und bis zu der Grünfläche wechselten sie kaum ein Wort. Eine Katze strich durch das hohe Gras am Rand eines kleinen Birkenwäldchens, und Nessa wartete, ob jemand kam, der sie begleitete, aber da war niemand. Sie kletterte auf den nächstgelegenen Hügel und bedeutete Philip, ihr nachzukommen. Er stöhnte, als er sich neben ihr niederließ. »Das Alter«, sagte er. »Früher ging das leichter.«

Sie lächelte unsicher. »Ja«, sagte sie, »trotzdem möchte ich das nicht noch mal. Jung sein, meine ich. Du?«

»Warum nicht?«, sagte er.

»Junge Leute sind so dumm, oder?«, sagte sie. »Und selbstzerstörerisch.«

»Geht es um Jennifer?«, fragte er. »Hat sie etwas angestellt? Ist das der Grund, weswegen du mit mir sprechen musst?«

»Ja und nein«, sagte Nessa zögerlich. »Ich spüre, dass sie uns entgleitet, Philip; ich komme anscheinend nicht mehr an sie heran. Und bin beunruhigt. Deshalb ja, zum Teil geht es um Jennifer. Aber …« Sie seufzte. »Es geht auch um eine Dummheit, die ich gemacht habe. Zu meiner Verteidigung, das liegt schon viele Jahre zurück. Es war sogar schon, bevor ich dich überhaupt kennengelernt habe, Philip. Das Meiste jedenfalls. Ich wollte es dir aber trotzdem sagen. Wenn wir einen neuen Anfang machen, möchte ich, dass du alles über mich weißt.«

»Okay«, sagte er verunsichert.

Sie holte tief Luft. »Da ist etwas, was ich dir über mich und Amy nie erzählt habe«, sagte sie. »Nicht, dass ich verpflichtet wäre, es dir zu erzählen. Aber ich habe beschlossen, dass ich es will.« Sie hielt inne. »Ich war Amy nicht immer eine gute Freundin.«

»Du warst ihre beste Freundin, Ness.« Philip schüttelte den Kopf. »Du musst aufhören, dich wegen Amy zu quälen. Was mit ihr passiert ist, hatte nichts mit dir zu tun. Wir haben das doch schon alles durch. Vielleicht solltest du mal mit dem Eheberater darüber sprechen.«

»Ich bin übers Amys Tod nie weggekommen«, sagte Nessa. »Ich habe versucht, es aus dem Kopf zu kriegen, aber sie war immer da.«

In kurzer Entfernung schnitt ein Mann mit einer Gartenschere Zweige von Büschen ab, die außerhalb der Mauer des alten Klosters wild wuchsen. Er wählte genau diesen Augenblick, um sich umzudrehen, und trippelte, als er sie sah, davon, als sei er bei einem Banküberfall erkannt worden.

»In unserer Zeit am College in London hatte Amy einen Freund«, sagte Nessa. »Und dieser Freund und ich, na ja … wir kamen zusammen, als wir es nicht hätten tun sollen.«

Sie hielt inne, damit er etwas sagen konnte. Sie hatte einen Scherz machen wollen – *Monopoly haben wir nicht gerade gespielt* –, etwas in Philips Ausdruck hielt sie aber davon ab.

Er hob die Brauen. »In den musst du aber schwer verliebt gewesen sein, wenn du Amys Zorn riskiert hast«, sagte er.

Was antwortete sie darauf am besten? Sie würde ja weder mit ja noch mit nein in günstigem Licht dastehen.

»War es ein Ausrutscher?«, fragte Philip.

»Vergiss nicht, das war, bevor ich dich kennengelernt habe«, sagte sie leichthin. »Ich bin mir nicht sicher, ob das eine Rolle spielt.«

»Du kannst mich nicht mit der halben Geschichte abspeisen«, sagte er. »War es ein One-Night-Stand oder nicht?«

»Es ging ein paar Monate. Als ich erfuhr, dass Amy schwanger war, habe ich es sofort beendet.«

»Schwanger?« Irritation flackerte über Philips Gesicht.

»Ja.«

»Schwanger mit Luke, oder war das eine andere …«

Sie nickte. »Mit Luke.« Das war doch deutlich schwieriger, als sie gedacht hatte.

»Du hattest eine Affäre mit Stuart Harkin?« Er stand auf.

»Ja.« Nessa klopfte auf das Gras neben sich. »Setz dich bitte, Philip.«

Er beachtete sie nicht und stieg, immer wieder ausgleitend, die Anhöhe hinab. Unten angelangt, blieb er mit dem Rücken zu ihr stehen. »Du und Harkin«, sagte er herumfahrend. »Ich glaub's nicht. Ausgerechnet der.«

»Ich dachte, du magst ihn«, sagte sie. »Als du ihn bei Katherine kennengelernt hast, bist du doch ganz gut mit ihm ausgekommen.«

»Ich habe ihn ertragen«, sagte er. »Wenn ich gewusst hätte …«

»Wir machen alle Fehler, Philip.«

»Wäre schön gewesen, wenn du diese Auffassung auch gehabt hättest, als du das von mir und Cora erfahren hast. *Ich* hatte einige wenige Monate eine Affäre und soll aber immer noch dafür bezahlen.«

Du glaubst also, du bist der Einzige, der dafür bezahlt?, wollte sie sagen. *Du glaubst nicht, dass ich mehr dafür be-*

zahlt habe? Oder unsere Tochter? »Das war etwas vollkommen anderes, Philip. Du vergleichst etwas, was man nicht vergleichen kann.«

»Ach so? Für mich hört es sich ziemlich ähnlich an.«

»Du und ich haben uns noch nicht mal gekannt, als ich am College war. Ich bin dir nichts schuldig. Du hast nicht das Recht, mich wegen meines damaligen Verhaltens zur Rechenschaft zu ziehen. Ein Urteil darüber steht dir nicht zu.« Vielleicht, überlegte sie, war es doch keine so gute Idee, zu beichten, was bei dem Klassentreffen passiert war.

»Du warst Amy aber etwas schuldig«, sagte er. »Amy hatte das Recht, nicht wahr?« Er hatte die Stimme erhoben, und sie fürchtete, Vorübergehende könnten ihn hören. Sie stieg die Anhöhe hinunter und stellte sich neben ihn.

»Ja«, sagte sie. Sich zu wehren hatte keinen Sinn. Sie würde ihre Strafe annehmen und es hinter sich bringen. »Amy war die unschuldige Beteiligte, und sie wurde gekränkt. Genauso wie ich gekränkt war, als ich die unschuldige Beteiligte war und du die Affäre mit Cora Wilson hattest.«

»Vielleicht ist es ja Karma«, sagte er.

»Was sagst du da? Ich habe es verdient, betrogen zu werden?«

»Man erntet, was man sät«, sagte er. »Das hat meine Mutter früher immer gesagt.« Er schüttelte den Kopf. »Stuart Harkin. Was hast du dir dabei gedacht, Nessa? Wenn es wenigstens ein Mann mit mehr Format gewesen wäre … Ich sehe Stuart und mich nicht gerade in derselben Liga. Du und er – mir das vorzustellen fällt mir schwer.«

Dann lass es, dachte sie. *Stell es dir nicht vor.*

Er starrte zu Boden. »Du hättest es mir wenigstens sagen

können, bevor ich den Kerl kennengelernt habe. Ich wette, der hat sich an dem Abend am See hinter meinem Rücken prächtig über mich amüsiert.«

»Nein«, sagte sie rasch, »so war es überhaupt nicht.«

»Warum erzählst du es mir denn jetzt, Nessa? Ich begreif's nicht. Nachdem du es so lange für dich behalten hast.« Seine Miene verdüsterte sich. »Ist etwas vorgefallen?«, sagte er zögernd. »Triffst du dich wieder mit Harkin? Geht es darum?«

»Philip!«, rief sie. »Wie kannst du so etwas sagen?«

»Du hast schon einmal mit ihm geschlafen. Warum solltest du es nicht wieder tun?«

Sie wischte sich mit dem Handrücken eine Träne von der Wange. »Nicht«, sagte sie. »Sei nicht grausam. Hast du eine Ahnung, wie sehr ich mich dafür verabscheue, dass ich Amy hintergangen habe?« Um nichts in der Welt würde sie ihm jetzt von der Nacht des Klassentreffens erzählen.

»Warum das plötzliche Interesse daran, ehrlich zu sein?«, sagte er. Das Wort »ehrlich« war mit Sarkasmus beladen.

»Weil Luke es herausgefunden hat«, sagte sie kläglich.

»Wie denn?«

»Tante Gretta hat es ihm erzählt.«

»Gretta weiß es auch?«, sagte er fluchend. »Und ich bin der einzige Idiot, der nichts davon gewusst hat?«

Sie schüttelte den Kopf. »Amy hat ein Tagebuch geführt. Tante Gretta hat es gelesen. Und Luke gegeben.«

Philip ging zwei Schritte von ihr weg, stand da, die Hände in den Taschen, und schaute auf die Stadt. Murmelte etwas, so leise, dass sie es nicht verstand.

»Jennifer weiß nichts davon«, sagte sie. »Bitte sag es ihr nicht.«

»Wofür hältst du mich?«, sagte er herumfahrend. »So etwas über seine Mutter zu hören, weißt du, was das bei einem Kind anrichten würde? Ich würde das meiner Tochter nicht antun.«

Der Abscheu in seinem Gesicht trieb ihr die heiße Röte in die Wangen, ließ aber auch Zorn in ihr aufkeimen. »Du hast keinen Grund, dich zu beschweren«, sagte sie. »Du bist nicht derjenige, dem Unrecht angetan wurde. Ich sage es dir, damit du es nicht von Luke erfährst.«

Philip schlug für einen Augenblick die Hände vors Gesicht. Als er sie wieder wegzog, sagte er: »Was tun wir, wenn Luke es Jennifer sagt? Soll ich mit ihm sprechen, dazwischengehen, bevor er Schaden anrichten kann?«

»Du musst sowieso mit ihm sprechen, glaub ich.« Sie räusperte sich. »Er verbringt neuerdings viel Zeit mit Jennifer. Obwohl ich ihn davor gewarnt habe. Heute hat sie sich davongeschlichen und mit ihm getroffen und mir gesagt, sie hätte Chorprobe.«

Philip fluchte leise. »Ich wusste, dass er Probleme macht«, sagte er. »Schon an dem ersten Abend bei den Ferriters hab ich gesagt, er ist zu alt für sie.«

»Du musst ihm sagen, er soll Jennifer in Ruhe lassen«, sagte sie. »Auf mich hört er nicht. Außerdem fürchte ich, dass er sie dafür benutzt, sich an mir zu rächen. Du musst mit ihm sprechen, und zwar bald. Und dann müssen wir uns überlegen, wie wir sie beschäftigen und von ihm fernhalten, bis er nach Manchester zurückfährt.«

Philip hielt ihrem Blick stand. »Noch etwas, was ich wissen sollte?«, sagte er.

Sie schüttelte den Kopf.

»Keine anderen Überraschungen? Das war's?«

»Das war's.«

Er seufzte. »In Ordnung«, sagte er. »Ich brauch Zeit, um mir das alles durch den Kopf gehen zu lassen.« Er ging allein über die Grünfläche davon.

36

Am nächsten Morgen schützte Jennifer eine Erkältung vor. »Ich kann nicht in die Schule«, murmelte sie unter der Decke, »ich bin zu krank.«

»Bist du wirklich krank, oder ist es wegen gestern?«, fragte Nessa, die bei ihrer Tochter auf der Bettkante saß.

»Du hast mich blamiert«, sagte Jennifer. »Meine ganze Klasse wird über mich lachen. Ich kann da nicht hin.«

Nessa seufzte. Welcher Teil von gestern mochte für ihre Tochter der peinlichste gewesen sein – das Auftauchen ihrer Mutter im Musiksaal, was in allen Einzelheiten inzwischen sicher zu ihr durchgedrungen war, oder der Showdown ihrer Mutter im Café mit Luke Harkin? Der Ärger über ihre Tochter hatte sich seit dem vorigen Abend verflüchtigt; Jennifer war sechzehn und naiv; es war nicht ihre Schuld, dass sie eine Schachfigur im Spiel eines anderen geworden war. »Dann ruh dich doch den Vormittag über aus, und wir schauen später, wie es dir geht«, sagte Nessa. Sie ging aus dem Zimmer, zog die Tür sacht hinter sich zu.

Philip war noch nicht aufgewacht. Er war spätabends nach Hause gekommen, gleich ins Gästezimmer gegangen und hatte auf dem Weg dahin eine Topfpflanze umgestoßen. Nessa wurde von der über die Fliesen der Diele verstreuten trockenen Erde begrüßt, als sie am Morgen hinunterging. Sie hatte auch keinen Schlaf gefunden, hatte wach gelegen und sich herumgewälzt, hatte überlegt, ob sie zu Philip gehen sollte, dann aber gedacht, dass er wahrscheinlich nicht einmal nüchtern genug war, ihre Anwesenheit zu bemerken.

Durch das Küchenfenster sah sie Mrs Moriarty von nebenan, die am entfernten Ende ihres Gartens den streunenden Katzen, um die sie sich kümmerte, ihr Frühstück gab. Nessa machte eine Kanne Kaffee und trank ihn am Küchentisch. Es war ein ungeheures Gefühl von Einsamkeit, zu Hause zu sein und zu wissen, dass ihr Mann und ihre Tochter oben waren, keiner von beiden jedoch, vorausgesetzt, sie tauchten auf, mit ihr würde sprechen wollen. Als die Stille in der Küche unerträglich wurde, schaltete sie das Radio an, und als das nicht half, holte sie Baileys Leine und ging aus dem Haus, lief die ganze Strecke bis zu den Wiesen am Lee und weiter ins Überschwemmungsgebiet, nickte den anderen Gassigehern zu, grüßte die Kinderwagen schiebenden Eltern mit verständnisvollem Lächeln. Als sie am Ende des Wegs angelangt war und weit und breit niemand anders zu sehen war, ließ sie Bailey von der Leine und sah zu, wie er am Flussufer entlangrannte, Bauch und Pfoten voller Matsch, und begeistert bellte, sie aufforderte, es ihm nachzutun.

Zur Mittagszeit war sie wieder daheim, spritzte Bailey im Garten hinter dem Haus mit dem Gartenschlauch ab und füllte seine Wasserschüssel auf. Die Tür zum Gästezimmer war offen. Philip war gegangen. Das Bettzeug lag zusammengeknüllt auf dem Boden, daneben mehrere Handtücher. Als sie den Kopf um Jennifers Tür steckte, schlief ihre Tochter oder regte sich zumindest nicht, obwohl Nessa leise ihren Namen rief. Sie beschloss, sie in Ruhe zu lassen, ging nach unten und schaute auf dem Küchentisch nach, ob Philip einen

Zettel hingelegt hatte, sah nichts, auch kein Anzeichen dafür, dass er gefrühstückt hatte. Sie würde heute noch einmal mit ihm darüber sprechen müssen, dass er ein Wörtchen mit Luke Harkin und mit Jennifer reden musste, besser jedoch, er bekam erst mal einen klaren Kopf. Um sich zu beschäftigen, topfte sie ein paar Pflanzen um und machte sich danach eine Packung Suppe warm, die sie im Garten aß. Bailey ließ sich zu ihren Füßen auf dem Boden nieder, erfreut, dass er sie heute für sich hatte. Bald spürte sie, wie die Erschöpfung sie einholte. Sie ging wieder hinein, nahm eine Schlaftablette und stieg, ohne sich auszuziehen, ins Bett.

Als sie wieder wach wurde, war es dämmrig im Zimmer, und sie war für einen Augenblick irritiert, weil sie vollständig bekleidet im Bett lag. Schlaftrunken sah sie zum Wecker. Sieben Uhr abends. Auf der Bettkante kam sie allmählich zu sich. Im Haus war es still. Philip war also nicht nach Hause gekommen. Nessa ging über den Flur und klopfte an Jennifers Tür, hörte aber keine Antwort. Als sie vorsichtig hineinsah, war das Zimmer leer. Vielleicht war Jennifer unten und hatte die Kopfhörer auf. Doch nein, da war nur Bailey, der auf seiner Matte neben der hinteren Tür lag. Er sprang auf, kam herübergetappt und leckte ihr die Hand. Sie zog ihr Exemplar von *Flight of the Doves* aus dem Regal, gab jedoch nach zwei Seiten auf. Streckte sich auf dem Sofa im Wohnzimmer aus. War noch genug zu essen in der Speisekammer? Sollte sie Lebensmittel einkaufen? Sie kontrollierte ihr Handy. Von Philip oder Jennifer kein Wort. Auch keine weitere SMS von Luke, wenigstens das. Philip wollte sie die Zeit lassen, die er brauchte, um sich wieder zu fangen, aber Jennifers Nummer rief sie an und hinterließ eine Nachricht. Als sie um halb neun noch nichts von ihr gehört hatte, probierte sie es noch einmal bei ihr und rief anschließend die Sullivans an.

»Wir haben sie heute nicht gesehen«, sagte Mrs Sullivan. »Suchen Sie sie? Deirdre hat gesagt, sie sei heute nicht in der Schule gewesen.«

»Nein, suchen nicht. Wir haben uns bestimmt nur missverstanden. Sie wird bei Helen sein.« Helen war ein Name, den sie im Zusammenhang mit Feldhockey ein-, zweimal gehört hatte.

»Helen ist zu einer Leichtathletikausscheidung nach Limerick gefahren.«

»Das ist schön. Ich telefonier mal ein bisschen herum. Entschuldigen Sie die Störung.«

»Jennifer war seit vorigen Dienstag nicht bei uns.«

Als ob Nessa die Sorte Mutter wäre, die ihre Tochter seitdem nicht mehr gesehen hat. »Danke für Ihre Hilfe«, sagte sie und legte auf.

Als Nächstes rief sie Philip an, wappnete sich gegen den Angriff. Seit sie zur Eheberatung gingen, nahm er ihre Anrufe gewissenhaft entgegen, dieses Mal musste sie aber eine Nachricht auf der Mailbox hinterlassen. Nach dem Gespräch, das sie am Abend zuvor geführt hatten, war das nicht anders zu erwarten gewesen. Außerdem hatte er sicher einen gewaltigen Kater. *Beruhige dich,* ermahnte sie sich. Jennifer war sechzehn; in anderen Teilen der Welt, vielleicht sogar in diesem, arbeiteten Kinder dieses Alters vierzig Stunden in der Woche, zogen Kinder groß, überquerten ganz allein Staatsgrenzen. Nessa wählte noch einmal die Nummer ihrer Tochter und hinterließ eine zweite Nachricht. Dann ging sie nach oben, duschte und zog ihren Schlafanzug an. Als es auf zehn

Uhr ging, trug sie einen Stuhl in die Diele, stieg darauf und holte das Band aus der Überwachungsanlage. Es war ein älteres Modell mit einem Band für jeden Wochentag, obwohl sie das Band immer überspielten. In Sunday's Well passierte nicht viel. Sie schob das Band in den Videorecorder im Wohnzimmer und setzte sich zum Anschauen auf den Fußboden.

In schnellem Vorlauf zog banales Alltagsgeschehen – der über die Straße rollende Verkehr, Mrs Moriarty auf dem Hinweg zum Laden, in dem sie sich die Tageszeitung holte, Mrs Moriarty auf dem Rückweg – vor ihren Augen vorbei. Zwischen Vorspulen und ruckelndem Anhalten des Bands brachte sie Stunden von Filmmetern hinter sich, in denen nichts zu sehen war außer einem öden Strom von Autos und von Fußgängern vor dem Tor zu ihrem Grundstück, und noch immer hatte Jennifer das Haus nicht verlassen. Um 16:54 Uhr erschien auf dem Band ein Auto, das vor dem Haus anhielt, halb auf und halb vor dem Grundstück parkte und dessen Heck auf die Straße ragte. Es war ein Volvo, wie Katherine Ferriter einen fuhr. Der Wagen blieb so stehen, halb auf dem Gehweg, halb auf der Straße. Mrs Moriarty war hinter ihrer Netzgardine bestimmt schon durchgedreht.

Dann erschien Jennifer, verpixelt und unscharf, rannte den Weg hinunter, hielt auf halber Strecke an. Das Fenster des Volvos glitt hinab, Jennifer machte auf dem Absatz kehrt und ging ins Haus zurück. Fünf Minuten lang tat sich auf dem Band nichts außer dem kleinen Stau, der auf der Sunday's Well Road entstand, weil Autofahrer das Tempo verlangsamen und den Volvo umfahren mussten. Als Jennifer kurz darauf wieder im Bild erschien, hatte sie eine Tasche bei sich. Sie setzte sich auf den Beifahrersitz, und als der Volvo auf die

Straße zurückstieß, sah Nessa, dass nicht Katherine Ferriter am Steuer saß, sondern Luke Harkin. Er schoss davon, touchierte den Außenspiegel von Mrs Moriartys Fiat.

Sie schaltete den Videorecorder aus und griff automatisch nach unten, streichelte Bailey, der sich zu ihren Füßen zusammengerollt hatte, und wollte überlegen, was sie tun sollte. Wählte Philips Nummer. »Ruf mich bitte an«, sagte sie, als die Mailbox sich meldete. Erst als sie aufgelegt hatte, wurde ihr klar, dass er das vermutlich als Versuch, sich zu entschuldigen, deuten würde. Als Nächstes rief sie Luke an, der aber nicht abnahm. Sie ging im Wohnzimmer hin und her. Probierte es noch einmal bei Jennifer und rief, als niemand abnahm, Katherine Ferriter an.

»Katherine«, sagte sie, »ist Jennifer bei dir?«

»Entschuldigung, wer spricht da? Oh, du bist's, Nessa. Hi! Jennifer? Nein, die ist nicht hier. Warum sollte sie?«

»Ist Luke da?«

»Nein.« Das schon reservierter.

»Er ist heute bei uns zu Hause gewesen und hat Jennifer mit deinem Auto abgeholt. Warum hast du ihm das gegeben, Katherine? Er beherrscht es nicht richtig.«

»Ich habe ihm das Auto geliehen, damit er sich die Gegend ansehen kann«, sagte Katherine. »Er fliegt morgen von Cork nach Hause und übernachtet bei mir. Er wollte an den Strand fahren, hat er gesagt, und wollte deine Freunde besuchen, die Lockes, noch ein paar Fotos machen. Ich fand nichts dabei. Von Jennifer hat er nichts gesagt.« Sie hielt inne. »Und er kann fahren. Er hat einen Führerschein. Sonst hätte ich ihm das Auto nicht überlassen.«

»Ich werde bei der Polizei anrufen müssen«, sagte Nessa.

»Das ist vermutlich das Beste«, sagte Katherine. »Ich an deiner Stelle würde es tun. Und ich fühle mich schuldig, weil ich ihm das Auto geliehen habe. Es tut mir leid, ich hatte keine Ahnung, dass er vorhatte, sich mit Jennifer zu treffen.«

Nessa probierte es noch einmal bei Jennifers Nummer und tippte dann, weil ihr übel wurde, die Nummer des Notrufs ins Handy. Sie wollte gerade die Wähltaste drücken, als es bei ihr klingelte.

»Du hast mich gesucht?«, sagte Philip schroff.

»Ja.« Sie räusperte sich. »Hat Jennifer sich bei dir gemeldet?«

»Nein. Warum?«

»Sie ist nicht zu Hause, und ich glaube, sie ist mit Luke Harkin weggefahren. Ohne Erlaubnis. Und es ist schon spät.«

Er fluchte halblaut. »Großer Gott, Nessa. Luke Harkin? So viel zu deinem Plan, sie von ihm fernzuhalten. Hast du sie angerufen?«

»Ja, hab ich, Philip. Zigmal. Aber sie geht nicht ran. Könntest du es versuchen? Bei dir ist sie immer zugänglicher.«

»Ich hoffe, wir müssen das nicht wieder durchkauen, Nessa. Es war ein langer Tag. Mehr kann ich diese Woche ehrlich gesagt nicht gebrauchen.«

»Nein«, sagte sie rasch, »so war das nicht gemeint, aber vielleicht nimmt sie bei dir ab. Den Versuch ist es wert.«

»Das bezweifle ich zwar, aber ich probier's.«

Als ihre Tochter fünf Minuten später anrief, hörte Nessa lärmende Stimmen im Hintergrund. »Mom, wenn du mich demütigst, werde ich dir das nie, nie verzeihen«, sagte sie. »Ich bin mit einem Freund unterwegs. Seit wann ist das ein Verbrechen? Dad sagt, du willst bei der Polizei anrufen. Was willst du denn mit der Polizei?« Sie wollte noch etwas sagen, aber da ertönte das Geräusch einer Toilettenspülung.

»Das Letzte hab ich nicht verstanden«, sagte Nessa. »Was hast du gesagt?«

»Du kannst es nicht ausstehen, wenn ich glücklich bin. Bloß weil du unglücklich bist, willst du, dass alle anderen es auch sind. Du hast echt keinen Schimmer. Die anderen Mädchen in der Schule haben alle schon seit der siebten Klasse einen Freund. Du zwingst mich, in das beschissene Wales zu ziehen, bloß weil dein Leben kaputt ist.« Im Hintergrund hörte Nessa besänftigendes Gemurmel junger Frauen.

»Beruhige dich, Jennifer. Natürlich möchte ich, dass du glücklich bist, ich bin deine Mutter. Aber ich mache mir Sorgen um dich. Luke Harkin ist viel älter als du. Ich hoffe, er trinkt wenigstens nicht beim Fahren.«

Jennifer seufzte. »Er trinkt eine Coke, okay?« Pause. »Außerdem bin ich nicht mit ihm allein.«

»Wer ist noch da?«

»Bloß eine Freundin. Luke fährt mit uns die Skulptur ansehen, die deine Galerie der alten Frau stehlen will.«

»Sie ist keine alte Frau, sie ist achtundfünfzig. Und die Galerie stiehlt sie nicht.«

»Mir egal.«

Hatte sie da ein Lallen gehört? »Jennifer, hast du getrunken?«

»Kannst du dich aus meinem Leben raushalten? Bitte? Ich will nicht mit dir reden. Ich hab bloß angerufen, damit du dich nicht lächerlich machst.«

Nessa wollte es mit Einlenken probieren. »Es ist zu spät, die Lockes jetzt noch zu stören«, sagte sie. »Was denkt Luke sich dabei? Bleibt doch einfach, wo ihr jetzt seid, habt Spaß, ich kann in einer Stunde da sein und dich abholen.«

Jennifer seufzte wieder. »Ich hab's dir schon gesagt«, sagte Jennifer – Nessa sah förmlich vor sich, wie ihre Tochter die Augen verdrehte, eine Traube junger Mädchen um sie herum, die aus Solidarität ebenfalls die Augen verdrehten –, »wir wollen uns die Skulptur ansehen. Luke hat vorher angerufen, wir sind da verabredet. Wir fahren jetzt. Es ist *absolut* nicht zu spät. Hinterher komm ich nach Hause, okay? Und wenn du bei der Polizei anrufst, spreche ich nie wieder ein Wort mit dir.« Sie legte auf.

Atme, sagte Nessa sich. Sollte sie bei den Lockes anrufen, sich erkundigen, ob Jennifers Geschichte stimmte, und sich dafür entschuldigen, dass ihre Tochter so spät noch aufkreuzte? Sie hatte jedoch seit dem Tag, an dem sie unangekündigt mit Melanie Doerr auf der Schwelle gestanden hatte, keinen Kontakt zu Loretta gehabt und konnte jetzt schlecht einfach anrufen. Sie würde selbst zu den Lockes fahren, beschloss sie. Luke und Jennifer wären zwar vor ihr dort, aber sie würde vor dem Haus warten, bis sie wieder herauskamen, und dann ruhig sagen, was sie zu sagen hatte – es würde keine Szene geben –, und ihre Tochter nach Hause mitnehmen, was ihr gutes Recht war.

Sie war schon fast in Skibbereen, als ihr Handy läutete. Bei dem Namen, der auf dem Display aufleuchtete, musste sie zweimal hinsehen. Er war lange nicht auf ihrem Handy erschienen. Cora Wilson. Ihre Hände zitterten auf dem Lenkrad, und sie fuhr auf den befestigten Randstreifen. Sie schaute aufs Handy, bis das Klingeln aufhörte und Coras Name verschwand. Gleich darauf klingelte es wieder. Sie musste abnehmen. Irgendetwas ging gewaltig schief, wenn Cora Wilson sie anrief.

»Hallo«, sagte sie und bemühte sich, ruhig zu klingen.

»Hier spricht Cora Wilson.« Schweigen. »Bitte legen Sie nicht auf«, sagte Cora. »Es wäre mir lieber, ich müsste Sie nicht anrufen, und mir ist klar, Sie wollen nicht mit mir sprechen, aber ich weiß mir sonst keinen Rat. Mandy ist nicht zu Hause. Und ich frage mich, ob sie vielleicht bei Jennifer ist.«

37

In der Dunkelheit sahen die schmalen Nebenstraßen anders aus. Kurven, die sie bei Tageslicht so gut kannte, überfielen sie jetzt wie aus dem Hinterhalt. Als sie zum Haus der Lockes einbog, stand Katherine Ferriters Volvo an der Stelle, an der sonst Nessa immer parkte. Im Atelier brannte Licht, und vom Auto sah sie die Gipsskulptur und ein junges Mädchen mit einem kurzen dunklen Bob, das durchaus Mandy Wilson mit neuer Frisur sein konnte. Da war auch Loretta, tief gebückt. Aber wo war Jennifer? Nessa stieg aus, als die Haustür aufging und ihre Tochter auf der Eingangsterrasse erschien.

»Mom!«, rief Jennifer. »Komm rein, schnell!«

Nessa war schon losgelaufen, blieb nach ein paar Schritten plötzlich aber wieder stehen. Durchs Atelierfenster sah sie, dass Eleanor reglos auf dem Boden ausgestreckt lag und dass Loretta und eine junge Frau, bei der es sich tatsächlich um Mandy Wilson handelte, sich über sie beugten. »Schnell, Mom, bitte«, sagte Jennifer. Sie kam den Weg heruntergerannt, fasste ihre Mutter bei der Hand und zog sie zum Haus.

Drin kauerte Loretta weinend über ihrer Mutter, während Mandy Wilson eine Herzdruckmassage durchführte.

»Was ist passiert?«, sagte Nessa. »Habt ihr einen Krankenwagen gerufen?«

»Ja«, sagte Jennifer. Sie kniete sich neben Mandy auf den Boden. »Ist sie okay?«, fragte sie, doch ihre Freundin antwortete nicht und drückte nur weiter Eleanors Brustkorb nach unten. Loretta weinte leise und legte immer wieder die Hand auf die Stirn ihrer Mutter.

»Was ist passiert?«, fragte Nessa noch einmal.

Sie bemerkte Luke in einer Ecke des Ateliers. Er drehte etwas in der Hand, das wie ein Meißel aussah, wirkte benommen und verwirrt wie ein Unbeteiligter, der zufällig am Schauplatz eines Unfalls vorbeigekommen war. In diesem Augenblick sah er nicht viel älter aus als die beiden Mädchen. Als wachte er gerade aus einer Narkose auf, begann er nun zu blinzeln und drehte langsam den Kopf zum Fenster, und Nessa hörte, was er wohl ebenfalls gehört hatte: Sirenen, die näher kamen.

Loretta hielt das Handgelenk ihrer Mutter und fühlte nach einem Puls. »Helfen Sie mir«, bat sie. Als Nessa in die Hocke ging und Eleanor am Handgelenk fasste, fing Mandy Wilson ihren Blick ein und schüttelte kaum merklich den Kopf, bevor sie mit der Herzdruckmassage fortfuhr. Nessa tastete nach einem Puls. Nichts. Sie legte den Zeigefinger an Eleanors Hals – dort regte sich auch nichts. Eleanor hatte keinen Kratzer am Leib. Sie sah in ihrem Nachtgewand aus, als schliefe sie.

Draußen warf der laut aufheulende Volvo eine Schotterfontäne in die Höhe, Luke war übers Lenkrad gebeugt. Bläuliches Licht schimmerte durch die Bäume am Straßenrand – der Krankenwagen, nahm Nessa an –, schien aber dort zu verharren, statt sich zu nähern. Dann kamen mehrere Personen mit Reflexstreifen an der Jacke mit Tragen den Weg heraufgerannt und durch die noch immer offene Haustür und übernahmen glücklicherweise das Kommando. Einer half Loretta aufzustehen, die anderen kümmerten sich um Eleanor. Wieder knirschender Schotter, als der Volvo in den Garten zurückgesetzt wurde, jetzt saß ein Polizist am Steuer. Ein Streifenwagen folgte und dahinter ein Krankenwagen. Luke war nirgends zu sehen.

Mit einem Mal war das Atelier voller Menschen. Die Sanitäter belegten Robert Lockes Arbeitstisch mit Beschlag, schoben die Meißel zur Seite, deren sorgfältige Beschriftung Nessa monatelang beschäftigt hatte, und breiteten ihr medizinisches Gerät aus. Der Vorgarten war von Scheinwerfern und Blinklichtern hell erleuchtet. Jennifer ging hinaus und setzte sich neben der Fuchsienhecke ins Gras. Nessa ging ihr nach; ihre Tochter hatte natürlich recht – es war besser, den Sanitätern Platz zu machen, damit die ihre Arbeit tun konnten. Immerhin besaß Mandy genügend medizinische Grundkenntnisse, um ihnen zur Hand zu gehen. Jennifer begann zu schluchzen. Die bisherige Selbstsicherheit war von ihr abgefallen. Nessa streichelte ihrer Tochter das Haar. »Erzählst du mir, was passiert ist?«, fragte sie leise.

Jennifer legte den Kopf auf die Schulter ihrer Mutter. »Ist sie tot, was meinst du?«

»Ich weiß es nicht«, sagte Nessa zögernd. »Möglicherweise hatte sie einen Anfall.« Sie hielt inne, haderte mit sich, ob sie noch mehr sagen sollte. »Sie ist sehr alt und schon länger nicht mehr ganz gesund.«

Im Atelier hoben Sanitäter Eleanor auf eine Trage. Mit ein paar kurzen Schritten vor und zurück wollten sie um die Ecke navigieren und sie aus dem Raum tragen, und dabei stieß ein Mann, groß, kräftig, beim Rückwärtsgehen an die Gipsskulptur. Sie geriet auf ihrem Podest ins Schwanken; sie kippte. Nessa sah es wie in Zeitlupe, wartete darauf, dass die Skulptur wieder zurückkippte. Es war wie in den Träumen, die sie manchmal hatte, wenn sie stocksteif dastand und nicht schreien, nicht einmal sprechen konnte. Die Gipsskulptur fiel zu Boden. Nessa sprang auf, rannte durch das Gras zum Fenster. »Oh, Mist, Mom«, sagte Jennifer, die sich ebenfalls aufgerappelt hatte. Nebeneinander drückten sie die Gesichter an die Scheibe. Drin riefen die Sanitäter sich Anweisungen zu, zögerten aber nicht mehr als eine Sekunde. Der weiße Kalkstaub war auf dem Boden noch nicht zur Ruhe gekommen, als sie in der Tür erschienen und Eleanor in den Krankenwagen schoben. Das Poltern der zu Fall gebrachten Skulptur hatte sie nicht aufgeweckt, und ja, »aufgeweckt« kam einem als erstes Wort in den Sinn, weil sie immer noch aussah, als schliefe sie nur. Wenigstens hatte sie kein Laken über dem Kopf, dachte Nessa, das war doch bestimmt ein gutes Zeichen? Man half Loretta, hinten in den Krankenwagen zu steigen, die Türen wurden geschlossen. Nessa ging langsam ins Haus, fürchtete sich vor dem Anblick, der sie dort erwartete. »Es ist nur eine Skulptur, Mom«, sagte Jennifer hinter ihr zaghaft.

Die Gipsskulptur lag auf dem Boden, abgesehen von einem Arm, der abgebrochen und ein paar Schritte vom Torso weggerollt war, im Wesentlichen intakt. Nessa ging davor in die Hocke. Eine Polizistin und Mandy Wilson begutachteten den Schaden, großer Gott, dachte Nessa, wie erwachsen das Mädchen heute Abend wirkte, und nicht nur wegen des neuen Haarschnitts. Jennifer und Mandy schlossen sich in die Arme, als hätten sie einander seit Jahren nicht gesehen. Sie sollte eigentlich Cora Wilson anrufen, fiel Nessa nun ein, konnte die Augen aber nicht von der Gipsskulptur abwenden. Sie strich mit dem Zeigefinger über ein Dielenbrett, hob ihn sich vors

Gesicht und inspizierte den weißen Staub. »Hat jemand Eleanor etwas angetan?«, fragte sie. »Hat Luke ihr etwas angetan?«

Jennifer schüttelte den Kopf. »Sie ist bloß ohnmächtig geworden, Mom, ich schwör's. Es hat sie niemand angerührt, es hat sie niemand auch nur …« Der Rest ihres Satzes ging in der Sirene des vom Grundstück abfahrenden Krankenwagens unter. Die Polizistin stand vor der Haustür, sprach in ein Walkie-Talkie, ließ den Strahl ihrer Taschenlampe über den Hecken hin und her wandern. Nessa erhob sich, klopfte sich die Hände ab. »Was ist passiert, Mädchen?«

Jennifer antworte zuerst. »Luke hat gesagt, wir sollten einen Investigativartikel für die Schülerzeitung schreiben.« Sie wies auf ihre Freundin. »Mandy ist dieses Jahr Redakteurin. Luke hat gesagt, es wär gut, wenn wir das zusammen machen würden.« Sie sah verlegen aus. »Jemand muss doch was dagegen unternehmen, hat er gesagt.«

»Sprich weiter«, sagte Nessa.

»Der Plan war, wir würden hier aufkreuzen. Würden den Lockes einige Fragen stellen, und Luke würde noch ein paar neue Fotos machen. Mandy und ich mit der Gipsskulptur, Mandy und ich mit den beiden alten Frauen, Mandy und …«

»Hat Loretta euch hereingelassen?«, sagte Nessa. »Oder war das Eleanor?«

Jennifer und Mandy tauschten Blicke. »Genau genommen hat Loretta gesagt, wir dürften nicht reinkommen«, sagte Jennifer. »Sie würde keine Interviews geben. Ich hab gesagt: ›Ach, meiner Mutter haben Sie aber welche gegeben …‹«

»Oh, Jennifer«, sagte Nessa kopfschüttelnd.

»Ja, ich weiß. Dann wollte sie wissen, ob du meine Mom bist, und ich, ja, und dann hat sie gesagt, wir sollten uns schämen, und das ganz schön barsch, fand ich, weiß du. Dann ist sie wieder reingegangen und hat das Haustürlicht ausgemacht und uns draußen im Dunkeln stehen lassen.«

»Jennifer und ich wollten danach eigentlich nach Hause«, sagte Mandy. »Wir haben es auch gesagt, stimmt's, Jennifer? ›Luke, lass uns heimfahren‹, haben wir gesagt.«

Jennifer nickte. »Aber Luke hat gesagt, er wüsste, wie man hintenrum reinkommt. Eleanor wäre anders, hat er gesagt, sie würde mit uns sprechen, wenn wir es ihr erklären würden. Wir müssten bloß an der anderen Frau vorbei und rein.«

»Luke war – ist – auf Ms Doerrs Seite«, sagte Mandy, »der Frau, die behauptet, ihr gehört …«

»Ich weiß, wer sie ist«, sagte Nessa. Es klang schärfer, als sie gewollt hatte, und sie warf Mandy ein entschuldigendes Lächeln zu. »Entschuldige«, sagte sie, »es war ein langer Tag.«

»Wir sind hintenrum«, sagte Jennifer. »Wir mussten über ein Tor klettern, und ich hab mir die Jeans aufgerissen, wir haben kaum was gesehen im Dunkeln, und da waren Nesseln und äh … Jedenfalls, die Hintertür war abgeschlossen.«

»Wir dachten, weil es ja auf dem Land ist, ist sie vielleicht offen«, sagte Mandy. »Auf dem Land lassen die Leute ihre Türen die ganze Zeit auf.«

»Aber dann hat Luke gegen die Tür gestoßen, ein paarmal, ganz fest, und … ähm … sie ging auf.« Jennifer musste schlucken. »Wir also rein.«

Nessa blickte sich um, ob Polizisten in Hörweite waren. Es stand nur die eine Polizistin im Vorgarten, die Reflektoren an ihrer Uniform wie Leuchtstreifen über dem Gras.

»Luke ist zuerst rein, klar«, sagte Jennifer. »Dann Mandy. Ich als Letzte. Ich war ganz schön feige.«

»Nein«, sagte Mandy, »du warst schlau.«

»Ich war feige«, sagte Jennifer betrübt. Sah ihre Mutter an. »Luke hat zu Mandy gesagt, das wäre was, worauf sie, wenn sie mal älter ist, zurückblicken und stolz sein könnte. Vielleicht, hat er gesagt, wird die Geschichte ja von richtigen Zeitungen aufgegriffen. Und an der Schule könnte es auch wieder besser für sie werden, nach der, du weißt schon, der Sache mit ihrer Mutter.«

»Verstehe«, sagte Nessa.

Jennifers Hand flog zu ihrem Mund. »Tut mir leid, Mom, ich wollte nicht von Mrs Wilson anfangen …«

»Schon gut«, sagte Nessa. »Wirklich, das macht nichts. Das ist jetzt unwichtig.«

»Aber als wir ins Haus rein sind«, fuhr Jennifer fort, »sind wir bloß bis zur Küche gekommen. Die Frau war da, die Jüngere, und hat geschrien, sie ruft die Polizei.«

»Da wollten wir gehen, stimmt's?«, sagte Mandy.

Jennifer nickte. »Aber Luke ist an der jüngeren alten Frau vorbeigestürmt …«

»Loretta«, sagte Nessa, »ihr Name ist Loretta.«

»Ja, jedenfalls«, sagte Jennifer, »ist er durch den Flur gerannt zum« – sie wies auf das Atelier – »und Loretta ihm nach. Dann kam Eleanor die Treppe herunter und hat gerufen: ›Wer ist da?‹ Luke ist rüber zur Werkbank und hat einen Meißel hochgehoben. Und da ist Eleanor ohnmächtig geworden.«

»Oder was immer …«, sagte Mandy bedrückt.

Die Polizistin steckte den Kopf zur Tür herein. »Wir sichern das Grundstück jetzt«, sagte sie, »wenn Sie also bitte hinaustreten wollen …«

Mandys Telefon klingelte, als sie das Haus verließen. Sie begann lebhaft mit jemandem zu sprechen, ihrer Mutter vermutlich, und brach in Tränen aus. Nessa wollte schon zu ihr gehen, doch Jennifer war vor ihr da und legte ihrer Freundin den Arm um die Schultern. Mandy verabschiedete sich schniefend von ihrer Mutter, ließ das Handy zurück in die Tasche gleiten. Sie standen in dem hohen Gras, traten die Blätter des wilden Rhabarbers nieder. Der Garten wirkte an diesem Abend kleiner, das Haus gewöhnlicher. Nessa starrte durchs Fenster ins Atelier. Wenn man über die auf dem Boden liegende Skulptur hinwegsah, konnte es ein x-beliebiger Raum sein. Ein Bann war gebrochen.

»Das kannst du doch reparieren«, sagte Jennifer. »Im Fernsehen hab ich was über eine Statue in Griechenland gesehen, die war richtig alt, und sie haben sie geklebt.«

»Wer immer es reparieren mag, ich werde es nicht sein«, sagte Nessa.

Sie fuhren die schmale Grundstücksausfahrt hinaus, als Jennifer, die sich auf dem Rücksitz an Mandy klammerte, zu weinen anfing. »Das ist alles meine Schuld«, sagte sie. »Die alte Frau könnte tot sein, und es ist meine Schuld.«

»Meine auch«, sagte die treue Mandy.

»Ohne mich wärst du gar nicht hier«, sagte Jennifer. »Du bist überhaupt nicht schuld.«

»Wer auch immer daran schuld sein mag«, sagte Nessa, »ihr seid es nicht. Keine von euch beiden. Wenn ihr nicht mit ihm mitgefahren wärt, wäre er allein gefahren.« Jennifer, sah sie im Rückspiegel, wischte sich die Nase am Ärmel ab. Sie klappte das Handschuhfach auf und fand eine Taschentuchbox.

»Danke, Mom.« Jennifer schnäuzte sich die Nase und reichte die Box an Mandy weiter. »Ich konnte es nicht fassen, dass er sich für mich interessiert«, sagte sie. »Es war zu schön, um wahr zu sein. Er sieht so gut aus, und noch nie hat sich mal jemand für mich interessiert. Ich hätte wissen müssen, dass da was dahintersteckt.«

»Du bist *viel* zu gut für ihn«, sagte Nessa. »Er hat dich nicht verdient. Außerdem glaube ich nicht, dass er wusste, was er tut. Er hat das nicht gründlich durchdacht.«

Sie fuhren nach Bantry zum Krankenhaus, weil Nessa fand, es sollte Loretta dort jemand zur Seite stehen. Mandy setzte sich auf einen Plastikkrankenhausstuhl, schlenkerte mit den Beinen und scrollte ihr Handy durch. Ihre Mutter würde sie abholen kommen, teilte sie Nessa mit. »Ich kann dich doch zu Hause absetzen«, hatte Nessa gesagt, worauf Mandy, als sei sie vorgewarnt worden, schnell den Kopf schüttelte. »Nein«, sagte sie, »schon gut. Mom ist unterwegs.«

»Kommt Luke ins Gefängnis?«, fragte Jennifer.

»Das weiß ich nicht«, sagte Nessa. »Damit, dass er einfach so verschwunden ist, hat er sich keinen Gefallen getan.« Luke hatte sich, als er über die Felder flüchten wollte, den Knöchel gebrochen und etliche Schnittverletzungen und blaue Flecken zugezogen. Im Augenblick wartete er auf einer Trage vor der Notaufnahme auf seine Untersuchung. Nessa ging noch einmal zum nächstgelegenen Schwesternzimmer und erkundigte sich nach Eleanor. »Sind Sie eine Angehörige?«, fragte eine Schwester freundlich. »Wir können leider nur Angehörigen Auskunft geben.«

Loretta war nirgends zu sehen. Als sie schon gehen wollten, schaute Nessa in einen Flur und sah Cora Wilson vor einem Getränkeautomaten. Die Frauen starrten einander kurz an, keine rührte sich. Dann machte Cora vorsichtig einen Schritt auf sie zu.

»Mandy«, sagte Nessa rasch, »deine Mutter ist da.«

Mandy griff nach ihrer Tasche. »Danke«, sagte sie zu Nessa, als sie ihre Jacke anzog, »und Entschuldigung. Für alles.« Cora war ein paar Schritte vor ihnen stehen geblieben. Nessa sah sie an, machte dann kehrt und verschwand in eine Toilette in der Nähe. Stand vor dem Spiegel, die Hände auf den Waschbeckenrand gestützt. Dann spritzte sie sich Wasser ins Gesicht, zuckte beim Anblick ihres verhärmten Spiegelbilds zusammen. Als sie sich kurz darauf wieder auf den Flur wagte, waren Cora und Mandy gegangen.

38

Als Nessa in die Galerie ging, um ihre Sachen zu holen, fand sie auf ihrem Stuhl zwei leere Kartons vor. Sie suchte ihre Becher und Topfpflanzen, ihr Make-up und die Ersatzstrumpfhose zusammen. Auf ihrem Schreibtisch lag ein mit »Persönlich« gekennzeichneter Brief; ungeöffnet. Er war von einer Frau in Inishowen, bei deren Familie Locke 1972 mehrere Wochen gewohnt hatte. Nessa dachte über das Datum nach, ihrer Berechnung nach war das die Zeit, in der Locke für die von Eleanor so oft beklagten sechs Wochen verschwunden war. Die Briefschreiberin hatte ein Foto beigelegt. Es zeigte ein halbes Dutzend Männer, die Gesichter gerötet, die Hände rau von Fischernetzen, in ihrer Mitte Locke. Es habe sie überrascht zu erfahren, dass Locke Bildhauer gewesen sei, schrieb die Frau. Sie habe geglaubt, er sei Dichter, denn er habe ein Liebesgedicht für ein Mädchen im Ort geschrieben, das einen kleinen Skandal auslöste, da man angenommen habe, der Verfasser wäre Protestant. Sie hatten keine Ahnung gehabt, dass er verheiratet war. Die Angebetete habe das Gedicht behalten, und die Frau hatte eine Kopie beigelegt. Sie verstehe zwar nichts von Poesie, schrieb sie, könne aber mit Bestimmtheit sagen, dass dieses Gedicht ihr nicht gefalle und sie schon immer gedacht habe, es tauge nichts. Wenn Locke eigentlich Bildhauer war und nicht Schriftsteller, erkläre das einiges. Das Gedicht war in Robert

Lockes Handschrift und nicht an Melanie Doerr gerichtet, die in derselben Zeit in Inishowen Lockes Bekanntschaft gemacht hatte, sondern hieß schlicht: »Für Máire«. Als Nessa zu lesen begann, erkannte sie es als »Sturmnächte – Sturmnächte!« von Emily Dickinson.

Außerdem lag die Magisterarbeit in Anglistik, die sie vor einigen Wochen angefordert hatte, für sie bereit. Aus Neugier schaute sie ins Register, fand die Seite mit dem Verweis auf Robert Locke. Ein Tippfehler, stellte sich heraus, lag nicht vor. Es war eine Fotografie, die Locke mit dem Schriftsteller William Trevor zeigte, der sich in seiner Jugend in England auch als Bildhauer betätigt hatte. Der Schwerpunkt der Arbeit lag auf der anglo-irischen Literatur des zwanzigsten Jahrhunderts, Locke war hier nur in seiner Eigenschaft als Bekannter Trevors erwähnt worden. Es fehlte jeglicher Hinweis darauf, wo das Foto aufgenommen worden war, beide, Locke wie Trevor, waren darauf jedoch in mittlerem Alter. Etwas abseits neben den Männern stand jemand und blickte verlegen in die Kamera, der als »Unbekannte Frau« bezeichnet war: Melanie Doerr. Nessa seufzte und klappte die Arbeit zu, legte sie in die Schale für Archivierung.

Eine Woche nach Eleanors Beerdigung erhielt Nessa einen Anruf von Katherine.

»Ich habe noch Sachen von Jennifer, die an dem Abend im Volvo liegengeblieben sind«, sagte Katherine. »Vielleicht könnten wir uns auf einen Kaffee treffen, dann kann ich sie dir geben. Ich wollte dich eigentlich schon früher anrufen, aber es ist gerade so viel los.«

Sie klang müde. »Klar«, sagte Nessa, »aber ich kann doch

auch zu dir kommen. Du hattest schon genug Unannehmlichkeiten.«

»Nein«, sagte Katherine rasch, »das geht schon. Es ist nicht nötig, dass du die ganze Strecke fährst. Ich muss sowieso in die Stadt. Sollen wir sagen Brookes Café in der Grattan Street, vielleicht Freitagvormittag um elf?«

Am Freitag plauderten sie ein bisschen über den Lough Hyne und das Haus, Nessa erkundigte sich nach William, und Katherine meinte, gesundheitlich gehe es ihm gut, aber er habe zu viel zu tun und komme nicht so häufig an den See, wie er gewollt hätte. Jennifers Sachen befanden sich in einer schwarzen Tragetasche, die Nessa noch nie gesehen hatte. Das Preisschild – von Penneys, € 8,99 – war noch dran, und sie staunte, dass Katherine sie ohne Einmalhandschuhe anfasste, schalt sich im Stillen dann aber für ihre Gehässigkeit.

Als die Tasche über den Tisch gereicht wurde, ertönte ein unmissverständliches Klirren. »Ich wusste mir keinen Rat«, sagte Katherine. »Erst wollte ich die Flaschen herausnehmen, damit du dich nicht aufregst, du hast in letzter Zeit weiß Gott genug Aufregung gehabt, dann aber dachte ich, das wäre, als wollte ich dir etwas verheimlichen, und das wollte ich auch nicht.«

Beim Blick in die Tasche sah Nessa zwei kleine Flaschen Wodka. »Du hast das Richtige getan«, sagte sie. »Danke. Ich rede mit Jennifer darüber.« Sie wollte nicht daran denken, was noch in der Tasche sein mochte.

Als hätte sie ihre Gedanken gelesen, sagte Katherine: »Ich hab nicht in Jennifers Sachen gewühlt, nur die Flaschen waren nicht zu überhören …«

»Ich versteh schon«, sagte Nessa, »kein Problem.« Für einen Augenblick herrschte Schweigen, abgesehen vom Zischen eines Kaffeeautomaten und dem gellenden Schrei eines kleinen Kinds, dem eine Ketchupflasche weggenommen wurde.

Katherine berichtete ihr, Lukes gebrochener Knöchel heile gut. »Stuart ist gekommen, um ihn abzuholen«, sagte Katherine. »Sie sind noch zwei Tage bei uns im Haus gewesen und dann nach Manchester zurückgefahren. Ich dachte, das wüsstest du gern.«

»Ich dachte, Luke wäre nur auf Kaution frei?«, sagte Nessa. »Wurde er nicht wegen Einbruchs angeklagt?«

»Ja, stimmt, aber dann hat Loretta sich entschieden, die Anzeige zurückzuziehen.«

»Das war nett von ihr. Ich bin mir nicht sicher, ob ich an ihrer Stelle dasselbe getan hätte.«

»Ich glaube, er hat ihr leidgetan«, sagte Katherine.

Beide schwiegen einen Augenblick.

»Ich hab gehört, du hast die Kaution für ihn hinterlegt«, sagte Nessa.

Es war Katherine unangenehm, dass sie nicken musste.

»Eigentlich hätte ich diejenige sein sollen, die das übernimmt«, sagte Nessa. So etwas müsste eine Patentante tun, hatte sie damals gedacht, doch als sie sich mit der Polizei in Verbindung setzte, erfuhr sie, dass die Kaution bereits bezahlt war.

Katherine runzelte die Stirn. »Warum du?«

Nessa zuckte mit den Achseln. »Ich weiß nicht. Ich fühle mich wohl schuldig. Ich war es, die ihn mit den Lockes bekanntgemacht hat. Und meine Tochter war an dem Abend auch dabei.«

»Wenn wir davon anfangen wollen«, sagte Katherine, »war ich es, die ihn mit dir bekanntgemacht hat. Und sie sind mit meinem Auto gefahren.« Sie schüttelte den Kopf. »Ich muss immer an den Tag denken, an dem wir uns im Mini-Mart über den Weg gelaufen sind«, sagte sie. »Gott, als wär das schon ewig her! Du warst so zögerlich, als ich dich zu uns eingeladen habe. Und ich dachte, es wäre, weil ich dich auf dem falschen Fuß erwischt hätte.« Sie überlegte. »Ich hätte dich nie aufgefordert, ihn oder Stuart kennenzulernen, wenn ich geahnt hätte, dass …« Sie verstummte, starrte deprimiert auf ihren Kaffee.

Sie weiß es, dachte Nessa, *sie muss es wissen.* Sie sah es förmlich vor sich, wie Stuart und Katherine spätabends im Haus zusammensaßen und Stuart, im Bann der grundanständigen Katherine, ihr in allen hässlichen Einzelheiten seine und Nessas Affäre beichtete, ihren Betrug an Amy. Stuart, der schon Katherines Lob gesungen hatte, ehe sie ihn ein zweites Mal bei sich aufnahm und ihn zum Krankenhaus chauffierte, damit er seinen Sohn besuchen konnte. Natürlich hatte er es ihr erzählt. Soweit Nessa sagen konnte, wusste nur Jennifer es nicht; anscheinend hatte Luke es ihr nicht erzählt, und zumindest dafür war sie dankbar. Alles in allem sollte es keine Rolle spielen, ob Katherine Bescheid wusste, doch Nessa sah das anders. Sie hätte vor Scham im Boden versinken mögen, senkte den Blick und nestelte an ihrer Serviette.

»Luke hatte nicht die Absicht, Eleanor wehzutun«, sagte Katherine. »Er hatte sie sogar gern. Er wollte zur Beerdigung gehen, aber ich habe ihm abgeraten. Ich war mir nicht sicher, wie Loretta das aufnehmen würde.« Sie griff über den Tisch und berührte Nessa am Arm. »Jennifer hat er auch nichts angetan, das weißt du, oder?«

»Er hat ihr wehgetan«, sagte Nessa. Es kam als ersticktes Flüstern heraus.

»Ich nehme an, sie fühlt sich betrogen, und ja, das tut weh.«

Bildete sie sich das ein, oder blitzte da Zorn in Katherines Gesicht auf?

»Du bist immer ein guter Mensch gewesen, Katherine«, sagte sie. »Ich glaube nicht, dass ich dir dafür je Anerkennung gezollt habe. Als wir in London zusammengewohnt haben, war ich nicht so nett zu dir, aber du hast mir das nie nachgetragen.«

Katherine sah zur Seite und zum Fenster hinaus. Sie zuckte mit den Achseln. »Wir waren doch damals noch Kinder«, sagte sie.

Vielleicht war es nicht zu spät, mit Katherine noch einmal neu anzufangen, an das anzuknüpfen, was vor so vielen Jahren abgerissen war, jetzt als reife Erwachsene. Sie hätte Katherine gern als Vertraute, wie es früher ihre Schwester gewesen war, bevor sie wegzog. Wie es früher Amy gewesen war.

»Kinder oder nicht, für Amy warst du immer da, wenn sie dich gebraucht hat«, sagte Nessa.

Katherine wandte den Blick wieder vom Fenster ab. »Amy brauchte eine Freundin«, sagte sie. »Ich bin mir nicht sicher, ob ich ihr Freundin genug war. Meinem Gefühl nach habe ich sie enttäuscht.«

»Nein, diejenige, die das getan hat, war ich«, sagte Nessa leise.

Katherine schaute unglücklich. Sie drückte Nessa die Hand, griff dann nach der Rechnung. »Ich mach mich lieber auf den Weg«, sagte sie.

»Nein, lass mich zahlen, bitte«, sagte Nessa. »Das ist das Mindeste, was ich tun kann.« Als gliche der Preis von zwei Kaffee all das Leid aus, das sie verursacht hatte, dachte sie auf dem Weg zur Kasse.

Katherine stand auf und zog ihre Jacke an, legte sich den Schal um. »Danke für den Kaffee«, sagte sie. »Und viel Glück mit Wales.«

»Vielleicht können wir ausführlicher reden, wenn ich zu Weihnachten oder Neujahr wieder herkomme«, sagte Nessa.

Der Ausdruck auf Katherines Gesicht war nicht zu deuten. »Ich werde von jetzt ab nicht mehr so viel in Cork sein«, sagte sie. »Ich will zusehen, dass ich mehr Zeit mit William in Dublin verbringe, vor allem im Winter. Und über Neujahr gehen wir wahrscheinlich Ski fahren. Aber ich bin mir sicher, dass unsere Wege sich wieder kreuzen.«

Ob Katherine sie noch einmal zu einem Abendessen einladen würde? Doch als die Sekunden verstrichen, wurde Nessa klar, dass sie das nicht tun würde. Sie schieden voneinander mit der unausgesprochenen Übereinkunft, dass sie sich still aus dem Leben der jeweils anderen zurückziehen würden. Als Nessa zahlte, schritt Katherine über den Parkplatz und stieg in ihren Volvo ein, ihr Gang noch immer elegant, noch immer souverän. Nessa trat schon zur Tür hinaus, als die Kellnerin sie zurückrief. »Sie haben etwas vergessen«, sagte sie und hielt die schwarze Tragetasche hoch. Die Flaschen klirrten. »Vielen Dank«, sagte Nessa leise, ohne die Frau anzusehen.

39

Wales war ein seltsames Land, voller Widersprüche. Es gab Tage, an denen sie meinte, sogar die Luft rieche britisch, und andere Tage, an denen sie für einen Augenblick vergaß, dass sie nicht mehr in Irland war, sondern sich wieder in Cork wähnte. Unweit des neuen Hauses gab es einen Fluss, an dessen Ufer sie morgens nach dem Frühstück mit Bailey Gassi ging. Auf diesen Spaziergängen bemühte sie sich, mit ihren Gedanken bei dem Buch zu bleiben, das sie gerade las. Um Bücher über Kunst machte sie einen großen Bogen; sie wollte nicht mehr an das denken, was sie hinter sich gelassen hatte. Wichtig war, was sie mitgebracht hatte, sagte sie sich. Als Kind hatte Nessa einen Plattenspieler besessen und sich »Paff, der Zauberdrachen« und Kinderreime auf LPs und 45ern angehört. Manchmal sprang die Plattennadel über die arg zerkratzten Scheiben. Und manchmal hob sie den Tonarm eigenmächtig hoch, obwohl sie das nicht sollte, und ließ ein ihr unbekanntes Lied aus. Auf die Weise hatte sie eine LP verdorben, die ihre Schwester zu Weihnachten bekommen hatte, das aber nicht zugegeben. Die letzten Wochen in Wales kamen ihr vor, als hätte jemand den Tonarm ihres Lebens angehoben und an einer Stelle wieder aufgesetzt, wo sie den Text kannte. Sie ging allein spazieren; sie hatte Sex mit ihrem Ehemann. In der Stadt in Wales gab es eine alte Fabrik, die sich, sagte Philip, gut als Ausstellungsraum eignen würde. Er hatte einen neuen walisischen Freund, einen Bauunternehmer, der zu wissen meinte, der Garten dahinter stünde zur Bebauung an, und er kannte jemanden, der die Finanzierung regeln konnte. Nessa hatte bereits einen Namen dafür: *Cariad*, die walisische Übersetzung von Amy, was »Geliebte« bedeutete.

Eines Abends im September kam Philip von Vorlesungen nach Hause und sagte: »Du hast einen neuen Fan. Es gibt einen Studenten, der dich gern kennenlernen würde.«

»Was sollte ein Architekturstudent denn mit mir anfangen?«, sagte sie.

»Es ist keiner meiner Studenten, er ist Doktorand in Kunstgeschichte. Ich bin neulich im Aufenthaltsraum mit ihm ins Gespräch gekommen. Womit ich sagen will, dass er geschlagene zwanzig Minuten auf mich eingeredet hat, als ihm klar geworden war, dass ich mit dir verheiratet bin. Er forscht über Robert Lockes Leben und Werk.«

»Gott steh ihm bei«, sagte Nessa trocken.

»Er ist ein netter Kerl, ein bisschen arg ernst. Damit er mal den Mund hält, musste ich ihm versprechen, dass du dich mit ihm treffen wirst.«

Der Student, dessen Name Dylan war, kam an einem kühlen Nachmittag Ende September mit dem Bus. Nessa holte ihn von der Haltestelle ab. Sie kauften sich heiße Schokolade und gingen den öffentlichen Fußweg am Fluss entlang. Dylan hatte rötlich blondes Haar, das ihm in die Stirn und vor die Brille fiel. Seine Jacke und seine Aktentasche sahen aus, als hätte er sie seinem Vater stibitzt, und er hielt die Tasche beim Gehen steif vom Körper weg, als wäre er es nicht gewöhnt, eine zu tragen. An einem Picknickplatz setzten sie sich an einen Tisch.

»Ich konnte mein Glück gar nicht fassen, als ich erfahren habe, dass Sie hier wohnen«, sagte er. »Ich bin mit Ihrer Arbeit vertraut. Erst vorige Woche habe ich in einer Gruppe von Erstsemestern einen Aufsatz von Ihnen behandelt.«

Mit Lob hatte sie sich schon immer schwergetan. »Mein Mann hat mir berichtet, Sie forschen über Robert Locke«, sagte sie.

Sie sprachen nun über Locke, über Melanie Doerr und über die Gipsskulptur. »Ich habe damit nichts mehr zu tun«, sagte sie. »Meines Wissens hängt die ganze Sache in der Luft. Das müssen jetzt andere entscheiden.«

»Aber was meinen Sie?«, sagte er. »Glauben Sie, dass Doerr die Gipsskulptur gemacht hat?«

Sie erwog, der Frage auszuweichen, sagte dann aber: »Ja, das tue ich. Ich glaube, in Idee, Entwurf und Ausführung ist es prinzipiell ihr Werk. Abgesehen von dem Fuß, der ist Ausdruck eines egoistischen und kindischen Locke-Kollers. Eines genialen Kollers natürlich. Wahrscheinlich auf einer Höhe mit seinen besten Arbeiten.«

»Locke, wissen Sie, war für mich mal ein richtiger Held«, sagte Dylan. »Jetzt muss ich meine Meinung über ihn wohl revidieren.«

Nessa lächelte. »Da sind Sie nicht der Einzige.«

»Wussten Sie von seinem Ausflug in die Literatur?«, fragte Dylan.

»Meinen Sie das Gedicht?«, sagte Nessa. Sie rechnete damit, dass er wieder von dem Emily-Dickinson-Plagiat anfing.

»Eine Kurzgeschichte, genau genommen. Bloß die eine.« Er sagte es fast entschuldigend, als wäre er persönlich für die geringe literarische Produktion Lockes verantwortlich. »Der

Großvater eines Freunds hat einmal eine Zeitschrift herausgegeben. Er kannte Robert Locke, sie wohnten in Cambridgeshire eine Zeitlang fast Tür an Tür. Der Mann heißt Whaley. Die Zeitschrift ist zwar schon vor Jahrzehnten eingegangen, er hat aber die komplette Korrespondenz auf dem Dachboden aufbewahrt, Kisten über Kisten. Er hat mich mal mit raufgenommen, damit ich sie mir ansehen kann, und hat erzählt, Locke hätte der Zeitschrift einmal eine Geschichte zur Veröffentlichung angeboten, und das hat zu einer kleinen Verlegenheit zwischen ihnen geführt, weil sie nichts taugte und rührselig war. Whaley konnte sie nicht veröffentlichen.«

Er klickte auf die Verschlüsse seiner Aktentasche. »Ich habe Ihnen eine Kopie mitgebracht.«

Nessa nahm die ihr gereichten Blätter. »Darf ich sie gleich lesen?«, sagte sie und war schon in der Mitte des ersten Absatzes angelangt.

»Natürlich«, sagte er. »Sie sehen ja, sie ist sehr kurz.«

Als sie am Schluss angelangt war, legte sie die Blätter mit dem Text nach unten auf den Tisch.

»Was meinen Sie?«, sagte er.

Nessa verzog das Gesicht. »Grauenvoll.«

Die Geschichte handelte von einem schottischen Jungen, zehn Jahre alt, der das Hündchen eines Nachbarn genommen und in den Schacht einer aufgelassenen Grube gestoßen hatte. Die Tochter des Nachbarn, die sechs war, kam vorbei und kletterte, als sie den Hund winseln hörte, in den Schacht. Die Mine war voller Wasser, hieß es in der Geschichte, und das kleine Mädchen geriet in Schwierigkeiten. Der Junge rannte seinen älteren Bruder holen, der das Mädchen zwar retten konnte, selbst jedoch ebenso ertrank wie der kleine Hund. Der

Junge wurde dafür gelobt, dass er geistesgegenwärtig losgerannt war und Alarm geschlagen hatte. Wie der Hund in den Schacht geraten war, verriet er nie.

Dylan griff wieder in seine Aktentasche und zog ein in Seidenpapier eingewickeltes Bündel heraus. Es war ein Stapel Schreibhefte.

»Was ist das?«, sagte sie, und ihr Puls beschleunigte sich, als sie ein Heft in die Hand nahm.

»Frühere Fassungen«, sagte er. »Alle von derselben Geschichte, nur geringfügig variiert. Er hat sie bestimmt auswendig gewusst, als er damit fertig war. Wieder und wieder dasselbe, wie beim *Murmeltiertag*.«

Seite um Seite blätterte sie Lockes spinnenartiges Gekritzel durch. Wie viele Male er Melanie Doerr weisgemacht hatte, er schreibe ihre Geschichte – ihrer *beider* Geschichte –, während ihn eine ganz andere Geschichte beschäftigte. In jenem Sommer 1973, als er ihr den Meißel überließ, hatte er in Wahrheit diese Geschichte erzählen wollen, sie in zig Fassungen niedergeschrieben, als könne er auf die Weise den Gang der Ereignisse ändern. Loretta hatte die Arbeitshefte also doch nicht verbrannt, hatte sie höchstwahrscheinlich nicht einmal zu Gesicht bekommen.

»Ich wollte, ich könnte sie Ihnen überlassen, aber sie sind nur geliehen«, sagte Dylan entschuldigend.

Nessa wurde bewusst, dass sie sich die Hefte an die Brust drückte. »Ich verstehe«, sagte sie und reichte sie zurück. »Jedenfalls, ich habe mich von alldem inzwischen zurückgezogen.«

Als Dylan die Schreibhefte wieder in das Seidenpapier einschlug, überlegte sie, was sie Melanie Doerr sagen sollte.

Hatte sie das Recht, davon zu erfahren? Gehörte es sich, dass sie davon erfuhr, oder wäre es netter, ihr gar nichts zu sagen und sie weiter glauben zu lassen, Lockes Gedanken wären in jenem Sommer einzig von ihr erfüllt gewesen, wo sie doch seiner Liebe so sicher gewesen war?

Nessa war nicht in die Verhandlungen eingeweiht, die nach Eleanors Beerdigung zwischen Loretta Locke und Melanie Doerr stattfanden. Monate später wurde die Gipsskulptur schließlich in der Galerie ausgestellt, allerdings ohne den abgeschlagenen Arm. »Soll man den Schaden ruhig sehen«, schrieb Doerr Nessa in einer E-Mail. »Soll sich niemand etwas vormachen.« Nun, da die Gipsskulptur nicht mehr die Hand nach etwas ausstreckte, was nicht da war, sah sie weniger aus wie kurz vorm Kippen; sie reckte sich nicht mehr ins Leere und wirkte stabiler. Als Nessa wissen wollte, warum als Urheber des Werks nach wie vor nur Robert Locke genannt wurde, antwortete Melanie, sie habe nach dem, was Eleanor zugestoßen war, ein schlechtes Gewissen und wolle sich nicht mit den Toten herumstreiten. »Und auch nicht mit Loretta«, fügte sie hinzu. War es jetzt an der Zeit, Melanie von den Schreibheften zu berichten? Irgendetwas hinderte Nessa daran.

Am Ende erschien Melanies Name doch neben dem Robert Lockes, allerdings nur auf einer kleinen Messingplakette, deren Aufschrift sie namentlich als Spender für die Galerie aufführte. Der laminierte Text an der Wand hinter der Skulptur lautete, Lockes Werk sei in seiner Aufrichtigkeit, Originalität und geistigen Unabhängigkeit in seiner Generation unerreicht.

In den Oktoberferien kam Mandy Wilson zu Besuch. Da sie alt genug war, um allein zu fliegen, entfiel jede Peinlichkeit, wer sie auf ihrer Reise begleiten würde. Sie hatte einen Armvoll ausnehmend hübsch verpackter Geschenke dabei. Auf dem Flughafen sanken die beiden Mädchen sich kreischend und kichernd in die Arme. Als Nessa später zu Hause mit Bailey zu einer Gassirunde aufbrach, entdeckte sie die beiden zufällig auf einem umgestürzten Baumstamm in der Nähe des Flusses. Jennifer hatte ein farbiges Heft auf dem Schoß, in das sie schrieb, wozu ihre Zungenspitze vor Konzentration von links nach rechts wanderte.

Nessa blieb vor ihnen stehen. »Was hast du da?«

»Ein Tagebuch«, sagte Jennifer. »Hat Mandy mir geschenkt.«

Für den Bruchteil einer Sekunde dachte Nessa daran, ihrer Tochter das Heft aus der Hand zu reißen und es in den Fluss zu werfen, es unbrauchbar zu machen. Doch sie fing sich wieder und lächelte. »Das ist schön«, sagte sie, zog an Baileys Leine, und sie gingen weiter.

Danksagung

Mein Dank gilt:

Meinen Lektoren – Kate Medina und Erica Gonzalez bei Random House und Mark Richards und Becky Walsh bei John Murray – für all ihre Hilfe, ihre Geduld und ihre positive Einstellung in den Jahren, in denen *Die Kunst des Fallens* Gestalt annahm; meiner wunderbaren Agentin Lucy Luck bei C&W, die zig Fassungen dieses Romans gelesen und glänzende Vorschläge gemacht hat; den Mitgliedern meiner Schreibgruppe: Barbara Leahy, Marie Gethins, Marie Murphy, John Mee und David Brennan für ihre Freundschaft und ihren Beistand und dafür, dass sie mich zu einer besseren Schriftstellerin gemacht haben; der Listowel Writers Week und Noelle Campbell-Sharpe für die Zeit, die ich schreibend im wunderschönen Cill Rialaig verbringen durfte; dem Fachbereich Anglistik am University College Cork, wo ich 2018 als Writer-in-Residence zu Gast sein durfte; der Gemeinschaft der Leser und Autoren bei Fiction at the Friary in Cork, vor allem meiner Freundin Madeleine D'Arcy, die diese Literaturreihe mit ins Leben gerufen hat; Nuala O'Connor für die Schreibwerkstatt beim Waterford Writers Weekend 2012, wo die Idee für die »Gipsskulptur« aufkeimte; der Künstlerin Siobhán Rea, deren Arbeit die Inspirationsquelle für Lukes 2:17-Projekt in diesem Roman war; Declan Meade und der Stinging Fly Press dafür, dass sie an mein Schreiben glaubten, als ich noch ganz am Anfang stand; dem Munster Literary Center für die jahrelange Unterstützung und Ermutigung, vor allem für die Workshops der Jahre 2010 und 2011 unter der Leitung von Lory Manrique-Hyland.

Ich danke John und unseren Kindern Ellie, Áine und Rory für alles – mehr Rückhalt kann sich ein Schriftsteller von seiner Familie nicht wünschen!

Die Originalausgabe erschien 2021 unter dem Titel *The Art of Falling* bei
John Murray (Publishers) An Hachette UK Company, London.

MIX
Papier aus verantwortungsvollen Quellen
FSC® C014496

Penguin Random House Verlagsgruppe FSC® N001967

1. Auflage

Luchterhand Literaturverlag
in der Penguin Random House Verlagsgruppe GmbH,
Neumarkter Straße 28, 81673 München
Umschlaggestaltung: buxdesign | Ruth Botzenhardt,
nach einem Entwurf von johnmurraypress.co.uk
unter Verwendung eines Motivs von © Shutterstock
Satz: Buch-Werkstatt GmbH, Bad Aibling
Druck und Einband: GGP Media GmbH, Pößneck
Printed in Germany
ISBN: 978-3-630-87493-7

www.luchterhand-literaturverlag.de
facebook.com/luchterhandverlag